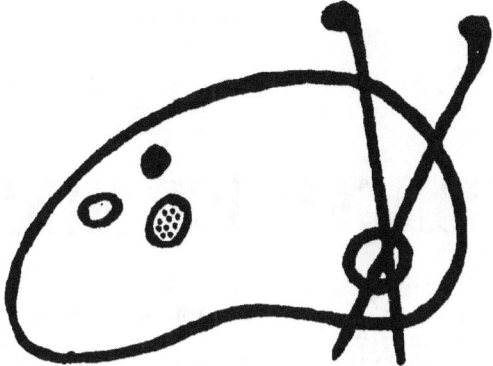

Début d'une série de documents
en couleur

Mrs HARRIET BEECHER STOWE

LA
FIANCÉE DU MINISTRE

ROMAN AMÉRICAIN

TRADUIT AVEC L'AUTORISATION DE L'AUTEUR

PAR H. DE L'ESPINE

BIBLIOTHÈQUE DES MEILLEURS ROMANS ÉTRANGERS

À

LE VOLUME

PARIS

LIBRAIRIE HACHETTE ET Cie
79, BOULEVARD SAINT-GERMAIN, 79

Librairie HACHETTE et Cie, boulevard Saint-Germain, n° 79, à Paris.

BIBLIOTHÈQUE DES MEILLEURS ROMANS ÉTRANGERS

ÉDITIONS A 1 FRANC 25 CENTIMES LE VOLUME

ROMANS TRADUITS DE L'ANGLAIS

Ainsworth (W.): Abigail 1 v. — Crichton. 2 v. — Jack Sheppard. 2 v.

Anonymes : Les pilleurs d'épaves. 1 v. — Miss Mortimer. 1 v. — Paul Ferroll. 1 v. — Violette. 1 v. — Whitehall. 1 v. — Whitefriars. 2 v. — La veuve Barnaby. 2 vol. — Tom Brown à Oxford. 2 vol. — Mehalah. 1 vol. — Molly Bawn. 1 vol.

Austen (Miss) : Persuasion. 1 v.

Beaconsfield (lord) : Endymion. 2 vol.

Beecher-Stowe (Mrs) : La case de l'oncle Tom. 1 v. — La fiancée du ministre. 1 v.

Black (W.) : Anna Beresford. 1 vol.

Blakmore (R.) : Erema. 2 vol.

Braddon (Miss) : Œuvres. 41 volumes.

Bulwer Lytton (sir Ed.) : Œuvres. 25 vol.

Conway (H.) : Le secret de la neige. 1 v.

Craik (Miss Mullock) : Deux mariages. 1 v. — Une noble femme. 1 v. — Mildred. 1 v.

Commins (M.ss) : L'allumeur de réverbères. 1 v. — Mabel Vaughan. 1 v. — La rose du Liban. 1 v.

Currer-Bell (Miss Brontë) : Jane Eyre. 2 v. — Le Professeur. 1 v. — Shirley. 2 v.

Dasent : Les Vikings de la Baltique. 2 v.

Derrick (F.) : Olive Varcoe. 2 v.

Dickens (Ch.) : Œuvres. 28 volumes.

Dickens et Collins : L'abîme. 1 v. Voir ci-dessus Beaconsfield.

Disraeli : Sybil. 2 v. — Lothair. 2 v.

Edwardes (Mrs Annie) : Un bas-bleu. 1 v. — Une singulière héroïne. 1 v.

Edwards (Miss Amelia) : L'héritage de Jacob Trefalden. 2 vol.

Elliot (F.) : Les Italiens. 1 vol.

Fleming (M.) : Un mariage extravagant. 2 v. — Le mystère de Catheron. 2 vol. — Les chaînes d'or. 1 vol.

Fullerton (lady) : L'oiseau du bon Dieu. 1 v. — Hélène Middleton. 1 v.

Gaskell (Mrs) : Autour du sofa. 1 v. — Marie Barton. 1 v. — Marguerite Hall (Nord et Sud). 2 v. — Ruth. 1 v. — Les amoureux de Sylvia. 1 v. — Cousine Phillis. 1 v. — L'œuvre d'une nuit de mai. Le héros du fossoyeur. 1 v.

Grenville Murray : Le jeune Brown. 2 v. — La cabale de boudoir. 2 v. — Veuve ou mariée? 1 v. — Une famille endettée. 1 v. — Étranges histoires. 1 v.

Hall (Cap. Basil) : Scènes de la vie maritime. 1 v. — Scènes du bord et de la terre ferme. 1 v.

Hamilton-Aïdé : Rita. 1 v.

Hardy (T.) : La trompette-major. 2 v.

Harwood (J.) : Lord Ulswater. 2 vol.

Haworth (Miss) : Une méprise. — Les trois soirées de la Saint-Jean. — Marwell. 1 v.

Hawthorne : La lettre rouge. 1 v. — La maison aux 7 pignons. 1 v.

Hildreth : L'esclave blanc. 1 v.

Howells : La passagère de l'Arowstoock. 1 v.

James : Leonora d'Orco. 1 v. — L'Américain à Paris. 2 v. — Roderick Hudson. 1 v.

Jenkin (Mrs) : Qui casse paie. 1 v.

Jerrold (D.) : Sous les rideaux. 1 v.

Kavanagh (J.) : Tuteur et pupille. 2 v.

Kingsley : Il y a deux ans. 2 v.

Lawrence (G.) : Frontière et prison. 1 v. — Guy Livingstone. 1 v. — Honneur stérile. 2 v. — L'épée et la robe. 1 v. — Maurice Dering. 1 v. — Flora Bellassy. 2 v.

Longfellow : Drames et poésies. 1 v.

Marryat (Miss) : Deux amours. 2 v.

Marsh (Mrs) : Le contrefait. 1 v.

Mayne-Reid : La piste de guerre. 1 v. — La Quarteronne. 1 v. — Le doigt du destin. 1 v. — Le roi des Séminoles. 1 v. — Les partisans. 1 v.

Melville (Whyte) : Les gladiateurs : Rome et Judée. 2 v. — Katerfelto. 1 v. — Digby Grand. 2 v. — Kate Coventry. 1 v. — Satanella. 1 v.

Ouida : Ariane. 2 v. — Pascarel. 1 v.

Page (H.) : Un collège de femmes. 1 v.

Poynter (E.) : Hetty. 1 v.

Reade et Dion Boucicault : L'île providentielle. 2 v.

Segrave (A.) : Marmorne. 1 v.

Smith (J.) : L'héritage. 3 v.

Stephens (Miss) : Opulence et misère. 2 v.

Thackeray : Henry Esmond. 2 v. — Histoire de Pendennis. 3 v. — La foire aux vanités. 2 v. — Le livre des Snobs. 1 v. — Mémoires de Barry Lyndon. 1 v.

Thackeray (Miss) : Sur la falaise. 1 v.

Townsend (V.-F.) : Madeline. 1 v.

Trolloppe (A.) : Le domaine de Belton. 1 v. — La veuve remariée. 2 v. — Le cousin Henry. 1 v.

Trolloppe (Mrs) : La Pupille. 1 v.

Wilkie Collins : Œuvres. 16 volumes.

Wood (Mrs) : Les filles de lord Oakburn. 2 v. — Le serment de Lady Adelaïde. 2 v. — Le maître de Greylands. 2 v. — La gloire des Verner. 2 v. — Edina. 2 v. — L'héritier de Court-Netherleigh. 2 v.

Coulommiers. — Imp. P. Brodard et Gallois.

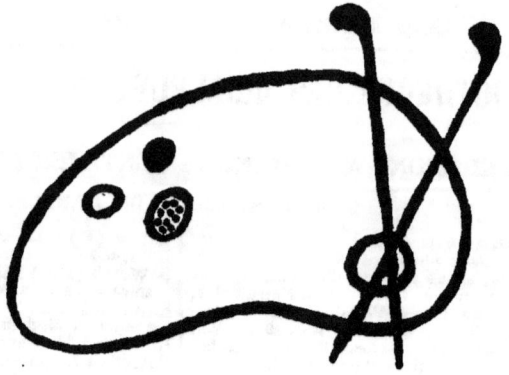

Fin d'une série de documents
en couleur

LA

FIANCÉE DU MINISTRE

OUVRAGE DU MÊME AUTEUR

PUBLIÉ DANS LA BIBLIOTHÈQUE DES ROMANS ÉTRANGERS

PAR LA LIBRAIRIE HACHETTE ET Cie

———

La case de l'oncle Tom, traduit de l'anglais par Louis Enault. 1 vol.

———

Coulommiers. — Imp. Paul BRODARD. — 428-95.

Mrs HARRIET BEECHER STOWE

LA
FIANCÉE DU MINISTRE

ROMAN AMÉRICAIN

TRADUIT AVEC L'AUTORISATION DE L'AUTEUR

PAR H. DE L'ESPINE

NOUVELLE ÉDITION

PARIS

LIBRAIRIE HACHETTE ET Cⁱᵉ

79, BOULEVARD SAINT-GERMAIN, 79

1895

LA FIANCÉE
DU MINISTRE.

CHAPITRE I.

Mistress Katy Scudder avait invité mistress Brown, mistress Jones et la femme du diacre Twitchel à prendre le thé chez elle, une après-midi de juin de l'an de grâce 17....

Quand on veut raconter une histoire, on est toujours fort embarrassé de savoir comment la commencer. Il s'agit de présenter au lecteur un corps complet de personnages que l'on connaît, mais qui lui sont inconnus, et comme une chose en présuppose toujours une autre, il en résulte que, de quelque façon qu'on tourne son canevas, les figures vous paraissent toujours mal disposées. Le simple fait que je viens de mentionner est donc tout aussi propre qu'un autre à me servir d'entrée en matière, puisqu'il vous amènera bien certainement à me dire : « Et qu'était-ce, s'il vous plaît, que mistress Katy Scudder? » Sur quoi me voilà régulièrement embarqué dans mon récit.

Vous saurez donc que dans la petite ville maritime de Newport, dont rien, à cette époque, ne faisait présager la vogue et la splendeur futures, il n'y avait personne qui ne connût la veuve Scudder.

1

Dans les établissements de la Nouvelle-Angleterre règne la sainte et touchante coutume de conférer à la femme que Dieu a frappée, une sorte de dignité qui rappelle continuellement ses droits au respect et à la considération de la communauté. La veuve Jones, la veuve Brown ou la veuve Smith : c'est là une des institutions permanentes de chaque village du pays, et sans doute cette désignation plaide constamment en faveur de celle que la douleur, semblable à la foudre céleste, a rendue sacrée.

Quoi qu'il en soit, la veuve Scudder était une de ces femmes qui sont toujours reines dans quelque cercle qu'elles se meuvent. Personne n'était plus citée, plus écoutée, ne jouissait d'une autorité plus incontestée. Elle n'était pas riche : une petite ferme et un modeste chalet à un étage composaient tout son avoir ; mais c'était une de ces femmes enviées que les gens de la Nouvelle-Angleterre appellent une femme de ressource ; don précieux, qui, aux yeux de cette race avisée, est bien au-dessus de la richesse, de l'instruction ou de toute autre qualité mondaine. Ressource est le mot *yankee* pour savoir-faire, et le défaut opposé, c'est ne pas savoir le retourner. Pour les Yankees, le savoir-faire est la plus grande des qualités chez un homme comme chez une femme ; de même que ne pas savoir se retourner est le plus grand des défauts. Rien n'est impossible à la femme de ressource. Elle saura nettoyer les planchers, laver et tordre le linge, pétrir le pain, brasser la bière, et cependant ses mains demeureront petites et blanches : elle n'aura point de revenu appréciable, cependant elle sera toujours bien mise ; elle n'aura point de servante, avec une laiterie à conduire, des gens de journée à nourrir, un ou deux pensionnaires à soigner, des quantités inouïes de conserves et de confitures à faire, et vous la verrez régulièrement toutes les après-midi assise près de la fenêtre de son salon, à demi cachée par le lilas, calme, paisible, montant un bonnet de mousseline ou lisant le dernier livre paru. La femme de ressource n'est jamais pressée ni jamais en retard. Elle a toujours le temps d'aller au secours de cette pauvre Mme Smith, dont les confitures ne veulent pas prendre, ou d'enseigner à Mme Jones comment elle donne à ses cornichons un si beau vert, et il lui restera le loisir de veiller la pauvre Mme Simpkmis attaquée d'un rhumatisme.

C'est à cette classe de femmes qu'appartenait la veuve Scudder. Fille unique d'un armateur de Newport, elle avait été jadis une belle et grande jeune fille aux yeux noirs, avec des sourcils merveilleusement arqués, un pied cambré comme celui d'une Espagnole, une petite main à qui rien ne fut jamais impossible, la parole prompte, l'esprit vif et quelque peu positif. Elle savait atteler une voiture ou conduire un bateau à rame; elle eût pu seller et monter tous les chevaux du voisinage; elle taillait à merveille tous les ajustements imaginables; elle faisait dès son plus jeune âge la pâtisserie, les confitures et les liqueurs avec le succès le plus précoce, et tout cela sans préjudice d'un certain air de qualité inhérent à sa gracieuse personne.

Une jeune fille si agréable devait naturellement trouver beaucoup d'admirateurs, et plusieurs hommes bien pourvus déposèrent aux pieds de Katy leur cœur et leur fortune; mais, à l'étonnement général, elle ne prit pas même la peine de se baisser pour les regarder. Les gens sages secouèrent la tête, se demandant quel parti Katy Stephens espérait trouver; ils parlaient même tout bas du héron de la fable, jusqu'à ce qu'un jour elle surprit tout son monde en épousant un homme que personne n'eût jamais songé à lui voir accepter.

Georges Scudder était grave et pensif, peu adonné à la conversation, et généralement silencieux dans la société des femmes, par suite d'une timidité respectueuse, souvent l'indice d'une âme pure et élevée. Comment Katy avait-elle pris du goût pour lui? c'est ce que personne ne savait, car il ne lui parlait guère, ne ramassait pas même son gant s'il venait à tomber, ne l'invitait jamais à se promener avec lui en voiture ni en bateau; en un mot, tous s'accordèrent à dire qu'il fallait qu'elle l'eût épousé par pur esprit de contradiction, parce qu'il était le seul de tous les jeunes gens du pays qui ne lui eût jamais fait la cour. Mais Katy, qui avait de bons yeux, vit ce que personne ne voyait. Ainsi, par exemple, le hasard lui fit découvrir que Georges Scudder suivait des yeux tous ses mouvements bien qu'il détournât les regards dès qu'il rencontrait les siens, et que le contact accidentel de sa main ou même de sa robe faisait monter le sang à ses joues comme le mercure dans un thermomètre, puis alors, les femmes étant curieuses, comme chacun sait, Katy s'amusa à étudier les causes de ces petits phénomènes, et avant qu'elle en eût conscience, se prit le pied dans un filet dont elle ne put se débarrasser, ce qui l'obligea, bon gré mal gré, d'épouser un pauvre homme dont personne, excepté elle, ne faisait grand cas.

Georges était à la vérité de ceux qui ont évidemment commis une erreur en venant en ce monde, tant leur mobilier intérieur est peu approprié à ses us et coutumes. Il était de la famille des poëtes muets, les plus misérables des êtres lorsqu'il leur faut se frotter aux rudesses de la réalité; car si celui qui veut écrire de la poésie ne rencontre qu'un monde froid et adverse, que sera-ce de celui qui veut la réaliser dans sa vie, surtout si, comme Georges, il est né pauvre et se voit contraint de lutter contre les difficultés de la vie. Georges avait à soutenir sa vieille mère infirme, en sorte que, bien qu'il aimât par-dessus tout la lecture et la méditation, il tira parti, dès qu'il lui fut possible, du seul talent lucratif qu'il possédât, en s'embarquant à seize ans comme maître charpentier. Il étudia la navigation sur le gaillard d'avant, et trouva dans ses calmes diagrammes et dans la tranquillité de ses signes éternels un aliment pour sa nature pensive et un refuge contre la grossièreté de la vie maritime. Son tempérament sain et vigoureux empêcha sa mélancolie intérieure de dégénérer en amertume byronienne, et il s'abstint d'attirer inutilement l'attention de ses camarades sur l'abîme qui existait entre eux et lui. C'était donc au dire de tous un bon garçon, bien qu'un peu lourd; et comme il était brave et probe, il devint, avec le temps, patron d'un navire. Mais lorsqu'il s'agit de faire de l'argent, Georges se trouva distancé par bien des camarades, de beaucoup ses inférieurs en science et en talent.

Que voulez-vous que fasse un homme doué des plus délicates facultés morales alors que le commerce le plus avantageux de son pays est la traite des nègres? Ainsi en était-il à Newport en ce temps-là. Georges fit son premier voyage à bord d'un négrier; il souhaita plus d'une fois de mourir avant d'être de retour, et depuis ce temps il semblait toujours comme hors de lui lorsqu'on venait à aborder ce sujet. Il déclarait que l'or ainsi acquis était distillé dans le sang humain, les larmes des mères, les gémissements de créatures humaines étouffées, suffoquées, agonisantes, et que cet or souillerait et brûlerait l'âme de celui qui le toucherait; il parlait en un mot comme les hommes de cœur, les rêveurs sont sujets à parler de ce que les gens respectables se permettent quelquefois. Que voulez-vous? personne ne lui avait appris qu'un négrier suivi d'une procession de requins alléchés, est une institution missionnaire, au moyen de laquelle des païens entassés sont transportés en Amérique pour y jouir des lumières de l'Évangile.

Ainsi donc, bien que Georges fût reconnu pour un brave garçon, aussi honnête que le cadran solaire, il laissa échapper tant d'occasions de s'enrichir qu'il compromit sérieusement sa réputation auprès des gens habiles. Il était généreux jusqu'à la prodigalité ; il persistait à traiter comme un frère tout pauvre diable qu'il rencontrait sur son chemin dans n'importe quel port étranger; il se refusait absolument à voler ou à tromper les sauvages sur n'importe quelle côte et de quelque couleur que fût leur peau, et s'efforçait encore de rompre tous les marchés dans lesquels ses subordonnés prétendaient abuser de l'ignorance ou de la faiblesse de leurs semblables. Il fit ainsi voyage sur voyage sans rapporter autre chose que son salaire et la réputation, parmi les armateurs, d'une probité incorruptible.

On disait à la vérité qu'il emportait des livres à bord; qu'il étudiait, et écrivait, sur tous les pays qu'il visitait, des observations qui, à ce qu'avait dit le ministre Smith à miss Dolly Persimmon, lui feraient grand honneur si on les imprimait dans un livre; mais on ne les imprimait pas, et comme disait miss Dolly, tout cela n'arrivait jamais à rien ; or, arriver à quelque chose signifiait, dans la pensée de cette dame, arriver à un rapport direct et positif avec le pot-au-feu.

George quoi qu'il en soit, prenait peu de souci de l'argent. Il en gagnait assez pour faire vivre confortablement sa mère, et cela lui suffisait jusqu'au jour où il devint amoureux de Katy Stephens. Il la vit à travers ce prisme que de tels hommes portent dans leur âme, et ce ne fut plus pour lui une mortelle, mais une créature glorieuse et transfigurée, un objet d'étonnement et de vénération. Il en avait réellement peur; son gant, son soulier, son fil, son aiguille, son dé, le ruban de son chapeau, en un mot, tout ce qu'elle portait ou touchait lui semblait investi d'un charme mystérieux. Il s'étonnait de l'impudence des hommes qui osaient s'approcher d'elle, lui parler, l'inviter à danser d'un air si assuré. Il souhaitait maintenant d'être riche; il rêvait des expéditions impossibles à la suite desquelles il reviendrait millionnaire et déposerait sa fortune aux pieds de Katy, et quand un jour miss Persimmon, la couturière ambulante du pays, en faisant une robe à sa mère, raconta comment le capitaine Blatherem avait envoyé à Katy Stephens « le plus splendide cachemire de l'Inde qu'on eût jamais vu, » il se sentit prêt à s'arracher les cheveux en songeant à sa pauvreté. Cependant, même à cette heure de tentation, il ne regretta pas d'avoir refusé de prendre une part dans le vaisseau qui avait fait la fortune du capitaine Blatherem, car il savait que chacune de ses planches était saturée des sueurs d'une agonie humaine. L'amour est un sacrement naturel, et si jamais un jeune homme rend grâce à Dieu d'avoir préservé ce qu'il y avait de noble et de généreux dans son cœur, c'est au moment d'offrir ce cœur à la femme qu'il aime. Néanmoins l'histoire du châle de l'Inde lui fit passer plus d'une nuit sans sommeil, et ce ne fut que lorsque, dans une conversation confidentielle avec la mère de Katy, miss Dolly eût appris que celle-ci avait repoussé le châle avec indignation et déclaré le capitaine un fat ridicule, que Georges reprit courage. Il ne voulait pas, se dit-il, se présenter maintenant qu'il n'avait rien à offrir. Non, il laisserait Katy libre de mieux faire, si elle trouvait; pour lui, il tenterait la fortune, et si à son retour Katy était encore libre, il mettrait tout à ses pieds.

Ainsi donc Georges allait partir, emportant dans son cœur une idole devant laquelle il brûlerait un encens ignoré.

Mais il arriva que la belle mortelle qu'il adorait soupçonna cette détermination, et s'arrangea, comme les femmes y réussissent généralement, de façon à entrer avec une clef à elle dans le temple secret, parce que, comme disent les enfants, elle voulait savoir ce qu'il y avait dedans. Or donc, un soir elle rencontra Georges par hasard au bord de la mer, et, entamant avec lui une petite conversation, elle le pria si gracieusement de lui rapporter un coquillage tacheté de la mer du Sud, semblable à celui qu'elle avait vu sur la cheminée de sa mère, et cela d'un air si simple et si enfantin, que notre jeune homme répondit imprudemment que « quand les gens avaient de riches amis pour leur apporter des pays étrangers les plus belles choses du monde, il n'aurait jamais cru leur voir désirer un objet si commun. »

Bien entendu Katy ne savait pas ce qu'il voulait dire ; elle n'avait pas de riches amis. Georges alors hasarda quelques mots touchant le capitaine Blatherem, et Katy secoua la tête en disant « que si quelqu'un voulait l'insulter, il n'avait qu'à lui parler du capitaine Blatherem, » et puis ceci, et puis cela, jusqu'à ce qu'enfin on en vint à se dire tout ce qu'on avait résolu de se cacher. Katy fut presque effrayée de l'ardeur profonde et terrible de l'esprit qu'elle avait évoqué. Elle essaya de rire et finit par pleurer, et par ne plus savoir ce qu'elle disait. Mais quand, retirée dans sa chambre, elle revint à elle-même, elle trouva à son doigt une bague africaine que Georges y avait glissée, et qu'elle ne renvoya pas comme elle avait fait les présents du capitaine Blatherem.

Katy était comme beaucoup de femmes positives et pratiques qui n'ont pas en elles-mêmes la plus petite lueur de poésie ou d'idéal, mais qui rendent à ces qualités dans les autres l'hommage que rendaient les Indiens au langage inconnu des premiers blancs. Elles sont intérieurement fatiguées d'une certaine sécheresse inhérente à leur nature, et cette fatigue les dispose à idolâtrer l'homme qui leur apporte ce don inconnu. Les naturalistes prétendent que tout

défaut d'organisation a sa compensation; c'est peut-être en
vertu de cette loi que les hommes d'une nature poétique
retrouvent dans la faveur des femmes l'équivalent de leur
désavantage parmi les hommes.

Vous rappelez-vous à Niagara une petite cataracte, du
côté américain, qui étend son voile argenté sur une cave
appelée la grotte des Arcs-en-ciel? Celui qui est debout sur
un roc dans cette grotte se voit au centre d'un cercle d'arcs-
en-ciel dessus, dessous, autour de lui. Katy, positive, ba-
varde, affairée, matérielle, se voyait entourée d'une brillante auréole au fond de l'âme de son amant et prenait
plaisir à se contempler ainsi. Elle est en effet bien insensible la femme que n'élève pas au-dessus d'elle-même l'a-
mour profond d'un noble cœur. Lorsque vous aurez reçu la
foi d'un digne homme, ma belle dame, si cela vous arrive
jamais, vous deviendrez meilleure et plus noble, même
avant d'en être certaine. Katy fut une excellente femme;
elle prit chez elle la vieille mère de son mari et la soigna
avec un dévouement et une énergie dignes des plus grands
éloges : son industrie, sa capacité, son économie, compen-
sèrent ce qui manquait au ménage du côté de la fortune.
Rien ne faisait briller d'une plus vive impatience les yeux
de Katy qu'une réflexion sur la mauvaise chance qu'avait
son mari dans ses affaires pécuniaires. Elle ne voyait pas qui
ça regardait, du moment qu'*elle* était satisfaite; elle ne dé-
testait rien tant que ces hommes avides, rapaces, qui ton-
draient sur un œuf. Georges avait en lui ce que personne
ne comprenait. Elle préférerait être sa femme, dût-elle être
au pain et à l'eau, à jouir de la maison, de la voiture et des
chevaux du capitaine Blatherem, et Dieu sait qu'elle eût pu
les avoir si cela lui avait convenu. Elle était dégoûtée de
l'argent en voyant la sorte d'hommes qui réussissaient à en
amasser, etc., etc. Tout cela lui faisait d'autant plus d'honneur qu'au fond elle tenait assez à l'argent, qu'elle était
naturellement la plus orgueilleuse et la plus ambitieuse petite personne qui fût au monde, et fort affligée du peu de
succès de Georges; mais comme un gentil petit rouge-gorge,
elle recouvrait le tombeau de son ambition des feuilles de

l'amour véritable et entonnait bravement dessus un « Je ne m'en soucie guère. »

Elle épargna sur l'argent que lui rapportait son mari de quoi acheter une petite ferme et faire bâtir le chalet qu'elle habitait encore à l'époque où commence notre histoire. Elle eut plusieurs enfants, et Georges, pendant les courts intervalles qui s'écoulaient entre ses voyages, trouvait sa maison un véritable paradis terrestre. Il naviguait toujours, se faisant, à chaque départ l'illusion qu'il rapporterait assez pour rester ensuite à la maison, lorsqu'il fut atteint sous l'équateur de la fièvre jaune, et le vaisseau revint à Newport sans son capitaine.

Georges était sincèrement chrétien; il avait été des premiers à suivre les prédications austères et impopulaires du docteur Hopkins, et à apprécier le sublime détachement d'enseignements qui faisaient alors sensation parmi les théologiens de la Nouvelle-Angleterre. Katy professait les mêmes opinions que son mari, et la mort prématurée de celui-ci rendit plus profonds encore ses sentiments religieux. Elle s'absorba dans la religion à la façon de la Nouvelle-Angleterre. où la dévotion se nourrit de doctrines et non de cérémonies. A mesure qu'elle vieillit, l'énergie de son caractère, sa vigueur, son grand sens, la firent regarder comme une mère dans Israël. Le ministre logeait chez elle, et elle était toujours la première consultée sur tout ce qui était relatif à la prospérité de l'Église. Aucune femme n'affrontait plus courageusement un long sermon, et n'apportait une adhésion plus résolue à une doctrine difficile. Pour dire le vrai, son système doctrinal s'appuyait sur cette pierre angulaire : « M. Scudder le croyait, donc je veux le croire aussi. » Et malgré tout ce qu'on dit de l'indépendance de la pensée, le seul fait qu'un homme bon et juste a cru telle ou telle doctrine n'est-il pas un argument préférable à beaucoup de ceux qu'on invoque plus habituellement?

Avec le temps la vieille mère de Georges fut réunie à son fils, et deux fils et une fille suivirent leur père dans la tombe. De toute la couvée une seule fille resta : c'est l'héroïne de notre histoire.

CHAPITRE II.

Ainsi que je l'ai déjà dit, Mistress Katy Scudder avait invité du monde à prendre le thé. Strictement parlant, il est nécessaire, pour rendre parfaitement compte de quoi que ce soit, de commencer à la création du monde, mais pour un usage habituel, on peut se contenter de quelque chose de moins; c'est pourquoi, tenant le chapitre précédent comme une introduction suffisante à mon histoire, je continuerai d'arranger mes scènes et de dérouler mon petit drame dans la supposition que vous en savez assez pour comprendre les choses et les personnes.

Être invité à prendre le thé en l'année 17...., avait une signification toute différente de celle qu'a de nos jours la même invitation.

Les gens étaient à cette époque imbus de la singulière idée que la nuit était faite pour dormir. Ils étaient portés à le croire par leur confiance en la sagesse de notre mère nature; supposant que lorsqu'elle éteint ses lumières, tire ses rideaux et fait taire tout bruit dans sa maison, c'est dans l'intention de laisser dormir ses enfants. En conséquence, peu après le coucher du soleil, toute la communauté se préparait généralement à se mettre au lit, et le silence universel prêtait au son de la cloche de neuf heures une imposante solennité. La bonne compagnie, à cette époque, déjeunait à six heures, dînait à midi et prenait le thé à six heures du soir. Mais un *thé prié*, parmi les gens réguliers et laborieux, avait ordinairement lieu une heure plus tôt,

parce que chacune des invitées avait des enfants à coucher
et autres soins domestiques à remplir; et comme dans ces
temps de simplicité, on invitait les gens parce qu'on désirait les voir, la réunion avait lieu à trois heures et se prolongeait jusqu'au coucher du soleil, heure à laquelle chaque
matrone roulait son tricot et s'en retournait paisiblement
chez elle.

Bien que Newport, à cette époque reculée, ne fût pas sans
quelques familles affichant le luxe et la splendeur, parcourant le pays dans de magnifiques voitures armoriées et ayant
des domestiques en grand nombre, cependant là, comme
partout dans la Nouvelle-Angleterre, la grande majorité
menait l'existence simple et laborieuse des anciens temps,
alors que le travail et l'intelligence, se donnant la main,
vivaient ensemble en meilleure harmonie qu'on ne les a
peut-être jamais vus depuis.

Notre scène s'ouvre dans la grande cuisine où se tient
habituellement la famille Scudder. Je sais que nos délicats
modernes s'imaginent que la pièce où ont lieu les opérations culinaires indispensables à une famille doit nécessairement être un endroit malpropre et peu conforable, mais
cela vient de ce qu'ils ignorent les prodiges qu'opère journellement cette femme de ressource dont nous avons ci-
dessus énuméré les talents.

La cuisine d'une matrone de la Nouvelle-Angleterre était
son palais, son orgueil. Elle avait pour habitude d'y produire les plus grands résultats avec le moindre dérange-
ment possible, et ce que pouvait une autre femme, mistress
Scudder l'accomplissait par excellence. Là, tout semblait
toujours fait et jamais ne se faire. La cuisson du pain et le
savonnage, ces ennemis formidables de la tranquillité des
familles étaient achevées dans ces deux ou trois heures ma-
tinales pendant lesquelles nous nous livrons à un dernier
somme; et le linge qu'on voyait flotter au vent par-dessus
le mur de la cour, les lundis matin, révélait seul qu'avait eu
lieu la redoutable solennité d'un blanchissage.

Le déjeuner s'y dressait comme par enchantement; puis,
en un clin d'œil, fourchettes, cuillers, couteaux, propres et

brillants, étaient remis à leur place, l'air aussi innocents, aussi indifférents que s'ils n'avaient jamais servi, et n'eussent jamais dû servir.

Le plancher.... mais vous vous rappelez sans doute le plancher de votre grand'mère, avec ses planches immaculées, recouvertes du sable le plus fin et le plus blanc ; vous vous rappelez la grande cheminée occupant tout le fond de la cuisine, vaste caverne dans chaque coin de laquelle se trouvait un confortable siége assez éloigné pour qu'on pût y jouir du joyeux pétillement d'un grand feu de bois.

Sur un dressoir étaient rangés quantités de plats et d'assiettes d'étain toujours brillants comme de l'argent, et à côté du feu un commode banc de bois à dossier s'offrait à des gens trop peu accoutumés au luxe pour regretter l'absence d'un coussin. Oh ! cette cuisine du bon vieux temps, la cuisine propre, vaste, originale, confortable de la Nouvelle-Angleterre ! Qu'est-ce qui y a déjeuné, dîné ou soupé, et n'a pas conservé le souvenir de son bon ordre en tout temps, de sa chaleur en hiver, de sa fraîcheur en été ! La marque de midi de son plancher avait marqué nos jours les plus heureux ; au moyen de cette marque nous corrigions les écarts de la vieille horloge, dont le tic tac solennel nous semblait la mystérieuse prophétie de joies futures. Comme on y rêvait pendant le crépuscule d'hiver, alors que les chandelles n'étaient pas encore allumées, que les cricris chantaient autour du noir foyer, et qu'à la lueur des langues de flamme, de grandes ombres mouvantes se dessinaient sur le mur, tandis que la grand'mère s'endormait sur son tricot, que le chat faisait ronron et que le vieux Rover, couché devant le feu, ouvrait tantôt un œil, tantôt l'autre sur le groupe de famille ! Que nos maisons plafonnées ne nous fassent pas oublier la cuisine de nos grand'mères !

Mais revenons à notre sujet, c'est-à-dire à la cuisine particulière de mistress Katy Scudder, qui vient de mettre dans le four, placé auprès de la cheminée, de merveilleux gâteaux, pour la composition desquels elle jouit d'une haute réputation. Elle a examiné et déclaré réussi un gâteau préparé pour la circonstance, qui, comme de coutume, est cuit juste à point, ni trop ni trop peu. Le salon a été ouvert et chauffé, on a secoué amicalement les rideaux blancs comme on dit bonjour à des amis, car vous saurez que, si propre que soit notre cuisine, nous sommes gens comme il faut, et nous avons quelque chose de mieux à offrir à la compagnie. Notre salon a une jolie table d'acajou verni et six fauteuils également en acajou; le sable frais qui couvre le plancher est dentelé en petits festons comme ceux que tracent les vagues sur la plage, et dans l'une des encoignures est un buffet dont les portes de verre laissent entrevoir les magnificences du thé de cérémonie. C'est une douzaine de tasses en véritable porcelaine de Chine, que Georges a achetées à Canton et fait marquer à ses initiales et à celles de sa femme réunies; un petit pot à crème en argent qui s'est transmis dans la famille de génération en génération; des petites cuillers d'argent et des plats de Chine pour les gâteaux, qui tous ont été soigneusement essuyés avec des serviettes filées par mistress Scudder.

Celle-ci, ayant achevé tous ses préparatifs, s'essuie maintenant les mains dans la cuisine, tandis que sa fille, la douce Marie, est debout dans le passage, le soleil couchant dorant de ses reflets ses cheveux châtain-clair. C'est une petite figure, en jupon de laine rayée avec un pardessus blanc; elle tend la main, elle appelle d'un ton caressant, et bientôt une colombe de Java vient se percher sur son doigt; nous, qui avons vu des tableaux, nous songeons, en regardant ce jeune visage avec ses lignes régulières, l'expression à demi enfantine de sa bouche charmante et je ne sais quel air général de pureté et de simplicité, nous songeons à quelque vieille peinture de la Vierge adolescente. Mais mistress Scudder, je vous en réponds, est à mille lieues d'avoir de ces idées papistes. Je ne crois pas qu'on pût lui faire une plus sensible injure qu'en parlant ainsi de sa fille. Elle n'avait jamais vu de peinture de sa vie, par conséquent Marie n'eût pu lui en rappeler aucune; en outre, il était évident que la colombe, quelle qu'en fût la raison, n'était pas dans ses bonnes grâces, car elle dit d'un ton mécontent :

Allons, allons, Marie! Ne reste pas là à niaiser avec cet

oiseau, il est plus que temps de nous habiller. » Marie, rougissant jusqu'à la racine des cheveux, donna une petite secousse à l'oiseau, qui s'envola et disparut entre les fleurs roses des pommiers. Et maintenant que Marie et sa mère sont chacune dans leur chambre, occupées de leur toilette, tandis que la porte est fermée et que personne ne peut nous entendre, nous allons vous parler de Marie.

Notre pauvre petite héroïne n'était point de ces demoiselles que forment les pensionnats d'aujourd'hui et que nous voyons en négligé de soie chatoyante, au milieu d'une agréable profusion de bijoux, de rubans, de colifichets, de dentelles et d'adorateurs, discourir à perte de vue sur tous les sujets imaginables. Quoique sa mère valût un monde à elle seule pour l'énergie et la « ressource, » et qu'elle eût dépensé sur cet unique objet de ses affections, en vigueur, en soins et en bons enseignements, de quoi suffire à seize enfants, le résultat n'était pas de nature à être fort apprécié de nos jours. Marie ne savait ni valser, ni polker, ni baragouiner en français, ni chanter des romances italiennes; mais il faut néanmoins que nous vous disions quelle avait été son éducation et en quoi consistaient ses talents.

Eh bien donc, elle savait lire et écrire couramment dans sa langue natale. Elle savait filer sur le grand et le petit rouet, et les armoires étaient pleines de serviettes, de nappes, de draps et de taies d'oreiller qui attestaient l'habileté de ses petits doigts. Elle avait façonné plusieurs canevas d'une si rare beauté, qu'on les avait encadrés; ils étaient suspendus dans les différentes pièces de la maison, étalant aux yeux une infinie variété de dessins à l'aiguille admirablement exécutés. Marie excellait à coudre et à broder, à tailler et à ajuster les vêtements avec une adresse tranquille qui surprenait son énergique mère. Celle-ci ne pouvait comprendre qu'on fît tant de choses avec si peu de bruit. Bref, pour tous les soins du ménage, c'était une vraie fée, dont le savoir semblait infaillible et inné; et, soit qu'elle lavât ou repassât le linge, qu'elle fît un pain au beurre ou préparât une compote, sa douce beauté semblait colorer de poésie toute la prose de la vie.

Il y avait néanmoins chez Marie quelque chose qui la distinguait des autres jeunes filles de son âge. Elle tenait de son père un caractère méditatif et réfléchi, disposé à l'exaltation morale et religieuse. Née en Italie, sous la douce influence d'un ciel splendide et plein de visions, à l'ombre des cathédrales, où les saints et les anges vous sourient dans un nimbe de nuages, du haut de chaque arceau, elle aurait pu, comme sainte Catherine de Sienne, voir des apparitions bienheureuses dans les nuées ou une colombe aux ailes argentées descendre vers elle pendant ses prières; mais elle s'était développée dans l'atmosphère claire, nette et froide de la Nouvelle-Angleterre, elle avait été nourrie de sa théologie abstraite et positive; ses dispositions religieuses prirent un autre tour. Au lieu de se prosterner dans des extases mystiques au pied des saints autels, elle avait lu et médité des traités sur la volonté, elle avait écouté avec une ardente attention son guide spirituel, le docteur Hopkins, développer les théories du grand Edwards sur la nature de la véritable vertu[1]. En vraie femme, elle avait saisi la subtile poésie de ces abstractions sublimes qui traitaient de l'inconnu et de l'infini, qui lui parlaient de l'univers, de son grand architecte, de l'humanité et des anges comme d'objets d'une contemplation intime et quotidienne. Son maître, l'esprit le plus grand, le cœur le plus simple qui fut jamais, s'étonnait souvent de l'aisance avec laquelle cette belle jeune fille parcourait ces hautes régions de l'abstraction, devinant quelquefois, par la netteté singulière d'un esprit privilégié, les conclusions auxquelles il était arrivé par une longue suite de raisonnements. Parfois, quand elle tournait vers lui sa figure enfantine et sérieuse pour lui faire une réponse ou lui adresser une question, le digne homme tressaillait, comme si un ange lui eût apparu. Sans s'en rendre compte, il semblait souvent la suivre, comme Dante suivait des yeux Béatrix remontant les cercles des sphères célestes.

Lorsque sa mère le questionnait avec inquiétude sur l'é-

---

1. Jonathan Edwards, théologien célèbre de la Nouvelle-Angleterre, auteur de deux traités sur *la Volonté* et sur *les Affections*.

tat spirituel de sa fille, il répondait que c'était une enfant d'une étrange suavité de nature et d'un génie singulier. Sur quoi Katy reprenait avec orgueil que c'était tout le portrait de son père. Il est bien rare qu'une femme positive soit raffinée et exaltée par un amour réel, mais alors que cela arrive, il est touchant de voir combien la mort même est impuissante à éteindre cette affection : car la mère retrouve dans l'enfant une sorte de mystérieuse possession du père.

Marie était réellement une épreuve féminine de la nature de son père. L'esprit intérieur qui l'animait était celui qui fait les poëtes et les artistes; mais l'air froid et piquant de la Nouvelle-Angleterre cristallise les émotions en idées et contraint plus d'une âme poétique à ne manifester ses tendances que dans la vie pratique.

La rigide discipline théologique de la Nouvelle-Angleterre est plus faite pour engendrer la force et la pureté que pour donner la joie. Bien qu'elle dût ennoblir, exalter une nature grave et sensible, elle était peu propre à la rendre heureuse.

Le système du docteur Hopkins n'avait pu prendre naissance que dans une âme à la fois dévouée et logique, mais en même temps accoutumée dès ses plus jeunes années aux sentiments qu'engendrent des institutions monarchiques. Car, bien que le docteur eût pris, comme tout le clergé, une part active dans la révolution, il avait cependant grandi à l'ombre d'un trône, et l'homme ne parvient jamais à briser tout à fait le moule où fut coulée sa jeunesse. Sa théologie consacrait au souverain invisible cet esprit de loyauté et de soumission absolue qui est une des plus nobles facultés de notre nature. Ainsi qu'un brave soldat sacrifie sa vie et son intérêt personnel à la cause de son roi et de son pays, et se tient prêt à monter le premier à l'assaut, à être fusillé, ou à faire de son corps sanglant un pont à la faveur duquel de plus heureux que lui arriveront à la victoire, ainsi le docteur Hopkins se regardait comme voué au Roi du ciel, pour servir entre ses mains à édifier la république éternelle, soit en étant sacrifié comme un esprit perdu, ou glorifié comme

2

un élu, prêt à donner non-seulement sa vie mortelle, mais
encore jusqu'à son éternité, dans l'espoir incertain de combler avec une âme immortelle le gouffre que franchiraient
les élus pour arriver à un état de splendeur et de délices
dont l'amplitude réduirait la misère des âmes perdues à un
infinitésimal.

Il ne nous appartient pas de décider ici du plus ou moins
de vérité de ces systèmes de philosophie théologique qui semblent avoir été, pendant un grand nombre d'années, l'aliment principal de l'activité des esprits dans la Nouvelle-
Angleterre; mais comme développements psychologiques,
ils sont dignes du plus vif intérêt. Celui qui ne comprend
pas la grandeur de ces efforts de l'âme méconnaît une des
plus nobles prérogatives de l'humanité.

Il n'y a pas d'artiste réel ni de véritable philosophe qui
n'ait été parfois prêt à se sacrifier complétement pour la
gloire de l'invisible. Il y a eu des peintres qui se seraient
fait crucifier pour démontrer l'action d'un muscle, des chi-
mistes qui eussent consenti à être eux-mêmes fondus dans
leur creuset, si une nouvelle découverte eût dû surgir de
leur fumée. Des personnes même simplement douées d'une
vive sensibilité artistique sont parfois ravies, par la puissance
de la musique, de la peinture ou de la poésie, dans une extase momentanée pendant laquelle elles seraient prêtes à
immoler tout leur être devant l'autel d'une beauté invisible.
Ces rudes théologiens de la Nouvelle-Angleterre étaient les
poëtes de la philosophie métaphysique; ils bâtissaient des
systèmes avec une ferveur artistique et sentaient leur per-
sonnalité s'anéantir à mesure qu'ils s'élevaient dans les
hautes régions de la pensée. Mais le terrain que foulent avec
une sublime assurance les théoriciens et les philosophes, la
femme n'y marche qu'avec des pieds ensanglantés; car elle
s'efforce sans cesse de réaliser les abstractions; où le philosophe se contente de penser, elle sent.

Il était aisé pour Marie de croire à la nécessité du renoncement à soi-même, car elle était née avec la vocation du
martyre. Aussi quand on lui parlait de souffrir des peines
éternelles pour la gloire de Dieu et le bien de l'humanité,

elle embrassait cette idée avec une sorte de joie sublime, telles que certaines natures la ressentent en face d'un grand sacrifice. Mais quand elle voyait autour d'elle les bonnes et vivantes figures de ses parents, de ses amis, de ses voisins, et qu'on lui montrait les gens qu'elle aimait comme placés entre des destinées si effroyablement différentes, elle sentait les murs de sa foi se resserrer sur elle comme une cage de fer. Elle s'étonnait que le soleil pût briller d'une si vive clarté, les fleurs se revêtir de si splendides couleurs, tant de parfums embaumer l'air, les petits enfants jouer, la jeunesse aimer et espérer, et tant d'influences séductrices se réunir pour dérober aux victimes la pensée que leurs premiers pas pouvaient les précipiter dans les horreurs d'un abîme sans fin. L'élan de la jeunesse et de l'espérance était glacée en elle par le chagrin qui pesait continuellement sur son cœur. C'était seulement au milieu de ses prières et dans l'accomplissement de quelque acte d'amour et de charité, ou dans la contemplation de ce beau jour du *millenium* dont son guide spirituel se plaisait à l'entretenir, qu'elle avait la force de se réjouir et de se sentir heureuse.

Parmi les jeunes compagnons de Marie, il y en avait un qui, dans son enfance, avait été pour elle un frère. C'était le fils d'un cousin de sa mère, en sorte que, par privilége de parenté, il avait toujours eu un libre accès dans la maison de mistress Scudder. Il s'embarqua, comme faisaient presque tous les jeunes gens hardis et résolus de Newport, et rapporta des pays étrangers ces nouvelles façons de parler, ces nouveaux yeux pour envisager les opinions et les coutumes reçues, qui blessent si souvent les préjugés établis, en sorte qu'il était regardé comme un impie par les cercles religieux les plus austères de sa ville natale. Mistress Scudder, maintenant que Marie n'était plus une enfant, surveillait d'un œil sévère ce jeune cousin. Elle avait prémuni sa fille contre le danger de le voir trop souvent et trop familièrement, en sorte que.... nous savons tous ce qui arrive quand on avertit constamment une jeune fille de ne point penser à un jeune homme. Marie, la plus consciencieuse et la plus obéissante petite personne qui fût au monde, résolut bien de veiller sur elle-même. Elle ne penserait jamais à James, excepté, bien entendu, dans ses prières, mais comme elle priait constamment, il lui était malaisé de l'oublier.

Tout ce qu'on lui répétait de l'insouciance de James, de sa légèreté, de son mépris des opinions orthodoxes, de ses façons de parler hardies et singulières, ne faisait que graver plus profondément le nom de son cousin dans son cœur, car James n'était-il pas en danger de perdre son âme? Pouvait-elle voir cette loyale et joyeuse figure, entendre ce rire si franc, et penser qu'une chute du haut d'un mât ou une tempête.... Ah! quelles affreuses images s'offraient à sa pensée. Pouvait-elle croire tout cela et oublier ce pauvre James?

Vous voyez qu'au lieu d'apprêter notre thé, comme nous nous l'étions promis au commencement de ce chapitre, nous sommes tombés dans les descriptions et les méditations; et, qui pis est, nous craignons bien que le chapitre suivant ne s'éloigne également de la question. Mais ayez patience; nous avançons selon que le vent nous pousse, et nous ne savons jamais bien exactement où nous aborderons.

CHAPITRE III.

C'était une petite pièce calme, retirée, virginale, que la chambre de Marie. La fenêtre ouvrait sous les branches d'un grand pommier alors tout chargé de fleurs rosées, et la lumière n'y pénétrait que tamisée entre ces fleurs et les feuilles nouvelles. Un doux murmure de branches agitées, le gazouillement des oiseaux, un vague bourdonnement dans les hautes herbes du verger, donnaient à cette chambre une sorte de ressemblance avec ces petites chapelles de cathédrale où l'éclat du soleil est adouci par des verrières, et dont le silence n'est interrompu que par le bruissement des fidèles qui s'agenouillent et le murmure de leur prière. C'était un petit réduit, propre, rangé, élégant, comme la cellule d'une abeille. Le lit et les fenêtres étaient garnis de rideaux d'un blanc de neige dont Marie avait elle-même tricoté les franges. Sur une petite table placée au-dessous de la glace, était rangée la bibliothèque de toute jeune personne bien élevée de ce temps-là. Le Spectateur, le Paradis perdu, Shakespeare et Robinson Crusoé, représentant la littérature séculière, et à côté, la Bible et les ouvrages de M. Jonathan Edwards. Un peu à l'écart, comme s'il n'eût été admis qu'avec hésitation, était le seul roman que les austères matrones de la nouvelle Angleterre permissent à leurs filles : cet interminable, assommant, délicieux Sir Charles Grandisson, ouvrage dont l'influence était à cette époque si universelle qu'on en retrouve les traces jusque dans le style épistolaire des plus graves théologiens. Notre

petite héroïne, malgré ses hautes vertus, était femme cependant et douée d'une imagination qui parfois s'égarait
jusqu'aux choses de la terre; et ce héros glorieux, paré de
dentelles et de broderies, unissant en sa personne le rang, la
galanterie, la bravoure, la connaissance du monde, le désin-
téressement, la constance et la piété, passait parfois devant
ses yeux tandis qu'elle filait sa quenouille, jusqu'à ce qu'elle
soupirât, presque sans savoir pourquoi, de ce qu'il ne se
trouvait plus de tels hommes sur la terre. Nous devons
ajouter que cette invasion accidentelle du romanesque dans
l'esprit calme et bien réglé de Marie était bientôt énergiquement combattue, et si le livre restait sur sa table, c'est
qu'il était protégé par le souvenir de son père qui en avait
fait présent à mistress Scudder pendant qu'il lui faisait la
cour. La petite glace était encadrée de coraux et de coquilles
curieuses, dont l'arrangement trahissait un œil d'artiste et
une main adroite; de bizarres peintures chinoises, imitation
de fleurs et d'oiseaux, ajoutaient quelque chose de piquant
et d'étranger à la gracieuse simplicité de cette petite retraite.

C'était là que Marie passait le peu d'heures que sa conscience exigeante lui permettait de soustraire à la couture
et aux soins du ménage; là qu'elle lisait et qu'elle écrivait,
qu'elle réfléchissait et qu'elle priait; c'est là qu'en ce moment elle s'habillait pour la réunion de l'après-midi. La toilette, qui de nos jours devient souvent toute la femme, était
à cette époque une affaire fort simple. Toute personne de
quelque conséquence avait, il est vrai, en réserve des robes
de gala et de cérémonie, et certaine malle de bois de camphrier, toujours tenue solennellement fermée dans la chambre de mistress Scudder, eût pu, si elle avait parlé, énumérer un long catalogue de satins, de brocarts et de dentelles.
Là reposait la toilette de noce dans la blancheur immaculée
de sa soie épaisse, roide et semée de gros bouquets de
fleurs; là étaient plusieurs écharpes de crêpe de Chine, de
mousseline de l'Inde dont chacune avait son histoire, car
l'une après l'autre avaient été apportées au retour d'un
voyage par celui qui, hélas! ne devait plus revenir. Mille

tendres pensées semblaient s'échapper de chaque bruissement de la soie dans les rares occasions où l'on sortait les
étoffes de la vieille malle pour les secouer, les aérer, raconter leurs histoires, puis tout renfermer solennellement
de nouveau. Néanmoins la possession de ces choses donnait
aux femmes d'une maison une certaine dignité et comme
une satisfaction de conscience, en sorte que dans cette ma-
jeure partie de l'existence communément appelée tous les
jours, elles se contentaient d'étoffes simples fabriquées dans
le pays. La toilette de Marie s'acheva donc beaucoup plus
rapidement que ne le ferait de nos jours celle d'une élégante
de Newport : elle consistait simplement à changer sa robe
ordinaire et son jupon pour d'autres, d'étoffes un peu plus
délicates : une jupe d'indienne et une robe de jaconas rayé.
Ses cheveux étaient naturellement lisses et brillants comme
le satin, mais néanmoins jamais jeune fille ne croirait avoir
fait sa toilette si elle ne détachait ses cheveux pour les relever de nouveau. Quelques moments suffirent à Marie pour
tresser les siens et les rattacher en simple nœud derrière la
tête, puis ayant passé de chaque côté ses petites mains
potelées, elle s'assit un moment auprès de la fenêtre, con-
templant d'un regard pensif le soleil couchant dont les
longs rayons d'or glissaient sous les arbres du verger, et,
sans y songer, elle se mit à gazouiller d'une voix basse et
douce les paroles d'une hymne familière dont la gravité
était d'accord avec la teneur générale de sa vie et de son
éducation :

> La vie nous est donnée pour servir le Seigneur,
> Efforçons-nous d'atteindre au séjour du bonheur.

Soudain on entendit un bruissement dans l'herbe du ver-
ver, le retentissement d'un pas élastique, puis les branches
s'écartèrent, et un jeune homme apparut entre les arbres.
Il paraissait avoir environ vingt-cinq ans, et portait un costume de marin qui faisait ressortir sa belle taille et s'ac-
cordait avec un certain air d'aisance et de hardiesse qui caractérisait toute sa personne. Quant au reste, un front élevé,

ombragé de boucles d'un noir de jais, des yeux bruns et vifs, une bouche ferme et décidée, donnaient l'idée d'un homme qui avait engagé la bataille de la vie non-seulement avec une volonté résolue, mais encore avec une sagace habileté.

Il entra en conversation en passant les bras autour du cou de Marie et l'embrassant :

« James! s'écria Marie en rougissant. Te voilà donc?

— Sans doute, que me voilà, » dit le jeune homme en posant le coude sur l'appui de la fenêtre et regardant sa cousine avec un air de franchise comique et résolue, empreint cependant d'une si loyale honnêteté, qu'il eût été difficile à celle-ci de se fâcher. « Le fait est, Marie, ajouta-t-il tandis que son front s'assombrissait soudain, que je suis las de toutes ces grimaces. Ma tante me tient à distance et a toujours l'air de se méfier de moi depuis mon retour, et qu'ai-je fait pour cela, s'il vous plaît? N'ai-je pas été à l'office aussi régulièrement qu'un livre de psaumes? On ne m'a pas seulement laissé causer une seule fois avec toi; je n'ai pas même eu la chance de te donner le bras en revenant de l'église. Ma tante Katy vient toujours se mettre entre nous deux en disant : « Allons, Marie, prends mon bras. » A quoi bon alors aller au sermon, et risquer de me briser les mâchoires en renfonçant mes bâillements? Je ne m'endors même pas, et voilà comme on me traite! C'est par trop fort aussi! Qu'ai-je fait? Que peut-on dire contre moi? Ne suis-je pas toujours venu te voir depuis que tu étais haute comme mon genou? N'est-ce pas moi qui te conduisais à l'école dans mon traîneau? Ne faisions-nous pas nos devoirs ensemble? N'allais-je pas toujours te chercher à la classe de chant, et n'étais-je pas libre d'aller et de venir ici comme si j'étais ton frère? Et aujourd'hui voici ma tante qui se tient là roide et guindée, et qui ne bouge pas de la chambre une seule minute tant que j'y suis, comme si elle avait peur que je ne fisse quelque sottise. Encore une fois, c'est par trop fort !

— O James! je suis fâchée d'apprendre que tu ne vas au sermon que pour me voir; les choses religieuses ne t'intéressent pas, et puis ma mère pense que maintenant que je suis grande.... enfin, tu dois comprendre que ce n'est plus la même chose que quand nous étions enfants. Mais je voudrais te voir t'intéresser aux choses saintes.

— Je m'intéresse à quelques-unes, Marie, principalement à toi qui est la plus sainte que je connaisse. En outre, dit-il vivement et en regardant attentivement la figure de sa cousine pour voir l'effet que produiraient ses paroles : ne trouves-tu pas qu'il y a plus de mérite à moi d'écouter ces sermons qui m'ennuient si prodigieusement, qu'à toi et à ma tante Katy qui semblez vraiment y trouver quelque plaisir? Je crois, ma parole! que vous avez un sixième sens qui m'est tout à fait inconnu, car pour moi cela me semble un vrai galimatias, je n'y comprends goutte, il nous dit vous pouvez et vous ne pouvez pas, vous ferez et vous ne ferez pas vous voulez et vous ne voulez pas....

— James!

— Voyons, ne me regarde pas ainsi. Je n'en dirai pas davantage. Mais sérieusement, tout cela me paraît étrangement confus, ne me touche pas, ne m'avance à rien, et me rend plutôt pire que meilleur. Et alors ils viennent me dire que c'est parce que je suis un homme naturel, et que l'homme naturel n'entend pas les choses de l'esprit. Eh bien, oui, je suis un homme naturel; que veulent-ils que j'y fasse?

— Tu pourrais ne pas parler partout comme tu fais. Tu plaisantes, tu te moques de façon à faire penser à tout le monde que tu ne crois plus à rien. J'ai peur que ma mère ne te regarde comme un incrédule; je sais bien que cela n'est pas possible, cependant on nous rapporte de toi toutes sortes de discours étranges.

— Je suppose que tu veux parler de ce que j'ai dit au diacre Twitchel, que j'avais trouvé d'aussi bons chrétiens parmi les mahométans qu'à Newport. Si tu avais vu quels yeux il a ouverts! Et cependant c'est vrai.

— Dans toutes les nations, celui qui fait le bien et qui craint Dieu est accepté de lui, dit Marie, et s'il y a de meilleurs chrétiens que nous parmi les mahométans, j'en suis

bien aise, James, je t'assure. Mais après tout, la grande
question c'est de savoir si nous sommes nous-mêmes chrétiens. O James, si seulement tu pouvais être un chrétien
sincère et courageux!

— Toi, Marie, tu es arrivée au port malgré les bancs de
sable, les rochers et tous les écueils, et maintenant est-ce
bien à toi de laisser dehors un pauvre diable battu de l'orage
sans seulement lui tendre la main pour l'aider à entrer?
Cette façon que vous avez, vous autres gens pieux, de vous
redresser et d'abandonner les pécheurs à eux-mêmes n'est
pas généreuse. Dans tous les cas, tu devrais avoir quelque
souci de l'âme d'un ancien ami, ce me semble?

— N'en ai-je donc pas souci, James? Combien de jours
et de nuits ai-je passé en prières pour toi! Si je pouvais
arracher de mon âme mes espérances de salut pour te les
donner, je le ferais de grand cœur. Le docteur prêchait
dimanche sur ce texte : « Je souhaiterais que Jésus-Christ
me rendît moi-même anathème pour mes frères, » et il expliquait comment nous devons être prêts à sacrifier même
notre salut éternel, s'il est nécessaire, pour le bien des
autres. Il y en avait qui trouvaient cette doctrine bien dure;
pour moi je la comprenais aisément. Ainsi, je donnerais
volontiers mon âme pour la tienne; plût à Dieu que je pusse
le faire! »

Il y avait dans le ton de Marie une solennité et une émotion qui arrêtèrent un instant la conversation. James était
vivement touché; ces paroles sortaient d'une bouche si sincère, dont la simplicité était si inflexible! Les yeux de Marie
se remplirent de larmes, son visage s'anima d'une ardeur
mêlée de tristesse, et James en la regardant ne put s'empêcher de songer à un tableau qu'il avait vu dans une cathédrale d'Europe, représentant la jeune Mère de douleurs

> Radieuse et grave,
> Triste, mais triste du crime d'un autre.

James avait cru aimer Marie; il avait admiré sa beauté
remarquable; il s'était senti fier des priviléges que lui don-

naît auprès d'elle son titre de cousin ; il avait songé à elle comme à la gardienne de son foyer ; il avait souhaité de se l'approprier complétement ; mais dans tout ceci, il n'avait, après tout, pensé qu'à lui, et voici que pour cette pauvre mesure de ce qu'il appelait amour, elle était prête à un sacrifice éternel.

Il arrive parfois qu'à la lueur rapide d'un éclair, on découvre tout un paysage, la vieille tour, la ville, la rivière avec ses sinuosités, et au loin la mer ; de même un éclair de sentiment sembla révéler aux yeux de James sa vie passée tout entière ; et elle lui apparut si misérable, si inutile et si creuse à côté de cette enfant, à qui les plus nobles sentiments étaient si familiers, qu'il se sentit saisi d'une sorte de frayeur ; comme jadis les apôtres, « il trembla en entrant dans le nuage ; » il lui sembla que la corde profonde de quelque éternelle douleur avait vibré entre eux.

Après un moment de silence, il reprit d'une voix basse et altérée :

« Marie, je suis un pécheur, ni psaume ni sermon ne m'en avaient jamais convaincu, mais maintenant je le sens Ta mère a raison, Marie ; je ne suis pas digne de toi. Oh ! que penserais-tu de moi si tu me connaissais à fond? J'ai mené une vie misérable, indigne, et toi tu es une âme sainte et innocente. Ah ! comment est-il possible que tu t'intéresses si vivement à moi ?

— Eh bien, James, tu seras bon. maintenant. Si tu causais un peu avec le docteur?

— Au diable le docteur ! dit James. Pardon, Marie, mais je ne puis comprendre un mot de ce qu'il dit, ton docteur. Je ne sais jamais à qui il en a et où il veut en venir. Vous autres femmes, vous ne connaissez pas votre puissance. Toi, Marie, par exemple, tu es un évangile vivant Tu as toujours eu un singulier pouvoir sur nous autres garçons ; tu ne parlais jamais beaucoup de religion, et cependant j'ai vu certains d'entre nous, des garçons gais et bruyants, sortir d'avec toi sérieux et calmes comme on se sent en entrant dans une église. Je n'entends rien à la prédestination, à l'aptitude morale et à l'aptitude naturelle, à l'efficacité de la grâce, à l'action de l'homme et à tout ce que nous débite le docteur Hopkins. Mais je te comprends, *toi, tu peux* me faire du bien !

— Oh ! vraiment James ?

— Marie, je vais te faire ma confession. Je m'étais aperçu que, pour une raison ou pour un autre, le vent m'était contraire du côté de la tante Katy, et nous autres marins nous n'aimons pas à être battus, comme tu sais. L'opposition ne fait que nous exciter davantage. Eh bien, je t'avoue que la religion ne me préoccupait pas beaucoup, mais je me suis dit, sans être pour cela un hypocrite, que je te laisserais essayer de sauver mon âme, dans le désir de t'obtenir, car il n'y a rien qui amorce davantage une femme que l'espoir de sauver l'âme d'un homme. C'est un coup qui ne rate jamais. Maintenant, notre vaisseau part ce soir, et j'ai pensé à traverser par le verger pour venir te parler. Tu te rappelles que j'avais coutume autrefois de t'apporter des pêches et des cerises par ce chemin, même qu'une fois je t'ai apporté un ruban ?

— Oui, je l'ai toujours, James.

— Eh bien, Marie, tout ceci maintenant me semble mal, oui, c'est mal de vouloir ruser avec toi qui es cent fois trop bonne pour moi. Je me sentais bien fier ce matin de penser que j'allais partir comme contre-maître, et qu'à mon prochain voyage je commanderais un vaisseau. Je voulais exiger de toi une promesse, mais j'y renonce. Seulement, Marie, donne-moi ta petite Bible ; je te promets de la lire sérieusement d'un bout à l'autre, et nous verrons ce qui en résultera. Et puis, prie pour moi, et si pendant mon absence un honnête homme se présente qui t'aime et qui soit digne de toi, eh bien ! épouse-le, c'est là mon conseil.

— Je ne pense point à cela, James ; je n'ai pas l'intention de me marier jamais. Et je suis bien aise que tu ne me demandes pas de promesses, parce que ce serait mal à moi de t'en faire une ; maman n'aime même pas à ce que je sois beaucoup avec toi. Mais elle ne me blâmera pas de t'avoir parlé comme j'ai fait ce soir, j'en suis sûre. Je lui répéterai tout ce que je t'ai dit.

— Ah ! si ma tante Katy savait par où il faut que passent les pauvres diables qui gagnent leur vie à la mer, elle ne serait pas si sévère, si égoïste ; Marie, vous autres femmes vous ne connaissez pas le monde dans lequel vous vivez ; il vous est aisé d'être bonnes et pures ; votre vie ne ressemble guère à la nôtre. Tu ne sais pas quels hommes, quelles femmes, non ce ne sont pas des femmes ! quelles créatures nous assiégent dans chaque port étranger et dans des auberges qui sont de véritables succursales de l'enfer ; et puis après, si un pauvre garçon qui revient de tout cela ne marche pas parfaitement droit, vous relevez votre robe et vous vous serrez contre le mur de crainte qu'il ne touche en passant le bord de vos vêtements. Je ne dis pas toi, Marie, tu n'es pas comme les autres ; mais si vous faisiez ce qui est en votre pouvoir, vous pourriez nous sauver. Enfin, ça ne sert de rien de parler ; Marie, donne-moi ta Bible, et aie bien soin de ma colombe, je t'en prie, car elle m'a donné bien de la peine pendant la traversée, et je serais fâché qu'elle mourût. »

Si Marie eût dit tout ce qui jaillissait de son pauvre cœur en ce moment, elle en eût peut-être trop dit ; mais le devoir mit sur ses lèvres son sceau accoutumé. Elle prit la petite Bible sur sa table et la donna d'une main tremblante à James qui fit un pas pour s'en aller ; puis se retourna et demeura un instant irrésolu.

« Marie, dit-il enfin, nous sommes cousins ; je ne reviendrai peut-être pas ; ne pourrais-tu m'embrasser ? »

Le baiser fut donné et reçu en silence, puis James disparut entre les arbres.

« Allons, allons, Marie, appela mistress Scudder dans le passage, j'aperçois la voiture du diacre Twitchel.... es-tu prête ?

— Oui, ma mère. »

CHAPITRE IV.

Un thé théologique.

A l'appel de mistress Scudder, Marie se rendit en toute hâte au salon, dans une agitation d'esprit qu'elle n'avait encore jamais ressentie. Depuis l'enfance, son amour pour James avait été si profond, si égal, si intense, qu'il ne lui avait jamais causé ni trouble, ni angoisses. Il avait commencé par une affection fraternelle, et, croissant silencieusement, s'était emparé de tout son être, avant qu'elle en eût conscience. Mais cette dernière entrevue semblait avoir fait vibrer dans son cœur une corde jusque-là inconnue, et elle, ordinairement calme, par habitude, par principe et par suite d'une bonne santé, elle frissonnait et tremblait en écoutant James s'éloigner et en regardant l'herbe du verger se relever derrière lui. C'était comme si chaque pas eût foulé un de ses nerfs, comme si le bruit même de l'herbe eût remué dans son âme quelque chose de vivant et de douloureux. Et ce qui était plus étrange que tout le reste, le vague sentiment d'une faute semblait l'oppresser. *Avait-elle* donc fait quelque chose de mal? elle n'avait pas demandé à James de venir; elle ne lui avait pas parlé d'amour; non, elle ne lui avait parlé que de son âme et dit comment elle donnerait la sienne pour le sauver, oh! combien volontiers! et ce n'était pas là de l'amour; c'était seulement ce qu'au dire du docteur Hopkins, tous les chrétiens devaient sentir les uns pour les autres.

« Marie, mais que faisais-tu donc ? dit mistress Scudder qui était assise dans le salon, son tricot de cérémonie entre les mains ? Te voilà rouge comme une pivoine. Est-ce que tu as pleuré. Qu'as-tu donc ?

— Voici la femme du diacre, maman, » dit Marie confuse en courant vers la porte.

Et presque aussitôt entra mistress Twitchel, petite femme d'un certain âge, douce et potelée, dont l'air et la tournure faisaient forcément songer à un sac de plumes, serré au milieu par un cordon. Une vaste et confortable poche, pendue à son côté, laissait voir son tricot tout prêt pour l'occasion ; elle secouait soigneusement avec un mouchoir la poussière qu'elle avait amassée pendant sa course en voiture, tout en répondant aux salutations hospitalières de mistress Scudder de ce ton plaintif et maternel qu'affectionnent certaines bonnes vieilles dames qui semblent vivre dans un état chronique de douce compassion pour les péchés et les douleurs de cette vie mortelle en général.

« Mais oui, mistress Scudder, pas trop mal, je vous remercie ; ça va toujours, c'est l'essentiel. Je disais ce matin au diacre que je ne voyais pas trop comment je ferais pour venir ici cette après-midi, mais que d'un autre côté je voulais vous voir pour parler un peu de cet excellent sermon de dimanche. Et comment va le docteur ? L'excellent homme ! Oh ! il aura bien sûr une grande récompense dans le ciel, sinon en ce monde, comme je le disais au diacre, sur quoi il m'a répondu : « Ne nous faisons point d'idoles, Polly. » Merci, chère enfant (à Marie), ne vous tourmentez pas de mon chapeau, ce n'est pas celui des dimanches, j'ai pensé que celui-ci suffirait, comme je le disais à Cérinthie. Mistress Scudder n'y prendra pas garde, parce qu'elle a mis son cœur plus haut que ces sortes de choses ! Je saisis toujours l'occasion de dire un mot de piété à Cérinthie, parce qu'elle est tout entière absorbée par la vanité et les parures. Oh ! mistress Scudder, c'est bien différent avec votre chère fille ! C'est certainement une grande bénédiction que d'être appelé dès sa jeunesse comme Samuel et Timothée, mais, à la vérité, nous ignorons les voies du Seigneur. Quelquefois je

suis tout à fait découragée avec mes enfants, puis ensuite je
me dis qu'on ne sait pas, que personne ne peut savoir. Cérinthie est la plus habile travailleuse que je connaisse. Personne ne peut comprendre où cette enfant-là trouve le temps
de faire tout ce qu'elle fait, et je ne sais en vérité ce que je
deviendrais si je ne l'avais pas. Le diacre dit que si jamais
Dieu l'appelle, ce sera une Marthe plutôt qu'une Marie,
mais c'est terrible de voir comme elle est opposée aux doctrines. Ah! mon Dieu! mon Dieu!

« Elle me disait encore hier en étendant son linge qu'elle
ne pourrait jamais admettre les décrets éternels et l'élection,
parce qu'elle ne comprenait pas, si les choses étaient déci-
dées d'avance, quel mérite les gens pouvaient avoir. « Cérin-
« thie, lui ai-je dit, les gens ne doivent pas prétendre à avoir
« du mérite, ils doivent se soumettre sans conditions; » alors
elle a jeté là avec impatience son panier de linge, et elle est
rentrée dans la maison. »

Ainsi que le lecteur peut s'en apercevoir, lorsque mistress Twitchel commençait une fois à parler, c'était comme
lorsqu'on tourne un robinet dont l'eau ne cesse de couler
que lorsqu'on le tourne d'un autre côté, et ce fut l'entrée
de mistress Brown qui vint cette fois mettre un terme à
l'inondation.

M. Siméon Brown était un riche armateur de Newport,
qui habitait une grande maison, était propriétaire de plusieurs nègres et d'une couple de chevaux, et affectait un
certain luxe dans ses habitudes. Une passion pour l'orthodoxie métaphysique avait attiré Siméon dans la congrégation du docteur Hopkins, et sa femme y occupait naturellement une place considérable. Mistress Brown était grande,
anguleuse, vêtue avec une recherche qui contrastait avec
la simplicité de ses voisins, et toute sa personne trahissait
la femme d'importance, qui, du droit de ses gros revenus,
s'attend à voir respecter son opinion au sujet de tout ce qui
se passe dans le monde, qu'elle y comprenne ou non quelque
chose.

A son entrée, la bonne petite mistress Twitchel quitta en
toute hâte le grand fauteuil qu'elle occupait et se tint debout,

3

l'air effaré et dans l'attitude d'une femme qui sent qu'elle n'a aucun droit à se fixer quelque part, avant que le chapeau de mistress Brown ne soit ôté et que celle-ci ne se soit assise, après quoi mistress Twitchel s'alla blottir dans un coin, où elle agita rapidement ses aiguilles pour déguiser son émotion, et se donner une contenance.

La nouvelle Angleterre a été appelée le pays de l'égalité, mais en quel pays de la terre l'égalité est-elle complète? Les vers même qui rongent un fromage ont, à ce que prétendent les naturalistes, de violentes querelles au sujet du rang, de la préséance, de la position sociale. Celui qui possède dix livres paraîtra toujours un gentilhomme à celui qui n'en a qu'une; c'est pourquoi il nous faut excuser la pauvre petite mistress Twitchel de s'anéantir à ses propres yeux en voyant entrer mistress Brown, et aussi excuser mistress Brown de s'asseoir dans le grand fauteuil de l'air de condescendance d'une femme qui se dit qu'il est de son devoir d'être affable, et qui veut l'être. Ce n'était cependant pas chose aisée pour mistress Brown, malgré son argent, sa maison, ses nègres et sa voiture, de protéger mistress Katy Scudder, qui était de ces femmes que la nature semble avoir assises sur un trône, et qui dispensent elles-mêmes la protection et la faveur, en vertu d'un droit et d'une aptitude innés, quels que soient d'ailleurs leurs avantages sociaux.

C'était l'une des constantes épreuves de la vie de mistress Brown, que cette étrange et secrète qualité d'une voisine dont la position lui semblait si inférieure à la sienne. Il n'y avait pas jusqu'à la façon calme et positive dont mistress Scudder tricotait, qui ne lui irritât les nerfs comme impliquant l'indépendance, et, bien que dans la circonstance présente on l'eût accueillie avec toute la politesse voulue, elle n'en éprouvait pas moins, comme il lui arrivait toujours chez mistress Katy, un certain mécontentement. Elle comparait intérieurement ce simple petit salon, son plancher sablé et ses rideaux de mousseline, avec son vaste salon orné (luxe encore fort rare) de tapis de Turquie et de glaces françaises, et se demandait si réellement mistress Scudder était aussi tranquille et aussi à son aise en la recevant qu'elle le paraissait.

N'allez pas vous imaginer que c'était à cela que mistress Brown *croyait* penser. Non, certes. Toute la basse besogne de notre nature se fait généralement dans un petit cabinet noir, un peu en arrière du sujet dont nous nous croyons occupés.

Or, le sujet qu'on discutait, et celui que mistress Brown supposait être dans sa pensée, c'était le sermon du dernier dimanche, sur la doctrine de la charité entièrement désintéressée, sermon dans lequel l'excellent docteur Hopkins avait annoncé aux citoyens de Newport qu'il était de leur devoir d'être assez entièrement absorbés dans le bien de l'univers, pour acquiescer à leur propre damnation, si le plus grand bien général en devait résulter.

« Je disais au diacre, fit mistress Twitchel, tandis que le mouvement de ses aiguilles à tricoter suivait le ton mélancolique de sa voix : « Comment pourrons-nous jamais en arriver là ? » Quelquefois il me semble que j'avance un peu, puis tout d'un coup je ne sais plus qu'en penser ; mais le diacre, lui, est tout à fait découragé ; il ne sent en lui-même aucune évidence. Quelquefois il pense même qu'il serait de son devoir de quitter ses fonctions à l'église, d'autres fois il ne sait plus que penser. Il tourne et retourne tout ça dans son esprit, s'éprouvant lui-même tantôt d'une façon, tantôt de l'autre, puis il dit qu'au fond, il ne voit en lui-même qu'égoïsme.

« Je me rappelle qu'une nuit de l'hiver dernier, à peine le diacre était-il bien chaudement dans son lit, qu'on frappa à la porte. Et qui était-ce s'il vous plaît? la vieille Beulah Ward, qui demandait le diacre. Son garçon venait le chercher, disant que sa mère était malade et qu'elle n'avait plus ni bois, ni chandelle. Or je savais que le diacre avait porté une demi-corde de bois à cette créature la veille de la Saint-Michel, et je lui avais envoyé moi-même de mes meilleures chandelles, des chandelles excellentes que Cérinthie avai. coulées la dernière fois que nous avions tué un porc ; mais rien ne servit, il fallut absolument que le diacre quittât son

lit, s'habillât et attelât son cheval pour porter du bois à
Beulah. « Père, lui dis-je, tu vas être repris de ton rhumatisme, c'est sûr ; en outre, Beulah est vraiment impatientante ;
je sais qu'elle vend ce que nous lui donnons pour acheter de
l'eau-de-vie, et elle ne vous remercie seulement pas. Parce
que nous lui avons une fois donné, elle s'attend à ce que
nous lui donnions toujours, et plus nous en ferons, plus
elle exigera. » Là-dessus il me répond : « C'est juste comme
ça que nous faisons avec le Seigneur, Polly ; et refuse-t-il
pour cela de nous entendre quand nous l'invoquons dans
nos peines ? » Je ne dis plus rien, et le lendemain il était au
lit avec son rhumatisme. « Eh bien, père, dit alors Cérinthie, vous conviendrez que vous avez fait preuve de charité
désintéressée ? » Le diacre réfléchit un moment, puis il répondit : « J'ai bien peur que ce ne soit encore de l'égoïsme :
je suis tout près d'en tirer vanité. » Et Cérinthie sortit en
déclarant que les gens les plus pieux ne trouvaient aucune
consolation dans la religion, et que pour sa part, elle ne
voulait pas se creuser la tête là-dessus, mais au contraire
se donner du bon temps pendant qu'elle était jeune, parce
que, si elle était prédestinée, elle serait sauvée quand même,
et si elle ne l'était pas, elle n'y pouvait rien, n'importe
comment.

— M. Brown dit qu'il a adopté depuis longtemps la doctrine du docteur Hopkins, dit, mistress Brown, tirant brusquement sa laine et parlant d'une voix dure, aiguë, didac-
tique qui fit prendre sur-le-champ à mistress Twitchel son
air humble et apologétique. M. Brown est un maître pen-
seur ; rien ne lui plaît davantage qu'une doctrine ardue ; il
dit qu'elle ne saurait jamais l'être trop pour lui. Il ne
trouve aucune difficulté à l'aborder. Il raisonne la chose
très-clairement, et il dit que ceux qui restent dans les ténèbres sont ceux qui le veulent bien, et c'est aussi mon opinion. Lorsqu'ils savent une fois qu'il leur faut admettre une
chose, pourquoi ne l'admettent-ils pas ! Voilà ce qu'il dit, et
je suis de son avis.

— Feu M. Scudder disait qu'il avait eu bien de la peine
à adopter cette doctrine, dit mistress Katy. Il me contait

qu'un vieux marchand de papier lui avait dit une fois que
le papier qui n'avait été secoué que d'un côté se déchirait
généralement de l'autre, et que pour qu'il fût bon il fallait
le secouer de tous les côtés; et nous de même, ajoutait-il,
avant d'avoir été secoués, retournés, essayés de tous les
côtés, nous ignorons quel est notre endroit faible.

— Mistress Twitchel répondit à ce sentiment par une suite
de petits gémissements, ce qui était sa manière accoutumée
d'exprimer son approbation, et mistress Brown, relevant
vivement la tête avec une sorte de ronflement, dit que quant
à elle, elle avait toujours cru jusqu'ici que ce que les gens
savaient, ils le savaient, mais qu'apparemment elle s'était
trompée. »

Ici la conversation fut interrompue par l'entrée de mistress Jones, bonne, franche et joviale commère qui arrivait
à cheval d'une ferme située à trois milles de distance.

Souriante et satisfaite, elle présenta à mistress Katy un
petit pot de beurre doré, qu'elle avait battu le matin
même.

Il y a des gens si entièrement et si évidemment de ce
monde, qu'ils ne sauraient entrer dans un salon sans maté-
rialiser aussitôt la conversation. Nous n'entendons pas faire
le procès de ces sortes de personnes, loin de là. Elles sont
aussi nécessaires dans la composition d'un monde que le
sont des choux dans un jardin. Les principes salutaires de
la gaieté et de la vie animale semblent incarnés en elles.
Ce sont des lingots de vitalité solide et satisfaite. Certaines
vertus et certaines grâces chrétiennes prospèrent chez elles
comme les premières moissons dans les terres neuves de
l'Ohio. Mistress Jones était membre de l'Église; elle assis-
tait régulièrement à l'office, et plantait chaque dimanche sa
figure épanouie juste en face du docteur Hopkins, dont elle
écoutait les sermons pénétrants et scrutateurs avec un sourire d'honnête satisfaction. Ces subtiles distinctions relatives
aux mobiles qui nous dirigent, ces imposants avertissements,
ces puissants reproches qui terrifiaient le pauvre Twitchel,
elle les écoutait avec de grands yeux ronds et satisfaits,
faisant après tous la même remarque, « que c'était un ex-

cellent discours, qu'elle avait eu grand plaisir à l'entendre et que le docteur était vraiment un saint homme. » Dans la circonstance actuelle, elle présenta son pot de beurre comme le fruit de ses réflexions sur le dernier sermon.

« Voyez-vous, fit-elle, comme j'étais ce matin dans la laiterie, arrangeant mon beurre, j'ai dit à Dinah : « Je m'en vais en porter un pot à mistress Scudder pour le docteur. Son sermon de dimanche m'a fait tant de bien ! — Là, madame, j'aurais juré que vous dormiez, » m'a répondu Dinah. Non ; j'avais seulement oublié de prendre du carvi le matin, et j'en étais fâchée. Ça réveille, comme vous savez. Mais je n'ai pas perdu complétement connaissance un seul instant, et j'ai bien entendu qu'il disait toutes sortes de bonnes choses; aussi ai-je pensé à lui aujourd'hui.

—Ce sera un vrai régal, dit mistress Scudder, nous connaissons toutes votre beurre, mistress Jones. Je ne me permettrai pas d'en servir du mien ce soir, je vous en réponds.

—Vous me rendez vraiment honteuse, mistress Scudder. Il est vrai qu'on le trouve généralement bon, et qu'il se vend bien. Jones en est très-fier. Je lui dis qu'il a tort, car nous ne devons être fiers de rien. »

Mistress Katy jetant alors un coup d'œil sur la vieille horloge, avertit Marie qu'il était temps de dresser la table, et une légère émotion d'attente se produisit dans l'assemblée. La petite table d'acajou déploya ses ailes brunes, et l'on vit sortir du tiroir une nappe damassée d'un blanc de neige. L'étiquette voulait qu'en semblable occasion les assistants fissent successivement l'éloge de chaque objet à mesure qu'il paraissait; la femme du diacre commença donc par louer la nappe.

« Pour le coup, je déclare que mistress Scudder nous dame le pion à toutes avec ses nappes, » dit-elle en examinant avec admiration un coin de celle qu'on venait de poser sur la table. Sur quoi mistress Jones, se levant vivement, vint examiner l'autre coin.

« Comment ! fit-elle, mais cela doit venir d'Angleterre. Je n'ai de ma vie rien vu d'aussi beau

—C'est moi qui l'ai filée, fit mistress Scudder, non sans un peu d'orgueil. L'année d'avant mon mariage, un tisserand irlandais fort habile vint à Newport, alors que je venais justement de filer du lin magnifique. Je me rappelle que M. Scudder avait, à cette époque, coutume de me lire pendant que je filais. » La tante Katy regardait vaguement devant elle, comme quelqu'un dont l'imagination se reporte tout entière vers le passé, et sans s'en apercevoir, elle poussa un léger soupir après ces dernières paroles.

—J'avoue, dit mistress Jones, que ceci me surpasse complétement. Je croyais savoir faire du fil, mais maintenant je n'oserai de ma vie montrer le mien.

—Comment, mistress Jones, mais les serviettes que vous faisiez blanchir ce printemps étaient magniques, dit mistress Katy. Pour moi, je ne fais plus maintenant grand'chose dans ce genre-là, continua-t-elle en se redressant ; je deviens vieille, et c'est aux jeunesses à s'occuper de ces sortes de travaux. Marie file maintenant mieux que je n'ai jamais fait. Marie, donne donc tes serviettes. »

Et les serviettes de Marie passèrent de main en main.

« Il est facile de prévoir, dit mistress Twitchel à Marie, que votre armoire sera bien garnie d'ici à ce qu'*il* vienne; n'est-ce pas mistress Jones! » Et mistress Twitchel prit cet air agréablement facétieux qu'assument généralement les vieilles dames en parlant aux jeunes filles de ces possibilités.

Marie fut contrariée de sentir à cette suggestion le sang colorer ses joues de la façon la plus inattendue et la plus vexatoire ; sur quoi mistress Twitchel regarda mistress Jones d'un air significatif, puis lui dit mystérieusement à l'oreille quelques mots, auxquels la bonne mistress Jones répondit tout haut par un : « Ah bah! vraiment, en êtes-vous sûre?

—C'est singulier, fit mistress Twitchel, reprenant la parole d'un ton si plaintif que tous s'attendirent à quelque chose de pathétique; c'est singulier, comme on se trompe souvent en prenant une femme. Voici votre Marie, par exemple, mistress Scudder, il n'y a rien qu'elle ne sache faire, mais j'ai été passer une journée la semaine dernière

chez mistress Skinner, et ça m'a réellement fait peine à voir.
Sa mère était pourtant une femme bien habile, mais elle a
élevé là pauvre Sucky comme une vraie poupée de cire
bonne à garder dans un tiroir, et il faut avouer que c'était
une jolie créature; mais maintenant qu'elle est mariée, à
quoi est-elle bonne? Elle ne se doute pas seulement de la
manière de s'y prendre dans un ménage. La pauvre enfant
a bonne volonté, elle se tue de travailler, mais elle ne finit
à rien; sa besogne n'avance pas, et le pauvre Georges
Skinner est tout à fait découragé.

— Oui, dit mistress Scudder, le tout est de *savoir s'y*
prendre. Quand on voit une femme travailler du matin au
soir, c'est mauvais signe. J'ai toujours dit à Marie : Aie
soin de faire ta besogne dans la matinée. Il faut que les
jeunes filles s'accoutument à cela. Pour moi, je ne travaille
jamais les après-midi, je ne l'ai jamais fait et je ne le ferai
jamais.

— Ni moi non plus, » s'écrièrent à la fois mistress Twitchel et mistress Jones, toutes deux désireuses de proclamer
leur orthodoxie sur ce point capital.

— Il y a encore une chose que je recommande à Marie,
dit mistress Katy, c'est de ne jamais dire : je n'ai pas le
temps, à propos de ce qui doit être fait. Si une chose est
nécessaire, la vie est assez longue pour en trouver le temps.
C'est là ma façon de penser. Une femme qui dit sans cesse :
je n'ai pas le temps de ceci ou de cela, ne me donne pas
grande idée d'elle. Je me dis qu'elle ne sait pas s'y prendre,
voilà tout. »

Ici mistress Twitchel leva les yeux de dessus son tricot,
et regarda mistress Brown avec un sourire apologétique.

« Ah! fit-elle, mistress Brown n'entend rien à tout ceci,
parce qu'elle a des domestiques qui font toute la besogne.
Ça doit lui sembler drôle de nous entendre parler de notre
ouvrage, elle qui a tout son temps à elle. Comme je le disais
l'autre jour au diacre, c'est une femme privilégiée.

— Je vous assure que ceux qui ont des domestiques ont
bien assez à faire de les surveiller, dit mistress Brown,
qui, comme tout le monde, était sensible à l'imputation de

n'avoir pas autant de peines que le prochain. Quant à ce qui est d'avoir la besogne faite dans la matinée, c'est là une chose que je n'ai jamais pu leur apprendre; Chloé aime à avoir son ouvrage en train et à le faire par caprice, n'importe à quelle heure, quand l'envie lui en prend.

— C'est justement pour cela que je n'ai jamais voulu prendre chez moi de ces créatures, dit mistress Katy. Les principes de M. Scudder s'opposaient à ce qu'il achetât des nègres, mais en eût-il été autrement, je n'eusse jamais voulu de leur ouvrage. Je connais ma besogne, et l'aide d'un autre ne fait généralement que me retarder. Tout ce que je demande, c'est qu'on s'ôte de mon chemin et qu'on me laisse faire. J'ai essayé deux ou trois fois de prendre une servante, et je ne me suis de ma vie donné tant de mal que pendant ce temps-là. Lorsque Marie et moi nous faisons tout nous-mêmes, nous pouvons calculer chaque chose à une minute près, et nous trouvons le temps de coudre, de lire, de filer, de faire des visites, et de vivre juste comme il nous convient. »

Mistress Brow se sentit de nouveau mécontente. A quoi lui servait-il d'être riche et d'avoir de nombreux domestiques, si ce Mardochée à sa porte méprisait complétement sa prospérité? Elle se dit qu'au fond mistress Katy devait être envieuse, et se consola par cette réflexion, sans avoir conscience du moindre antagonisme entre ce sentiment et ceux de complète abnégation qu'elle venait d'énoncer.

Pendant ce temps, la table à thé s'était successivement couverte d'un plateau de porcelaine de Chine, du beurre doré de mistress Jones, d'un plat de « merveilles » (c'était le nom d'une sorte de gâteau frit) légères comme le vent, de gelées de pommes et de coings claires comme l'ambre, du miel le plus blanc et le plus pur, encore dans son rayon, enfin de tout ce qui peut concourir à l'effet d'un thé irréprochable.

« Je ne sais pas, dit mistress Jones, reprenant le thème de circonstance, comment mistress Scudder arrive à réussir si parfaitement son gâteau. Il n'est pas plus levé d'un côté que de l'autre, mais toujours parfaitement rond; il n'est pas non plus blanc par ici et brûlé par là, mais d'un beau brun doré tout autour, et il ne se fend jamais.

— C'est justement ce que me disait Cérinthie l'autre jour, reprit mistress Twitchel; elle dit qu'elle a beau faire, le sien est toujours ou trop ou pas assez levé, mais que celui de mistress Scudder est toujours parfaitement à point C'est un don, Cérinthie, lui ai-je dit. Ceux qui l'ont, l'ont, et ceux qui ne l'ont pas sont obligés de se donner bien de la peine, et encore pour ne pas faire moitié aussi bien. »

Mistress Katy recevait toutes ces louanges comme un tribut accoutumé. Depuis l'âge de treize ans elle n'avait jamais mis la main à quelque chose sans faire mieux que qui que ce fût; elle acceptait donc les éloges avec le calme et la sérénité d'une personne dont la réputation est établie et incontestée, sans néanmoins se dispenser des désaveux accoutumés : « Oh! ce n'est rien, rien du tout. Je vous assure que je ne sais pas moi-même comment je fais, etc., etc.

— Pensez-vous que le diacre tarde à venir? dit mistress Katy lorsque Marie, revenant de la cuisine, annonça le fait important que l'eau bouillait.

— Oh non! dit mistress Twitchel, je l'attends à chaque minute. Il m'a dit qu'il ensemencerait avec ses ouvriers la pièce des huit arpents et qu'il garderait le cheval pour revenir à la maison; là-dessus je lui ai préparé une chemise blanche, en disant : Ah çà, père, n'oublie pas qu'il faut être là-bas à cinq heures, afin que mistress Scudder sache quand elle pourra verser son eau. Le voilà justement, » ajouta-t-elle tandis que le pas d'un cheval se faisait entendre au dehors, et après quelques instants la porte s'ouvrit et donna passage au diacre désiré.

C'était un petit homme maigre, aux cheveux noirs et plats; son regard, à la fois grave et ardent, révélait un tempérament nerveux et mélancolique. Une douce et pensive humilité de manières semblait planer sur lui comme l'ombre d'un nuage. Tout dans son costume, son air, ses mouvements, indiquait la rectitude, la précision poussées parfois jusqu'à une anxiété nerveuse.

A peine le mouvement produit par son arrivée avait-i

cessé, qu'on vit apparaître M. Siméon Brown, homme grand et maigre, aux pommettes saillantes, aux traits anguleux, avec de petits yeux au regard dur et perçant, de grands pieds et de larges mains.

Siméon était, comme nous l'avons dit, un théologien subtil, qui avait le flair d'un limier pour une distinction métaphysique. C'était aussi un homme d'affaires, faisant un commerce lucratif avec la côte d'Afrique, d'où il importait des nègres pour le marché américain, et personne, disait-on, n'entendait mieux que lui cette sorte de trafic, car il en connaissait à fond tous les détails, ayant commandé dans sa jeunesse des bâtiments négriers. Dans sa vie privée Siméon se montrait sévère et despotique. Il appartenait à cette classe de gens qui un jour de grand froid se planteront entre vous et la cheminée, et là se livreront à des raisonnements ayant pour but de vous démontrer que l'égoïsme est la racine de tout mal. Siméon disait que ç'avait toujours été son opinion, et ses voisins pensaient souvent que personne ne pouvait avoir sur ce sujet plus d'expérience que lui. C'était un de ces hommes qui se croient soumis à la volonté divine jusqu'au point extrême exigé par la théologie de cette époque, simplement parce qu'ils n'ont ni nerfs pour sentir, ni imagination pour concevoir ce que c'est qu'un bonheur ou un malheur éternel, et qui traitent la grande question du salut ou de la damnation de myriades humaines comme un problème d'algèbre théologique que doit infailliblement résoudre leur x, y, z.

Mais il nous faut abréger cette analyse des caractères, car à la table à thé les choses approchent d'une crise. Mistress Jones a annoncé qu'elle ne croit pas qu'*il* puisse venir cet après-midi, façon de parler significative indiquant qu'il n'existe au monde, pour cette vertueuse épouse, qu'un seul individu du sexe masculin, et mistress Katy dit à sa fille : « Marie, va frapper à la porte du docteur pour l'avertir que le thé est prêt. »

Le docteur était dans son cabinet, pièce située de l'autre côté de la petite entrée. Le jour y était adouci et l'air parfumé par les lilas en fleurs dont l'ombre légère, mêlée aux

rayons du soleil couchant, dansait sur une grande table couverte de papiers, de pamphlets et de gros volumes de théologie, devant laquelle était assis le docteur.

C'était un homme de proportions gigantesques, haut de
cinq pieds six pouces, avec des épaules d'une largeur correspondante ; il écrivait penché sur sa table, et si complè-
tement absorbé qu'il n'entendit pas le léger bruit que f'
Marie en entrant.

« Docteur, le thé est prêt, » dit doucement celle-ci.

Ni mouvement ni bruit, si ce n'est celui de la plume courant sur le papier.

« Docteur ! docteur ! fit Marie un peu plus haut et en
avançant d'un pas dans la chambre, le thé est prêt. »

Le docteur releva la tête pour regarder un papier posé
devant lui, et répondit à voix basse et du ton d'un homme
qui lit :

« Premièrement, si la vertu non dérivée est particulière
à la Déité, peut-elle être du devoir d'une créature ? »

Ici une petite main se posa doucement sur sa robuste
épaule, et le « Docteur, le thé est prêt » pénétra vaguement
jusqu'à son nerf auditif, semblable à un son perçu dans le
sommeil. Il se leva en tressaillant, ouvrit une paire de
grands yeux bleus, brillant sous un front vaste et élevé, et
les fixa sur la jeune fille, qui, malgré son attitude de profond respect, regardait avec quelque malice son vénérable
ami occupé à rassembler ses facultés terrestres.

« Le thé est prêt, s'il vous plaît. Maman m'a envoyée
vous avertir.

— Oh ! Ah ! — Oui, en vérité ! dit-il, regardant avec confusion autour de lui, et s'apprêtant à sortir dans sa robe de
travail.

— S'il vous plaît, monsieur, dit Marie lui barrant le passage, ne voulez-vous pas mettre votre habit et votre perruque ? »

Le docteur jeta un coup d'œil rapide sur sa toilette
porta la main à sa tête, qui, au lieu des boucles de sa majestueuse perruque, n'était ornée que d'un bonnet médiocrement élégant, et parut soudain comprendre pleinement

l'état de la question. Un sourire bienveillant éclaira ses
pommettes saillantes, comme lorsque le soleil illumine
un côté du roc, et il dit affectueusement : « Oh! bien, bien,
mon enfant, je comprends maintenant ; je suis à vous dans
un instant. »

Et Marie, sûre maintenant qu'il était dans la bonne
voie, retourna au salon et annonça que le docteur allait
paraître.

Quelques minutes après il entra dans toute la dignité de
sa grande perruque poudrée, de son habit ecclésiastique
avec d'amples manchettes, des boucles d'argent à ses souliers et à ses jarretières, ainsi qu'il convenait à la gravité
et à la majesté d'un ministre de cette époque.

Il salua la compagnie avec une bienveillance empreinte
de dignité, mêlée néanmoins d'une certaine timidité, car le
docteur recélait dans son camp moral ce perfide soldat, que
John Bunyan anathématise sous le nom de *mauvaise honte*.
Toute la société se leva à son aspect, les hommes s'incli-
nèrent, les femmes firent la révérence, et tous restèrent
debout pendant qu'il adressait à chacun ces questions sur
la santé et le bien-être, préliminaires obligés de toute réunion sociale. Puis, sur un signe de mistress Katy, il s'a-
vança vers la table, où tous le suivirent, et levant une main,
il accomplit un acte de dévotion qui, pour la longueur, ressemblait davantage à une prière qu'au *Bénédicité*, après
quoi toute la société s'assit.

« Eh bien, docteur, fit M. Brown, qui, en sa qualité de
propriétaire important, se sentait le droit d'entamer la
conversation avec le ministre, vos vues commencent à
faire du bruit. J'en causais l'autre jour sur le quai avec
le diacre Trimmins, et il me contait que le docteur Stiles
avait dit que vos doctrines étaient complétement nouvelles,
et que pour lui il aimait mieux s'en tenir aux bonnes vieilles
coutumes.

— Ah! ah! fit le docteur, sortant soudain de l'abstraction
dans laquelle il était peu à peu retombé. Eh bien! soit.
J'aime mieux prêcher une théologie nouvelle qu'une autre,
et plus elle sera nouvelle, mieux vaudra, pourvu seulement

qu'elle soit vraie. Ce ne serait guère la peine d'écrire si je
n'avais rien de nouveau à dire.

— Ah ! docteur, fit le diacre Twitchel en rougissant, il n'y
a chose qu'on ne dise à votre sujet en ce moment. L'autre
jour, comme j'étais au moulin avec une charge de blé,
Amarich Wadsworth apporta la sienne aussi, et tandis que
nous attendions : « A ce qu'il paraît, votre ministre devient
arménien, » me dit-il, puis il me raconta que la vieille
Mme Badger lui avait affirmé que vous interprétiez certaines parties des Épîtres de saint Paul absolument de même
que les Arméniens. Comme vous savez, Mme Badger est
une bonne tête quant aux doctrines, et c'est une calviniste
zélée.

— Cela ne me fait pas peur le moins du monde, dit le
robuste docteur. Supposons que j'interprète certains textes
comme les arminiens. Ceux-ci ne peuvent-ils pas avoir parfois raison ? et ne vaut-il pas mieux être avec les arminiens
quand ils ont raison qu'avec les calvinistes quand ils ont
tort ?

— C'est cela, docteur, vous y êtes, fit Siméon Brown.
C'est ce que je me tue de leur dire : « Ne prouve-t-il pas tout
ce qu'il avance, et qu'avez-vous à lui répondre ? » Ça les
confond.

— Mon frère Seth, reprit le diacre Twitchel, vous connaissez mon frère Seth ; eh bien ! il prétend que vous niez
la dépravation native. Il est pour l'imputation du péché
d'Adam, vous savez ; j'ai de longues conversations avec lui
sur ce sujet, chaque fois qu'il vient me voir ; selon lui, dire
que nous n'avons pas péché en Adam, c'est abandonner
l'Écriture sainte ; et il soutient que vous êtes dans l'erreur
au sujet des œuvres non régénérées.

— Pas du tout, pas le moins du monde, s'écria vivement
le docteur.

— Je voudrais que Seth pût causer avec vous, docteur.
Au printemps dernier il était venu m'aider à enclore de palissades une pièce de terre, nous causions toute la journée,
et il me semblait réellement que plus nous causions, plus
Seth déraisonnait. C'est un liseur fini, et lorsqu'il a su que

vos remarques sur l'ouvrage du docteur Mayhew avaient
paru, il est venu à Newport exprès pour se les procurer ;
il a passé tout son temps cet hiver à les étudier et à les an-
noter, et je vous assure, monsieur, que c'est un garçon qu'il
n'est pas aisé de réduire. Enfin ce jour-là, entre la besogne
des palissades et la fatigue d'argumenter, je suis rentré chez
moi n'en pouvant plus; mistress Twitchel doit s'en souvenir.

— Ah ça oui ! je m'en souviens, fit l'épouse du diacre.
Quand il est rentré : « Père, lui ai-je dit, tu m'as l'air d'un
homme rendu, » et je me mis en mouvement pour lui préparer son thé , mais il s'en alla dans sa chambre et se mit sur
son lit en attendant le souper; sur quoi je dis à Cérinthie :
« Ton père n'a pas fait pareille chose depuis le jour où il a
été pris du typhus. » Là-dessus Cérinthie se mit à dire
qu'elle était sûre que ce n'était pas autre chose que ces en-
nuyeuses doctrines, qu'il en était toujours ainsi quand son
oncle Seth venait. Après le thé, le père commençait à se
remettre, et Seth et lui, étant auprès du feu, se préparaient
à reprendre leur discussion, lorsque je leur dis : « Voyez-
vous, Seth, ces choses-là ne vous font pas de mal à vous,
mais le diacre n'est pas bien portant, et si on le taquine
après son souper, il est sûr de ne pas fermer l'œil de la
nuit. Ainsi donc, vous ferez mieux de laisser les choses où
elles en sont; ça ne fera pas grande différence pour ce soir
de savoir lequel de vous deux a tort ou raison ; soyez sûrs
que le Seigneur décidera tout cela sans vous selon son bon
plaisir, et nous saurons plus tard ce qui en est. »

— Monsieur Scudder avait coutume de beaucoup réfléchir sur ces différents points, dit mistress Katy, et la dernière fois qu'il séjourna ici, il écrivit ses vues à ce sujet. Je
ne vous les ai pas encore montrées, docteur, mais j'aimerais à savoir ce que vous en pensez.

— Monsieur Scudder était un homme d'un grand sens et
un homme de bien; j'aurai grand plaisir à lire quelque
chose d'écrit par lui. »

Une expression de vive satisfaction éclaira un moment le
visage de mistress Katy, car une seule fleur déposée sur
l'autel que nous élevons dans notre cœur à un mort bien-

aimé, nous touche plus que tous les dons faits à nous-mêmes.

Nous ne suivrons pas plus longtemps la conversation de l'assemblée, dans la crainte de verser au lecteur plus de thé théologique qu'il n'en pourrait boire. Nous ne raconterons donc pas les nombreuses et subtiles questions soulevées par M. Siméon Brown et résolues par le docteur, ni comment Siméon déclara invariablement que c'était justement ainsi qu'il les envisageait lui-même, et cela depuis dix ans.

Nous ne rapporterons pas non plus trop minutieusement comment Marie changea rapidement de couleur lorsque M. Brown mentionna par hasard que *la Mousson* partait cette après-midi pour un voyage de trois ans. Personne, au milieu du conflit des politesses, ne remarqua le flux et le reflux soudain de ce pauvre petit cœur.

Ainsi faisons-nous, ignorant ce à quoi nous touchons et ce qui nous touche pendant que nous parlons! Nous annonçons une nouvelle : — Monsieur un tel se marie, — mademoiselle une telle se marie. — tel vaisseau a fait voile, — et voici qu'à notre droite ou à notre gauche, un cœur a sombré silencieusement, a plongé dans l'immense océan de la destinée, sans même qu'une vague se soulevât pour témoigner de sa dernière angoisse.

CHAPITRE V.

Marie rentra dans la solitude de sa chambre. Les rouges lueurs du crépuscule avaient fait place à la lune argentée, qui se levait brillante derrière les grands pommiers. Marie s'assit devant la fenêtre triste et pensive, écoutant les grillons, dont souvent le gai bourdonnement résonne ironiquement à nos oreilles, ainsi que font peut-être nos joies mortelles à celles d'êtres supérieurs. Elles grimpaient et criaient ces petites créatures, comme si la vie et la mort n'eussent été inventées que pour leur bon plaisir, et le monde créé que pour servir de théâtre à leurs ébats. De temps à autre un vent léger agitait les arbres et faisait tomber une pluie de pétales blancs qui flottaient dans les rayons obliques de la lune; parfois la lumière venait à raser la tête de quelque grande herbe, qui soudain apparaissait comme une fleur argentée, se balançant dans une joie tranquille, telle qu'une nouvelle élue qui s'éveille dans le paradis. On distinguait au loin la grande voix mystérieuse et triste des flots, le plus solennel de tous les bruits de la nature; c'était la mer profonde et éternelle, la mer traître, douce, terrible, inexplicable, qui peut-être en ce moment même l'emmenait loin, bien loin, vers quels chagrins, quelles tentations, quels dangers? elle l'ignorait. Elle regarda le chemin battu et familier par lequel *il* était venu, par lequel *il* était parti, et cette pensée traversa son esprit : S'*il* n'allait jamais revenir! il y avait dans le verger un sentier, qui conduisait à une petite élévation située dans le champ voisin, et d'où

4

l on apercevait distinctement la mer; bien des fois Marie avait passé par sa fenêtre basse pour s'y rendre; elle descendit donc, et, relevant ses jupes pour les préserver de la rosée du soir, elle longea toute pensive l'étroit sentier, puis gravit la petite colline. On apercevait au loin le port, sur lequel la lune à son lever projetait une raie de lumière, que les vaisseaux, semblables à des papillons blancs, parcouraient lentement en tous sens, puis un grand vaisseau, toutes voiles dehors, traversa lentement la raie lumineuse, gracieux comme un grand oiseau aux ailes argentées. Le cœur de Marie lui dit que ce beau vaisseau emportait une partie de son existence. Elle s'assit sous un arbre et, appuyant son coude sur son genou, elle accompagna le vaisseau de ses silencieuses prières, tandis qu'il disparaissait au loin comme un nuage léger.

Elle reprit lentement le chemin de sa chambre, et, en y entrant, elle aperçut, éclairé par les vifs rayons de la lune, un objet qu'elle n'avait pas vu auparavant, quelque chose de blanc comme une lettre, jeté sur le plancher. Elle alluma aussitôt une lumière, et c'était bien en effet une lettre de la belle écriture hardie de James. Sans prendre le temps de réfléchir, elle la baisa avec une ferveur qui eût vivement étonné son cousin s'il eût pu en être témoin. Mais Marie était comme celui qui, dans le vide laissé par la mort d'un ami, retrouve un message ou un mémento inattendu, et, dans la blanche et calme solitude de sa petite chambre, son cœur la domina soudain. D'une main tremblante elle ouvrit la lettre et lut ce qui suit :

« Chère Marie,

« Je ne puis te quitter ainsi. Il me reste je ne sais combien de choses à te dire, et c'est abominable de ne pas m'avoir laissé te voir plus longtemps; mais bénis soient l'encre et le papier! J'écris tout en m'occupant de cinquante autres choses; c'est pourquoi il ne faudra pas t'étonner si ma lettre est un peu confuse.

« J'ai réfléchi que je t'avais peut-être donné une fausse impression de moi-même, cette après-midi. Je m'en vais te parler du fond du cœur, comme si je me confessais sur mon lit de mort. Eh bien, donc, je n'avoue pas être ce qu'on appelle généralement un mauvais sujet. Volontiers consentirais-je à ce que des hommes du monde, de ceux même qui passent pour sévères, scrutassent ma vie et connussent toutes mes actions. C'est seulement devant toi, Marie, qu'elles me paraissent mauvaises, inutiles, mesquines, parce que tu me sembles appartenir à une sphère plus pure et plus sainte que celle où je vis d'ordinaire. Dans tous les pays, au milieu de toutes les tentations, ton souvenir m'a servi de sauvegarde contre le vice, Marie. Bien souvent, lorsque je me trouvais au milieu de camarades ivres qui beuglaient d'ignobles chansons, je croyais soudain te voir telle que tu étais à l'école de chant; ta voix résonnait à mon oreille comme celle d'un ange, et je les quittais avec dégoût. — Ta blanche et calme figure se dressait aussi entre moi et ces pauvres créatures perdues, qui ne savent gagner leur vie qu'en nous attirant dans le péché.

« Et quelquefois, Marie, en voyant des jeunes filles qui, si elles avaient été élevées par de bonnes et pieuses mères, auraient pu te ressembler, je me suis senti près de pleurer. Les pauvres femmes sont maltraitées, opprimées dans le monde entier, et l'on s'étonne ensuite qu'elles veuillent se venger sur nous.

« Non, Marie, je n'ai pas été ce que le monde appelle vicieux; ton image m'a gardé du mal. Mais te rappelles-tu m'avoir dit un jour que, lorsque la neige avec sa blancheur éblouissante recouvrait la terre, les rideaux de ta fenêtre et de ton lit, qui auparavant t'avaient paru blancs, te semblaient alors tout sales? Eh bien! il en est justement ainsi de moi. Ta présence me fait sentir que je ne suis pas pur, que je suis bas et indigne, indigne de toucher même le bord de ton vêtement. Ton bon docteur Hopkins a passé dimanche dernier toute la matinée à vouloir nous expliquer la beauté de la sainteté. Il comparait, définissait, il s'épuisait à nous dire ce que c'était, ce que ce n'était pas, ce qui y ressemblait, ce qui en différait; je songeais tout le temps qu'il aurait bien mieux fait de nous dire : regardez Marie

Scudder, et alors tout le monde eût compris sur-le-champ.
C'était à cela que je pensais tandis que tu me reprochais de
te regarder à l'église, au lieu de regarder vers la chaire.
Vraiment je ne pouvais m'empêcher de rire intérieurement
en voyant de quel bon petit air ignorant et édifié tu regardais le prédicateur, comme s'il en savait là-dessus plus que
toi.

« Et, quant à ton docteur, il y a certainement en lui des
choses que j'aime. C'est un spécimen grandiose de la nature humaine, un homme qui ne craint ni de penser ni de
dire ce qu'il pense; mais je crois que s'il voulait faire le
tour du monde à l'avant d'un baleinier, il comprendrait
mieux qu'il ne fait ce qu'il convient de dire aux gens; cela
le porterait certainement à envisager différemment plus
d'une question, et lui fournirait des points de vue tout nouveaux. Ce qu'il dit des hommes leur ressemble à peu près
autant que les arbres et les rochers chinois ressemblent à
la nature; il n'approche pas davantage de la réalité. Non,
le monde n'est pas ainsi fait, et vous en conviendriez, monsieur, si vous connaissiez les hommes. Il a ce qu'on appelle
un *système*, c'est-à-dire un nombre déterminé de briques
disposées de telle et telle façon; mais ce système est trop
étroit pour embrasser tout ce que je vois dans mes pérégri-
nations. Quiconque, ayant une âme, parcourt le monde
comme je fais, ne peut s'empêcher de se demander parfois,
en voyant les diverses races d'hommes, qui les a faites et
pourquoi elles ont été faites. Douter de l'existence de Dieu
me semble une aberration. Il existe un créateur et un lé-
gislateur, cela est certain; mais, je te l'avoue, Marie, tout
ce monde invisible de la religion manque pour moi de
réalité. Je comprends bien que de façon ou d'autre nous
devons être bons, que sans cela nous ne pouvons être heureux ni dans ce monde ni dans l'autre; mais, quant à la
métaphysique de votre bon docteur, je ne saurais te dire à
quel point elle me fatigue. Je ne suis pas de ceux que
touchent ces sortes d'idées. Il me faut des choses réelles,
des gens réels; les abstractions ne sont rien pour moi. Et
puis il me semble qu'il contredit systématiquement un di-

manche ce qu'il a affirmé le précédent. Un jour il nous dit
que Dieu est l'auteur immédiat de chaque acte de notre
volonté; la semaine suivante, que nous sommes des agents
entièrement libres. Je ne comprends rien à tout cela et je
ne puis me donner la peine d'en démêler le sens; mais, ce
qui est certain, c'est que lui et toi, vous possédez un principe qui vous fait *bons*. Quand je vois un homme dont la
conduite est entièrement honnête, désintéressée, charitable
comme la sienne, et quand je te vois, toi, Marie, je souhaite
de vivre comme vous vivez, que je croie ou non comme vous
croyez.

« Comment se fait-il que tu puisses tant m'aimer, moi qui
mérite si peu ton affection. Ô Marie! un plus digne que
moi t'obtiendra; ce bonheur ne m'est sans doute pas destiné, mais il ne faudra pas m'oublier pour cela; tu resteras
mon amie, ma sainte. Si tes prières, ta Bible, ton amitié
peuvent m'amener au même état que toi, je ne demande
pas mieux, je le désire même. Dieu a remis entre tes mains
les clefs de mon âme.

« Adieu donc, chère Marie! Prie toujours pour ce méchant cousin qui t'aime tant.   JAMES. »

Marie lut et relut cette lettre avec plus de peine que de
plaisir. Sentir que l'éternité d'une âme bien-aimée peut dé-
pendre de nous, que nous sommes l'intermédiaire de ses
seules communications avec le ciel, est la pensée la plus touchante et à la fois la plus solennelle qui puisse émouvoir
un cœur. Ce fut sans un seul grain de vanité satisfaite, et
même avec une sorte d'angoisse, qu'elle lut ces louanges
exaltées que faisait d'elle celui qui restait aveugle aux splendeurs de la divine beauté.

Cependant elle faisait en ce moment, sans le savoir, partie
de la grande société dispersée sur la terre, de ceux qui
sont les ministres du Seigneur, médiateurs entre le divin
Maître qui s'est révélé à eux, et ceux qui sont encore en
dehors du sanctuaire de sainteté et de vérité. Plus d'un
cœur percé, torturé, déchiré des péchés et des chagrins de
la terre, à qui il tarde de la quitter, remplit à son insu

cette noble et douloureuse mission. Les prêtres et les élus
de Dieu, couronnés d'épines et les pieds ensanglantés, traversent cette vie sans comprendre l'œuvre qu'ils accom-
plissent.

Marie prit dans son tiroir un petit portefeuille, d'où s'é-
chappa une boucle de cheveux noirs et brillants, qui semblait reformer ses anneaux avec une sorte de vie et d'enté-
tement, comme elle l'avait vue faire sur la tête de celui don
elle la tenait.

Elle se sentit prise d'une étrange tendresse pour ce petit
mémento, et en le regardant, trouva dans son cœur mille tendres excuses pour chacune des fautes et des erreurs de James.

Elle était encore debout et plongée dans ces réflexions
lorsque mistress Scudder entra dans sa chambre pour voir
si elle était couchée.

« Que fais-tu là, Marie? dit-elle en apercevant la lettre.
Qu'est-ce donc que tu lis? »

Marie pâlit· pour la première fois de sa vie elle redoutait
de répondre à une question de sa mère. Elle avait toujours
été avec celle-ci aussi loyale qu'envers Dieu même; mais
elle sentait, sans savoir pourquoi, que les révélations de ce
jour avaient ouvert un abîme entre elles deux, et ce sentiment l'épouvantait.

Mistress Scudder fut étonnée de son embarras évident,
de son émotion, de sa pâleur. Elle était d'un caractère vif et
impérieux, et Marie n'avait jamais jusque-là montré la plus
légère hésitation dans sa confiance envers elle; elle rougit,
son œil lança involontairement un éclair, et elle s'écria:
« Marie, tu caches donc quelque chose à ta mère? »

Un moment avait suffi pour rendre à Marie tout son
calme; sa nature sereine et bien réglée avait repris son
équilibre; elle leva innocemment ses grands yeux bleus
pleins de larmes et répondit: « Non, maman; je n'ai l'intention de vous rien cacher; cette lettre est de James Marwyn; il est venu me voir ici cette après-midi.

— Ici?... Quand? Je ne l'ai pas vu.

— Après le dîner. J'étais assise près de ma fenêtre, et
soudain il est arrivé derrière moi par le verger. »

Mistress Scudder s'assit, émue et déconcertée à son tour. Marie semblait maintenant lui imposer par l'expression candide des grands yeux qu'elle attachait sur elle, tandis que la pauvre enfant demeurait debout et immobile, le visage pâle comme la mort, deux larmes coulant lentement sur ses joues.

« James est venu me dire adieu, fit-elle. Il s'est plaint de n'avoir pas eu une seule occasion de me voir seule pendant son séjour.

— Et qu'a-t-il besoin de te voir seule ? dit mistress Scudder d'un ton sec.

— Maman, tout le monde a parfois certaines choses qu'on n'aime à dire qu'à une seule personne.

— Eh bien, dis moi ce qu'il t'a dit.

— Je vais essayer. Il a commencé par dire que toute sa vie il avait été libre d'aller et de venir dans la maison et d'être avec moi comme un frère.

— Hum ! fit mistress Scudder, mais il n'est pas ton frère, malgré ça ?

— Il voulait savoir pourquoi vous étiez si froide envers lui, et pourquoi vous ne le laissiez jamais me donner le bras en revenant de l'église, ou causer seul avec moi, comme nous faisions autrefois. Et je lui ai répondu que nous n'étions plus des enfants, et que vous pensiez que cela ne convenait plus ; et ensuite, je lui ai parlé de la religion, j'ai tâché de lui persuader de songer aux besoins de son âme ; et je ne me suis jamais senti tant d'espoir à son sujet que maintenant.

— Si réellement il était disposé à recevoir l'instruction religieuse, le docteur eût pu le guider bien plus sûrement que toi, fit la tante Katy d'un air sceptique.

— C'est ce que je lui ai dit, et je l'ai engagé à causer avec le docteur ; mais il s'y est refusé. Il a dit que j'avais plus d'influence sur lui que qui que ce fût, et que moi seule je pouvais lui faire du bien.

— Oui, oui, je connais cela, fit la tante Katy, j'ai déjà entendu des jeunes gens dire la même chose, et je sais ce que cela signifie.

— Mais maman, je vous assure que James était réellement très-ému cette après-midi. Je ne l'ai jamais entendu
parler si sérieusement; il m'a même demandé de lui donner
ma bible.

— Ne pourrait-il pas lire une autre bible que la tienne?

— Mais naturellement il aime mieux ma bible qu'une
autre, parce qu'elle le fera souvenir de moi. Il m'a promis
de la lire fidèlement d'un bout à l'autre.

— Et à ce qu'il paraît il t'a écrit une lettre?

— Oui, maman. »

Marie redoutait de montrer cette lettre, par suite de ce
sentiment d'honneur naturel qui nous fait regarder comme
une indélicatesse d'exposer à un œil peu sympathique les
effusions confidentielles d'un autre cœur; elle sentait aussi
que James n'avait pas dans le cœur de sa mère comme dans
le sien un souverain intercesseur. Mais le sentiment du devoir l'emporta sur toutes ses répugnances, et elle tendit la
lettre à sa mère.

Mistress Scudder la prit, l'étendit sur ses genoux, puis
se mit à chercher ses lunettes dans sa poche. Les ayant trouvées, elle les essuya, les ajusta soigneusement, ouvrit la
lettre et en effaça les plis, après quoi elle la lut avec une
lenteur cruelle, et au milieu d'un tel silence qu'on entendait
distinctement le tic tac de la grande horloge du salon.

Sa lecture achevée, elle se leva, posa la lettre sur la table
devant Marie, et indiquant du doigt un ou deux passages:
« Marie, as-tu dit à James que tu l'aimais? demanda-t-elle.

— Oui, maman, toujours. Je l'ai toujours aimé, et il le
sait.

— Mais, Marie, ce dont il parle là est quelque chose de
différent. Que s'est-il passé entre....

— Il disait que nous autres chrétiens, nous nous renfer-
mions entre nous, regardant les autres en pitié, sans
prendre souci du salut de nos amis; alors je lui ai dit
comment j'avais toujours prié pour lui, et comment je renoncerais volontiers à mes espérances éternelles pour qu'il
fût sauvé.

— Marie ! que veux-tu dire?

— Je veux dire que, s'il n'y avait qu'un de nous deux qui pût entrer au ciel, j'aimerais mieux que ce fût lui que moi.

— O ma fille! mon enfant! s'écria mistress Scudder avec une sorte de gémissement, en es-tu donc venue là? Pauvre enfant! malgré tous mes soins tu l'aimes, ton cœur est avec lui.

— Non, ma mère. Je sais que je ne le verrai jamais beaucoup. Je ne songe pas à l'épouser, ni lui ni aucun autre; seulement il me paraît avoir bien plus de vie, d'âme, de cœur que presque tous les autres. Je crois qu'il serait si noble et si grand, s'il devenait tout ce qu'il peut être, que son salut me paraît plus précieux que le mien; les hommes peuvent faire tant de bien, réaliser une vie si splendide! Oh! un homme réellement grand est quelque chose de si glorieux!

— Et tu serais contente de le voir bien marié, je suppose? fit mistress Scudder, lançant d'une main sûre cette flèche savamment aiguisée à travers le nuage d'enthousiasme qui enveloppait sa fille. Il me semble, ajouta-t-elle, que Jeanne Spencer lui conviendrait parfaitement. »

Marie fut surprise de l'étrange et nouvelle angoisse qui s'empara d'elle à cette pensée. Elle retint sa respiration et se remua douloureusement, comme quelqu'un qui a littéralement senti une lame effilée traverser son âme. Jusqu'ici elle n'avait pas eu conscience d'elle-même, mais ce trait venait de déchirer le voile. Elle couvrit sa figure de ses mains; le sang colora rapidement son front et son cou; puis enfin elle se jeta avec un regard suppliant entre les bras de sa mère.

« Oh! maman, maman; je ne suis donc qu'une égoïste après tout! »

Mistress Scudder la pressa silencieusement sur son cœur pendant quelques instants, puis elle dit : « Mon enfant, ceci n'est pas comme je l'aurais voulu; je vois ce qui en est.... Mais tu as été une bonne fille; je ne t'accuse pas; nous ne sommes pas toujours les maîtres; nous ne connaissons pas toujours nos véritables sentiments. J'ai été long-

temps sans savoir que j'aimais ton père. Je croyais n'être
que curieuse à son sujet, parce qu'il avait avec moi des
façons étranges, toutes différentes de celles des autres hommes ; mais je me souviens qu'un jour Julien Simons me dit
que le bruit courait que sa mère allait le marier avec Suzanne Emery, et je fus étonnée de ce que j'éprouvais. Je
le vis le soir même, et il ne m'eut pas plus tôt regardée que
je compris que ce n'était pas vrai ; cependant tout d'un coup
j'avais appris ce que j'ignorais auparavant, c'est-à-dire que
je serais très-malheureuse s'il venait à aimer quelqu'un
plus que moi.

«Mais, mon enfant, ton père était un tout autre homme que
James ; il était autant meilleur que moi que tu es meilleure
que James. J'étais alors une véritable petite étourdie, et
sans lui je n'aurais jamais rien valu. Je ne sais comment
cela se fit, mais lorsque je commençai à l'aimer je devins
aussitôt plus sérieuse, et dans la suite il me guida et me
conseilla toujours. Marie, ton père était un homme rare, il
était de ceux que le monde ne connaît pas ; il faudra qu'un
jour je te montre ses lettres. J'avais toujours espéré que tu
épouserais un homme comme lui

— Ne me parlez pas de mariage, maman, je ne me ma-
rierai jamais.

— Cela vaudrait mieux, sans doute, que de ne pas te
marier selon le Seigneur. Rappelle-toi les paroles de l'A-
pôtre : « Ne vous attachez point au même joug avec un infidèle ; car quelle union peut-il y avoir entre la justice et
l'iniquité ? Quel commerce entre la lumière et les ténèbres ?
Quel accord entre Jésus-Christ et Bélial ? »

— Maman, James n'est pas un infidèle.

— C'est certainement un incrédule, Marie, de son propre aveu ; mais Dieu est le maître, et il étend sa miséricorde sur qui il lui plaît. Tu as raison de prier pour lui ;
mais s'il ne revient pas au Seigneur, il ne faudra pas permettre à ton cœur de t'égarer. Il va être absent trois ans,
pendant lesquels tu devras tâcher de ne penser à lui que le
moins possible ; occupe-toi de tes devoirs comme une bonne
fille, et Dieu te bénira. N'aie pas trop de confiance dans le

pouvoir que tu as sur lui : les jeunes gens, quand ils sont amoureux, promettent tout ce qu'on veut, et même ils se croient sincères : cependant il n'y a de conversions véritables que celles qu'opère la grâce divine.

— Mais, maman, Dieu ne se sert-il pas souvent de l'amour que nous avons les uns pour les autres pour nous amener au bien? Ne me disiez-vous pas encore tout à l'heure que c'était votre amour pour mon père qui vous avait conduite à réfléchir sérieusement?

— C'est vrai, mon enfant, dit mistress Scudder, surprise de se voir opposer ses propres paroles, mais trop sincère pour les renier. Oui, tout cela est vrai; mais cependant, Marie, celle qui n'a au monde qu'une petite brebis en est naturellement jalouse. Je donnerais tout au monde pour que tu n'eusses jamais vu James. Il est toujours terrible pour une femme d'aimer quelqu'un comme tu peux aimer, mais encore bien plus d'aimer un homme léger de caractère et sans religion. « Le Seigneur décide nos voies, mais ce n'est pas l'homme qui dirige lui-même ses pas; » je te laisse entre ses mains, mon enfant. » Et après un long et solennel embrassement, la mère et la fille se séparèrent pour la nuit.

Il est impossible de retracer la vie et les mœurs de la Nouvelle-Angleterre de façon à intéresser les esprits légers et superficiels. Si nous représentons les choses telles qu'elles sont, leur intensité, leur profondeur, leur gravité repousseront aussi inévitablement ces sortes d'esprits, que le pôle opposé à l'aimant chasse les pailles et les bâtons.

Jamais dans aucun pays l'âme et la vie spirituelle ne furent d'aussi intenses réalités, et les choses ne furent plus complétement envisagées (pour nous servir d'une phrase courante de la Nouvelle-Angleterre) « par rapport à l'éternité. » Mistress Scudder était une femme forte, sensée, pratique. Personne n'avait des vues plus nettes quant à la vie matérielle et extérieure, et ne s'entendait mieux à en gouverner les plus minutieux détails; mais la pensée redoutable d'un éternel avenir pesait tellement sur son âme, y avait si profondément pénétré, que toutes les choses terrestres

n'étaient pour elle, en comparaison, que comme un grain
de poussière. Que sa fille fût du nombre de ces élus qui,
vêtus de blanc, régneraient avec le Christ alors que la terre
ne serait plus qu'un rêve oublié, c'était là sa pensée première, son plus ardent désir, et elle ne jugeait des événements de ce monde qu'en rapport avec cette pensée. La
voie était étroite, les chances de n'importe quel enfant d'A-
dam étaient infiniment petites; la meilleure, la plus pure
et, en apparence, la plus innocente était par nature un enfant de colère et ne pouvait être sauvée que par un souverain décret qui l'arracherait au péché comme un tison du
milieu de l'incendie. Pesant donc ainsi toutes choses dans
une seule balance, elle redoutait avec la sincérité de tout
son être de voir sa fille épouser un incrédule.

Mistress Scudder, après s'être retirée dans sa chambre,
prit sa bible pour se livrer à son exercice accoutumé de dévotion avant de se coucher. Elle lut et relut un chapitre,
sachant à peine ce qu'elle lisait, et demeura longtemps assise, le livre à la main, plongée dans de profondes méditations. James Marwyn était le fils de son cousin, et elle
avait pour celui-ci un grand sentiment de respect et d'atta-
chement. Elle avait aussi une affection réelle pour le jeune
homme, qu'elle regardait comme un brave garçon à la tête
un peu vive; — mais qu'il osât toucher à sa sainte, à sa
Marie, qu'il lui enlevât la fille qui était tout pour elle!
cette seule pensée la rendait injuste et amère envers lui.

« Après tout, se dit-elle, j'ai devant moi trois ans, trois
ans pendant lesquels il n'y aura pas même de correspondance,
ou tout au plus une ou deux lettres échangées; avec de la
sagesse, en trois ans on vient à bout de bien des choses. »
Et elle sentit se réveiller en elle toute son habileté, tout son
tact de femme et de mère, prêts à faire face à cette nouvelle
difficulté.

CHAPITRE VI.

Le docteur.

Rarement un homme et une femme se trouvent familiè-rement associés sans qu'il y ait à l'œuvre des influences plus subtiles et plus mystérieuses que ne le soupçonnent ceux qui les subissent. Alors même que le sentiment le plus vif des deux sexes semble complétement hors de question, je ne sais quoi de particulier et d'insidieux se glisse néanmoins dans leurs relations. Un bon vieux gentleman qui se charge de la tutelle d'une jeune étourdie s'aperçoit bientôt, à son grand étonnement, que la petite personne a tissé autour de lui toutes sortes de filets dont il ne sait plus se débarrasser. Les plus graves professeurs ne donnent point leurs leçons à leurs élèves féminines du même ton qu'à ceux du sexe plus rude, et plus d'une fois la fable de Cadenus et de Vanessa s'est trouvée jouée de nouveau par les acteurs les plus in-vraisemblables.

Le docteur était un philosophe, un métaphysicien, un philanthrope et, dans le sens le plus vrai et le plus élevé du mot, un ministre du bien sur la terre. Aucune sentimentale affectation de sainteté n'éloignait des légitimes relations hu-maines le clergé de la Nouvelle-Angleterre, et conséquem-ment notre bon docteur avait toujours eu l'intention de se choisir une compagne lorsque l'état de ses affaires maté-rielles le lui permettrait. L'amour, tel qu'on le peint dans

les romans, était à ses yeux un sentiment profane et in-
sensé, indigne de toute créature sérieuse et raisonnable.
Quant aux métaphores des poëtes sur ce sujet, c'était pour
lui un langage inconnu. Il envisageait l'idée de se marier à
peu près ainsi qu'il suit : à une époque et dans un endroit
convenables, il chercherait autour de lui une femme d'une
physionomie aimable et d'une bonne réputation, une chrétienne sincère et zélée, experte et habile dans tous les travaux du ménage, qu'il inviterait loyalement, comme Isaac
avait fait Rébecca, à venir sous l'ombre de sa tente et à être
sa compagne dans ce qui lui restait à faire du voyage de
cette vie. Mais son peu de fortune et l'incertitude de toutes
choses pendant la révolution, à laquelle il avait pris une
part active et zélée, avaient retardé l'accomplissement de
cette résolution.

Une fois sous l'aile protectrice de mistress Scudder, toute
nécessité matérielle d'un choix immédiat avait disparu pour
le bon docteur, qui se trouvait dans la situation la plus
chère à tout homme studieux et méditatif : il n'avait plus à
se préoccuper en rien de la vie extérieure; tout semblait
venir se placer sous sa main, juste au moment où il en avait
besoin, sans qu'il sût pourquoi ni comment. Il n'était pas à
la tête d'une église nombreuse ni prospère, et en qualité de
pionnier d'une théologie nouvelle dans un pays où les questions théologiques absorbaient toutes les autres, il lui fallait faire face à la réaction qui suit toujours l'avénement
d'idées nouvelles. Ses talents oratoires étaient médiocres.
Ses études s'étaient portées sur la logique, non sur l'es-
thétique.

Ainsi qu'à tout le clergé de son pays, on lui avait appris
à se préoccuper bien plus de ce qu'il dirait que de la manière dont il le dirait. En conséquence, son style, bien que
possédant cette sorte de grandeur que donne toujours une
nature élevée, manquait de l'attrait nécessaire pour popu
lariser les abstraction. Il donnait à ses auditeurs les résul
tats de sa pensée, non pas son enchaînement, et il s'ensui-
vait que bien peu d'entre eux parvenaient à le comprendre.
Son enseignement religieux était de même caractérisé par

une idéalité si haute, qu'elle décourageait complétement les vertus communes.

Il y a pour monter au ciel une échelle dont Dieu a placé la base dans les affections humaines, les tendres instincts, les sentiments symboliques, sacrements d'amour à l'aide desquels l'âme s'élève de plus en plus, s'épurant à mesure qu'elle monte, jusqu'à ce qu'elle dépasse l'humanité et, en s'élevant, se métamorphose en une image de la Divinité. Tout en haut de cette échelle, au seuil même du paradis, brille éblouissante cette ligne céleste où l'âme s'oublie elle-même après avoir appris, par un long exercice de dévotion, la joie de se perdre dans cette beauté et cet amour infinis dont toute beauté et toute grandeur terrestres ne sont que l'ombre et le reflet.

Ce dernier pas, cette élévation sublime, que quelques âmes d'élite atteignent seules dès ce monde, vers laquelle cette vie avec ses joies et ses douleurs n'est qu'un long exercice, cette *ultima Thule* de la vertu était envisagée par le docteur comme le *tout* de la religion. Brisant toutes les marches de l'échelle, à l'exception de la plus haute, et en montrant au monde l'abrupte splendeur, il lui disait : « Atteignez-là et soyez sauvé ! »

En dehors de ce renoncement absolu, de cette complète résignation de soi-même à l'infini, rien n'était méritoire, car si *cela* était commandé, chaque moment de refus était une rébellion. Il regardait toute prière qui ne se basait pas sur cette entière consécration, comme une insulte faite à la majesté divine ; — la lecture de la Bible, une conduite vertueuse et régulière, l'accomplissement des devoirs envers ses semblables n'étaient sans cela que les actes viciés et stériles d'une créature en état de rébellion volontaire contre son souverain. On ne devait rien prêcher au pécheur que sa capacité et l'obligation où il était de s'élever immédiatement à cette hauteur.

Rien d'étonnant donc que beaucoup ne pussent endurer un enseignement de cette nature, et que la multitude, abandonnant le prédicateur s'écriât : « Ce discours est bien dur ; qui peut l'écouter ? »

La sécheresse de ces discussions métaphysiques fatiguait la jeunesse, pour qui elles étaient aussi inintelligibles que l'exposé des derniers résultats d'un mathématicien le seraient pour un enfant qui apprend la table de multiplication. Il ne resta donc autour du docteur qu'un auditoire choisi, quelques penseurs pénétrants et sagaces que ravissaient les subtilités métaphysiques, — quelques natures dévouées et sérieuses qui révéraient l'austère droiture de sa vie, son active philanthropie et son infatigable dévouement; quelques hommes courageux qui admiraient son indépendance de pensée, et la liberté avec laquelle il s'attaquait à des opinions reçues et fortement établies, puis enfin ces braves gens qui vont à l'église où les conduisent les convenances de l'heure et de la distance; bonnes gens qui servent en ce monde, parmi ceux qui sentent et qui pensent, à peu près au même usage que la graisse dans le corps humain, à former une sorte de coussin entre les nerfs du sentiment et les muscles de l'activité.

Il y avait quelque chose de touchant dans la persévérance du bon docteur à développer ses doctrines devant la minorité décourageante de ses auditeurs. Son salaire était peu considérable; son église, endommagée pendant les luttes de la révolution, tombait en ruine, en hiver sans feu, et l'été inondée de soleil et de poussière à travers ces grandes fenêtres qui forment un trait si caractéristique des premiers efforts de l'architecture puritaine.

Néanmoins, grand dans son humilité, il continuait de prêcher, et comme un soldat qui, sans demander pourquoi, demeure au poste en apparence le plus inutile, il poursuivait sa tâche de dimanche en dimanche, se consolant par la pensée que personne ne pouvait faire moins d'estime de son ministère que lui-même. « Je ressemble à Moïse, en cela seulement que je ne suis pas éloquent, disait-il dans sa simplicité. Ma prédication est faible et stérile, ma voix est âpre et rude; mais Dieu est le maître et il peut faire de moi son instrument. Il s'est jadis servi d'un corbeau pour nourrir Élisée, il se servira peut-être de moi pour nourrir quelque pauvre âme égarée.

La seule erreur du digne homme consistait à croire que discuter la théologie, c'était prêcher l'Évangile, mais en revanche, il le prêchait perpétuellement par sa vie pure et mortifiée, par ses visites aux pauvres et aux affligés, par sa charité envers les esclaves africains, en instruisant ceux qu'à cette époque personne n'avait encore songé à instruire, et par l'humanité avec laquelle, devançant son siècle, il protestait contre l'esclavage et la traite des noirs. Mais lorsque, montant en chaire, il se livrait à un ordre de considérations qui n'eussent convenu qu'à des conférences théologiques, il le faisait aveuglément, suivant cette loi de développement qui *contraint* les esprits ardents à énoncer ce qui est en eux, soit que les autres veuillent ou non les écouter.

L'endroit où le bon docteur se sentait le plus heureux, c'était son cabinet de travail. Là il allait, venait, lisait, méditait à son gré, et menait la vie la plus intellectuelle, la plus idéale qu'homme puisse souhaiter.

Était-il possible que l'amour entrât dans le cabinet d'un révérend docteur, et pénétrât dans un cœur vide et dépouillé de tous les lambeaux de poésie et de roman qui sont d'ordinaire les matériaux de ses sortiléges? Oui vraiment, mais il entra si discrètement, si respectueusement, d'un pas si sage et si prudent, que le bon docteur ne releva pas même ses lunettes pour voir qui était là. La seule chose qu'il sût, le pauvre homme, c'est qu'il respirait un air d'une étrange et subtile douceur. De quel paradis émanait cet air? Le docteur n'interrompit pas ses études pour se le demander. Il était comme un grand orme noueux, avec sa parure de rameaux et de brindilles qui dressa sa tête nue et glacée jusqu'au bleu métallique d'un ciel d'hiver, oublieux de ses feuilles, patient dans son dépouillement, calme et satisfait de sa force toute nue et de la précision rigoureuse de ses contours. Mais avril vient; un mouvement, une fermentation se produisent à l'intérieur du géant; les bourgeons commencent à murmurer dans leur prison, la sève s'élance et répand de branche en branche la chaleur et la vie, et sans que le vieil orme en sache rien, une nouvelle création se prépare. Ainsi depuis que l'excellent homme vivait sous le

5

toit de mistress Scudder, et avait la douce Marie pour ca-
téchumène, une vie plus riche colorait ses pensées ; il trouvait dans l'étude des jouissances qu'il n'avait jamais ressen-
ties auparavant.

On ne pouvait regarder le front du bon docteur sans y
remarquer l'organe de l'idéalité qui en était le signe caractéristique. Jusqu'ici cette idéalité, appliquée uniquement
aux choses invisibles et intellectuelles, l'avait conduit à des
raffinements subtils d'argumentation et à des idées morales
exaltées, mais au fond de son âme était renfermée, à l'état
brut, toute une mine de ces sentiments et de ces percep-
tions artistiques qu'éveille seule la vue de la beauté. S'il eût
vécu à l'ombre du dôme de Florence, d'où le campanile de
Giotto s'élance comme la tige d'un lis céleste, où des mo-
saïques de marbre, des vitraux coloriés, de splendides
tableaux, de sublimes statues rappellent sans cesse à l'homme
le souvenir des grandeurs évanouies de son état premier,
son âme se fût peut-être épanouie en tous sens comme celle
d'un Léonard ou d'un Michel-Ange. Mais il était aussi
ignorant de toutes ces choses que l'est un enfant, et la première révélation de ses facultés dormantes devait lui être
faite par le visage d'une femme, cet ouvrage du divin artiste qui se retrouve dans tous les siècles et sous toutes les
latitudes.

L'amour, chez un grand esprit, a quelque chose d'ef-
frayant à son début, parce qu'il a souvent pour effet de
mettre en activité une portion encore non déve'oppée d'un
être puissant. Pour d'autres yeux, la femme peut n'être pas
à la hauteur de l effet qu'elle a produit, mais lui ne saurait
l'oublier, parce qu'à son apparition s'est opéré en lui un
changement qui l'a transformé pour toujours. Ainsi arri-
vait-il à notre ami. C'était une femme qui devait lui donner
cette conscience de lui-même, que la musique, la peinture,
la poésie éveillent chez les esprits plus également déve-
loppés ; c'était la silencieuse aspiration de cette présence
créatrice qui renouvelait en ce moment tout son être sans
qu'il s'en doutât.

Il ne s'était jamais demandé, ce cœur d'or, si Marie était

belle ou non; il n'avait pas conscience de l'avoir jamais
regardée; encore moins savait-il comment il se faisait que
les vérités de sa théologie prenaient dans cette petite bouche
une merveilleuse beauté qu'il ne leur avait point connue.
Quand elle était assise près de lui, mettant silencieusement
au net pour l'impression quelqu'un de ses manuscrits em-
brouillés, il ne devinait pas pourquoi son cabinet de travail
était tout rempli d'un divin parfum, comme si, de même
que sainte Dorothée, Marie eût porté invisibles dans son
sein toutes les roses du paradis. Il enregistrait honnêtement
dans son journal quelle merveilleuse fraîcheur d'esprit le
Seigneur lui avait donnée ce jour-là, et comment il s'était
senti élevé au-dessus de la terre dans ses entretiens avec le
ciel, sans jamais penser à l'ange dont la robe répandait ces
parfums.

Le dimanche, quand de la chaire il voyait la bonne mistress Jones endormie, le regard dur de Siméon Brown,
le diacre Twitchel se balançant tristement sur son siége, et
sa femme distribuant des gâteaux à ses enfants pour les
tenir éveillés, il jetait un coup d'œil sur la tribune où un
jeune et sérieux visage animé par l'affection et brillant d'intelligence suivait toutes ses paroles, et il se sentait relevé et
consolé. Les dimanches matin, quand Marie sortait de sa
petite chambre, en robe blanche, son livre à la main, le
regard encore sérieux de sa prière récente, il songeait à
cette blanche et mystique fiancée, l'épouse de l'Agneau dont
l'union avec le divin Rédempteur, au jour du millénium,
était le sujet fréquent et favori de ses méditations; il ne
s'apercevait pas que cette fiancée céleste, dans ses vêtements
d'éblouissante blancheur, voilée de douceur et d'humilité,
revêtait dans son esprit la forme terrestre qu'il avait sous
les yeux. Non; il n'y avait jamais songé; seulement quand
Marie avait passé près de lui, cette mystique vision lui apparaissait plus radieuse, plus facile à saisir.

Lorsqu'on plante, dit-on, une vigne dans le voisinage
d'un puits, ses racines, courant silencieusement sous terre,
s'entrelacent autour des eaux, et la fraîcheur inaccoutumée
de son feuillage, l'abondance plus grande de ses fruits,

révèlent seules la source qui vivifie ses rameaux. C'est ainsi que ces amours sont les plus fatals et les plus absorbants dans lesquels, à notre insu, toutes nos pensées, toutes les fibres de notre cœur s'élancent graduellement autour de quelque âme humaine qui devient, avant que nous nous en doutions, la source où s'alimente en secret tout notre être. Cette vue effraye; il advient si souvent qu'il faut déraciner la vigne, en briser ou en arracher les fibres! mais jusqu'à ce qu'arrive l'heure de la découverte, comme elle est glorieusement transfigurée par cette nouvelle vie!

Rien en ce monde n'est plus beau que cette douce et calme aurore qui précède dans l'âme le lever de l'amour. Quand l'être tout entier est tranquillement et imperceptiblement pénétré par un autre être, et qu'on se sent heureux sans savoir et sans chercher pourquoi, l'âme alors reçoit tout sans rien demander. Plus tard, avec la conscience de son amour lui viennent les exigences, les questions infinies; puis le monde matériel tout entier arrive avec ses rudes conseils, ses considérations vulgaires, et la douce extase s'évanouit à jamais.

Bien entendu qu'il n en est pas ainsi pour *vous*, mes bons amis, qui lisez ces lignes sans avoir la plus légère idée de ce qu'elles signifient, mais il y a dans ce monde des gens pour qui elles ont eu ou elles auront une grande signification, et qui verront dans le bonheur présent de notre respectable ami quelque chose de triste et de menaçant. Les progrès de cette innocente et naïve affection n'avaient point échappé à l'œil pénétrant de mistress Scudder, et ils avaient été de sa part l'objet de mûres réflexions.

Le docteur, bien qu'impopulaire comme prédicateur, était, de l'aveu de tous, un homme remarquable. Georges Scudder avait eu pour lui quelque chose de la vénération qu'il eût ressentie pour un messager divin, et mistress Scudder avait reçu et conservé cette vénération comme un legs précieux. Bien qu'il ne fût pas beau, le docteur avait certainement grand air, et son aspect était imposant. Il n'y avait rien en lui de commun ni d'insignifiant, et l'on racontait même que, lors de la proclamation de paix, quand il

avait traversé processionnellement la ville à côté du général
Washington, le ministre, dans toute la pompe de sa robe
ecclésiastique, de son rabat, de son tricorne et de sa vaste
perruque, avait été déclaré par bien des gens, le plus majestueux des deux.

En ce temps-là, le ministre unissait en sa personne toutes
ces idées de position et de science supérieures dont l'avait
investi le système théocratique de la Nouvelle-Angleterre.

Mistress Scudder ne pouvait donc souhaiter pour sa
fille rien de plus élevé que le partage de cette prééminence.

Elle se disait que Marie n'était point une fille ordinaire.
C'était alors chose fort rare que de voir une jeune personne
faire profession ouverte de dévotion. L'Église, c'est-à-dire
ce corps de fidèles qui professaient avoir passé par une
régénération divine, était presque uniquement composée
de vieillards et de gens d'un certain âge, et on regardait
comme l'objet d'un appel rare et singulier de la grâce,
les jeunes personnes qui déclaraient vouloir en faire partie.
Lors donc que Marie, dans toute la fleur de la jeunesse et
de la beauté, se leva selon le rit simple et touchant de la
Nouvelle-Angleterre, pour se consacrer publiquement à
une vie pieuse et se joindre à la société des chrétiens zélés,
elle devint l'objet d'une déférence poussée presque jusqu'à
la crainte. Si ce n'eût été la simplicité enfantine de ses manières, les jeunes gens de son âge se fussent éloignés d'elle
comme d'une personne complétement étrangère à leur
goûts et à leurs amusements, mais une sorte de gaieté naturelle et innocente, et un aimable oubli d'elle-même, fa-
saient d'elle au contraire une favorite générale.

Néanmoins mistress Scudder ne connaissait aucun jeune
homme qui lui parût digne d'un cœur qu'elle estimait si
haut. Quant à James, sa position était doublement désavan-
tageuse, en ce qu'étant le fils du cousin de mistress Scudder
il avait grandi sous les yeux de sa tante, et que tous ses méfaits, toutes les iniquités que commettent généralement les
adolescents gais, hardis, aventureux, étaient venus à la connaissance de celle-ci. Elle avait de l'affection pour lui, elle

.ui voulait du bien ; mais quant à lui donner sa Marie, cette seule idée l'irritait contre lui. Elle se disait qu'il fallait qu'il eût essayé de surprendre les sentiments de sa fille pour avoir soulevé dans son cœur si pur et si bien réglé la tempête d'émotion et de tendresse dont elle avait été témoin.

C'était donc un coup de la Providence qu'il fût en mer pour trois ans. Comme elle avait eu raison de prémunir Marie, de l'empêcher de se commettre en rien ! Combien n'était-il pas heureux que le seul homme du pays qui fût capable d'apprécier Marie, parût se plaire à ce point dans sa société ! Le respect de Marie se changerait aisément en un sentiment plus doux lorsqu'elle apprendrait qu'un si grand homme descendait des hauteurs de sa pensée pour songer à elle.

En un mot, mistress Scudder avant de s'endormir, le soir même du départ de James, avait choisi en idée la maison où elle installerait le ministre et sa jeune épouse, les rideaux dont elle garnirait leurs fenêtres, et songé avec complaisance au gigantesque gâteau de noces qu'elle exécuterait d'après une recette complétement inédite.

CHAPITRE VII.

La famille de James Marwyn.

Zébédée Marwyn, père de James, était une individualité résultant si entièrement de la société et de l'éducation de la Nouvelle-Angleterre, qu'il doit figurer dans notre histoire comme l'un des types de cette époque.

Il était propriétaire, dans le voisinage immédiat de New-York, d'une grande ferme qu'il cultivait de ses mains avec le plus grand soin. C'était un homme d'un âge mûr, à la tête blanchie, au regard perçant, dont la figure était empreinte d'une énergie et d'une intelligence peu communes. Il avait un de ces esprits nets et fermes que la Nouvelle-Angleterre forme chez ses fermiers, comme elle forme les cristaux dans ses montagnes, par une sorte d'influence graduelle découlant de tous les pores de son sol comme de son système.

Zebédée n'avait eu d'autre éducation proprement dite, que celle de ces écoles dont les États-Unis sont si largement dotés, et qui sont les sources d'une si riche activité intellectuelle. Il y avait appris à penser et à réfléchir, procédé auquel il n'avait pas renoncé en quittant l'école.

Bien qu'il se livrât journellement, avec ses fils et ses ouvriers, à tous les travaux qu'exige une ferme, il suivait d'un œil curieux le mouvement de la littérature, et il n'y avait pas une publication nouvelle dont il ne trouvât moyen d'enrichir sa nombreuse bibliothèque. Avant tout, théologien ardent et instruit, non-seulement on trouvait chez lui tous les traités de controverse, les sermons et les livres religieux qui alors, comme aujourd'hui, abondaient dans la Nouvelle-Angleterre, mais encore leurs marges étaient couvertes de ses annotations et de ses commentaires. A peine existait-il une charge publique qu'il n'eût remplie, soit à une époque soit à une autre. Il était diacre de l'église, président du comité d'éducation, juge de paix ; il avait représenté Newport dans deux sessions législatives, et était en permanence conseiller général de tout homme ayant quelque chose à démêler avec son voisin. Entre autres sciences, il avait acquis une connaissance générale du droit, et on le consultait souvent de préférence aux praticiens spéciaux.

Il habitait une de ces grandes maisons blanches et carrées, fraîches, propres et vastes, décorées de persiennes vertes qui faisaient dès lors la joie et l'orgueil des propriétaires de la Nouvelle-Angleterre.

Les fenêtres étaient ombragées par des massifs de lilas ; la grande cour, entourée de murs blancs, renfermait un épais gazon et quelques arbres fruitiers. Vis-à-vis de la maison, sous un hangar, était une petite forge où, les jours de pluie, Zébédée réparait les avaries de ses outils de fermier. Souvent le dernier ouvrage scientifique ou le dernier pamphlet de théologie était ouvert à côté de lui, et il en discutait le contenu avec quelqu'un de ses voisins, s'il en survenait, ce qui, à vrai dire, arrivait fréquemment, car plus d'un fermier, moins adroit et moins bien monté, profitait de l'habileté de Zébédée et venait lui demander de lui river ce clou, de lui resserrer cette cheville, ou bien encore de lui laisser donner un coup ou deux sur son enclume, ce à quoi le digne homme consentait toujours avec une obligeante gravité.

Comme rien n'était jamais ni égaré ni en mauvais état dans l'établissement de M. Marwyn, celui-ci était exposé à de fréquents emprunts de la part des personnes, toujours nombreuses, qui suppléent à leur manque de soin ou de prévoyance avec les ressources de leurs voisins.

L'homme qui est à la fois connu pour être toujours bien monté et toujours obligeant, court grand risque de se trouver lui-même au dépourvu. Pour obvier à cet inconvénient, Zébédée s'était procuré un assortiment complet d'outils destinés à l'usage de ses voisins, et lorsqu'un de ceux-là était prêté, il répondait tranquillement à celui qui venait le lui demander, que la bêche ou la faux était dehors, conciliant ainsi le précepte de l'Écriture sainte : « Faites-le bien et prêtez, » avec le principe d'ordre inhérent à sa nature.

M. Marwyn avait épousé de bonne heure une des plus jolies femmes du pays, qui l'avait rendu père d'une famille nombreuse et prospère, dont James était le dernier rejeton. Mistress Marwyn était à cette époque une femme grande et mince, au regard triste, aux manières et à la voix douces, sérieuse, réfléchie, s'épanchant rarement en longs discours. Elle apportait dans l'arrangement de son intérieur ce même ordre et cette même prévoyance qui caractérisaient son mari, mais son esprit était d'une nature plus élevée que celui de Zébédée.

Dans sa chambre, auprès de sa corbeille à ouvrage, était une table couverte de livres. En les examinant, on eût compris quelle avide et ardente intelligence se cachait sous les regards silencieux de cette calme et douce créature. L'histoire, la biographie, les mathématiques, divers volumes de l'Encyclopédie, la poésie, les romans, tout avait là sa place, et tandis qu'elle s'acquittait de ses travaux de ménage, cette âme active et inquiète parcourait des cycles de pensées dont bien peu s'épanchaient par la parole.

Qu'était-ce que cette merveilleuse musique du *Miserere* qui, disait-on, passionnait les foules et arrachait des larmes aux plus endurcis? Qu'était-ce que ces merveilleuses peintures de Raphaël et de Léonar? Qu'éprouverait-elle en voyant l'Apollon, la Vénus? De quel charme magique étaient donc revêtus les vieux marbres? charme incompréhensible pour elle qui jamais n'avait aperçu rien de semblable à un objet d'art. Et les glaciers de la Suisse, cet incomparable mélange de beauté et de sublimité de ses montagnes, quelle impression produisaient-ils sur ceux

qui les voyaient? Qu'était-ce que toutes ces harmonies dont
parlaient les écrivains, ces masses, ces fugues, ces sympho-
nies? Ah! si elle pouvait seulement entendre une fois le
Miserere de Mozart, pour savoir ce que c'était que la musique. Et les cathédrales! qu'elles devaient être merveilleuses avec leurs forêts de piliers, d'arceaux, nuancés
comme les bois d'automne par leurs verrières coloriées,
et ces solennelles antiennes roulant sous leurs longues
ailes!

Elle songeait à tout cela tandis que le dimanche, assise
dans la vieille église aux grandes fenêtres carrées, elle
regardait la chaire grossièrement travaillée, et écoutait dé-
tonner le chœur.

Parfois ses pensées se détournaient pendant plusieurs
jours de ces sujets pour s'absorber dans des études mathématiques ou métaphysiques : « Voici huit jours que je relis
ce traité de l'optique, disait-elle un jour à son mari, et je ne
le comprends que d'aujourd'hui. Je me suis aperçue qu'on
a fait une erreur en traçant les diagrammes. Je l'ai corrigée
et maintenant la démonstration est complète. — Dina, faites
attention que ce bois est du châtaignier et qu'il n'en faut
que sept morceaux pour chauffer le four. »

Il n'est pas supposable qu'une femme de cette trempe
écoutât d'une oreille inattentive une prédication aussi intellectuelle que celle du docteur Hopkins. Aucune paire d'yeux
ne suivait le tissu de ses raisonnements avec une attention
plus anxieuse que les yeux mélancoliques de mistress
Marwyn, et un observateur attentif eût pu les voir s'assombrir à mesure qu'elle était entraînée par leur logique irré-
futable. Car, tandis que d'autres écoutaient pour la clarté
de la pensée, pour la subtilité de l'argument, elle écoutait
comme une grande âme, intelligente, comprimée, dont chaque fibre est un nerf, écoute discuter le problème de sa
propre destinée; elle écoutait comme écoute une mère de
famille qui veut savoir quelles sont les probabilités, les possibilités de cette mystérieuse existence, non-seulement pour
elle-même, mais encore pour ceux qui lui sont plus chers
qu'elle-même.

Cette joie exaltée ou cette entière soumission avec lesquelles d'autres semblaient envisager le plan de l'univers, tel que le développait le docteur, n'était point entrée dans son esprit. Tout lui semblait enveloppé de terreur et de mystère, et cette terreur lui apparaissait comme un signe de sa non-régénération, comme une preuve qu'elle était de ceux qu'un mystérieux anathème condamne à ne jamais recevoir la lumière du glorieux Évangile de Jésus-Christ. Et tandis que son mari était diacre de l'église, elle restait depuis longues années dans son banc, triste spectatrice de la distribution des sacrements.

Remplissant ponctuellement tous ses devoirs, exacte, pieuse, elle se regardait néanmoins comme une enfant de colère, une ennemie de Dieu, vouée à la perdition; elle n'apercevait même aucun remède possible, en dehors d'un décret souverain et mystérieux qu'elle attendait avec le découragement qui suit un espoir longtemps différé.

Ses enfants avaient successivement grandi autour d'elle, vigoureux, intelligents et d'une conduite exemplaire; son fils aîné était professeur de mathématiques dans une des premières universités de la Nouvelle-Angleterre. Son second fils, qui s'occupait de la ferme conjointement avec son père, était un homme d'esprit cultivé, un mathématicien habile, et bien souvent pendant les soirées d'hiver, le fils, le père et la mère travaillaient ensemble, autour du feu de la cuisine, aux calculs de l'almanach de l'année suivante, que le fils avait été chargé de rédiger.

La précision, le calme, la gravité, caractérisaient toutes les habitudes de la famille. Les démonstrations affectueuses étaient rares entre les parents et les enfants, les frères et les sœurs, bien qu'une affection et une confiance mutuelles régnassent entre eux. Ce n'était ni orgueil ni rudesse, mais une sorte de honte, de timidité habituelle qui retenait dans chacune de ces âmes les sentiments dont l'effusion est si douce; cette habitude de froideur extérieure était devenue si enracinée, qu'aucun d'eux n'eût prononcé un mot caressant ou affectueux sans une sorte de malaise. Il était entendu une fois pour toutes que l'affection faisait la base de leurs relations. Aux premiers temps de son mariage, le cœur de mistress Marwyn avait souffert d'accepter cet *une fois pour toutes* à la place des effusions quotidiennes que chaque femme voudrait voir, comme la bonté de Dieu, « renouvelées chaque matin; » mais elle-même était d'une nature concentrée, et après quelque agitation, l'aiguille de son âme fut fixée et son lot accepté, non comme celui qu'elle eût choisi et préféré, mais comme bon et raisonnable.

James, son dernier enfant, vint faire dans cette grave, décente, respectable famille, une formidable irruption.

On voit parfois dans un cercle de famille un enfant d'une nature si différente de tout le reste, qu'on dirait que comme un aérolithe, il est tombé d'une autre sphère. Tous les rejetons de la famille Marwyn avaient appartenu à cette classe de babies réguliers et d'humeur facile qui dorment jusqu'à ce qu'on juge convenable de les lever, qui, éveillés, tettent patiemment leur pouce et fixent leurs grands yeux ronds sur le plafond tant qu'il ne convient pas aux parents qu'ils fassent autre chose. Un peu plus grands, ç'avait été des enfants sages et bien appris, qu'on pouvait habiller dès le matin du dimanche et asseoir comme autant de poupées sur des chaises, où ils attendaient paisiblement que la cloche annonçât l'heure d'aller à l'église. Grâce à ces enfants modèles, mistress Marwyn avait acquis le renom d'une femme supérieure dans l'art de l'éducation.

James était destiné à mettre en déroute l'expérience et tous les talents de sa mère. Il pleurait la nuit; il entendait être levé dès le matin; il ne voulait sucer ni son pouce ni l'éponge imbibée de lait sucré avec laquelle on essayait de l'apaiser. Il livrait des combats vigoureux avec ses petits poings, renversait toutes les traditions en fait d'éducation, et régnait en despote sur la domesticité vaincue. Dès qu'il put marcher seul, ont était certain d'apercevoir ses beaux yeux noirs et les grosses boucles de sa chevelure dans tous les endroits interdits, et de lui voir faire tout ce qui était défendu.

Tantôt pendu à la robe de sa mère, il l'aidait à saler le beurre, en ajoutant pour sa part un petit contingent de ta-

bac ou de sucre; tantôt après un de ces intervalles de silence
si gros de menaces pour quiconque a l'habitude des enfants, il apparaissait avec les débris de la boîte à l'indigo, le
visage sillonné de raies bleues et plus semblable à un gnome
qu'au fils d'une respectable mère de famille. Il n'y avait pas
de cruches à la portée de ses petits pieds et de ses mains
infatigables dont l'étourdi ne se renversât le contenu sur la
tête, sans que cette expérience le rendît plus sage. Aussi sa
mère remerciait-elle tous les soirs le ciel en le mettant au lit
tout endormi : James avait encore passé une journée sans se
tuer et sans tuer personne.

De venu plus grand, il ne valut guère mieux; il n'avait
point de goût pour l'étude; il bâillait sur les livres et sculp-
tait des ancres au lieu d'apprendre ses conjugaisons. Personne ne pouvait deviner comment il avait appris à lire,
car il semblait ne jamais rester en place assez longtemps
pour apprendre quoi que ce fût. Cependant il savait lire, et
il en profita pour dévorer toutes sortes de voyages sur terre
et sur mer, et les vies des guerriers et des amiraux. Il semblait avoir, en dépit de son père, de sa mère, de ses frères,
un talent tout particulier pour faire de mauvaises connaissances. Il était toujours le bienvenu près de tous les Tom,
les Jack, les Jim, les Ben et les Dick qui flânaient sur les
quais de Newport. Il étonnait son père par sa connaissance
minutieuse de tous les bricks, schooners et goëlettes qui
étaient dans le port, et ses notions biographiques sur les
Tom, les Dick et les Harry qui en composaient les équipages.

Il n'y avait dans la maison qu'une seule personne qui sût
venir à bout de James, c'était la négresse Candace.

L'esclavage domestique tel qu'il existait alors dans la Nouvelle-Angleterre avait une physionomie toute différente de
cette même institution dans les pays du Sud. Le sol ingrat
nécessitant la culture la plus soigneuse et la plus intelligente, les habitudes économes, secrètes, défiantes, de la po-
pulation, son industrie, son activité, tout s'opposait à ce que
les habitants du Nord se reposassent de leur travail sur les
esclaves. Ceux-ci introduisaient un élément étranger, gro-

tesque, pittoresque, dans une vie positive et monotone. C'é-
tait comme si on eût vu des bouquets de palmiers semés çà
et là entre les églises de bois des Yankees, ou des buissons
d'aloès croissant dans leurs champs parmi les houx et les
genévriers.

Ajoutez à cela que dans la Nouvelle-Angleterre, les esprits sérieux avaient, dès le début, conçu des doutes sur la
légitimité de l'esclavage, et que ce scrupule, qui empêchait
beaucoup d'entre eux de le mettre en pratique, servait de
frein à tous, en sorte qu'il n'existait là rien de semblable à
la vie des plantations, et que le petit nombre d'esclaves pos-
sédés était disséminé entre différentes familles, dont ils
étaient regardés et se regardaient eux-mêmes comme faisant partie intégrale. M. Marwyn, comme grand propriétaire, en comptait dans son établissement deux ou trois, sur
lesquels Candace régnait en souveraine. La présence de ces
enfants des tropiques, leur riche et joyeuse nature, leur abandon d'expression, formaient avec les lignes calmes, nettes,
un peu anguleuses, que présentait le tableau de la Nouvelle-Angleterre, un contraste que tout artiste appréciera.

Aucune race n'a fait preuve d'une plus grande fécilité d'a-
daptation aux latitudes et aux coutumes les plus diverses que
la race nègre. Peu lui importent les neiges du Canada, les
terres dures et rocailleuses de la Nouvelle-Angleterre, avec
ses lignes sèches et précises, ses habitudes régulières, ou
l'abondance et la profusion des États du Sud; Sambo et
Cuffy prospèrent et se multiplient partout et sous tous les
régimes. Les vallées et les collines de la Nouvelle-Angleterre
conservent encore l'écho lointain des bons mots et des joyeu-
setés de divers loustics noirs qui ne voyaient dans l'orthodoxie et l'hétérodoxie, dans le docteur Ceci et le docteur
Cela, qu'un thème plus abondant de gausseries. Et de fait,
le ministre d'alors avait généralement son ombre noire,
sorte de Boswell africain, qui poudrait sa perruque, cirait
ses bottes, défendait et patronnait ses sermons, et se pava-
nait complaisamment par le pays, comme si en vertu de sa
peau noire, il avait absorbé tous les rayons de la dignité et
de la sagesse de son maître.

La présence de ces créatures exotiques dans les familles était une bénédiction pour les enfants; la tendresse expansive de leur nature y apportait cet aliment de sympathie si chère à l'enfance, et que lui refusaient les habitudes sévères et froides de l'éducation dans la Nouvelle-Angleterre. Bien des habitants de ce pays comptent parmi leurs plus chers souvenirs celui de quelqu'un de ces êtres sympathiques qui, par sa chaleur de nature, fut le premier, le plus puissant magnétiseur de son esprit enfantin.

Candace était une négresse grande, robuste, corpulente, qui s'avançait avec le majestueux balancement d'un navire entrant à pleines voiles dans le port.

Le lustre brillant de sa peau noire et l'éclat de ses dents blanches indiquaient la plénitude d'une vigueur physique qui n'avait jamais connu un jour de maladie. Son turban de soie rouge et jaune avait lui-même un éclat tropical, et ses amples jupes étaient toujours prêtes à s'étendre sur les transgressions enfantines de son jeune favori James.

Elle le tenait, pendant les longues soirées d'hiver, suspendu à ses lèvres, tandis que tricotant au coin de la cheminée, elle lui racontait de bizarres légendes africaines, lui dépeignait les merveilles qu'elle avait vues dans son enfance, car elle n'avait été enlevée qu'à l'âge de quinze ans; et ces récits sauvages et colorés stimulaient encore l'ardente imagination de enfant et son désir d'explorer des pays inconnus. James était-il grondé ou puni, Candace avait pour lui en secret des entrailles miséricordieuses, et cachait des friandises dans son ample poitrine, afin de mitiger la sentence qui l'envoyait coucher sans souper; plus d'une part de gâteau, plus d'une assiettée de bonbons, avait ainsi fourni à James des consolations subreptices que sa consciencieuse mère n'eût osé lui donner. Mistress Marwyn, tout en soupçonnant ces infractions à la loi, fermait les yeux pour deux raisons : la première c'est qu'une mère n'est jamais bien fâchée de voir gâter un peu son fils affligé; la seconde, c'est que Candace était si opiniâtre, qu'autant eût valu tenter de s'opposer à la marche d'un vaisseau dont le vent gonflait toutes les voiles, que d'essayer de l'arrêter sur un sujet où son cœur était en jeu.

Non qu'elle n'eût ses querelles privées et particulières avec « massa James, » lorsque celui-ci venait à contester la souveraineté de ses ordres dans la cuisine. On la voyait même le poursuivre avec son rouleau et les mains pleines de farine, lorsqu'il s'était emparé d'une gauffre ou d'un beignet sans autorisation préalable, et déclarer que c'était bien « l'enfant le plus insupportable qu'on eût jamais vu. » Mais si, sur la foi de cette assertion, quelqu'un se permettait de lui adresser le moindre reproche, Candace, insoucieuse de la logique, prenait aussitôt vigoureusement son parti : « S'il était méchant, c'est qu'aussi on était sans cesse après lui, le pauvre enfant ! si seulement on voulait le laisser tranquille, on pouvait être sûr qu'il serait toujours sage, etc., etc. »

Cet assortiment varié d'impressions, l'ordre, la gravité, la solennelle monotonie de la maison paternelle, avec le perpétuel tictac de l'horloge résonnant dans de vastes chambres, propres et rangées comme si elles n'étaient jamais habitées, la vue de la mer toujours brillante, souriante, fascinante, comme un coursier magique qui tout sellé, tout bridé, s'offre à vous emporter vers des pays enchantés ; ses connaissances avec toutes sortes d'étrangers, de vagabonds et de vauriens appartenant aux équipages des bâtiments ; le dégoût que lui inspiraient les lents mouvements des grands bœufs et des sillons interminables de la pièce des quinze arpents ; ses querelles avec ses graves frères aînés ; la conscience qu'il avait d'affliger sa mère, précisément en étant ce qu'il était et ne pouvait s'empêcher d'être, et finalement une violente querelle avec son père, dans laquelle eut lieu cette dernière secousse, qu'un peu plus tôt, un peu plus tard, tout jeune esprit donne à la vieille autorité, toutes ces influences réunies décidèrent du sort de James : un soir il ne parut ni au souper ni à la veillée autour du foyer, il ne revint pas coucher et on ne le vit pas non plus au déjeuner, jusqu'à ce qu'un jeune mousse d'un extérieur étrange et sauvage, que M. Marwyn avait plus d'une fois chassé du voisinage, apporta une lettre annonçant que James s'était embarqué sur *l'Ariel* la veille au soir.

Le visage de Zébédée Marwyn se fit de pierre et il dit :

« Il nous a quittés parce qu'il n'était pas des nôtres. » Sur quoi Candace leva son poing enfariné, et le brandissant comme une grosse boule de neige, s'écria : « Oh ! massa Marwyn, vous verrez que ce garçon sera l'appui de votre vieillesse : c'est moi qui vous le dis ; il y a en lui de quoi faire dix hommes ordinaires ; la bouilloire, quand elle est trop pleine, répand par-dessus le bord ; la bonne bière fait toujours sauter le bouchon, heureux quand elle ne fait pas éclater la bouteille. Je vous dis, moi, que les anges tiennent ces sortes de garçons par un crochet, et que quand le Seigneur voudra, ils l'amèneront sain et sauf au port. »

Et Candace conclut son discours en soulevant toute sa fournée de pâte et la lançant dans la huche avec une énergie qui fit trembler la batterie de cuisine.

Chacun était si habitué aux façons irrévérencieuses de Candace, toutes contraires qu'elles fussent aux habitudes de respect soigneusement inculquées dans cette famille, que personne ne songea à l'en blâmer ou à l'en reprendre. Elle avait conservé une sorte de liberté sauvage dans ses manières que tous excusaient en songeant qu'elle était née et avait été élevée parmi les païens, et qu'on ne pouvait espérer qu'elle se pliât sur-le-champ au joug et aux habitudes de la civilisation. Le fait est que (tous mes lecteurs ont dû le remarquer) il y a de ces sortes de gens devant qui tout le monde se dérange de son chemin, comme on ferait devant une locomotive, sans s'arrêter à demander pourquoi ; et Candace était de ces gens-là.

Il est probable que cette défense de James ne déplut pas trop à M. Marwyn, car il y fit allusion plusieurs fois dans la matinée, disant qu'il ne pouvait comprendre pourquoi Candace et tous les autres raffolaient de ce garçon, et termina une longue méditation par la remarque que ces pauvres Africains avaient parfois beaucoup de pénétration, et que souvent il avait été étonné de celle de Candace en particulier.

6

A la fin de l'année, James revint à la maison plus calme et plus homme, et si beau avec son teint bruni par le soleil, que la moitié des fillettes du pays perdirent leur cœur le premier dimanche qu'on le vit à l'église. Il était tendre comme une femme avec sa mère, et il la suivait des yeux comme un amant partout où elle allait. Il fit à son père les excuses convenables, tout en annonçant sa ferme résolution de s'en tenir à la profession qu'il avait choisie, et il distribua à tous les membres de la famille les présents qu'il avait apportés pour eux des pays lointains. Candace fut pour sa part gratifiée d'un turban jaune et rouge acheté à Mogador, et d'une paire de pantoufles en maroquin jaune, avec des pointes en l'air; et bien que ces chaussures ne parussent devoir lui être d'aucune utilité dans la vie habituelle, Candace les mettait chaque jour un instant au bout de ses gros pieds, et les contemplait avec une satisfaction indicible. Elles contribuèrent à la confirmer dans la conviction que les anges qui avaient leurs crochets dans la jaquette de masse James, commençaient déjà à tirer la corde.

CHAPITRE VIII.

Qui traite du romanesque.

Il n'y a pas, dans la langue anglaise, de mot plus mal-traité par ce qu'on appelle les gens sensés, que le mot ro-manesque.

Lorsque M. Smith ou M. Stubbs ont si bien engrené tous les rouages de la vie, qu'elle est devenue pour eux une machine qui tourne toute seule, lorsqu'eux-mêmes ont fini par contracter les habitudes et le maintien du patient ani-mal qui, en parcourant sans cesse le même cercle, fait mou-voir la machine, ils croient alors avoir remporté « la vic-toire qui subjugue le monde. »

En dehors de cette meule et des écus qu'elle apporte au moulin, tout est jeté par eux dans un même sac, étiqueté « romanesque. » Peut-être y a-t-il eu un temps, alors que M. Smith était jeune, il se le rappelle maintenant, où il li-sait des vers, où sa joue se mouillait de larmes étranges, où un certain air joué dans la rue par un orgue de Barbarie avait le pouvoir de précipiter les battements de son cœur, et de faire rougir ses paupières. Ah! c'est qu'en ce temps-là il avait une vision! Deux beaux yeux avaient le don de l'é-mouvoir singulièrement; une petite main blanche posée sur son bras vigoureux le faisait trembler; et alors arri-vaient l'humilité, les hautes aspirations, les craintes, les es-pérances, les nobles désirs, les eaux troublées par la descente de l'ange de l'amour, etc., etc., et un peu plus, M. Smith devenait un homme au lieu d'un banquier. Il y songe parfois, lorsque après dîner il voit, de l'autre côté de la cheminée, mistress Smith endormie, balançant innocemment les nœuds de rubans roses et la dentelle de Bruxelles qui ornent et entourent son rouge et placide visage.

Mistress Smith n'était pas son premier amour, ni même aucun autre amour, mais ils se convenaient raisonnablement. Et quant à la pauvre Nelly, elle est morte et enterrée, et tout cela n'était que folies romanesques. La dot de mistress Smith lui a permis d'entrer dans les affaires, et de plus mistress Smith elle-même est une excellente ménagère; il remercie Dieu de ce qu'il n'est pas romantique, et recommande à Smith Junior de ne lire ni romans, ni poésie, et de s'attacher aux réalités.

C'est donc là « la victoire qui a vaincu le monde : » s'engraisser paisiblement, avoir de grands feux et de bons dîners, accrocher son chapeau au même portemanteau chaque jour, à la même heure; dormir solidement toute la nuit, et ne jamais se préoccuper de rien au delà.

Beaucoup d'autres que M. Smith ont remporté cette victoire, ont étouffé leur meilleure nature, l'ont enterrée, et pour mieux l'écraser, ont bâti sur sa tombe l'édifice de leur existence future.

Cette ravissante Mme T..., dont la vie tourbillonne entre le bal, l'Opéra, les dentelles, les diamants, les projets pour se faire admirer et pour établir ses filles, — il y eut un temps, vous ne voudrez pas m'en croire, et pourtant cela est vrai, — il y eut un temps où cette femme orgueilleuse et mondaine avait été rendue si humble par la baguette d'une fée mystérieuse, qu'elle se croyait réellement capable de devenir la femme d'un homme pauvre. Oui, elle songeait à vivre dans une petite maison donnant sur n'importe quelle rue, avec une seule domestique, faisant elle-même ses chapeaux, raccommodant ses vêtements, et balayant la maison les jours où Bessy savonnerait; et tout cela pourquoi? Tout cela parce qu'elle pensait qu'il existait un homme si grand, si noble, d'un cœur si élevé, que vivre avec lui dans la pauvreté, être guidée par lui dans l'adversité, s'appuyer sur lui dans les passages rudes et difficiles de la vie, était quelque chose de plus noble, de meilleur, de plus pur, de plus satisfaisant, que des dentelles d'Angleterre, une loge à l'Opéra, voire même que les robes les plus élégantes de Mme Roger.

Malheureusement tout cela n'était qu'un roman, cet homme n'existait pas. Il n'y avait en réalité qu'un être vulgaire, intéressé, ambitieux, à qui elle avait ouvert à première vue un crédit illimité sur sa meilleure nature ; quand vint l'heure de la déconvenue, elle s'éveilla de son rêve avec un rire ironique, et depuis elle a toujours méprisé les aspirations, pour ne songer qu'aux *réalités* de la vie, et elle nourrit la pauvre petite Jeanne, qui est là près d'elle, dans sa loge à l'Opéra, du fruit amer qu'elle a cueilli sur l'arbre de la science. Cette élégante mistress T.... poursuit de ses épigrammes et de ses mordantes railleries les gens qui se marient par amour, mènent une vie laborieuse, et gardent pour le dimanche leurs bonnets à rubans roses. Jamais Jeanne, dit-elle, ne fera une pareille sottise ; et tandis qu'elle parle ainsi, le cœur manque à la pauvre Jeanne, qui voit disparaître de la loge d'en face une paire de moustaches que son imagination a douées de tout ce qu'il y a de plus grand, de plus héroïque, de plus admirable dans l'homme. Avec le temps, mistress T... s'aperçoit que l'amour s'est faufilé dans le cœur de sa fille, et elle se demande où celle-ci « a pu prendre de pareilles idées ; elle a pourtant eu bien soin de ne pas lui laisser lire de romans ! »

A entendre les gens amers, prosaïques, désenchantés, on dirait que les poëtes et les romanciers ont créé le romanesque. Ils l'ont créé à peu près comme les cratères créent les volcans. Qu'est-ce que le romanesque ? D'où vient-il ? Platon en parlait sagement il y a deux mille ans lorsqu'il disait : « L'âme de l'homme dans son premier état avait des ailes et planait parmi les dieux ; c'est pourquoi, lorsque dans cette vie les souvenirs de l'âme sont ravivés par la musique, la poésie ou la vue de la beauté, elle éprouve une sorte de douleur, comme si ses ailes voulaient repousser, à peu près comme les enfants qui font leurs dents. » Si donc un vieux païen discourait si gravement, il y a deux mille ans, de la partie romanesque de notre nature, comment se fait-il que nous autres chrétiens, nous l'envisagions d'une façon si païenne, et que nous en abandonnions la direction aux faiseurs de ballades, aux romanciers et aux chanteurs d'opéras ?

Disons-le donc avec crainte et respect : c'est Dieu qui est l'auteur du romanesque. Lui qui a fait l'homme et la femme ; lui qui a disposé de la grande harpe de notre existence, avec ses cordes étranges, merveilleuses, et qui en a tiré l'harmonie ; Dieu est le grand poète de la vie humaine. Toute impulsion noble et héroïque, toute aspiration vers un amour plus pur, une perfection plus grande, un type d'existence plus élevé que celui qui nous enserre comme une prison dans l'obscur chemin de la vie quotidienne, est le souffle de Dieu, son impulsion, l'inspiration par laquelle il rappelle à l'âme qu'elle doit tendre vers quelque chose de plus haut, de plus doux, de plus pur que ce monde.

Qui que vous soyez donc, homme ou femme, si votre idéal est brisé.... comme il le sera infailliblement mille fois ; si la vision s'évanouit, si l'enthousiasme s'éteint, ne vous tournez pas vers le scepticisme et l'amertume en disant : « il n'y a rien de meilleur pour l'homme que de boire et de manger, » mais plutôt chérissez le souvenir de ces révélations bénies, regardez-les comme des prophéties et des avant-coureurs de choses réelles et possibles, qu'il nous sera donné d'atteindre dans la plénitude de l'éternité. L'esprit railleur qui se rit du romanesque est une pomme cueillie par le démon lui-même sur l'arbre amer de la science ; il ne nous ouvre les yeux que pour nous montrer notre éternelle nudité.

Si vous avez eu jamais une amitié romanesque et désintéressée, une foi et un culte ardents pour quelque héros de votre âme ; si vous avez ainsi aimé que toute froide prudence, toute considération mondaine et égoïste aient été balayées de votre âme comme la paille par un vent impé-

tueux, que vous vous soyez senti prêt à jeter tout votre être
dans le gouffre de l'existence, comme une offrande aux
pieds d'un autre, et tout cela pour rien.... quand vous vous
seriez éveillé cruellement trahi et déçu, néanmoins remerciez encore Dieu d'avoir entrevu le ciel.

La source aujourd'hui tarie se rouvrira. Réjouissez-vous
d'avoir connu la plus noble part de notre céleste héritage.
Gardez comme un glorieux souvenir la pensée que vous avez
reçu cet hôte divin dans votre âme.

De telles expériences nous révèlent la sainteté et le pathétique de la vie, et si nous en usons dignement, nos yeux
seront à jamais ouverts pour discerner quels poëmes, quels
romans, quelles sublimes tragédies se produisent autour de
nous dans la vie de chaque jour, « écrits non pas sur le
papier, mais sur les tablettes vivantes du cœur. » La rue
la plus morne de la plus prosaïque petite ville, recèle la
matière de plus de larmes, de sourires, d'un intérêt plus
intense que n'en ont jamais décrit les romanciers ou chanté
les poëtes. La réalité est là, dont les romanciers ne sont
que de faibles échos.

Ce plaidoyer nous a paru d'autant plus opportun, que
nous voyons d'ici des hommes graves commencer à secouer
la tête, et de vénérables matrones se prendre à soupçonner
que cette histoire pourrait bien n'être, après tout, qu'une
histoire d'amour.

Nous vous assurons, très-révérend ministre, et vous,
très-discrète dame, qu'en effet ce ne sera point autre chose.
Si vous consentez à nous suivre, vous découvrirez que la
flamme du roman brûle aussi vive sous les bancs de glace
du rigorisme puritain, que si le docteur Hopkins, au lieu
de se vouer à la prédication métaphysique, eût été un habitué de l'Opéra, et que Marie se fût nourrie des poëmes
de Biron, au lieu de méditer le traité d'Edwards sur les
affections.

Les innocentes crédulités, les subtiles déceptions, tranquillement à l'œuvre sous la grave perruque du docteur,
étaient précisément de la nature de celles qui dans tous les
siècles ont trompé l'homme en la souveraine présence de

celle qui est appelée à régner sur sa destinée ; et quant à
Marie, de quoi lui servait-il de pouvoir répéter d'un bout
à l'autre, sans hésiter, le catéchisme de l'assemblée, et que
l'emploi de chacune de ses heures fût réglé comme l'horloge
du salon ?

La chanteuse italienne la plus passionnée, nourrie dès
l'enfance de sentiments exaltés, ne fut jamais plus pleinement possédée par l'imposant mystère de la vie de la femme,
que ne l'était cette jeune fille puritaine.

Il est vrai que le lendemain du départ de James, Marie
se leva comme de coutume au point du jour, et qu'on eût
pu la voir ouvrant la porte de la cuisine juste au moment où
les oiseaux à leur réveil faisaient entendre leurs premiers
gazouillements, puis préparer le repas de deux ouvriers en-
gagés pour labourer le champ ; qu'elle se mit ensuite à
écrémer le lait pour faire le beurre, et que tout en pétris-
sant une galette pour le déjeuner du docteur, elle chantait
quelques fragments de vieux psaumes. Le bon docteur,
alors occupé à ses dévotions du matin, se prit, en écoutant cette voix qui lui arrivait par instants à songer aux
anges et au *millénium*. La fenêtre de son cabinet était
ouverte, et c'est avec la senteur des lilas et mêlées au
bêlement des moutons et à tous les bruits du jour qui
s'éveille, que lui arrivaient, douces et solennelles, les notes
argentines de ce chant un peu mélancolique, semblable à
celui d'une âme qui se berce pour se calmer. Les paroles
étaient celles de la vieille version des psaumes alors en
usage :

> Mon cœur, sois en assurance ;
> Dieu se souvient de ta foi ;
> Les fléaux de sa vengeance
> N'approcheront pas de toi.

Puis c'était le petit piétinement au dehors, le bruit des
chaises, le cliquetis des assiettes, annonçant que ces actives
petites mains préparaient la table ; puis il y eut une pause

pendant laquelle Marie s'était sans doute rapprochée de la fenêtre, car la voix s'entendit distincte et triste :

> O Dieu, dissipe l'orage,
> Qui m'avait éloigné du port;
> Sois sensible à ma prière,
> A mes regards fais briller ta lumière.

La vie de la Nouvelle-Angleterre, si habituellement sérieuse et solennelle, respirait tout entière dans ces graves et plaintives mélodies alors chantées dans les églises, en sorte que ces paroles, bien que sur le plus triste mode mineur, ne suggéraient à l'auditeur rien de plus que le calme pensif et religieux dans lequel il aimait à se reposer. Leur mélancolie contrastait avec le joyeux ramage d'un rouge-gorge qui, apparemment attiré par elles, était venu se percher dans un lilas voisin, où il s'abandonnait à de si merveilleuses roulades qu'il détourna un instant l'attention de la belle chanteuse. L'enivrement que respirait la chanson de ce petit messager à qui Dieu avait donné des plumes et des ailes, et qu'il avait rempli d'une joie exubérante, formait en effet un contraste singulier avec les tristes notes que murmurait cette autre créature jetée dans un moule plus grand et pétrie d'une plus noble argile, cette créature née pour l'immortalité.

Mais le bon docteur était intérieurement ravi, et quand le chant s'arrêtait, il levait brusquement les yeux de dessus sa Bible comme si quelque chose lui manquait. Qu'était-ce? Il n'en savait rien, car il se doutait à peine que cette petite voix fût agréable à entendre; il ne croyait pas l'avoir écoutée. Cependant il était sous le charme, son cœur était si rempli d'aise et de gratitude qu'il s'écriait avec ferveur : « Le livre s'est ouvert pour moi aux passages les plus agréables; et ma part d'héritage est bonne. »

Ainsi allait pour lui le monde, plein de joie et de satisfaction, parce que la voix et la présence d'où dépendait cette vie intime, qu'il ne soupçonnait pas, étaient invariablement près de lui, et formaient une part si régulière et si certaine

de son existence journalière, qu'il n'avait pas même la peine
de les désirer. Mais pour cet autre cœur, comment allait-il?
Que se passait-il dans l'esprit de cette sainte enfant qui se
parlait à elle-même au moyen d'hymnes, de psaumes, de
cantiques spirituels?

L'excellente fille s'était souvenue des paroles sur lesquelles
sa mère l'avait quittée : « Applique ton esprit à tes devoirs ! »
Elle avait commencé la journée par une fervente prière
pour que la grâce lui en fût accordée; mais tout en s'entre-
tenant avec Dieu, le fil doré de sa prière se mêlait et s'en-
trelaçait avec une autre suite d'idées; sa vie passait dans
une autre âme à mesure qu'elle demandait que la grâce divine s'étendît sur *lui*, le défendît de la tentation et le con-
duisît au ciel, et cette seconde prière prit tant d'avance sur
l'autre, qu'avant que Marie s'en doutât, la pauvre enfant
s'était complétement oubliée elle-même et ne sentait, ne
pensait, ne vivait plus que dans autrui.

Quand elle jeta les yeux sur le verger, dont les suaves
senteurs montaient vers sa fenêtre, et qu'elle prêta l'oreille
aux premiers gazouillements des oiseaux, elle fit une découverte qui a étonné bien des cœurs avant le sien, à savoir,
que tout ce qui faisait pour elle le charme de la vie, s'était
brusquement évanoui. Elle ne s'était pas aperçue que depuis un mois, c'est-à-dire depuis le retour de James, elle
avait vécu dans un monde d'enchantements; que le port, les
rochers, la plage, les plantes marines rejetées par les flots
sur le sable, les deux milles qui séparaient le chalet de la
maison Blanche, et les genévriers de son jardin, tout s'était
coloré d'un prisme qui venait soudain de disparaître. Pas
une seule heure qui pendant les quatres dernières semaines
n'eût eu son secret intérêt : *il* était à la maison Blanche;
peut-être allait-il passer, allait-il entrer? Même à l'église,
quand elle se levait pour chanter, croyant ne penser qu'à
Dieu, n'avait-elle pas toujours conscience de cette voix de
ténor qui accompagnait la sienne, et tout en n'osant pas
tourner la tête de son côté, ne sentait-elle pas qu'il était là,
qu'il entendait chaque parole du sermon et de la prière?
Le soin que mistress Scudder avait pris d'empêcher entre

eux tout entretien particulier n'avait fait qu'augmenter la
préoccupation de Marie en jetant sur ses pensées le voile
de la contrainte et du mystère. Des regards silencieux, des
tressaillements involontaires, les choses qu'on indique et
qu'on n'exprime pas, tel est l'aliment le plus séduisant et le
plus dangereux de la pensée chez une nature délicate et
prompte à l'émotion. Si les choses étaient dites tout haut,
elles pourraient l'être inconsidérément, elles pourraient
blesser par leur liberté ou troubler par leur imprudence ;
mais ce qui n'est dit que par les regards est transmis à
l'âme par l'intermédiaire de l'imagination, qui revêt tout
d'une idéale beauté.

Chez une nature délicate et exaltée il est bien rare que
l'amour soit en rapport avec la réalité qui en est l'objet.
C'est habituellement un embrasement de toute la puissance
que possède l'âme, d'aimer ce qui lui paraît grand et beau ;
c'est de faire l'amour de quelque chose de divin et de céleste qui, par une sorte d'illusion, s'attache à une personna-
lité. A proprement parler, il n'est qu'un seul et éternel objet
de ce que conçoit l'âme dans cette exaltation. Le désen-
chantement est inévitable ; mais lorsque l'amour se termine
par un heureux mariage, l'idéal, sans choc et sans violence,
retombe peu à peu dans le réel, qui, bien que terrestre et
défectueux, demeure à jamais protégé par le tendre souvenir de ce premier ravissement.

Ce que Marie aimait si passionnément, ce qui venait se
placer entre elle et Dieu dans chacune de ses prières, ce
n'était pas le marin jeune, gai, entreprenant, prompt à la
colère, imprudent en paroles, généreux de cœur, mais mon-
dain dans ses projets et dans ses désirs ; c'était l'idéal
qu'elle se créait d'un homme noble et grand, comme James
pouvait l'être un jour, à ce qu'elle pensait. Il lui apparaissait glorifié, devenu un modèle de la force qui dompte la
matière, de l'autorité qui commande aux hommes et aux
circonstances, du courage qui dédaigne la crainte, de l'honneur qui ne saurait mentir, de la constance qui ne connaît
aucune défaillance, de la tendresse qui protége le faible, de
la loyauté religieuse qui dépose auprès de son souverain

Seigneur et Rédempteur le trésor d'une virilité parfaite
Tel était l'homme qu'elle aimait; c'est de ce royal manteau
de toutes les perfections qu'elle revêtait la personne appelée
James Marwyn, et tout ce qu'elle voyait, tout ce qu'elle savait lui manquer, elle le demandait à Dieu pour lui avec la
ferveur d'une âme croyante.

Elle ne se trompait pas cependant, car de même que pour
chaque feuille, pour chaque plante, il existe un idéal vers
lequel la plante tend sans cesse dans sa croissance, de même
il existe pour chaque être humain un idéal, une forme parfaite sous laquelle il apparaîtrait si chacun de ses défauts
était vaincu, et chacune de ses excellences caractéristiques
stimulée à son plus haut degré. Une fois par siècle peut-
être Dieu envoie à quelques-uns un ami qui aime en eux
non plus une créature imaginaire, mais l'idéal divin de leur
nature, qu'il perçoit à travers leurs imperfections; qui aime,
non pas l'homme qu'ils sont, mais l'ange qu'ils peuvent devenir. De tels amis semblent jouir du don de prophétie,
comme la mère de saint Augustin, qui, au temps de la jeunesse ardente et coupable de son fils, l'aperçut, dans une
vision, debout, vêtu de blanc, remplissant le ministère du
prêtre à la droite de Dieu, ainsi qu'il est depuis de longs
siècles.

Si par une mystérieuse puissance, nous pouvions nous
représenter cette forme idéale et définitive des amis avec
lesquels nous vivons journellement, nous la suivrions avec
foi et respect sous tous les déguisements des fautes et des
faiblesses humaines, « attendant la manifestation des enfants de Dieu. »

Les merveilleux amis auxquels Dieu accorde cette perception sont des exceptions en cette vie; cependant il arrive
parfois que nous possédons quelqu'un qui voit à travers
nos imperfections, comme Michel-Ange voyait à travers
un bloc de marbre, lorsque, l'attaquant avec une divine ferveur, il déclarait qu'un ange y était emprisonné; et c'est
souvent la main ferme et délicate d'un tel ami qui rend
l'ange à la liberté.

Il y a des âmes artistes qui parcourent le monde, regar-

dant leurs semblables avec attention et respect; de même
que d'autres recherchent parmi la poussière et les débris
des vieilles boutiques, les œuvres ensevelies de Titien ou de
Léonard, et les ayant trouvées, fussent-elles trouées, cra-
quelées, retouchées par un barbouilleur, y reconnaissent
sans hésiter le divin original et s'appliquent à le nettoyer
et à le restaurer; ainsi font les véritables prêtres du Seigneur oints et ordonnés par le Saint-Esprit; et celui que
n'anime pas cet enthousiasme n'est point ordonné de Dieu,
tout un synode d'évêques lui eussent-ils imposé les mains.

On rencontre beaucoup de tels prêtres parmi les femmes,
car leur nature les convie à ce silencieux ministère, douées
qu'elles sont d'une délicatesse de sentiment et d'une finesse
de perception qui devance la marche plus lente de la raison·
notre héroïne était de ces femmes.

En ce même moment, tandis que les ailes roses du matin
teignaient de délicats reflets les arbres, les buissons, les
rochers, elles empourpraient aussi les vagues innombrables
se jouant autour d'un vaisseau qui naviguait isolé, au centre
d'un horizon sans bornes comme l'éternité. Sur le pont un
jeune homme contemplait l'Océan, pensif et un livre à la
main; c'était James Marwyn, James qui appartenait aussi
profondément, aussi complétement à ce monde matériel,
que Marie au monde invisible et céleste.

Il y a des gens qui semblent faits pour *vivre;* la vie est
pour eux une telle jouissance, leurs sens sont si pleinement
en rapport avec les choses extérieures, ils apprécient si ar-
demment le monde, qui fait tellement partie d'eux-mêmes;
ils ont si bien le sentiment de la puissance et de la victoire
dans le gouvernement des choses matérielles, que la vie morale et invisible leur apparaît souvent incertaine et fantasti-
que, comme la lune pâle et diaphane à la lumière d'un éclatant lever du soleil. Lorsqu'on les met face à face avec les
grandes vérités du monde invisible, ils sont, par rapport à
la divine sagesse, dans les mêmes relations que le gai et
fastueux Alcibiade avec le divin Socrate, et comme le jeune
homme de l'Écriture sainte avec celui dont Socrate désirait
l'avénement; ils regardent, ne comprenant qu'imparfaite-

ment, et à l'appel des richesses ou de l'ambition se détournent avec tristesse.

Ainsi en était-il de James ; dans la plénitude de l'énergie et de l'ambition s'était formée sur son esprit cette croûte épaisse, ce scepticisme des choses spirituelles et élevées que les hommes du monde appellent le sens pratique. Arrêté et humilié soudain par la révélation d'une nature tellement plus noble que la sienne, qu'il s'était trouvé indigne à ses propres yeux, il lui avait demandé son amour, et lorsqu'un tel amour s'était dévoilé, il s'était senti prêt à s'écrier, comme autrefois le disciple en présence de la divine tendresse : « Retirez-vous de moi, je ne suis qu'un pécheur. »

Mais il est bien rare que toute une vie se trouve changée par l'impression d'une heure, et maintenant, tandis que James se tenait debout sur le pont, au milieu de tout ce qui le ramenait à ses anciennes habitudes, Marie, et sa religion lui revenaient à l'esprit comme une douce et inexplicable vision. Il voyait bien où elle était, mais que lui-même dût y arriver jamais, cela lui paraissait aussi impossible que de trouver un point d'appui dans les nuages.

Il tenait entre ses mains la petite bible comme si c'eût été quelque amulette charmée par le toucher d'un être supérieur, mais lorsqu'il s'efforça de la lire, ses pensées s'égarèrent et il la referma troublé et mécontent.

Cependant il y avait au dedans de lui des inquiétudes et des désirs qu'il n'avait jamais ressentis jusque-là, le commencement de ce trouble qui précède toujours la tension de l'âme vers une vie plus haute et plus vraie.

C'est là que nous le laisserons, après vous avoir montré nos trois caractères principaux subissant, chacun dans sa sphère particulière, l'influence de cette sainte et forte puissance dont il a plu à notre auteur de glorifier cette vie mortelle.

CHAPITRE IX.

Comme par exemple du déjeuner : — il est six heures, — les laboureurs et les bœufs sont partis, la table est dressée dans la cuisine devant la porte ouverte ; une fumée odorante s'échappe de la vieille cafetière d'argent, et le docteur, assis à l'un des côtés de la table, savoure lentement son café tout en regardant Marie, placée en face de lui, tandis que mistress Scudder cause de ses affaires de ménage et imagine que quelque chose doit avoir empêché la crème de monter, car elle n'est ni si jaune ni si épaisse que de coutume.

Le docteur, il faut l'avouer, était sujet à regarder les gens d'une façon particulière aux philosophes et aux savants, c'est-à-dire comme s'il regardait à travers eux dans l'infini, auquel cas son regard devenait si fixe et si intense, qu'il eût fort embarrassé toute personne non initiée ; mais Marie, accoutumée à ce genre de contemplation, s'en amusait tranquillement et attendait que quelque grande pensée vînt se dessiner à sa vue mentale, comptant bien qu'il leur en ferait part.

Le digne homme acheva sa première tasse de café et dit :

« Je suppose que dans le *millénium* il y aura une telle abondance de toutes les choses nécessaires à la vie, qu'hommes et femmes ne seront plus obligés de passer la plus grande partie de leur temps à pourvoir à leur subsistance. Personne n'aura besoin de travailler plus de deux ou trois heures par jour, tout juste ce qu'il faut pour entretenir la santé du corps et la vigueur de l'intelligence ; le reste du temps se passera en lecture, en conversation, et dans des exercices de nature à élever les esprits et à les faire progresser. »

La Nouvelle-Angleterre offre probablement le seul exemple d'une communauté prospère fondée sur une théorie, c'est là une expérience particulière dans le problème des sociétés. C'est par cette raison que les esprits de ces grands penseurs insistaient sur la solution finale de ce problème en ce monde. La croyance à un futur *millénium* était l'une des doctrines favorites des principaux théologiens de la Nouvelle-Angleterre, et le docteur Hopkins y était particulièrement attaché.

En conséquence, ni Marie ni sa mère n'étaient le moins du monde surprises de voir briller dans le courant de la vie quotidienne ces parcelles d'or pur, que leur ami avait extraites dans ses explorations du futur Canaan.

« Mais comment, dit mistress Scudder, avec beaucoup moins d'ouvrage arrivera-t-on dans ce temps-là à faire tout ce qui est nécessaire ?

— Parce que d'ici là, les arts et les sciences auront fait de tels progrès que tout s'accomplira beaucoup plus aisément, et aussi à cause du grand accroissement de charité, par suite duquel les talents et la capacité de ceux qui ont beaucoup viendront en aide à la faiblesse de ceux qui ont moins.

« Oui, continua le docteur, après une pause, les Marthes actives et empressées n'auront alors aucun prétexte pour ne pas s'asseoir aux pieds de Jésus ; la besogne sera peu de chose. L'Église en ce temps-là n'aura plus que des Maries. »

Cette remarque, bien que faite sans la plus légère intention personnelle, amena un sourire singulier sur le visage de mistress Scudder, auquel répondait une légère rougeur sur celui de Marie, lorsque le claquement d'un fouet et un bruit de roues d'un wagon vinrent interrompre la conversation et attirer tous les yeux vers la porte, devant laquella s'arrêta presque aussitôt le wagon de la ferme, chargé de barriques, de boîtes et de paniers, au-dessus desquels Candace trônait triomphante, sa face noire et son turban jaune brillant au soleil levant d'un éclat joyeux et satisfait, tandis qu'elle tirait la bride et criait au cheval d'arrêter, d'une voix qui eût fait honneur à l'homme le plus vigoureux.

« Tiens ! c'est Candace ! s'écria Marie.

— La reine d'Éthiopie en personne, » dit le docteur, qui risquait parfois une plaisanterie inoffensive.

Le docteur était universellement connu dans le pays comme une sorte d'ami et de patron des nègres; il s'était voué à leurs intérêts avec un zèle bien rare à cette époque. Son église en comptait plus qu'aucune de celles de Newport, et il employait fréquemment ses heures de loisir à visiter les plus pauvres d'entre eux, écoutant leurs histoires, consolant leurs chagrins, dirigeant leurs projets, leur enseignant à lire et à écrire, et consacrant une portion de son mince salaire à les secourir dans leurs embarras ou dans leur détresse. Les noirs répondaient à cette charité avec toute la gratitude et la chaleur d'affection de leur race, et Candace en particulier s'était vouée corps et âme au docteur.

On rapportait dans le pays que les premiers efforts de celui-ci pour catéchiser Candace n'avaient pas été très-heureux; elle envisageait les dogmes théologiques à un point de vue tellement individuel, qu'il était difficile de l'amener à souscrire aux opinions reçues. A l'énoncé de l'article particulier du catéchisme qui déclare que tous les hommes ont péché en Adam et sont tombés avec lui, Candace s'était écriée :

« Quant à moi, pour une au moins je ne l'ai pas fait, j'en réponds. J'ai bonne mémoire.... je me souviens toujours de ce que je fais, et je n'ai pas mangé cette pomme, je n'en ai pas mangé le plus petit morceau. Qu'on ne vienne pas me dire ça ! »

En vain s'était-on efforcé de donner à Candace toutes les

explications de ce redoutable passage, et avait-on voulu
lui parler de présence virtuelle, d'identité représentative et
de primauté fédérative. Elle opposait à tous les raisonnements son opiniâtre : « Quand je vous dis que je n'en ai
pas mangé, j'en suis sûre! Si je l'avais fait, je m'en sou-
viendrais. Qu'on ne vienne pas me dire ça! C'est perdre
son temps! » Et jusque dans la classe de catéchisme, si par
hasard cette question tombait à son tour, elle demeurait
et muette et sombre, même en la présence révérée du docteur.

On rappelait fréquemment à Candace que le docteur
croyait le catéchisme, et qu'elle différait ainsi d'avec un
bon et saint homme, mais cet argument n'avait produit sur
elle aucune impression jusqu'à ce qu'un jour un de ses cousins éloignés, dont la condition chez un maître dur et cruel
avait souvent excité sa compassion, vint lui conter avec
ravissement comment, grâce aux efforts du docteur, il avait
recouvré sa liberté. Le ministre lui-même, quêtant de maison
en maison, avait recueilli partie de la somme nécessaire à le
racheter, et suppléé à ce qui manquait en abandonnant la
moitié du salaire de son dernier trimestre.

« Il a fait ça! s'écria Candace, laissant choir la fourchette
avec laquelle elle retirait ses beignets; eh ben! là, je commence à croire que tout ce qu'il dit est vrai. »

Et en conséquence, au prochain catéchisme du docteur,
l'étonnement fut grand lorsque Candace, s'approchant de
celui-ci, s'écria :

« Que Dieu vous bénisse, docteur! Vous avez ouvert la
prison de ceux qui étaient dans les liens. Eh bien, je vous
crois maintenant, docteur; je crois que vous ne dites pas un
mot qui ne soit vrai. Je dirai le catéchisme maintenant,
n'importe ce que vous y mettiez. Oui, je l'ai mangée, cette
pomme, et si vous le dites, je croirai que j'ai mangé l'arbre
tout entier. »

A cette explicite profession de foi avaient succédé pour
Candace de longues années de la plus ardente orthodoxie.
Sa manière de s'exprimer au sujet de la religion était brè e
et significative.

« A quoi bon tant parler? J'ai promis que je croirais le catéchisme, et je le crois, là! »

Tandis que nous vous racontons tout ceci, elle a attaché son cheval, et elle se dirige vers la maison, un panier à chaque bras.

« Bonjour, Candace, dit mistress Scudder; qu'est-ce qui vous amène si matin?

— Je suis partie avant le jour pour vendre mes œufs et mes poulets; aussi je rapporte un bon magot. Missy Marwyn envoie à missy Scudder des œufs de dinde, et puis j'apporte des gâteaux pour le docteur. Il faut que les braves gens vivent tout comme les méchants, vous savez. » Et Candace fit entendre un joyeux éclat de rire. « Il n'y a pas de raison pour que les docteurs ne mangent pas de bonnes choses aussi bien que les pécheurs, n'est-il pas vrai? » ajouta-t-elle en montrant ses dents blanches dans l'abandon de sa gaieté.

« Ah! fit-elle, en apercevant Marie, on dirait voir une rose nouvelle, quoi! Je ne m'étonne pas que *quelqu'un* était toujours à fureter et à rôder par ici!

— Comment va votre maîtresse, Candace? dit mistress Scudder, désireuse de détourner l'entretien.

— Comme ci comme ça, ça ne va pas fort. Quand massa James s'en va, on dirait qu'il emporte la lumière de ses yeux, quoi! Ce garçon va toujours suivant partout sa mère, comme l'agneau suit la brebis. Lah! la maison paraît si vide quand il est parti! on entendrait une mouche voler! — Missy Marwyn demande si vous, le docteur et miss Marie, vous voulez venir prendre le thé cette après-midi?

— Remerciez votre maîtresse, Candace, dit mistress Scudder, Marie et moi nous irons, et peut-être que le docteur.... Elle regarda le digne homme qui, retombé dans ses réflexions, achevait son déjeuner sans prendre garde à ce qui se passait. Nous lui en parlerons quand il sera temps de s'habiller. dit-elle; il est inutile de le déranger maintenant. »

La perspective de cette visite était agréable à Marie, par plusieurs raisons dont elle ne se rendait pas exactement compte. En fille sage et docile, elle avait naturellement prit la résolution de ne penser à James que le moins possible; mais lorsque son devoir la conduisait dans des lieux et parmi des gens qui le lui rappelaient, il lui était plus agréable que s'il l'avait conduite dans une autre direction. En outre, Marie et mistress Marwyn étaient unies par une tendre et profonde amitié, basée sans doute sur des rapports de goûts et d'intelligence, mais aussi sur un secret élément de profonde sympathie.

Avec cette sagacité instinctive de ceux de sa race, qui semblent deviner les pensées et les sentiments de leurs supérieurs, Candace remarqua l'éclair de joie qui avait traversé les yeux de Marie, et s'en réjouit intérieurement.

Sans avoir jamais été la confidente de l'une ou de l'autre partie, sans même qu'un mot eût été dit devant elle, elle voyait cependant l'état des affaires aussi clairement que si elle l'eût suivi sur une carte. En un clin d'œil elle avait compris la froideur de mistress Scudder, l'amour de James, la perplexité de Marie, et avait intérieurement résolu que si la jeune fille oubliait James, ce ne serait pas de sa faute à elle, Candace.

« Lah! missy Scudder, fit-elle, je suis bien aise que vous veniez, parce que vous n'avez pas vu encore comme massa James nous a fait splendides. Vous ne nous reconnaîtrez plus. Il a mis des nattes de Mogador à toutes les entrées, et un grand tapis dans le salon; et si vous saviez le beau châle qu'il a rapporté à mistriss, avec toutes sortes de choses curieuses pour le squire. Je vous dis, moi, que ce garçon-là honore son père et sa mère, quand il ne ferait pas autre chose, et c'est là le premier commandement avec promesse, madame; ce garçon-là est au nombre des élus, ça ne fait pas de doute pour moi, et les élus sont sûrs d'arriver à bien, voilà ce que je dis. Ma foi est là-dessus solide et certaine, » ajouta-t-elle avec le rire triomphant qui servait généralement d'accompagnement à sa conversation, et en se tournant vers le docteur, qui, tiré de sa rêverie par ses bruyants éclats de voix, l'écoutait avec intérêt.

« Eh bien, Candace, dit-il, nous espérons tous que vous avez raison.

— Espérer, docteur! je n'espère pas moi, je *sais*. Est-ce que quand je prie pour lui, je ne me sens pas le cœur enlevé?

— C'est bien, Candace, dit le docteur, continuez. Vos prières ont autant de force devant Dieu que si vous étiez reine et couronnée. Le Seigneur ne fait pas acception de personne.

— Ah pour ça, non, docteur, et là-dessus je suis de son avis, » dit Candace ; puis reprenant ses paniers, elle se dirigea, après une révérence, vers son wagon, le cœur plein de joie et de bon vouloir, leur criant, tout en s'éloignant, un cordial au revoir.

Tandis que le docteur la suivait des yeux, l'expression de bienveillance avec laquelle il lui avait parlé s'évanouissait graduellement, et une ombre passait sur sa bonne et grande figure, semblable à un nuage sur le flanc d'une montagne.

« Quel scandale, fit-il, quelle honte et quel déshonneur pour la religion protestante, de voir les chrétiens de l'Amérique pratiquer et encourager l'esclavage des Africains! J'ai longtemps gardé le silence : puisse le Seigneur me le pardonner! mais je crois que le temps est venu de parler ouvertement. Quand je me promène le long du quai ou sur le port, il me semble que ces pauvres créatures muettes me demandent du regard, comment moi, un ministre du Christ, je ne leur viens pas en aide. »

Mistress Scudder devint grave en entendant ces paroles; elle en avait entendu plusieurs fois du même genre, qui tou jours l'avaient remplie d'alarme, parce que.... Vous dirai-je pourquoi?

Eh bien donc, ce n'était pas qu'elle ne fût parfaitement convaincue de l'illégitimité de l'esclavage. Son mari, qui toujours s'était chargé de penser pour elle, devançant les idées de son époque, n'avait jamais voulu autoriser l'esclavage en achetant ou possédant un seul nègre, et mistress Scudder avait toujours marché résolûment dans la voie qu'il lui avait tracée, sans hésiter à déclarer les raisons

de sa conduite. Mais si nous pouvions nous représenter
un ange descendu du ciel, avec les idées, les sentiments,
les coutumes de ce pays si différent du nôtre, nous com-
prendrions aisément que la famille la plus pieuse et la plus
orthodoxe pût trouver la tâche de le présenter et de le pilo-
ter parmi les humains, fort délicate et fort embarrassante.
Quelque respect qu'il leur inspirât en particulier, ils n'en-
visageraient pas sans effroi l'idée de le voir se mêler au
monde extérieur. C'est ainsi qu'il arrive souvent que ceux
mêmes qui respectent profondément les hommes d'une nature élevée, sont quelque peu embarrassés à leur sujet dans
la vie pratique.

Mistress Scudder considérait le docteur comme un être
supérieur, affligé, quant aux choses matérielles et temporelles, d'une sainte incapacité qui lui imposait à elle le devoir de penser, de prévoir pour lui, et de veiller à la conduite terrestre de ses affaires.

Il n'y avait pas alors à Newport de commerce plus lucratif et plus honoré que le commerce des esclaves. Il s'y faisait
journellement des fortunes considérables, et quel témoignage plus providentiel de sa légitimité pouvait-il y avoir
aux yeux de beaucoup de gens?

En outre, quant à ce qui concernait leur petite congrégation, elle réfléchissait avec inquiétude que Siméon Brown,
le soutien le plus riche et le plus libéral de la société, avait
tiré et tirait encore toute sa fortune de cette source; puis
elle songea rapidement à tel et tel personnage influent
qui était propriétaire d'esclaves. C'est pourquoi, lorsque le
docteur dit : « Je témoignerai en leur faveur, » elle agita
avec un certain malaise sa cuiller dans sa tasse et répondit :
« De quelle manière, docteur, entendez-vous témoigner
pour eux? C'est là une question, selon moi, bien difficile à
traiter.

— Difficile! il me semble qu'au contraire, rien ne saurait
être plus clair. Si nous avons eu raison de faire la guerre
pour conquérir notre liberté, nous avons tort d'acheter ou
de posséder des esclaves.

— Ah! fit mistress Scudder, je n'entends pas dire que la

question soit difficile à comprendre; la loi est claire, mais comment l'appliquer? voilà où gît la difficulté.

— Je prêcherai sur ce sujet dimanche prochain, dit le docteur. Il y a longtemps que mon esprit en est préoccupé. Je ferai voir à la maison de Judas son péché.

— Je crains que cela n'offense beaucoup de monde. Voilà, par exemple, Siméon Brown, notre plus fort souscripteur, il est dans ce commerce.

— Ah! c'est vrai; mais il y renoncera, nous ne pouvons en douter. C'est un homme juste, qui a le cœur droit. J'ai été ravi l'autre soir de la clarté de ses vues, et je songeais même à lui parler de cela, mais comme il y avait du monde, j'ai cru que mieux valait différer. Je suis en mesure de lui démontrer que c'est une conséquence logique de ses principes; rien ne me sera plus facile.

— J'ai bien peur que vous ne soyez désappointé, docteur; pour moi, je crois qu'il se fâchera, qu'il fera du bruit et quittera notre église.

— Quoi, madame! Vous supposez qu'un homme prêt à sacrifier son salut éternel pour le plus grand bien de l'univers, pourrait hésiter lorsqu'il s'agit de quelques misérables centaines de dollars?

— Il peut être prêt à sacrifier son âme, dit naïvement mistress Scudder, mais je ne crois pas qu'il sacrifie ses vaisseaux; c'est une tout autre question; il n'admettra pas que ce soit son devoir.

— Ce serait un hypocrite, un grossier hypocrite, s'il s'y refusait, madame. Mais la charité chrétienne nous défend de le juger ainsi. Je vais aller le voir ce matin même et lui parler de mes intentions.

— Ah! docteur! s'écria mistress Scudder avec effroi, réfléchissez encore, je vous en prie. Vous savez que beaucoup de choses dépendent de lui. Rappelez-vous qu'il a souscrit pour vingt exemplaires de votre *Système de théologie*.

— Et pourquoi voulez-vous que je me le rappelle, madame? dit le docteur se retournant vivement; quel rapport a mon *Système de théologie* avec ce dont nous parlons?

— Un exposé des vues véritables de l'Évangile n'importet-il pas plus que tout au monde? Et si, par votre imprudence à vous aliéner les personnes influentes de votre congrégation, vous en rendez la publication impossible, ne ferez-vous pas plus de mal que de bien?

— Madame, reprit le docteur, j'aimerais mieux voir mon *Système de théologie* au fond de la mer que de m'exposer à ce qu'il soit comme une pierre pendue à mon cou qui me retiendrait de faire ce que je dois. Que Dieu prenne s'il lui plaît soin de ma *Théologie*, pour moi, j'entends faire mon devoir. »

En parlant ainsi, le docteur avait redressé sa haute taille, et son visage brillait d'une involontaire majesté. Comme il se retournait, son regard tomba sur Marie, qui l'écoutait debout, le cœur gonflé, ses grands yeux bleus brillants et humides, dans une sorte de solennelle extase, moitié pleurs, moitié sourire, et l'homme fort et héroïque tressaillit en voyant les sentiments de sa grande âme réfléchis dans ce doux et tremblant miroir féminin.

Ils échangèrent un de ces regards qui sont la franc-maçonnerie des nobles cœurs, et par une soudaine impulsion se rapprochèrent l'un de l'autre. Le docteur prit les deux mains tendues de Marie, jeta sur son visage un regard plein d'admiration et d'une sorte de naïf étonnement; puis, comme si le silence ému de la jeune fille eût eu pour lui une voix, il posa la main sur sa tête en disant:

« Dieu vous bénisse, mon enfant! Seigneur, tu as fait sortir la vérité de la bouche de ceux qui étaient encore à la mamelle. »

L'instant d'après il était parti.

» Marie, dit mistress Scudder, le docteur t'aime.

— Je le sais, maman, dit innocemment Marie, et je l'aime aussi tendrement. C'est un saint homme! »

Mistress Scudder examina attentivement sa fille. Le regard de Marie était aussi calme qu'un ciel de juin, et elle se mit tranquillement à desservir les tasses.

« Elle ne m'a pas comprise, » pensa la mère.

CHAPITRE X.

L'épreuve théologique.

Le docteur rentra chez lui, mit son habit, sa grande perruque, qu'il surmonta de son tricorne, et sortit résolûment de la maison, sa canne à pomme d'or à la main : « Le voilà parti, fit tristement mistress Scudder en le suivant des yeux. C'est un excellent homme, un véritable saint, mais il n'a pas la moindre idée des choses de ce monde. Il ne songe jamais qu'à ce qui est vrai ; il n'a pas pour une once de savoir-faire.

— Il me semble, dit Marie, qu'il est comme les apôtres, maman ; saint Paul ne dit-il pas : « Agissons en toute simpli-« cité et sincérité, non pas selon la sagesse de la chair, mais suivant la grâce de Dieu. »

— C'est juste le docteur, fit mistress Scudder, on dirait que ç'a été écrit pour lui. Mais enfin, je ne sais pas comment ça se fait, ces façons d'agir ne réussissent guère de nos jours ; elles n'auront aucun succès près de Siméon Brown.

— Je le connais ; je sais parfaitement comment se terminera la conversation, si le docteur fait cette démarche. Il n'en résultera aucun bien, j'en suis certaine, sans quoi j'aurais été la première à l'y encourager. J'ai autant d'envie que qui que ce soit de voir mettre un terme à cet horrible trafic des esclaves ; ton père m'en a dit assez là-dessus autrefois, mais je sais que tout est inutile. Comment croire que Siméon Brown, qui gagne chaque année plus de cent mille dollars

dans ce commerce, va se laisser persuader d'y renoncer ?
Quelle folie ! Le docteur va s'en faire un ennemi, ce sera
tout, et Siméon refusera de payer sa cotisation ; il usera de
son influence pour monter une cabale contre lui, puis notre
église sera dissoute et le docteur contraint d'aller chercher
fortune ailleurs ; voilà tout ce qui arrivera ; il lui faudra renoncer à tout le bien qu'il fait ici à ces pauvres nègres, qui
n'ont jamais eu d'ami plus dévoué. S'il voulait seulement se
tenir tranquille, travailler petit à petit, faire imprimer son
Système de théologie — Siméon Brown est tout disposé à y
contribuer — et dire de temps en temps un mot à propos,
jusqu'à ce que les gens s'accoutumassent tout doucement à
ses idées, avec le temps on arriverait peut-être à quelque
chose ; mais au lieu de ça, il s'y prend de la manière la plus
imprudente qu'on puisse imaginer.

— Mais, maman, si ce commerce est réellement un péché, je ne vois pas comment il pourrait faire autrement. Je
suis tout à fait de son avis ; ce qui m'étonne, c'est qu'il ait
laissé aller les choses si longtemps.

— Enfin, dit mistress Scudder, s'il le veut absolument ;
quoi qu'il arrive, pour ma part je ne l'abandonnerai pas.

— Ni moi non plus, fit Marie.

— Je voudrais qu'il en causât avec le cousin Zébédée.
Cet après-midi je tâcherai d'amener la conversation sur ce
sujet. C'est un homme droit et juste, dont le docteur fait
beaucoup de cas ; peut-être nous donnera-t-il quelques lumières sur la question. »

Pendant ce temps le docteur exécutait son dessein de
mettre à l'épreuve l'orthodoxie de Siméon Brown.

L'honnête bloc de granit n'apercevait pas plus tôt la vérité
qu'il roulait vers elle de toute la force massive de son être,
insoucieux de ce qui pouvait se trouver sur son chemin,
d'où l'on doit conclure que, malgré sa haute intelligence et
sa parfaite sainteté, il n'en eût pas moins été un membre
fort importun de la nouvelle Église américaine. Combien de
sociétés, d'universités et d'autres respectables institutions,
ont d'excellentes raisons de se féliciter qu'il habite depuis
longtemps un monde meilleur !

A ses yeux, la logique était tout : percevoir une vérité et ne pas agir en conséquence lui paraissait une chose tellement monstrueuse, qu'il n'était pas encore arrivé à en reconnaître la possibilité. Qu'on refusât d'entendre la vérité, il le comprenait, et de fait il avait des raisons de penser que la majorité de ses concitoyens ne pouvaient disposer d'aucun loisir à cet effet. Que des hommes argumentassent de toutes leurs forces contre la vérité, il le comprenait encore ; mais qu'un homme admît une vérité et se refusât aux devoirs qui en découlaient, c'était pour lui une énigme incompréhensible. C'est pourquoi, en dépit des observations décourageantes de mistress Scudder, l'excellent docteur s'en était allé bravement et le cœur confiant.

Alors que le pasteur, élevant silencieusement son âme vers son souverain invisible, franchissait le seuil de son cabinet, où se trouvait la brebis qu'il allait chercher?

Dans une petite chambre basse et malpropre située près du quai, dont les vitres étaient obscurcies par les toiles d'araignées et la poussière accumulée par le temps, assis sur un vieux fauteuil de cuir, devant une table branlante, sur laquelle se trouvaient un gros encrier de plomb, un registre et divers papiers attachés avec une ficelle.

En face de lui était assis un individu court et trapu, âgé d'environ quarante ans, chez qui une grosse tête, d'épais sourcils, de petits yeux perçants, une large poitrine et des muscles puissants, indiquaient clairement la prépondérance de la nature brute et animale sur l'élément moral et spirituel.

C'était M. Scrogs, régisseur d'une plantation de riz, qui apportait la commande d'une nouvelle fourniture de nègres destinée à combler le déficit occasionné par la fièvre, la dyssenterie et autres causes, dans la cargaison de l'année précédente.

« Le fait est, dit Siméon, que ce dernier convoi était inférieur aux autres; nous avons perdu plus d'un tiers de la cargaison, en sorte que nous ne pouvons les donner un sou meilleur marché.

— Mais, fit l'autre, il y a dans le nombre beaucoup de femmes.

— Les femmes sont sans doute moins fortes pour commencer, j'en conviens, mais peut-être, à l'user, durent-elles davantage, après tout. Elles sont plus patientes. Quelques-uns de ces hommes, les Mandigos, par exemple, sont assez difficiles à réduire. Nous avons perdu un garçon magnifique dans ce dernier voyage. On les avait conduits sur le pont pour leur faire prendre l'air, et le diable de noir parvint à se détacher et se battit comme un lion. Il renversa un de nos hommes d'un coup de poing et en blessa un autre avec un merlin dont il s'était emparé; enfin ils ont été obligés, pour en finir, de lui tirer un coup de fusil. Vous aurez sa femme; il y a aussi son fils, un beau garçon qui a environ quinze ans, à en juger par ses dents.

— Quoi! celui qui boite?

— Oh! il n'est pas boiteux pour ça, ce sont seulement des crampes qui lui viennent d'avoir été un peu serré pendant le voyage. Naturellement, vous comprenez qu'ils sont toujours plus ou moins roides; mais celui-là est sain comme une amande.

— Je n'aime pas beaucoup à acheter des parents, parce qu'ils complotent ensemble, dit M. Scrogs.

— C'est une niaiserie; à ce compte-là, il faudrait donc les embarquer séparément. Prenez-vous y comme vous voudrez, vous aurez toujours bientôt parmi eux des maris, des femmes et des enfants. Cette femme, d'ailleurs, n'en travaillera que mieux si on lui laisse l'enfant; elle en raffole, elle baragouine avec lui toute la journée.

— Beaucoup trop, peut-être. fit le régisseur en haussant les épaules.

— Enfin, dit Siméon en se levant, j'ai quelques courses à faire en ville, allez-vous-en avec Matlock examiner toute la cargaison, mettez à part ceux qui vous conviendront, et quand je les aurai vus, je vous dirai tout au juste à combien je puis vous les laisser. Je serai de retour dans deux heures. »

Et Siméon Brown, appelant un de ses subalternes, lui remit son client, puis reprit le chemin de la ville, calme et serein, comme un homme qui sort d'accomplir un devoir.

Comme il entrait dans la rue où était située sa vaste maison un peu prétentieuse, il aperçut le docteur qui se dirigeait vers lui et faisait un signe pour attirer son attention.

« Bonjour, docteur, dit Siméon.

— Bonjour, monsieur Brown, fit le docteur, je vous cherchais. Je n'ai pas achevé tout ce que j'avais à vous dire sur le sujet que nous traitions hier soir chez mistress Scudder, et je serais bien aise que nous reprissions un peu cette conversation.

— Bien volontiers, docteur, dit Siméon flatté. Entrez, entrez, mistress Brown est sans doute à ses affaires de ménage et nous aurons la salle à nous tous seuls. »

La « salle » chez M. Siméon Brown était une pièce intermédiaire entre les ineffables splendeurs du grand salon, et cette cour des gentils, la cuisine, car la présence de plusieurs domestiques noirs faisait de cette dernière pièce un endroit tout différent de celle où trônait si fièrement mistress Scudder.

Ladite salle avait deux fenêtres donnant sur la rue, et une autre ayant vue sur une cour où trois négresses, chacune un balai à la main, étaient soi-disant occupées à balayer, mais en réalité ne faisaient autre chose que babiller, comme autant de corneilles.

D'un côté de la chambre était une étagère en acajou, couverte de carafons soigneusement étiquetés : genièvre, eau-de-vie, rhum, car Siméon avait la réputation de n'avoir chez lui que des liqueurs de première qualité. De lourdes chaises d'acajou, recouvertes de tapisserie, meublaient la chambre, et de chaque côté de la chambre étaient placés deux grands fauteuils de cuir.

En entrant avec le docteur dans cette pièce, Siméon le conduisit poliment vers l'étagère.

« Il ne faut pas nous livrer à des discussions trop *sèches*, docteur, dit-il; que vous offrirai-je?

— Je ne prendrai rien ce matin, je vous remercie, monsieur, » répondit le docteur.

Et, déposant son tricorne sur une chaise, il s'assit dans l'un des fauteuils; puis, posant ses mains sur ses genoux, il regarda fixement devant lui, comme un homme qui étudie la manière d'entamer un sujet de grande importance.

« Eh bien, docteur, dit Siméon, s'asseyant en face du ministre, et tout en buvant à petites gorgées un verre de grog, nos idées font, à ce qu'il paraît, quelque bruit dans le monde. Nous approchons de la publication de vos volumes, et quand ils paraîtront, je crois que la nouvelle théologie aura définitivement gagné son procès. »

Rappelons-nous bien, que, quoiqu'une femme puisse oublier son premier-né, un homme ne saurait néanmoins oublier son propre système de théologie, parce que, s'il est véritablement homme, ce système est à ses yeux l'essence même de ce qu'il y a de plus utile et de plus précieux pour l'humanité, et ayant considéré ceci, apprécions à toute sa valeur la fermeté d'âme de notre ami, qu'une si séduisante amorce fut impuissante à détourner de sa résolution.

« Monsieur Brown, dit-il, toute notre théologie est comme une goutte d'eau dans l'Océan de la grandeur et de la majesté de Dieu, pour la gloire duquel nous devons être prêts à tous les sacrifices.

— Sans doute, sans doute, fit M. Brown, qui ne comprenait pas bien où voulait en venir le docteur.

— Et la gloire de Dieu consiste dans le bonheur de son univers rationnel, en sorte que nous dévouer à la gloire de Dieu, c'est dire que nous nous dévouons au plus grand bonheur de son univers créé.

— Cela est clair, docteur, » fit Siméon, se frottant les mains et regardant l'heure à sa montre.

Le docteur avait jusqu'ici parlé laborieusement, comme un homme qui tire péniblement un lourd fardeau hors d'un puits intérieur.

« Je suis bien aise que vous compreniez clairement un point si important, monsieur Brown, et cela d'autant plus qu'il vous faudra, je crois, appliquer vos principes au préjudice de vos biens temporels; je suis d'ailleurs convaincu qu'à l'appel de votre Maître, vous n'hésiteriez pas à sacrifier, pour le plus grand bien de son univers, tout ce que vous possédez en ce monde.

— Je l'espère, monsieur, fit Siméon avec un léger mal-aise, mais sans avoir la moindre idée de ce qui allait suivre.

— Ne vous est-il jamais venu à l'esprit, mon cher ami, dit le docteur, que l'esclavage imposé à la race africaine est une violation flagrante de la grande loi qui nous commande d'aimer notre prochain comme nous-mêmes, et aussi un déshonneur pour la religion chrétienne, particulièrement chez nous autres Américains, que le Seigneur a si merveilleusement protégés dans notre lutte contre l'oppression. »

Siméon avait tressailli aux premiers mots du docteur, à peu près comme si on lui eût jeté sur la tête un seau d'eau froide, après quoi il s'était levé et arpentait la chambre en jouant avec les breloques de sa montre.

« Je n'ai jamais envisagé la chose sous ce point de vue, dit-il.

— C'est possible, mon ami, tant les coutumes établies aveuglent l'esprit des hommes les plus vertueux. Mais, depuis que j'ai fait une attention particulière au sort des pauvres nègres à Newport, cette pensée m'a préoccupé chaque jour davantage, et les combats que nous avons livrés pour notre propre liberté m'ont fait réfléchir aux droits qu'a toute créature humaine devant Dieu, en sorte que je me reproche vivement mon aveuglement et le silence que j'ai si longtemps gardé; car, bien que j'aie protesté indirectement, je ne l'ai pas fait avec la force que demandait un sujet aussi important. Je m'humilie devant Dieu de cette négligence et je suis résolu par sa grâce à user de tous les moyens pour purger notre Sion de cette iniquité.

— Vous soulevez là, docteur, une question des plus obscures et des plus compliquées et par rapport à laquelle il est bien difficile de connaître son devoir. Peut-être ferons-nous bien de la garder en mémoire, et avec le temps, la prière nous apportera, sans doute, quelques lumières à ce sujet. Les obstacles me paraissent si considérables que je ne vois pas trop ce qu'on pourrait faire en ce moment; et vous, docteur?

— J'ai l'intention de prêcher là-dessus dimanche prochain, et d'appliquer désormais toute mon énergie à cette grande œuvre.

— Vous, docteur! et cela maintenant, immédiatement? mais c'est une véritable folie! Vous êtes l'homme du monde le moins propre à une pareille entreprise. Je ne sais si c'est le devoir de quelqu'un, mais ce n'est certainement pas le vôtre. Vous êtes déjà chargé d'un fardeau au-dessus de vos forces; vous avez assez à faire de tenir tête aux adversaires que vous suscite cette nouvelle théologie. Réfléchissez donc qu'une telle tentative disperserait votre congrégation, — détruirait toutes les chances que vous avez de faire du bien ici, — empêcherait la publication de votre système.

— Le monde n'y perdra pas grand'chose, si ce n'est que mon propre système, et si c'est le système de Dieu, rien ne pourra l'empêcher de paraître. En outre, monsieur Brown, j'espère n'être pas seul; je compte sur votre appui. Je regarde comme une grâce de la Providence, que l'occasion soit donnée à un membre de notre Église, de prouver la réalité de son complet renoncement. Qu'il est glorieux pour un homme de faire à sa foi le sacrifice de sa fortune et de son commerce! — Si vous, monsieur Brown, renoncez sur-le-champ, quoi qu'il vous en puisse coûter, à ce détestable et diabolique commerce des esclaves, vous ferez voir un spectacle qui réjouira les anges, et qui me donnera de la force et du courage pour prêcher, écrire et protester. »

M. Brown était d'ordinaire cuirassé contre toute émotion. Dans ses raisonnements théologiques, il démontrait avec le plus imperturbable sang-froid que si l'éternelle souffrance de six âmes et de six corps était nécessaire au salut de trente-six autres, la charité nous obligerait à nous en réjouir, en vue du plus grand bien général. Et il parlait ainsi sans qu'un muscle de son visage tressaillît; la mystérieuse douleur dont gémit toute la création, cette douleur devant laquelle les anges se voilent la face, n'avait jamais fait vibrer une seule corde de son cœur ou de son âme, et il démontrait l'obligation, de la charité désintéressée dans un langage qui aurait produit, sur une personne de sensibilité délicate, le même effet que de se sentir mentalement sciée.

La charité, dans la bouche de Siméon Brown, apparaissait comme la plus sombre, et la plus laide des Gorgones, car son esprit ressemblait à ces fontaines qui pétrifiait tout ce qu'on y plonge. Mais, en dépit même de la plus épaisse carapace, tous les animaux ont un endroit vital e sensible, ne fût-il grand que comme la pointe d'une aiguille, et la proposition que faisait innocemment le docteur à Siméon de sacrifier sa fortune à ses principes, l'avait atteint dans cet endroit sensible.

Lorsque la charité désintéressée ne demandait de lui que d'acquiescer à certaines choses qui *pourraient* arriver à son âme, et qui après tout, il en était au fond certain, n'arriveraient pas ; ou bien encore de consentir à certains sacrifices supposés pour le bien de la plus intangible de toutes les abstractions, l'être en général, c'était là un sujet calme et spéculatif. Mais lorsqu'il s'agissait d'un renoncement immédiat à son commerce, nécessairement suivi de la confusion et des pertes qu'il prévoyait d'un coup d'œil, alors il *sentait*, et il sentait trop vivement pour envisager nettement les choses.

Sa figure jaune se colora, ses petits yeux gris s'animèrent, il marcha droit au docteur et s'exprima avec la brièveté et l'énergie d'un homme qui comprend parfaitement l'importance de la question.

« Docteur, vous allez trop vite. Vous n'êtes pas un homme pratique, docteur. En chaire, vous êtes excellent, nul ne vous surpasse. Votre théologie est parfaitement claire ; personne n'argumente mieux que vous. Mais, lorsqu'il s'agit de choses pratiques, vous devez comprendre que les affaires ont leurs lois, leurs exigences, docteur. Personne au monde n'est moins propre que les ecclésiastiques à traiter ces sortes de questions ; ils sortent de leur sphère, ils parlent de ce qu'ils ne comprennent pas. En outre, vous vous avancez beaucoup ; je ne suis pas du tout certain que ce commerce soit coupable. J'aurais besoin d'en être convaincu. N'est-ce pas, après tout, un bonheur pour ces pauvres idolâtres, que d'être amenés dans un pays chrétien ? Ils y sont cent fois plus heureux que chez eux. Avec nous, ils connaissent l'Évangile et ont au moins quelque chance de salut.

8

— Si nous voulons répandre l'Évangile parmi les Africains, pourquoi ne pas leur envoyer des vaisseaux chargés de missionnaires, et porter en Afrique la civilisation et les arts du christianisme, au lieu d'y susciter sans cesse des guerres intestines, de les exciter à se piller les uns les autres, afin de profiter du butin? Réfléchissez aux multitudes tuées dans ces guerres, à tous ceux qui meurent dans la traversée. Est-il besoin de tuer quatre-vingt-dix-neuf hommes pour procurer au centième la lumière de l'Évangile, alors que nous pourrions donner l'Évangile à tous? Ah! monsieur Brown, si tout l'argent dépensé à amener ici les pauvres nègres, qui y arrivent si prévenus contre le christianisme, avait été employé à leur porter l'Évangile, l'Afrique serait aujourd'hui couverte de villes et de villages jouissant des bienfaits de la civilisation et de ceux du christianisme!

— Docteur, vous êtes un rêveur; votre situation vous empêche de rien entendre à la vie pratique.

— Amen! Dieu en soit loué! dit le docteur, tandis que ses joues se coloraient lentement, trahissant le feu contenu de son indignation croissante.

— Voyons, docteur, tenons-nous en au sens commun, qui a son heure et sa place en ce monde, tout comme la théologie, et si vous êtes le plus fort en théologie, je me flatte, moi, d'être le plus fort en sens commun, car un homme d'affaires ne peut s'en passer. Examinons un peu votre situation. Vous avez une œuvre importante à accomplir. Pour y parvenir, il vous faut conserver votre chaire et maintenir l'union de notre Église. Nous sommes faibles et peu nombreux, nous sommes une minorité. Eh bien, il n'y a pas dans toute votre congrégation un seul homme important qui ne soit ou propriétaire d'esclaves ou engagé dans le commerce de la traite, et si vous attaquez le sujet comme vous vous le proposez, vous disperserez et anéantirez notre Église. Que diable! il ne faut pas croire que tous les hommes soient comme vous. Les hommes sont des hommes et demeurent tels jusqu'à ce qu'ils soient complétement sanctifiés, ce qui n'arrive jamais dans cette vie. — Vous causerez sur-le-champ une agitation fâcheuse; vous détournerez les esprits de l'étude des grandes doctrines du salut ; vous serez obligé de nous quitter ; vous savez, docteur, que déjà vous n'êtes pas aussi apprécié que vous le méritez ; il ne vous sera pas facile de trouver une nouvelle congrégation, et puis les souscriptions vous manqueront pour votre livre, vous ne pourrez le publier ; le bien qui en devait résulter sera perdu, et tout cela faute d'un peu de sens commun.

— Il y a dans ce que vous dites une sorte de sagesse, monsieur Brown, répliqua le docteur, mais je crains que ce ne soit la sagesse dont parle saint Jacques, cette sagesse qui « ne vient pas d'en haut, mais qui est terrestre, sensuelle et diabolique. » Vous évitez d'abord la véritable question : La traite des noirs est-elle, oui ou non, un péché? Pour moi, je suis profondément convaincu que c'en est un. « Userai-je de légèreté, et mes intentions sont-elles selon la chair, pour que je dise oui, oui, et non, non? » Non, monsieur Brown, le repentir immédiat et la charité désintéressée, voilà ce que je prêcherai tant que Dieu me laissera une chaire, qu'il plaise ou non aux hommes de m'écouter.

— Faites donc comme il vous plaira, docteur, dit Siméon d'un ton bref, mais je vous avertis que, pour ma part, je retirerai ma souscription et j'irai à l'église du docteur Stiles.

— Monsieur Brown, dit le docteur d'un ton solennel, en se levant et se redressant de toute sa hauteur, tandis qu'un éclair brillait dans ses yeux bleus, à votre tour, faites comme il vous plaira ; mais je crois, comme pasteur, devoir vous avertir que j'ai aperçu dans ma conversation avec vous, ce matin, un manque de lumière et de discernement spirituels qui me porte à croire que vous êtes aveuglé par « cet esprit charnel qui n'est point sujet à la loi de Dieu. » Je crains beaucoup que vous n'ayiez de sérieuses raisons d'examiner soigneusement les fondements de votre espérance, car vous me paraissez être semblable à celui dont il est écrit : « Son cœur se nourrit de cendres. »

Le docteur parla ainsi à l'homme le plus influent de sa congrégation, avec le calme d'un ambassadeur chargé par

son souverain d'un message qui n'entraîne pour lui d'autre
responsabilité que celle de le prononcer de la façon la plus
intelligible ; puis, reprenant sa canne et son chapeau, il
salua Siméon, le laissant dans une agitation qu'aucune autre
discussion théologique ne lui avait encore causée.

CHAPITRE XI

L'épreuve pratique.

Les poules ne caquetaient plus que languissamment dans la basse-cour de la maison Blanche; dans le ciel bleu d'une après-midi de juin se mouvaient de grandes îles de nuages qui passaient leurs têtes blanches et brillantes à travers les ouvertures des érables et des pommiers, et l'ombre des arbres s'allongeait déjà vers l'est, lorsque le wagon de mistress Scudder parut devant la porte, où mistress Marwyn l'attendait debout et souriante; mistress Scudder, assise en avant, conduisait elle-même, tandis que le docteur, en tenue irréprochable, avec des manchettes blanches, une chemise plissée, une perruque immaculée et un habit parfaitement brossé, était assis près de Marie, dans une bienheureuse ignorance de tous les soins qu'avait nécessités cette majestueuse toilette. Il ne se doutait pas plus des consultations privées, des coutures, de l'empois, des repassages, brossages et de tous les habiles arrangements qui concouraient à lui donner un extérieur si digne et si respectable, que la lune, apparaissant sereine et majestueuse au-dessus du sommet bleuâtre de la montagne, ne se préoccupe des traités d'astronomie; il lui suffit de briller; elle ne se demande ni pourquoi ni comment.

Une quantité considérable de gratitude latente pour les femmes gît renfermée dans le cœur des hommes, qui en sortirait abondamment s'ils savaient seulement la moitié de ce que celles-ci font pour eux. Le docteur était si accoutumé à être bien habillé que cela lui semblait chose toute simple. Et cependant, si sa perruque était toujours droite et égale autour de son vaste front, et non facétieusement tirée à droite ou à gauche, ou bien posée de façon à lui donner de ces airs crânes si opposés à la gravité cléricale, il en était complétement redevable à mistress Katy Scudder; si sur son habit de cérémonie ne se voyaient ni pièces ni morceaux, ni taches ni faux plis, c'était, grâce à la même personne, et si dans ses longs bas de soie aucune maille échappée ne s'allongeait traîtreusement en échelle, si ses manchettes et son jabot étaient toujours d'un blanc de neige, c'était encore l'œuvre de son hôtesse. Le docteur, tandis que, comme tous les pieux ecclésiastiques, il décriait doucement la Marthe de l'Évangile et insistait sur la nécessité du détachement et de la méditation, était loin de deviner quelle grande part de son propre loisir pour la contemplation il devait à l'activité et aux talents de mistress Katy. Mais le digne homme avait le cœur bien placé, et s'il eût pu apprécier le montant de sa dette, sa gratitude eût été sans bornes, ainsi que, sans nul doute, le serait en pareil cas celle de la plupart de nos seigneurs et maîtres.

Zébédée Marwyn était tranquillement assis dans le parloir, écoutant les plaintes de deux membres de son église, entre lesquels s'était élevée une contestation, touchant le règlement de leurs comptes : Jim Bigelow, petit homme sec, vif, actif, *factotum* général du voisinage, et Abraham Griswold, lourd et riche fermier. La fin de cette conversation va nous montrer la manière dont M. Zébédée Marwyn traitait généralement avec ceux qui venaient lui demander conseil.

« Je serais mieux dans mes affaires s'il m'avait payé régulièrement chaque soir, disait la voix grêle du petit Jim, mais il me remettait toujours jusqu'à ce que, disait-il, ça fît un compte rond.

— Dame! disait l'autre, on n'aime pas à changer comme ça tous les jours un billet de cinq cents francs, et naturellement je voulais attendre que ça fît une somme.

— Mon frère, dit M. Zébédée en feuilletant la grosse Bible posée sur la table, il nous faut consulter la loi et les prophètes, et il lut ce verset du Deutéronome : « Vous ne refuserez pas à l'indigent ce que vous lui devez, mais vous lui rendrez le même jour le prix de son travail, avant le coucher du soleil, parce qu'il n'a que cela pour vivre, de peur qu'il ne crie contre vous au Seigneur et que cela ne vous soit imputé à péché. »

« Vous voyez ce que dit la Bible.

— C'est la vérité, diacre, que voilà un passage qui me serre de près, » dit M. Griswold se levant; puis, se détournant avec confusion, il aperçut la placide figure du docteur; celui-ci, entré sans bruit au milieu de cette conversation, regardait avec cet air d'abstraction calme et rêveuse qui souvent faisait supposer aux gens qu'il ne voyait ni n'entendait rien de ce qui se passait autour de lui. »

Tous se levèrent respectueusement, et tandis que M. Zébédée serrait la main au docteur et lui souhaitait la bienvenue, les deux plaideurs se retirèrent en silence.

Mistress Marwyn, passant doucement le bras de Marie sous le sien, l'avait emmenée dans sa chambre à coucher, ainsi qu'elle avait coutume de faire, afin de lui montrer le livre qu'elle lisait et de lui communiquer les pensées qu'il lui avait suggérées.

Mistress Scudder, après avoir soigneusement débarrassé l'habit du docteur de la poussière amassée pendant la route, et fait asseoir celui-ci dans un fauteuil près de la fenêtre ouverte, tira de sa poche un long bas de laine chinée qu'elle lui tricotait pour l'hiver, et, attachant son affiquet à son côté, elle fut bientôt tranquillement installée à travailler en face de lui.

L'insuccès de sa tentative du matin pesait sur l'esprit du bon docteur. La noble innocence de sa nature lui faisait envisager l'hypocrisie avec un étonnement incrédule. Comment un homme pouvait-il agir ainsi? c'était là un problème qu'il s'efforçait vainement de résoudre. Non qu'il fût le moins du monde indécis ou découragé quant à ce qu'il se proposait de faire. Lorsqu'il avait une fois résolu d'accomplir un devoir, la question du succès ne le préoccupait pas plus qu'elle n'eût fait le quartier de granit auquel nous l'avons tantôt comparé. Le moment venu pour lui de rouler, il roulait de toute la force de son être, sans s'inquiéter du point où il devait aboutir.

Il demeurait donc assis, les mains appuyées sur ses genoux, d'un air calme et un peu triste, tandis que M. Zébédée et mistress Scudder comparaient des notes concernant les promesses respectives du blé, du lin et du sarrasin, et passaient de là aux actes du congrès de Washington, s'arrêtant parfois, en cas que le docteur voulût prendre part à la conversation; mais celui-ci demeurait rêveur, regardant vaguement les mouches glisser le long des vitres de la fenêtre entr'ouverte.

« Selon moi, dit Zébédée, l'avenir du parti fédéral n'a jamais été plus brillant. »

Le docteur, ardent fédéraliste, se laissait ordinairement prendre à cette amorce, mais cette fois il y demeura insensible.

Soudain il se redressa, ses yeux s'animèrent, et il dit à M. Marwyn : « Je réfléchissais, diacre, que si c'est une faute de retenir le salaire d'un serviteur jusqu'après le coucher du soleil, c'en doit être une bien autrement grave de le retenir pendant toute sa vie. »

Le docteur avait une certaine façon de voir et d'écouter lorsqu'il regardait vaguement comme si son âme était bien loin, puis de produire soudain dans la conversation présente quelques fragments d'un entretien passé, qui toujours surprenaient ses interlocuteurs.

Cette allusion à un passage de l'Écriture que lisait M. Marwyn quand il était entré, et que personne ne l'avait soupçonné d'avoir entendu, fit tressaillir mistress Scudder, qui se dit intérieurement : « Nous y voilà; » et posant son tricot, elle regarda Zébédée avec inquiétude. Mistress Marwyn et Marie, qui étaient entrées sans bruit, levèrent la tête d'un air d'intérêt. Une légère rougeur colora les joues de M. Marwyn, et un nuage passa sur son front tandis qu'il regardait avec étonnement le docteur.

« Je suis singulièrement préoccupé, reprit celui-ci, de cette question de l'esclavage. Nous venons de déclarer au monde que tous les hommes sont nés avec un droit inaliénable à la liberté. Nous avons revendiqué ce droit par la force, et le Seigneur des armées s'est montré favorable à notre cause ; nous présenterons-nous donc devant lui le pied sur la gorge de notre frère? »

Une nature droite et généreuse est toujours plus sensible au blâme qu'une autre, elle y est sensible en proportion de son respect et de son amour pour le bien, et la gravité de M. Marwyn, sa respiration oppressée, montraient assez que ce sujet l'affectait profondément ; sa femme le regardait avec un étonnement inquiet. Il répondit cependant avec calme :

« Docteur, j'ai beaucoup réfléchi moi-même sur ce sujet. Ma femme a lu dernièrement un pamphlet de Thomas Clarkson sur la traite, et elle me disait encore hier soir qu'elle ne voyait pas comment les propriétaires d'esclaves pouvaient échapper à ses arguments. Il y a cependant une chose qui m'arrête : Dieu n'a-t-il pas donné jadis aux Israélites la permission expresse d'acheter et de posséder des esclaves?

— Sans doute, dit le docteur, mais Dieu leur avait donné un grand nombre de permissions qui n'étaient que locales et temporaires, car si nous prétendons les appliquer à toute la race humaine, qui empêcherait les Turcs de s'appuyer sur la Bible pour nous réduire en esclavage, s'ils en avaient la puissance ; et si dans l'avenir nos propres nègres réussissaient à s'emparer du pouvoir, qui les empêcherait de s'autoriser également de l'Écriture sainte pour nous traiter en esclaves?

— Je vous assure, monsieur, que si je parle ainsi, ce n'est pas pour m'excuser ; mais je suis certain que mes propres nègres ne désirent pas la liberté, et ne l'accepteraient pas si elle leur était offerte.

— Offrez-la-leur donc ; s'ils la refusent ce sera leur affaire. »

Il se fit un léger mouvement dans le groupe à cet appel

direct et personnel ; mais M. Marwyn reprit tranquillement :

« Caton est à travailler dans les champs, mais nous pouvons appeler Candace. Ma chère amie, faites venir Candace afin que le docteur lui pose la question. »

Candace était en ce moment assise devant le grand feu de la cuisine, avec deux bouilloires nichées chacune dans un creux de charbons de châtaignier, brillant parmi leurs cendres blanches comme de grands yeux rouges à moitié endormis, qui tour à tour s'ouvrent et se referment. Dans l'une était du café qu'elle tournait vigoureusement avec un bâton, et dans l'autre des gâteaux en forme de cœurs, d'anneaux, de serpents, pour la façon desquels Candace avait une prédilection si déterminée, que la table et les armoires de mistress Marwyn n'en étaient jamais dépourvues un seul jour.

« Candace, le docteur voudrait vous parler, dit mistress Marwyn.

— Dieu bénisse le saint homme ! fit Candace étonnée. Il veut me parler, dites-vous. Impossible de quitter mon café pour le moment ; une minute est tout avec le café, mais je vais y aller tout à l'heure. Retournez-vous-en au salon, missis, et je vous suis dans l'instant. »

Candace vint bientôt rejoindre le groupe réuni dans la salle, après avoir mis à la hâte un tablier blanc et s'être coiffée d'un brillant madras, récent cadeau de James, qui disposé d'une façon barbaresque, donnait à sa tête l'aspect d'un énorme papillon.

Elle fit une respectueuse révérence et resta debout, tournant ses pouces pendant que le docteur l'examinait gravement.

« Candace ; dit-il enfin, vous paraît-il juste que la race noire soit esclave de la race blanche ? »

La physionomie de Candace prit une expression singulière, une sorte de délicatesse l'embarrassait ; elle tourna ses regards d'abord vers mistress Marwyn, puis vers son maître.

« Ne faites pas attention à nous, Candace, dit mistress Marwyn ; dites la vérité, répondez franchement au docteur. »

Candace garda un instant le silence, et les spectateurs virent passer sur son visage une ombre semblable à celle d'un nuage sur un sombre étang, tandis que sa pénible et bruyante respiration soulevait sa vaste poitrine.

« Eh bien donc, puisqu'il faut que je parle, dit-elle, non, je n'ai jamais trouvé ça juste. Quand le général Washington est venu ici et que je lui ai entendu lire la déclaration d'indépendance et le bill des droits, « Si c'est comme ça, que j'ai dit à Caton, toi et moi nous sommes aussi libres que les autres. » La raison le dit; regardez-moi, voyons, est-ce que je ne suis pas une créature? Je n'ai ni cornes ni griffes. Je suis un être raisonnable, — il me semble, — une femme aussi femme que qui que ce soit, dit-elle en relevant la tête d'un air majestueux; et Caton, n'est-ce pas un homme libre et égal aux autres, s'il y a la moindre vérité dans ce que vous avez lu? — Voilà ce que je dis, moi.

— Mais n'avez-vous pas toujours été heureuse avec nous, Candace? dit M. Marwyn.

— Oui, massa, c'est la vérité que je n'ai pas à me plaindre là-dessus. Je ne pourrais guère avoir de meilleurs amis que vous et missis.

— Néanmoins, seriez-vous bien aise d'obtenir votre liberté, si c'était possible? Répondez-moi franchement.

— Sans doute que j'en serais bien aise! Qu'est-ce qui ne serait pas content d'être libre? Faites attention, dit-elle en levant sa grosse main noire, ça n'est pas que j'aie envie de m'en aller, ou de ne pas faire ma besogne, mais je voudrais me *sentir* libre. Ceux qui ne sont pas libres ne peuvent rien donner à personne; ils ne peuvent pas montrer leur bon vouloir.

— Eh bien, Candace, à partir d'aujourd'hui vous êtes libre, » dit M. Marwyn d'un ton solennel.

Candace cacha sa figure dans ses mains et se mit à trembler de tout son corps; puis, relevant son tablier blanc sur sa tête, elle s'élança vers la porte et, arrivée dans la cuisine se jeta par terre, au milieu de violents sanglots, suivis d'un déluge de larmes.

« Vous voyez, dit le docteur, ce qu'est la liberté pour

toute créature humaine. La bénédiction de Dieu descendra
sur cette action, monsieur Marwyn : « Les pas du juste sont
dirigés par le Seigneur, qui se réjouit dans ses actions. »

Candace reparut bientôt à la porte, son madras, quelque
peu dérangé par la violence de sa prostration, donnant un
air bizarre à sa vaste personne.

« Je veux que vous sachiez tous, dit-elle, que c'est ma
volonté de continuer à faire mon ouvrage, juste la même
chose, et missis, vous pouvez être sûre que maintenant je
mettrai toujours trois œufs dans les « merveilles, » et que
je ne retournerai plus ma terrine sur l'évier, mais j'aurai
soin de l'accrocher au clou, et je ne ramasserai plus les
mies de pain dans la boîte au lait, si pressée que je sois.
Enfin je ferai tout exactement comme vous me dites. Vous
verrez si ça n'est pas vrai ! »

Candace faisait ainsi allusion à divers petits méfaits domestiques dans lesquels elle avait jusqu'ici opiniâtrement
persisté, en dépit de toutes les observations de sa maîtresse.

« J'ai l'intention, dit M. Marwyn, de faire la même offre
à votre mari, lorsqu'il sera rentré de son travail.

— Lah, massa ! Caton fera tout juste comme moi. N'y a
pas besoin de lui rien demander. »

Chacun sourit en entendant ces paroles, car entre Candace
et son mari existait un de ces bizarres contrastes que présente parfois l'union conjugale. Caton était un nègre petit,
fluet, affligé d'une toux chronique, au demeurant bon et
fidèle serviteur, mais qui près de sa moitié ressemblait à
une touffe de pommes de terres ombragée par un pommier.
Candace avait pour lui une tendresse véhémente et pleine
de protection, mais si entièrement dépourvue de respect,
que ses amis l'en reprenaient souvent.

« Il faut vous souvenir, Candace, lui disait le diacre, un
jour qu'elle avait malmené Caton au catéchisme, que vous
devez honorer votre mari ; « la femme est le vaisseau le plus
faible. »

— Moi, le vaisseau le plus faible ? fit Candace, regardant
du haut de sa vaste corpulence l'être chétif qu'elle avait en-

veloppé dans les amples plis d'un cache-nez tricoté, au milieu duquel sa petite tête, avec ses yeux ronds et brillants, avec l'air d'un merle dans son nid. — Moi, le vaisseau le plus faible! hum! » Toute une convention des droits de la femme n'eût pu en dire plus en un jour que n'en exprimaient ce seul mot et ce seul regard.

Candace considérait un mari comme une chose dont il fallait prendre soin ; un enfant gâté, privé de raison et parfois gênant, qu'il fallait tenir en belle humeur, soigner, nourrir, habiller et mettre dans son bon chemin ; un être toujours en train de perdre ses boutons, d'attraper des rhumes, de mettre à tous les jours son plus bel habit, et d'arborer subrepticement dans la semaine son chapeau des dimanches. Cependant elle daignait parfois exprimer l'opinion qu'après tout un mari était une bénédiction, et qu'elle ne saurait que faire sans Caton. A vrai dire, il satisfaisait pour elle ce qui est le plus grand besoin de la femme, il était l'occupation de sa vie. Elle blâmait énergiquement la conduite d'une de ses amies, nommée Jenny, qui, après avoir obtenu sa liberté, avait travaillé plusieurs années pour acheter celle de son mari, mais qui était devenue si dégoûtée de son acquisition, qu'elle déclarait ne plus vouloir acheter de nègre.

« Jenny, remarquait Candace, ne sait pas ce qu'elle dit. Supposons qu'il tousse et la réveille la nuit, ou qu'il en prenne quelquefois un peu plus qu'il n'en peut porter, ça ne vaut-il pas mieux que de n'avoir pas de mari? On ne saurait pas pourquoi on est au monde, si l'on n'avait pas un vieil homme à soigner. Les hommes sont naturellement idiots en bien des choses, mais ils valent encore mieux que rien. »

Et Candace, après cette concession, soulevait d'une seule main, et portait comme une plume, un immense chaudron, dans lequel se fût noyé le pauvre Caton.

CHAPITRE XII.

Miss Prissy.

« Est-ce que réellement votre petite Marie va devenir amoureuse du docteur? »

Telle est la question que nous adressent avec inquiétude un grand nombre de nos lecteurs; et ce qui nous scandalise tout particulièrement, c'est de voir de graves docteurs en théologie, et de sérieuses matrones se constituer les adversaires les plus décidés de notre excellent et orthodoxe héros, et être les premiers à nous rappeler les droits de ce vaurien de James, que nous avons envoyé à la mer, tout exprès pour que notre héroïne pût se guérir de cette absurde faiblesse que le monde entier semble s'être donné le mot pour perpétuer.

« Voyons, dit la respectable mistress B.... tout en défaisant un paquet d'ouvrage que lui envoie la « Société de couture pour les pauvres, » vous n'allez pas, j'espère, faire épouser ce docteur à Marie?

— Mais, ma chère madame, n'est-ce pas ainsi que vous avez fait vous-même, après avoir remercié trois ou quatre jeunes fous tout aussi séduisants que peut l'être James? Ne nous donnez pas à penser que vous le regrettez aujourd'hui.

— Est-il bien possible, dit le docteur Théophraste, lui-même zélé théologien Hopkiniste; est-il bien possible que vous laissiez Marie oublier ce pauvre jeune homme, et épouser le docteur Hopkins?

« — Que fussiez-vous devenu, cher docteur, si à certaine époque, une certaine dame n'eût eu assez de bon sens et de discernement pour s'éprendre de l'*homme* qui se présentait à elle, déguisé en théologien?

— Mais il est si vieux ! dit la tante Maria.

— Comment, vieux ! que voulez-vous dire ? un homme de quarante ans ! cet âge est le zénith de la force et de la beauté masculines.

— Mais il porte perruque.

— Ma chère madame, ainsi faisaient sir Charles Grandisson, Lovelace et tous les élégants de cette époque. La perruque était alors la marque distinctive du gentleman. »

Non ; en dépit de tout ce que vous pourrez dire et alléguer, nous soutenons que votre docteur est tout à fait propre à inspirer une passion profonde.

Si les femmes ont une faiblesse prédominante, c'est celle de la vénération. Elles sont nées adoratrices, et vont sans cesse, dressant des autels à une divinité ou à une autre.

La première chose qu'elles fassent avant de devenir amoureuses d'un mortel ordinaire, c'est généralement de le parer de toutes sortes de supériorités réelles ou imaginaires ; puis l'ayant ainsi créé, elles l'adorent.

Un homme véritablement noble et grand par le cœur comme par l'intelligence a donc auprès des femmes cet avantage d'être une idole toute faite, ce qui évite à ce sexe ingénieux la peine de le transfigurer, et lui permet de l'adorer plus promptement.

Il en est surtout ainsi, alors qu'une profession sacrée et une suprématie morale viennent s'ajouter à la supériorité intellectuelle. Examinez un peu la carrière des prédicateurs célèbres de tous les siècles. N'ont-ils pas été semblables à la statue qu'avait dressée le roi Nabuchodonosor, et toute la gent féminine, sans en excepter les coquettes, ne s'est-elle pas prosternée pour les adorer, avant même que le son de la trompette, de la flûte et de la harpe en eût donné le signal ? La belle et fidèle Paule, représentée dans le plus magnifique tableau du monde, respectueusement agenouillée devant saint Jérôme, pauvre, vieux, décharné et mourant, n'est-elle pas un emblème de l'ardeur avec laquelle la femme se sacrifie à ce qu'elle estime de plus noble dans l'homme? Le vieux Richard Baxter ne nous raconte-t-il pas avec une délicieuse simplicité, comment sa femme devint, tout d'abord, amoureuse de lui, malgré son long visage pâle, et comment elle lui avoua, après plusieurs années de mariage, qu'elle l'avait trouvé *moins* aigre et moins amer qu'elle ne s'y était attendue?

Le fait est que les femmes ont une surabondance de loyauté, de foi, de respect dont elles ne savent que faire. Comme des touffes de pois de senteur, elles jettent de tous côtés des brindilles pour atteindre quelque chose de fort et d'élevé après quoi s'attacher, et lorsqu'elles le rencontrent, si rude qu'en soit l'écorce, elles s'en emparent et l'étreignent. Les exemples ne sont pas rares, de celles qui ont rejeté les flatteries de leurs admirateurs pour se prosterner devant un héros qui ne leur avait adressé d'autres hommages que ses actes héroïques, et n'avait employé auprès d'elles d'autre rhétorique qu'une noble vie.

Or, jamais grand homme ne put mieux que notre docteur soutenir l'épreuve de la plus minutieuse inspection. Sincèrement humble, oublieux de lui-même, entièrement absorbé dans sa sainte vocation, il donnait le rare exemple d'une vie parfaitement conséquente; les plus minimes de ses actions étaient le résultat de ses principes les plus sublimes. Sa nature tout entière, morale, physique, intellectuelle, était simple, pure et droite. Sobre comme un anachorète, il s'abstenait de tous ces stimulants dont l'usage était alors si commun parmi le clergé. Dans sa première jeunesse, il avait contracté l'habitude, alors universelle, de la pipe cléricale; mais ayant une fois vu une femme délicate prise de nausées en entrant dans une pièce dont lui et ses collègues avaient corrompu l'atmosphère, il se dit que ce qui pouvait offenser une femme à ce point était indigne d'un ministre chrétien, et posant sa pipe sur la cheminée, il ne s'en était jamais servi depuis.

Dans ses relations avec les femmes, il se montrait délicat et respectueux, conformant ses manières au précepte de l'a-

9

pôtre : « traitant les femmes âgées comme des mères, et les plus jeunes comme des sœurs, » précepte qui, dans sa brève simplicité, est le plus parfait résumé de toute vraie politesse. Quant à sa personne, le docteur n'était pas beau à la vérité, mais, ce qui souvent réussit mieux auprès des femmes, il était mâle et digne ; il avait même, lorsque l'animait une pensée profonde ou un noble sentiment, une sorte de grandeur véritablement imposante. Ajoutez à cela que notre vaillant héros suit une route qui doit infailliblement le placer dans la situation la plus propre à conquérir le suffrage d'une femme, c'est-à-dire celle d'un homme injustement persécuté pour avoir fait le bien, et vous verrez qu'il y a dix contre un à parier que notre petite Marie s'éprendra de lui avant même de s'en douter.

Ah ! si l'on pouvait supprimer l'influence mystérieuse et infatigable qui fait de ce marin étourdi, errant et indiscret une partie intime de son être ; si la pensée de James n'était point comme enlacée à sa propre existence ; sans cette vieille habitude de sentir, de penser, de prier pour lui, d'espérer et de craindre pour lui, qui est, hélas ! le fléau de notre sexe, sans ce fatal quelque chose que ni le jugement, ni la volonté, ni la raison, ni le sens commun ne réussissent à étouffer, nous sommes convaincue qu'avant six mois Marie serait amoureuse du docteur.

Dans l'état où sont les choses, nous vous laissons décider d'après votre propre cœur, de son plus ou moins de chances de succès.

Une nouvelle scène va s'ouvrir devant notre héroïne, et nous vous la montrerons, du moins pour une soirée, dans un milieu tout différent de l'entourage rural et domestique où nous l'avons vue voltigeant comme une blanche colombe parmi des bosquets familiers.

Ainsi que nous l'avons déjà dit, Newport présentait un résumé des différentes classes sociales, toutes ramenées à un même niveau par le principe d'égalité, alors dans toute sa ferveur.

Il y avait dans la ville plusieurs riches propriétaires, allant et venant dans des équipages blasonnés et dont les vastes demeures étaient le théâtre d'une hospitalité presque princière. Mistress Katy Scudder était, par son mari, alliée à l'une de ces opulentes familles de planteurs, et parlait parfois de cette parenté avec une sorte de satisfaction calme et contenue, ainsi qu'il convient à une femme qui a de la dignité et qui se respecte. Elle aimait à rappeler de temps en temps aux gens que, bien qu'elle et sa fille vécussent dans un simple petit *cottage*, elles étaient néanmoins de bonne souche ; que la mère de M. Scudder était une Wilcox. et que les Wilcox étaient le meilleur sang du pays, terminant généralement par cette remarque : « qu'à la vérité, toutes ces choses étaient de médiocre conséquence, puisqu'au dernier jour il serait bien autrement important d'avoir vécu en bonne chrétienne que d'avoir été alliée aux plus grandes familles du monde. »

Néanmoins, mistress Scudder ne fut pas médiocrement satisfaite en recevant une lettre d'invitation pour un magnifique souper de noces qui devait avoir lieu le vendredi suivant chez les Wilcox. Elle regardait comme une marque de respect, fort convenable pour la mémoire de feu M. Scudder, qu'on eût songé à sa femme et à sa fille ; enfin, elle était si sensible à ce souvenir que, « bien qu'une vieille femme, » comme elle disait en redressant complaisamment sa taille souple et élancée, elle croyait réellement devoir faire un effort pour se rendre à cette réunion.

En conséquence, un matin de bonne heure, toutes les occupations domestiques étant terminées, mistress Katy, Marie et miss Prissy Diamant la couturière, tinrent solennellement conseil autour de la malle de camphrier, ci-dessus mentionnée.

Vous pouvez avoir entendu parler de hauts dignitaires, cher lecteur, mais je vous assure, vous n'avez aucune idée d'une situation dont l'importance soit comparable à celle de la couturière, dans une petite ville de la Nouvelle-Angleterre.

Quels puissants intérêts lui sont confiés ! Comme elle est assiégée, courtisée, consultée! Ses jours et ses nuits sont retenus trois mois à l'avance; et la simple allégation que

vous ne pouvez avoir miss Clippers que ce jour-là vous dispense de toute espèce de devoirs envers qui que ce soit :
c'est une excuse que, jeune ou vieille, toute femme comprend
et apprécie. Comme tout est prévu et soigneusement disposé
pour les jours bienheureux où l'on possédera miss Clippers ! Il n'y a ces jours-là ni nettoyage, ni cuisine, ni visites, ni réceptions, ni lecture, ni écriture ; tous n'ont qu'un
cœur et qu'une âme pour lui obéir, pour coopérer au grand
œuvre, à la direction duquel elle veut bien consacrer un jour
de loisir.

Assise sur une chaise élevée, ayant devant elle sa pelote
hérissée d'épingles et d'aiguilles et son rouleau de patrons,
ses ciseaux à la main elle écoute, juge et prononce *ex cathe-
dra*, sur le possible et l'impossible dans cet art important,
dont dépend l'arrangement plus ou moins avantageux de la
grande exposition florale de la nature. Elle seule est com-
pétente pour décider s'il existe ou non quelque remède à la
tache qui gâte un lé de la robe de Jeanne, si la place fatale
peut être retranchée, ou bien retournée et cachée dans les
plis, ou bien encore dérobée à la vue par quelque garniture
de mode nouvelle, tombant tout juste sur l'endroit fatal. Elle
seule vous dira si dans ce coupon de velours vous trouverez
une basque ; si la vieille robe de soie de maman en pourra
faire une neuve pour miss Lucie. Quelles merveilles suivent
partout son passage ! Quels résultats inespérés elle sait obtenir des matériaux les plus ingrats, et comme après son
départ, chacun s'étonne de voir de vieilles choses redevenues
plus belles que neuves !

Entre les plus heureuses et les plus influentes de cette
classe privilégiée se distinguait miss Prissy Diamant, petite
personne active et éveillée, que son teint délicat, ses boucles
blondes, sa gaieté, son franc rire, ses chansons, ses histoires,
outre ses talents professionnels, faisaient accueillir avec
joie dans chaque maison du pays. Miss Prissy se vantait en
riant d'avoir passé quarante ans, sûre que cet aveu ne manquerait pas de lui attirer un déluge de compliments sur la
fraîcheur de son teint rose et l'éclat de ses yeux bleus. Elle
aimait à entendre les jeunes filles s'étonner qu'avec tant

d'avantages elle ne se fût point mariée. Elle leur répondait en riant qu'elle avait toujours eu tant de rendez-vous avec les femmes qu'elle n'avait jamais trouvé une demi-heure pour écouter ce qu'un homme aurait pu lui dire si elle avait eu le loisir de l'entendre. « En outre, ajoutait-elle, si je me mariais, personne ne pourrait plus se marier. Qu'est-ce qui ferait les robes de noce? » A la vérité, il arrivait parfois que miss Prissy, lorsque son interlocutrice lui inspirait une grande confiance, tirait de sa petite poitrine une sorte de soupir, et lui promettait en clignant de l'œil qu'un de ces jours elle lui dirait quelque chose, mais les plus minutieuses recherches n'ont pu nous apprendre si elle avait jamais satisfait les espérances ainsi excitées.

Ses prouesses professionnelles lui inspiraient un orgueil bien légitime. Il n'était vieille robe dont elle n'eût su faire une neuve; corsage manqué auquel elle n'eût rendu la grâce et l'élégance, coupon dont elle n'eût tiré le plus merveilleux parti; elle ne haïssait pas tailler en plein drap, mais elle se délectait dans les difficultés, car c'était là pour elle l'occasion de triomphes mémorables. N'avait-elle pas fait pour la générale Wilcox une manche composée de vingt-huit morceaux, où personne n'eût soupçonné une seule couture !

A la vérité, miss Prissy, ainsi que la plupart de ses collègues nomades, était légèrement adonnée au commérage, mais à un commérage innocent, sans un iota de malice; c'é-taient seulement les particularités de la garde-robe de mesdames telles et telles; la statistique des porcelaines de madame ceci ou de madame cela, les détails du trousseau de noces de miss Limpkins, et comment sa mère avait pleuré le matin de la noce en disant qu'elle n'aurait jamais consenti à se séparer de sa fille, si Édouard n'eût été un si bon garçon, et puis par quel heureux hasard la bague qu'on avait mise dans le gâteau de noce de la mariée, était justement une bague que ledit Édouard avait donnée à celle-ci avant de partir pour la mer, etc. Parfois aussi ses narrations prenaient un tour solennel; c'était le récit du silence qui précède les funérailles, de paroles murmurées par une voix défaillante, de mains qui s'étaient serrées pour la dernière fois, de cris sortis du cœur dans ces moments où les grands coups de la douleur font jaillir de divines étincelles des âmes même les plus vulgaires, et alors brillaient de vraies larmes dans les petits yeux bleus, et l'on voyait les nœuds de ruban rose trembler, comme les trois dernières feuilles d'un érable dépouillé par l'automne.

Et de fait, cher lecteur, le commérage a son côté noble, comme le romanesque. Comment aimer son prochain comme soi-même et ne pas être un peu curieux de savoir ce qu'il mange, ce qu'il porte, où il va, ce qu'il fait et comment il s'arrange de cette grande tragi-comédie de la vie dans laquelle vous et lui êtes acteurs ? Nous déclarons qu'une personne qui habite un village sans s'intéresser à tout cela, n'est qu'une huître égoïste, dont la vie est tout entière concentrée dans la boue de la propriété.

Ainsi que le remarque un de nos estimables collaborateurs : dans une petite ville où il n'y a ni théâtre, ni cirque, ni opéra, il faut de toute nécessité une source d'animation; la tragédie et la comédie réelles y tiennent donc la place de celles qu'ailleurs on imite. De là, la propension bien connue des petits pays aux cancans qui, tant qu'ils ne sont pas empoisonnés par l'envie ou la méchanceté, ont leur côté respectable et pittoresque et sans aucun doute leur raison d'être, comme l'a probablement, excepté le péché, toute chose qui se reproduit opiniâtrément et toujours.

Nous avouerons donc que la présence de miss Prissy dans une maison ressemblait assez à un télescope braqué sur toutes les familles du voisinage, et au moyen duquel vous pouviez assister aux drames éternels de la vie ; les naissances, les mariages, les morts, la joie des jeunes mères dont les *babies* pesaient juste huit livres trois quarts et avaient des cheveux assez longs pour être séparés avec le peigne ; les larmes des Rachel qui pleuraient leurs enfants et ne voulaient pas être consolées parce qu'ils n'étaient plus. Il n'y avait pas dans tout Newport un seul mystère que n'eût pénétré miss Prissy ; elle le pensait du moins, et l'on se demandait toujours, avec une certaine curiosité, quelles étaient

ces terribles choses qui lui faisaient secouer la tête si gravement et avec un regard si expressif : « Oh ! si vous saviez ! » Phrase qu'elle achevait invariablement pas un soupir et des lamentations, comme le chœur d'une tragédie
grecque.

Si nous nous sommes ainsi étendue au sujet de miss
Prissy, c'est que nous avons pour elle un faible. Elle possédait incontestablement une grande puissance, et si elle
eût été aigre, amère et médisante, elle eût pu devenir le
fléau du pays. Tout au contraire son arrivée dans une maison ressemblait à ces brises du printemps qui vous forcent
à ouvrir les fenêtres, font éclater les bourgeons, caqueter
les poules et apparaître les tortues; elle remplissait une sévère habitation puritaine d'autant d'agitation et de babillage
que si une nichée de martinets fût venue s'y établir

Nous allons maintenant nous introduire dans le sanctuaire particulier de mistress Scudder, où le comité féminin
miss Prissy en tête, était rassemblé autour de la malle de
camphrier.

« La toilette, après tout, n'est pas sans importance, dit
mistress Scudder de ce ton apologétique avec lequel les
gens sérieux avouent leur secret penchant pour une chose
si mondaine. Tout en parlant, la bonne dame développait
et secouait respectueusement des châles de crêpe de Chine,
des mousselines et des écharpes de l'Inde, et déjà elle ôtait
les épingles de la nappe damassée qui renfermait sa robe de
noces. J'ai toujours dit à Marie, continua-t-elle, que bien
qu'il ne fallût pas mettre nos cœurs dans ces sortes de choses, il était bon néanmoins de s'en occuper quelquefois.

— Certainement, mistress Scudder, certainement, dit
miss Prissy faisant chorus, je disais l'autre jour à la générale Wilcox que je ne voyais pas comment nous pouvions
« considérer les lis de la vallée » sans comprendre l'importance d'être jolies. J'ai dans mon jardin une fleur de lis qui
vient d'un des oignons que le major Seaforth a rapportés
de France; impossible de rien voir de plus beau, et je pensais encore aujourd'hui en la regardant, que si les robes des
femmes poussaient aussi belles et aussi gracieuses que cela,

il n'y aurait guère besoin de moi, mais puisqu'il n'en est pas ainsi, si nous voulons être bien habillées, il faut y songer et nous en occuper. Voici les pêchers, par exemple, je suppose qu'ils pourraient donner de tout aussi bonnes pêches sans avoir de si jolies fleurs, mais ne serait-ce pas grand dommage ? Mistress Twitchel, lorsque j'étais chez elle l'autre jour, était là à gémir et à soupirer parce que Cérinthie se faisait faire une robe rose, lui disant que ce monde était si passager que nous ne devions point chercher à attirer l'attention ; mais moi je lui ai répondu que la robe n'était pas plus rose que les fleurs de pommier ; qu'avec les rouges-gorges, les oiseaux bleus, et toutes sortes de choses brillantes, le Seigneur attirait sans cesse notre attention, et que je pensais que nous devions observer les ouvrages du Seigneur et prendre modèle sur eux.

— Oui, vous avez raison, dit mistress Scudder se levant et secouant une magnifique robe de brocart blanc sur lequel des boutons de roses mousseuses étaient rattachés à des bouquets de violettes par de gracieux petits rubans bleus. Ceci était ma robe de noces, ajouta-t-elle.

— Oh ! mistress Scudder, peut-on rien voir de plus beau ! J'ai fait bien des robes de brocart dans ma vie, mais je ne crois pas avoir jamais rencontré un si joli dessin.

— M. Scudder l'avait choisie lui-même pour moi dans une manufacture de Lyon, dit mistress Scudder avec un légitime orgueil, et je veux l'essayer à Marie.

— Vous devriez vraiment lui garder çà pour le jour de son mariage, dit miss Prissy tout en examinant l'étoffe. Je travaillais la semaine dernière chez mistress Marwyn, dit-elle en jetant la robe par-dessus la tête de Marie, et elle me disait que James espère faire sa fortune dans ce voyage-ci puis revenir à Newport pour s'y établir. »

Le visage de Marie sortit de la jupe aussi rouge que les roses mousseuses, tandis que sa mère répondait gravement qu'elle avait entendu dire que Jeanne Spencer plaisait beaucoup à James, et que pour sa part elle serait fort contente de le voir revenir, si c'était pour épouser une jeune fille si sensée et si laborieuse, et commencer une vie utile et chrétienne.

« Oui, c'est cela, c'est une excellente idée, fit miss Prissy. Il faut en rentrer un peu sur les épaules et un peu sous les bras. Les biais sont très-bien, mais il faudra changer les manches. J'espère que vous me tiendrez un fer tout prêt pour effacer les plis, mistress Scudder. »

Mistress Scudder se leva immédiatement pour obéir à cette injonction, et à peine eut-elle tourné le dos que miss Prissy reprit à demi-voix :

« Pour ma part, je ne crois pas qu'il y ait un seul mot de vrai dans cette histoire au sujet de James Marwyn et de Jeanne Spencer, car je travaillais chez elle un jour qu'il y est venu, et j'ai bien vu qu'il n'y avait rien entre eux; en outre mistress Spencer m'a assuré qu'il n'avait jamais été question de rien.

« Comme vous voyez, mistress Scudder, ça va tout seul. Il n'y a presque rien à changer au corsage. Je n'aurais pas cru que Marie eût la taille si semblable à la vôtre quand vous étiez jeune fille. L'autre jour j'essayais la robe de velours de mistress Wilcox, qui me demandait si je ne pourrais pas venir cette semaine; comme je répondais que j'avais promis à mistress Scudder, le général, qui était dans sa chambre, s'est mis à dire : « Je l'ai connue autrefois et c'é-« tait l'une des plus jolies personnes de Newport. » Là-dessus je lui dis : « Je voudrais que vous vissiez sa fille, géné-« ral. » Et lui (vous connaissez sa manière) se mit à rire en disant : « Si elle est aussi jolie qu'était sa mère, j'aime « autant ne pas la voir. Je t'assure, ma femme, que peu « s'en est fallu que je ne devinsse amoureux de Katy Sté-« phens. »

— J'aurais pu lui en dire davantage, reprit mistress Scudder en se redressant, tandis qu'un éclair de son ancienne coquetterie traversait son regard. Je crois que si je lui montrais certaine lettre qu'il m'a écrite.... Mais à quoi vais-je penser là? dit-elle en reprenant son air grave. Croyez-vous, miss Prissy, qu'il faille en ôter? Ne serait-ce pas dommage de couper une si belle étoffe?

— Oh! certainement; mais je crois qu'on pourra la rentrer.

— Je m'en rapporte à vous pour la mettre à la mode, car la façon date de bien des années, savez-vous ?

— Oh ! n'ayez pas peur ; fiez-vous-en à moi, dit miss Prissy. Le bonheur a voulu que juste au moment de faire toutes ces belles robes, j'aie reçu une lettre de ma sœur, qui travaille pour toutes les grandes maisons de Boston. Et entre autres, Marthe a le bonheur de travailler pour mistress Cranch, et mistress Cranch est en correspondance avec mistress Adam. Or vous savez que M. Adam est ambassadeur à la cour de Saint-James, en sorte que les lettres de mistress Adam contiennent la description de beaucoup de toilettes de la cour. Et Marthe ayant entendu lire une de ces lettres, dit à mistress Cranch qu'elle donnerait bien cent francs pour pouvoir envoyer cette description à Prissy. Là-dessus mistress Cranch lui a permis de la copier, et j'ai là sa lettre dans mon sac à ouvrage ; je l'ai lue à la générale Wilcox ainsi que chez le major Seaforth ; et je veux vous la lire aussi. »

Mistress Scudder était née sujette d'une couronne, et bien que devenue matrone républicaine, elle avait conservé tout le respect de son enfance pour les majestueuses cérémonies des cours, les lords, les ladies, les reines et les princesses ; ce ne fut donc pas sans une certaine émotion qu'elle vit miss Prissy tirer de son petit sac l'épître à demi-usée de sa sœur.

Miss Prissy, ajustant soigneusement ses lunettes, lut d'abord des passages de la lettre de mistress Adam, puis ensuite d'autres extraits concernant lord Caërmarthen et sir Clément Cotterel Dormer, la princesse royale, la princesse Augusta, dont la robe était noire avec un filet d'argent par-dessus, et la tête couverte d'épingles de diamants ; puis lady Salisbury, lady Talbot, la duchesse de Devonshire, qui avec une robe de satin écarlate avait une coiffure de plumes d'autruche et de diamants ; puis comment le roi avait embrassé mistress Adam, si bien que les yeux de Marie finirent par s'ouvrirent de plus en plus grands, regardant de loin la mer, et que ses oreilles n'entendirent plus que le murmure de ces eaux qui emportaient au loin son cœur, jusqu'au moment où miss Prissy l'avertit par un petit coup sur la main qu'il était temps d'essayer la robe que ses doigts agiles avaient déjà bâtie.

Nous ne prétendons pas que notre héroïne fût exempte du goût qu'ont les jeunes filles pour la toilette. Elle avait été d'abord éblouie par le récit des splendeurs de la cour, et les descriptions de mistress Adam lui avaient semblé une parfaite réalisation des choses qu'elle avait lues dans sir *Charles Grandisson*. Puisque sa mère jugeait convenable qu'on l'habillât et la parât avec élégance, elle en était bien aise ; seulement, au fond de son cœur s'élevait une tristesse qu'elle ne comprenait pas, mais que nous, qui connaissons le cœur féminin, nous vous expliquerons : c'était le regret que certains yeux noirs ne la vissent pas dans cette belle parure, et alors, après tout, à quoi lui servirait-il d'être jolie ?

« Je voudrais savoir ce que dirait James ? » pensa-t-elle ; car jamais Marie n'avait changé un ruban, la disposition d'une de ses nattes, ou mis une fleur à son corsage, qu'elle n'eût vu l'effet du changement reflété dans ces yeux noirs. C'était vraiment bien malheureux, puisqu'il lui était maintenant interdit de penser à son cousin, qu'elle eût avec lui tant de souvenirs en commun.

Ainsi se passa la journée, miss Prissy babillant, taillant, bâtissant, Marie essayant tout patiemment autant de fois qu'elle le voulait, et la chambre, d'ordinaire si bien rangée, de mistress Scudder, encombrée de gaze, de dentelles, de fleurs artificielles, de rognures, de doublures et autres accessoires.

Au dîner, le docteur qui toute la matinée avait étudié son traité de *millenium*, discourut à l'ordinaire, complétement ignorant des préoccupations inaccoutumées qui absorbaient l'esprit de ses hôtesses. Que savait-il des couturières, le digne homme ? Encouragé par le respectueux silence de son auditoire, il s'étendit longuement sur son sujet favori, le futur âge d'or, les noces de l'Agneau, alors que la terre purifiée, comme une Psyché repentante, rentrerait en grâce auprès de son fiancé céleste, et que les anges et les saints deviendraient les hôtes familiers des humains

« Sur mon honneur! s'écria miss Prissy, après le dîner, je n'ai de ma vie entendu parler comme ce saint homme! Oh! mistress Scudder, vous êtes vraiment privilégiée de l'avoir ici! C'est vraiment honteux qu'un tel homme ne soit pas plus apprécié dans Newport! Mistress Scudder, il faut absolument que vous me laissiez lui faire une chemise plissée; personne n'y travaillera que moi, et je ferai les ourlets avec un point que m'a enseigné Marthe, qui l'avait appris d'une jeune fille française, élevée dans un couvent. Ces pauvres nonnes savent faire certaines choses, à ce qu'il paraît, et je n'ai jamais vu d'aussi jolis ourlets que ceux-là; je voudrais aussi ourler avec ce point une paire de manchettes au docteur; c'est un homme si détaché, que je l'aime de tout mon cœur. En l'entendant parler, je songeais à un beau cantique de M. Watts; je ne sais pas si je me rappellerai l'air. »

Et miss Prissy, dont le talent musical était renommé, éclaircit sa voix un peu chevrotante et chanta en appuyant vigoureusement sur les syllabes accentuées :

C'est alors que de ma victoire
J'attendrai les fruits les plus doux,
En chantant avec eux la gloire
Du Dieu qui nous a sauvés tous.
Agréable et sainte harmonie!
Pour moi quelle joie infinie!
Quelle gloire de voir un jour
La troupe avec moi réunie,
Dans les mêmes concerts et dans le même amour!

« Prenez garde, mistress Scudder, il faut prendre le biais bien exactement. » Et miss Prissy brusquant sa dernière cadence, prit l'étoffe et les ciseaux des mains de mistress Scudder, et passa sans transition du *millenium* à l'exposé de sa façon particulière de tailler les passe-poils.

Ainsi faisons-nous, cher lecteur, tant que nous avons un corps et une âme. Ainsi mêlons-nous les deux mondes, le grand et le petit, le solennel et le trivial, comme dans les vieilles sculptures des sanctuaires gothiques; seulement si l'on y réfléchit bien, il n'existe rien de trivial, car l'âme humaine projette sur toute chose son ombre imposante. N'avons-nous pas vu des rubans, des fleurs fanées, des chiffons de gaze revêtir un aspect poignant, parler un langage austère, alors que ne devait plus les porter celle à qui ils avaient appartenu et dont l'enveloppe mortelle, comme eux fragile et flétrie, avait disparu pour jamais. Car l'individualité humaine est chose si sacrée, que parmi les myriades d'êtres qui peuplent la terre, aucune forme n'en reproduit jamais une autre. Le moule de chaque type humain est brisé par la tombe, et nos yeux ne doivent jamais revoir la forme qu'ils ont une fois pleurée.

Nous vivons au milieu de bagatelles dont la mort peut à tout instant faire des reliques sacrées. Un faux pas, un accident, un obstacle sur la voie ferrée, un cordage qui s'enroule autour de la voile, et le canif, la plume, les papiers, les objets de toilette que nous touchons négligemment aujourd'hui, peuvent devenir demain de tristes memento de cette redoutable tragédie dont l'abîme est toujours béant sous nos pas.

CHAPITRE XIII.

L'assemblée.

Il nous faut maintenant avancer et vous dire comment le soir mémorable de l'assemblée, Marie se trouva, grâce aux talents de miss Prissy, habillée d'une robe longue, semée de bouquets de roses mousseuses et de violettes, ouvrant sur une jupe de satin blanc ornée de fleurs et de dentelles; comment ses petits pieds furent chaussés de souliers à talons, comment son petit bonnet avec une guirlande de roses mousseuses fut attaché sur ses cheveux lisses et brillants, et comment enfin miss Prissy, ravie de son ouvrage, après avoir tourné et retourné Marie de tous les côtés, déclara qu'elle allait chercher le docteur pour la lui montrer. Ce devait, disait-elle, être un homme de goût, puisqu'il décrivait si magnifiquement le futur *millenium;* faisant donc irruption dans son cabinet, elle parvint, à force de babil, à le faire redescendre vers le monde visible, et amenant à sa porte Marie, toute rougissante, lui demanda à bout portant s'il avait jamais vu rien de plus joli.

Le docteur, maintenant complétement éveillé, réfléchit un instant et répondit gravement que non, qu'il ne le croyait pas. Car il n'était pas complimenteur, et avait coutume de se demander, avant de parler, si ce qu'il allait dire était strictement vrai. Or, comme il avait vécu quelque temps dans la famille du président Edwards, dont les filles étaient renommées pour leur beauté, il les passa intérieurement en revue.

Tandis que miss Prissy, abusant de ce qu'elle le tenait en son pouvoir, lui expliquait avec volubilité quelles difficultés elle avait dû surmonter pour adapter l'ancienne robe de noces à la forme moderne, le docteur disait, d'un air innocent et sans défense, que la robe était fort jolie, répondait plusieurs fois « oui madame » aux endroits convenables, et étant d'un caractère fort obligeant, regardait tout ce qu'on lui signalait avec des yeux ronds et étonnés; mais il termina cet examen par un long regard attaché sur le visage demi intimidé, demi souriant, qui apparaissait et disparaissait tour à tour selon que miss Prissy, dans son ardeur d'exhibition, faisait tourner Marie d'un côté ou de l'autre.

« N'est-elle pas vraiment jolie? » répéta pour la vingtième fois miss Prissy, lorsque Marie quitta la chambre.

Le docteur la suivit des yeux d'un air pensif et murmura, à demi-voix : « La fille du roi est toute glorieuse à l'intérieur; son vêtement est d'or travaillé; elle sera amenée devant le roi avec des ornements brodés à l'aiguille. »

« Non, je n'ai jamais rien vu de pareil! s'écria miss Prissy, se retirant en toute hâte. Comme ce saint homme tourne tout à bien; je ne crois pas qu'on puisse faire une seule chose à laquelle il ne trouve à appliquer un texte de la Bible. Je veux acheter la toile de sa chemise cette semaine même, avec l'argent de mistress Wilcox; les Wilcox sont généreux, et j'ai travaillé seize jours et un quart chez eux. Je sais bien, mistress Scudder, qu'il n'a pas besoin de moi, car vous le tenez comme un vrai bijou; c'est seulement que je serais bien aise de faire quelque chose pour un si saint homme. »

Le bon docteur fut soigneusement et énergiquement brossé pour la circonstance, et s'il n'eut pas l'air d'un vrai bijou ce ne fut certainement pas la faute de son hôtesse.

Nous ne saurions reproduire toutes les gloires évanouies de la soirée, ni vous dire en détail comment la maison et les jardins étaient illuminés, comment la mariée avait un voile de véritable point d'Angleterre, comment d'innom-

brables voitures roulaient sur le sable et comment des
nègres, avec des gants de peau blanche, donnaient la main
pour descendre à des dames habillées de velours et de satin, etc., etc.

Aux yeux inexpérimentés de Marie, cette scène apparaissait comme un rêve enchanté, comme la réalisation de tout
ce qu'elle avait jamais imaginé de plus grandiose et de plus
splendide. Elle eut son petit triomphe particulier, car tout
le monde demandait qui était cette belle personne, et plus
d'un élégant des premières familles de Newport se montra
fier de la promener à son bras. D'officieuses douairières ré-
pétaient à mistress Scudder les remarques flatteuses qu'on
murmurait partout sur son passage.

« Pour Dieu! mistress Scudder, s'écria le galant général
Wilcox, où aviez-vous caché une pareille beauté; c'est un
véritable péché que de mettre une telle lumière sous le boisseau? »

Et mistress Scudder, bien qu'elle connût, comme vous et
moi, lecteur, la nature périssable de tels honneurs, n'étant,
comme nous, qu'une mortelle, souriait avec condescendance
à ces mondaines vanités.

La maison était divisée par un grand vestibule avec une
porte ouvrant sur la rue, et la porte opposée donnant sur un
vaste jardin, dont la grande allée bordée de hautes char-
milles, resplendissantes de lumière, offrait au regard une
perspective presque féerique.

Le jardin était partout éclairé *a giorno*, en sorte que la
société s'y dispersa en groupes pittoresques.

Nous voyons encore notre petite Marie avec sa guirlande de
roses, ses rubans flottants, et sa robe de brocart, debout dans
l'embrasure de la porte comme un portrait dans son cadre,
tournant le dos au jardin illuminé et sa figure calme et innocente regardant la fête avec un plaisir mêlé d'étonnement.

La richesse et l'élégance de sa robe, qui par les soins de
miss Prissy, avait été ajustée à la mode de l'époque, formaient un contraste singulier avec la fraîcheur presque
idéale d'air et de maintien qui était le caractère particulier
de sa beauté.

10

Elle donnait bien l'idée d'un être qui était dans le monde, sans cependant être du monde qui, habitant d'ordinaire une région plus élevée d'idées et de sentiments, contemplait néanmoins avec une curiosité naïve et une innocente satisfaction ces joies inconnues d'une sphère nouvelle.

La conscience qu'elle avait d'être dans un cercle auquel elle n'appartenait pas, où sa présence n'était pour ainsi dire qu'un accident, et où elle était étrangère aux responsabilités incombantes à ceux qui font partie habituelle d'une société, lui donnait un air libre et dégagé tout semblable à la parfaite aisance qui résulte d'une grande habitude du monde.

Tandis qu'elle était là debout, un monsieur donnant le bras à deux dames magnifiquement parées et dont la conversation semblait l'absorber tout entier, sortit de l'un des salons de réception. C'était un homme de taille moyenne, de formes et de manières particulièrement gracieuses et dont toute la personne respirait ce parfum indéfinissable de grâce et de distinction de l'homme du grand monde. Une belle tête, un profil délicat, un sourire d'une séduisante douceur, et par-dessus tout un regard qui semblait avoir une puissance d'attraction presque magnétique, tels étaient les traits distinctifs d'un des hommes les plus célèbres de cette époque, d'un homme qui a laissé sa trace non-seulement dans l'histoire de notre pays, mais encore dans les annales privées de plus d'une famille américaine.

« Bonté divine ! s'écria-t-il interrompant soudain sa conversation en apercevant Marie, quelle est cette ravissante créature ?

— C'est Marie Scudder, dit mistress Wilcox, son père était allié du général. La famille est dans une position de fortune assez modeste, mais elle est des plus respectables. »

Le gentleman continua pendant quelques instants encore une conversation banale, tout en jetant de temps à autre sur Marie de rapides coups d'œil d'observation, puis il saisit l'occasion de se débarrasser d'une des dames en la passant avec un salut et un compliment à un autre admirateur, il dit ensuite tout bas quelques mots à mistress Wilcox avec cet air de douceur et de déférence au moyen duquel il faisait faire à tous sa volonté, et un moment après Marie fut tirée de ses réflexions par la voix de mistress Wilcox qui lui disait d'un ton officiel :

« Miss Scudder, j'ai l'honneur de vous présenter le colonel Burr, membre du sénat »

CHAPITRE XIV.

A l'époque dont nous parlons, aucun nom de la nouvelle république ne suscitait de plus brillantes espérances et n'était investi d'un plus grand prestige de popularité que celui du colonel Aaron Burr.

Issu d'une famille où la supériorité intellectuelle semblait héréditaire; petit-fils d'un homme dont le génie gouverne encore aujourd'hui la Nouvelle-Angleterre, fils de parents éminents par le caractère et par le talent, il unissait à une extrême vivacité de perception et à une excessive délicatesse d'impressions, une fermeté inébranlable et une suite inflexible dans ses desseins.

Capable, brillant, adroit, aucun homme de son temps n'entra dans la vie politique avec de plus belles chances de succès et de renommée. En même temps que son nom frappait l'oreille de notre héroïne, toutes ces pensées se présentaient à son esprit, et lorsqu'avec un gracieux sourire il lui offrit le bras, elle éprouva l'émotion naturelle à une jeune fille modeste, subitement honorée des attentions d'un de ces grands de la terre, que les personnes de son humble condition ne connaissent généralement que par le bruit public.

Mais Marie, bien qu'impressionnable et rougissant aisément, n'était cependant pas ce qu'on appelle timide. Ses nerfs avait un ferme équilibre qui lui laissait toute sa présence d'esprit dans les circonstances les plus inattendues.

Les premières phrases que lui adressa son nouveau compagnon différaient complétement par le ton et par le style de toutes celles qui lui avaient été adressées jusque-là, également éloignées de la franche vivacité de son cousin et de la galanterie rustique de ses autres admirateurs. Ce mélange d'aisance et de respect, ce tact délicat qui distingue l'homme du grand monde, firent sur elle une impression immédiate comme la brise sur les cordes d'une harpe éolienne. Elle se sentit soudain comme entourée d'une atmosphère dans laquelle elle respirait à l'aise et librement; comme assurée que ses moindres paroles pouvaient voguer en toute sécurité ainsi qu'un léger esquif sur le miroir brillant et poli de l'attention ravie de son auditeur.

« J'ai été appelé à Newport par mes affaires, dit Burr après quelques phrases d'introduction, mais j'ignorais tout ce qu'il offre d'attrayant.

— Le pays est très-beau; il y a des vues magnifiques.

— On m'avait bien dit qu'il était célèbre par la beauté de ses vues et par celle de ses habitantes; mais, ajouta le colonel tandis que ses yeux noirs lançaient un éclair, ce n'est que d'aujourd'hui que j'en ai la preuve. »

Le regard achevait et limitait le compliment, mais il exprimait en même temps une certaine circonspection; Burr s'efforçait de voir jusqu'à quel profondeur son trait avait pénétré, car il avait pour habitude de toujours mesurer instinctivement la personne avec laquelle il parlait.

Marie était depuis l'enfance accoutumée à entendre dire qu'elle était belle, bien que sa mère eût essayé de ces estimables mais transparents subterfuges au moyen desquels les mères prudentes s'efforcent de cacher à leurs filles cette agréable vérité; mais Marie avec son calme et sa simplicité accoutumés avait accepté comme un fait ce qu'on lui répétait si souvent, en sorte que le compliment du colonel ne lui causa ni rougeur, ni émotion; elle regarda son interlocuteur avec une attention souriante, comme quelqu'un qui lui disait des choses obligeantes.

« Oh! oh! cela lui paraît tout simple, pensa-t-il. C'est dans doute quelque beauté rustique bien au fait de ses agréments; elle est malgré tout très-piquante.

« Voulez-vous que nous fassions un tour de jardin? dit-il, la soirée est magnifique. » Ils descendirent dans la grande allée. Lorsqu'ils furent au bout, Burr s'arrêta, et se retournant il contempla la longue avenue illuminée que terminait la brillante salle où des messieurs aux cheveux poudrés, avec des manchettes de dentelle et des souliers à boucles de diamants, donnaient la main à de belles dames, habillées de satin et de brocart, et dont les têtes supportaient de lourds édifices de plumes d'autruche semées de pierreries.

« On se croirait à la cour, ma parole d'honneur, dit-il. Est-ce que vous avez souvent ici d'aussi brillantes réunions?

— Je suppose que oui, dit Marie; je n'en avais jamais vues, mais j'en entends quelquefois parler.

— Et *vous* n'y assistez pas? dit le colonel d'un ton qui faisait de cette question le compliment le plus flatteur.

— Non, dit Marie. Nous ne voyons pas habituellement ces personnes.

— Quoi! elles privent leurs réunions d'un pareil ornement! Mais si après cette soirée vous n'allez pas toujours dans le monde, ce ne sera certainement pas faute de sollicitations.

— Vous êtes bien bon de le penser, répliqua Marie; mais en fût-il ainsi, je ne sais pas s'il serait bon pour moi de me trouver souvent au milieu de fêtes comme celle-ci. »

Son compagnon lui jeta un coup d'œil demi-interrogateur, demi-amusé, en disant :

« Et serait-il indiscret de vous demander pourquoi?

— Parce que je craindrais qu'en absorbant trop mon temps et mes pensées, elles ne me fissent oublier le grand but de la vie. »

La gravité simple avec laquelle Marie dit ces paroles, comme assurée d'avance de la sympathie de son auditeur, parut causer à celui-ci un léger divertissement. Ses yeux brillants étincelèrent comme s'il supprimait quelque vive repartie, mais les baissant respectueusement, il reprit avec douceur :

« Je serais heureux de savoir ce qu'une si belle personne considère comme le grand but de la vie? »

Marie répondit sérieusement par ces paroles familières, dès l'enfance, à toute bouche puritaine : « Glorifier Dieu et jouir de lui à jamais.

— Réellement? fit Burr, la regardant en face avec ce coup d'œil pénétrant au moyen duquel il avait coutume de sonder l'âme de ses interlocuteurs.

— N'est-ce pas ainsi? » dit Marie, levant à son tour sur lui un regard calme et ferme.

En cet instant deux âmes, lancées de toute la force de leur être dans deux directions opposées, se regardant par leur fenêtre, faisaient l'une chez l'autre une reconnaissance sérieuse et attentive.

Burr était passé maître dans l'art de la galanterie. Il avait fait de la femme une étude particulière; jamais il n'apercevait un beau visage sans éprouver un vif désir d'essayer son pouvoir sur celle qui le possédait. Mais en ce moment l'expression sérieuse et douce de ces grands yeux bleus pénétra jusqu'au fond de son âme et lui rappela ce que des personnes pieuses lui avaient souvent raconté de sa mère, cette belle et sainte Esther Burr, sitôt ravie à la terre.

Il était de ceux qui, systématiquement, jouent sur eux-mêmes et sur les autres comme un habile musicien sur un instrument. Et cependant, l'un des secrets de la séduction qu'il exerçait était la naïveté avec laquelle il s'abandonnait par instants aux impulsions passagères d'une nature primitivement élevée et tendre.

Si le sentiment, qui venait de s'éveiller en lui l'eût surpris ailleurs ou dans une circonstance différente, il lui eût aussitôt imposé silence, mais conversant avec une belle jeune fille à laquelle il désirait plaire, il se laissa aller à cette émotion; ses yeux se remplirent de véritables larmes; il éleva la main de Marie jusqu'à ses lèvres, la baisa respectueusement et dit :

« Merci, chère enfant, de cette bonne pensée! Bien qu'il ne soit donné de la réaliser qu'à ceux qui sont doués d'une nature angélique, c'est réellement là un noble sentiment.

— Oh! j'espère que non, » dit vivement Marie, plus sensible qu'elle ne le pensait elle-même, à ces beaux yeux, à cette voix harmonieuse, à ce charme de manières qui semblaient l'envelopper comme d'une chaude atmosphère italienne.

Burr soupira d'un soupir sincère suggéré par sa meilleure nature, mais auquel il se livrait d'autant plus volontiers qu'il savait par là intéresser sa belle compagne, qui pour le moment, était à ses yeux la seule femme qu'il y eût au monde.

« Les âmes innocentes et pures comme la vôtre, dit-il, ne peuvent mesurer les tentations de ceux qui sont appelés à livrer la véritable bataille de la vie. Dans un monde comme le nôtre, que de nobles aspirations tombent flétries dans la chaleur et la violence du combat! »

Il ne disait que ce qu'il pensait, ce qu'il avait souvent senti bien amèrement; mais il usait avec adresse de ce sentiment réel pour le but du moment.

Quel était donc son but? De conquérir l'estime et la tendresse d'une nature religieuse et exaltée, revêtue d'une belle forme, de conquérir et de posséder l'ascendant, le pouvoir. C'était une habitude de toute sa vie, et une de ces satisfactions égoïstes qu'il poursuivait, insoucieux des conséquences. Il avait trouvé la clef de ce caractère; c'était un noble instrument et il se plaisait à le faire vibrer.

« Il me semble, monsieur, dit modestement Marie, que vous oubliez l'appui promis à notre faiblesse.

— Comment cela? dit-il.

— Ceux qui marchent dans les voies du Seigneur verront leur force renouvelée, » répéta-t-elle doucement.

Tandis qu'elle parlait ainsi, il la regarda avec un vif sentiment artistique du gracieux contraste que formait sa parure mondaine avec la simplicité sérieuse de ses paroles.

« Elle est ravissante, pensa-t-il, si fraîche et si naïve!

— Ma douce petite sainte, lui dit-il, les âmes comme la vôtre sont les anges gardiens naturels de nous autres êtres imparfaits et grossiers; les prières d'une âme possédée par le monde et par l'ambition n'auraient que peu d'effet; c'est à vous qu'il convient d'intercéder pour nous. Je suis, comme vous voyez, très-orthodoxe, ajouta-t-il avec ce fin sourire qui, par instant, venait rayonner sur ses traits; je sais tout ce que vous enseigne votre révérend docteur, de l'inutilité des œuvres non régénérées, c'est pourquoi, lorsque je rencontre des anges ici-bas, je m'efforce de me faire « un ami à la cour. »

Puis, voyant que Marie paraissait peinée et embarrassée de ce ton ironique, il ajouta avec une nuance délicate de gravité :

« Sérieusement, ma jeune amie, j'espère que vous voudrez bien prier quelquefois pour moi. Si j'ai quelque chance de jamais devenir bon, cela devra me venir ainsi.

— Oh! oui, s'écria Marie avec ferveur, le cœur gonflé et les yeux humides, puis elle ajouta en rougissant : si quelqu'un a lieu d'espérer des bénédictions particulières, ce doit être vous, car vous êtes le fils d'une sainte lignée.

— Eh bien! mon ami, que faites-vous ici? dit gaiement une voix derrière la charmille, puis l'on vit immédiatement apparaître comme un tableau français descendu de son cadre, une jeune femme aux yeux noirs, habillée en marquise du temps de Louis XIV, les cheveux poudrés et ornés de diamants.

— Je m'amusais un instant, » répondit Burr du même ton. avec sa présence d'esprit accoutumée, puis il ajouta :

« Permettez-moi, madame, de vous présenter un charmant spécimen des fleurs de notre pays. Miss Scudder, j'ai l'honneur de vous présenter à Mme de Frontignac.

La jeune dame s'inclina en murmurant quelques paroles bienveillantes, avec un accent étranger auquel sa jolie bouche prêtait de la grâce.

Marie regardait avec plaisir et admiration ce charmant visage, et ces yeux brillants comme des diamants qui semblaient vouloir lire jusqu'au fond de son âme.

« Monsieur la trouve apparemment bien séduisante, dit l'étrangère au colonel, d'une voix basse et rapide qui témoignait d'un mélange de colère et d'admiration.

— Rassurez-vous, jalouse, répliqua-t-il avec un regard

et un accent auxquels, avec cette force mobile qui lui était particulière, il sut donner l'expression du dévouement le plus tendre et le plus passionné ; ne suis-je pas tout à vous ! » Et il lui offrit son autre bras.

« Permettez-moi, dit-il, quoiqu'indigne, de servir de lien entre la beauté de la France et celle de l'Amérique. »

La dame étrangère se recula avec une orgueilleuse révérence, redressa fièrement la tête et leur fit signe de passer.

« J'attends ici un de mes amis, dit-elle.

— Vos volontés sont pour moi des lois, » répliqua Burr, saluant avec une feinte humilité, puis il passa outre pour conduire Marie dans la salle du souper.

La compagnie s'y rassemblait avec la gaieté et l'animation qui accompagnent généralement cette période de la soirée. Cette scène offrait régulièrement un spécimen d'une société qui à cette époque n'eût pu être rassemblée ailleurs qu'à Newport. On y voyait le docteur Hobkins dans la tranquille majesté de sa grande taille ; près de lui la figure alerte de son adversaire théologique le docteur Stiles qui, cédant à l'entrain du moment, prodiguait les révérences à droite et à gauche avec la grâce débonnaire d'un gentleman de l'ancienne école. Non loin des docteurs, et engageant parfois la conversation avec eux, était un rabbin juif entouré de quelques puissants banquiers de la même nation dont le teint olivâtre, les yeux noirs et le profil aquilin révélaient l'origine et donnaient à la réunion un coup d'œil étranger et pittoresque.

Le colonel Burr, un des hommes les plus brillants et les plus distingués de la nouvelle génération républicaine ; le colonel de Frontignac, qui s'était illustré dans le corps de la Fayette, pendant la révolution, sa noble et charmante épouse formaient une addition brillante et inattendue à la réunion des grandes familles du pays.

Burr fraya doucement un passage à sa belle compagne, et la plaçant à dessein en pleine lumière pour mieux faire ressortir sa beauté, se consacra à son service avec un dévouement aussi respectueux que s'il se fût agi d'une déesse.

Et néanmoins il observait du regard Mme de Frontignac

qui, quelques moments après, entra au bras d'un sénateur distingué avec lequel elle semblait en pleine coquetterie. Il remarqua, avec un sourire de satisfaction, que tandis qu'elle babillait, s'éventait et écoutait avec une apparente attention les flatteries qui lui étaient adressées, elle lançait de temps à autre un regard aigu comme une flèche vers lui et sa compagne. Il était habile dans l'art d'opposer une femme à une autre, mais ce qui, en cet instant, le frappa comme parfaitement original, c'était la complète ignorance où était sa douce et sainte voisine de la position que sa rivale la soupçonnait d'occuper.

Et pendant tout ce temps, la pauvre Marie, dans sa simplicité, croyait réellement avoir aperçu des indices de ce qu'elle aurait appelé « Les efforts de l'Esprit dans son âme. »

Hélas ! faut-il qu'une phrase d'une signification si mystérieuse arrive à ne frapper l'oreille que comme un insignifiant jargon ; pour Marie c'était une forme vivante, comme toutes ses paroles, car, ce qui caractérisait avant tout l'éducation puritaine, c'était la sincérité et la précision qu'elle donnait au langage. Et, tandis que Marie était debout auprès de Burr, ses grands yeux bleus devinrent fixes et rêveurs, car elle songeait que ce serait une merveilleuse victoire de la grâce divine, si les agitations intérieures de son compagnon devaient l'amener, ainsi que l'espéraient tous les cœurs pieux de la Nouvelle-Angleterre, à marcher sur les traces du président Edwards.

Elle regrettait vaguement de ne pouvoir causer quelquefois avec lui seule et sans crainte d'être dérangée. Elle était trop humble pour accepter pleinement cette délicieuse flatterie par laquelle il avait prétendu que sa main avait la puissance de rouvrir dans son âme les sources du bien ; cependant cette parole avait ému toutes les fibres de son cœur et lui suggérait mille pensées confuses.

N'avait-elle pas lu des exemples de conversions miraculeuses opérées par quelques paroles échappées à une femme ou à un enfant. S'il allait lui arriver quelque chose de semblable, si cet être charmant, distingué et puissant allait être rappelé au sein de l'Église par son moyen.

Non, il ne fallait pas l'espérer, mais elle tressaillait rien que d'y penser.

Lorsqu'après le souper sa mère et le docteur prirent congé de leurs hôtes, Burr lui continua jusqu'au bout ses services avec un mélange exquis de respect et de protection paternelle; il l'enveloppa soigneusement de son châle et l'aida à monter dans le petit wagon du même air que si c'eût été le carrosse d'une duchesse.

« D'agréables souvenirs se rattachent pour moi à cette sorte de véhicule, dit-il, tandis, qu'après avoir examiné les harnais, il remettait la bride aux mains de mistress Scudder; cela me rappelle mon enfance et mes jours de collège. Votre cheval est-il sûr, madame?

— Oh oui, fit mistress Scudder, je le connais parfaitement.

— Pardonnez-moi cette question, dit-il. Que n'entend pas une matronne de la Nouvelle-Angleterre? Docteur, il faudra que j'aille ces jours-ci causer avec vous quelques instants. Je suis un peu rouillé sur la théologie.

— Nous serions tous fort heureux de vous voir, colonel, fit mistress Scudder. Nous vivons très-simplement, il est vrai....

— Mais vous pouvez toujours trouver une place pour un ami, j'en suis sûr, répondit-il en saluant avec la grâce qui lui était particulière tandis que la voiture s'éloignait.

— C'est vraiment un homme charmant que ce colonel Burr, fit mistress Scudder.

— Il a l'air d'un jeune homme très-franc et très-ingénu, dit le docteur. On ne peut s'empêcher de s'affliger en voyant le fils de parents si pieux s'égarer dans les voies de l'infidélité.

— Oh! ce n'est pas un infidèle, dit Marie, loin de là, bien qu'il y ait, je crois, certains points obscurs pour son esprit.

— Ah! fit le docteur, est-ce que vous avez causé avec lui des choses religieuses?

— Un peu, dit Marie, et il me semble qu'il éprouve quelque difficulté au sujet des œuvres irrégénérées. Je crains

que cet article n'ait été pour lui une pierre d'achoppement,
mais il a montré de si bons sentiments ! j'ai vraiment vu des
larmes dans ses yeux.

— Sa mère était une sainte femme ; elle fut appelée dès
l'enfance, et son beau corps devint le temple du Saint-Esprit. Aaron Burr est l'enfant de beaucoup de prières, il y a
donc lieu d'espérer qu'il sera quelque jour exclusivement
appelé. Il a étudié quelque temps avec Bellamy, mais je me
suis souvent demandé, ajouta le docteur pensif, si Bellamy
s'y était pris avec lui comme il eût fallu.

— J'espère qu'il viendra et pourra causer avec vous, dit
Marie avec ferveur. Quelle bénédiction pour le monde si de
semblables talents pouvaient être sanctifiés !

— Il n'y a pas beaucoup de riches, pas beaucoup de
puissants, pas beaucoup de nobles d'appelés, fit le docteur.
Si cependant il plaisait au Seigneur de se servir pour cette
œuvre de mon ministère et de mes prières, je m'en réjouirais
grandement. Ce soir, ajouta-t-il en voyant ces juifs, je songeais que c'était là une image du dernier rassemblement,
alors que les juifs et les gentils s'assiéront ensemble au fes-
tin de l'Évangile. Ce n'est que dans l'oubli de ces années
présentes où si peu sont appelés et où les progrès de l'É-
vangile sont si lents, et dans la contemplation de ce glorieux avenir, que je trouve quelque consolation. Si le Seigneur veut seulement se servir de moi comme d'une marche
conduisant à cette céleste Jérusalem, je m'estimerai heureux. »

Ainsi conversaient-ils tandis que le wagon roulait lentement vers la maison, tandis que les grenouilles, les tortues
et le lointain murmure des flots remplissaient, de leur vague
concert, l'air doux et embaumé de cette belle nuit d'été

CHAPITRE XV.

« Et maintenant Marie, dit mistress Scudder à sa fille, le lendemain à cinq heures du matin, tu sais que c'est aujourd'hui le jour de jeûne du docteur, cela nous donnera le temps d'achever toutes nos petites affaires. Miss Prissy m'a promis de venir deux ou trois heures de la matinée pour refaire le corsage de ma robe noire et je crois qu'en nous dépêchant nous l'aurons fini aujourd'hui, de sorte que je pourrais la mettre dimanche. »

Il est nécessaire pour l'explication de ce qui précède d'informer nos lecteurs que le samedi était pour le docteur un jour de jeûne et de retraite pendant lequel il se préparait aux devoirs du dimanche.

A peine le couvert du déjeuner était-il rangé qu'on vit arriver miss Prissy.

« Comment vous voilà levées tout aussi matin qu'à l'ordinaire, s'écria-t-elle en entrant, et votre couvert rangé, tout en ordre ! J'avais bien raison de dire l'autre jour à mistress Wilcox que je croyais vraiment que mistress Scudder ne se servait pas de sa cuisine, et que le matin vous faisiez vos lits avant de vous lever ! Hein ! J'espère que c'était beau, hier soir ! dit-elle en s'asseyant et commençant à découdre le corsage.

« Vous ne me saviez pas là ? continua-t-elle, eh bien j'y étais tout le temps ; j'étais allée chercher l'argent avec quoi je veux acheter la chemise du docteur et je trouvai mistress Wilcox ne sachant où donner de la tête, qui me dit : « Ah !

« miss Prissy ! si vous saviez comme j'aurais besoin de quel-
« qu'un comme vous pour surveiller un peu ici. — Allez
« de ce pas vous habiller, ne vous tourmentez de rien, et
« laissez-moi faire, » lui ai-je répondu. En sorte que me
trouvant là je suis restée jusqu'au bout, et ç'a été bien heureux, car sans moi Dina n'aurait pas mis assez d'œufs dans
le café, j'en ai cassé quatre que j'y ai ajoutés moi-même.
Oui, en vérité, j'étais là, et j'ai très-bien vu qui faisait la cour
à miss Marie. On dit que c'est le plus bel homme et le plus
séduisant de la République. Toutes les dames de Philadelphie en sont folles, et pourtant l'on m'a assuré qu'il avait
dit n'avoir pas vu depuis longtemps une aussi jolie figure.

— Nous savons tous que la beauté est une chose de peu
d'importance, dit mistress Scudder ; j'espère avoir élevé
Marie de façon à ce qu'elle le comprenne.

— Oh ! sans doute, fit miss Prissy, c'est comme une fleur
qui est bientôt flétrie ; l'essentiel c'est d'être bonne et utile,
et c'est ce qu'elle est ; aussi leur ai-je dit que sa beauté n'é-
tait que le moindre de ses avantages ; cependant, il faut en
convenir (ce n'est pas parce que c'est moi qui l'ai faite),
mais sa robe lui allait dans la perfection. Mais que pensez-
vous, mistress Scudder que j'aie entendu dire du bon docteur ?

— Je n'en sais rien ; ce dont je suis sûre, c'est que ce ne
peut être rien de mal.

— Non sans doute, pas précisément ; mais enfin on disait
qu'il avait des idées bizarres ; on assurait même qu'il allait
prêcher dimanche contre le commerce des nègres ; pour ma
part, je ne vois pas trop comment feraient les gens de Newport, si c'était mal, car c'est presque leur seule manière de
gagner de l'argent : cela ferait un grand tapage et fâcherait
bien du monde, mais j'espère que le docteur ne va pas réellement entamer ce sujet.

Je crois que si, dit mistress Scudder ; il pense que c'est
un grand péché qui doit être condamné, et je pense comme
lui, ajouta-t-elle avec effort ; c'était l'opinion de M. Scudder dès l'époque de notre mariage et c'est aussi la
mienne

— Dame ! si c'est vraiment un péché ! fit miss Prissy ; mais cependant, songez donc combien de grandes maisons vivent de ce commerce. Voilà le général Wilcox qui est pourtant un bien digne homme, ainsi que le major Seaforth et des douzaines d'autres, tous des premiers de la ville. Le docteur Stiles lui, ne pense pas que ce soit un péché, et c'est un excellent chrétien ; il regarde la traite comme une dispensation de la Providence pour faire jouir les Africains des lumières de l'Évangile. Je crois certainement que le docteur est plus saint que presque tout le monde, mais enfin les meilleurs peuvent se tromper, comme vous savez.

— Le docteur est convaincu que c'est son devoir, dit mistress Scudder, je crains que cela ne lui fasse beaucoup d'ennemis, mais pour mon compte, je ne l'abandonnerai pas.

— Oh ! vous aurez bien raison. Une chose certaine, c'est qu'il y aura foule à son sermon, car hier soir lorsque j'ai traversé la promenade, tout le monde en parlait ; le colone' Burr disait qu'il y assisterait, le général Wilcox de même et aussi ce sénateur (je ne sais plus son nom), qui vient de Philadelphie. Je vous réponds que votre église sera pleine. »

Nous devons avouer que cette perspective fut loin de réjouir mistress Scudder, et ceux à qui il est arrivé d'avoir seuls raison contre toutes les « premières familles » d'un pays lui accorderont sans doute quelque compassion, car après tout la vérité est invisible et les « premières familles » sont très-évidentes. Les premières familles sont souvent très-agréables, toujours très-respectables, d'une vertu formidable, et il faut beaucoup de courage pour résister à un mauvais principe qui s'incarne dans la grâce et l'amabilité de leurs manières ; c'est pourquoi mistress Scudder avait le cœur pesant et se fût volontiers jointe au docteur dans son jeûne du samedi.

Quant à celui-ci, il était tranquillement assis dans son cabinet, sa grande Bible et sa concordance ouvertes devant lui, extrayant avec la patiente assiduité qui le distinguait les textes menaçants que ce livre audacieux et passé de mode fait pleuvoir sans merci sur les oppresseurs du faible. Les

11

premières familles de Newport était aussi invisibles pour
lui qu'elles l'avaient été jadis pour Moïse pendant les quarante jours qu'il avait passés sur la montagne. Il ne songeait
qu'à son message, à la nécessité de le formuler de manière
à ne rien dissimuler, ne songeant pas le moins du monde
à ce qui en adviendrait. Il se regardait comme une voix, un
instrument passif au moyen duquel il plaisait à la volonté
divine de se manifester, et le sublime fatalisme de sa foi le
rendait aussi insensible à toutes les considérations humaines
que s'il eût fait partie des lois immuables de la nature.

En conséquence le lendemain matin, bien que tous ses
amis tremblassent pour lui, tandis qu'il montait les degrés
de la chaire, il n'eut pas seulement l'idée de trembler pour
lui-même. Quittant le sanctuaire secret du Très-Haut, il
était venu sous le chemin couvert du silence, et se sentait
encore sous l'ombre du Tout-Puissant. Peu lui importait
que l'Église fût pleine ou vide; il savait que tous ceux que
Dieu, dans ses décrets éternels, avait destinés à entendre son
message se trouveraient là; son devoir se bornait à les
avertir.

Jamais auditoire plus brillant et plus distingué ne s'était
pressé dans la vieille église en ruines. Il faisait un beau soleil de juin, la mer étincelait, les oiseaux gazouillaient le
long du chemin, et tous les notables avaient quitté leurs
maisons pour venir assister au sermon du docteur.

Mistress Scudder ouvrit son banc avec une politesse pleine
de dignité au colonel Burr, au colonel et à Mme de Frontignac.

Le général Wilcox et sa majestueuse moitié, le major
Seaforth, les Vernon, les de Wolf et tous les grands noms
du pays se trouvaient là. On n'entendait que le bruissement
des robes de soie, le mouvement des éventails de Chine; on
ne voyait que chapeaux à la dernière mode, toilettes fraîches
et élégantes, physionomies souriantes et gracieuses; c'était
en un mot une charmante et respectable assemblée de pécheurs, venus là tout exprès pour entendre ce qu'avait à
dire le docteur touchant leurs transgressions.

Mistress Scudder calculait involontairement les fatales

conséquences qui allaient résulter de ce sermon, et fermant les yeux pour ne pas voir le monde qui l'entourait, priait Dieu, avec ferveur, de faire tourner tout à bien ; le docteur, lui, ne demandait à Dieu, que la grâce de bien dire la vérité tout entière.

Nous avons retrouvé, dans un de ses ouvrages, l'argument dont il usa ce jour-là pour faire à la raison, un de ces calmes appels qui rendaient généralement ses conclusions irrésistibles.

« Si cela est ainsi, dit-il, après avoir brièvement exposé les faits, il en faut tirer cette conséquence terrible et bien propre à nous faire trembler, que tous ceux qui, directement ou indirectement, ont pris part à ce commerce inique, qui l'ont favorisé de leur influence, qui y ont consenti ou même qui ne s'y sont pas opposés de tout leur pouvoir, tous ceux-là sont plus ou moins responsables des injustices et des tortures qu'ont endurées et qu'endurent encore des millions de créatures humaines, et sont coupables du sang de toutes celles qui ont péri par suite de cet odieux trafic. Non-seulement les marchands qui se sont livrés à ce commerce, les capitaines que l'amour de l'or a entraînés dans cette œuvre de cruauté, et les propriétaires d'esclaves de tout genre sont coupables de faire couler des torrents de sang, mais aussi tous les législateurs qui l'ont autorisée, encouragée, ou même qui ont négligé de faire tous leurs efforts pour s'y opposer, et tous les individus privés qui ont, de quelque façon que ce soit, prêté les mains à ce commerce, partagent leur culpabilité. Ce trafic de chair humaine a été le principal commerce de Newport ; cette ville a été bâtie et est devenue florissante aux dépens du sang et de la liberté des pauvres Africains, et les habitants ont vécu de ce commerce et y ont puisé la plus grande partie de leurs richesses.

« Si un sévère anathème est prononcé contre celui « qui élève sa maison dans l'injustice, qui bâtit une ville dans le sang et l'iniquité, » de quelle terrible malédiction ne sont donc pas menacés tous ceux qui ont les mains souillées du sang des Africains ; et en particulier les habitants de cette ville, qui ont pris une si grande part à ce commerce inique et sanguinaire ! Il rappela cette récente déclaration nationale qui proclamait l'indépendance de tous les hommes et le droit imprescriptible de tous à la liberté, puis demanda de quel front une nation, après une telle déclaration, osait retenir des millions de créatures humaines dans le plus abject esclavage ?

Ses paroles grondaient sur la tête de l'élégante assemblée, sombres et terribles comme un orage qui en quelques moments obscurcit un ciel d'été. Peu à peu une expression de vif intérêt et de profonde inquiétude vint animer les physionomies des auditeurs; c'était le magnétisme d'un esprit puissant qui les tenait, pour quelques instants, sous l'empire de sa propre terreur des châtiments éternels.

On raconte qu'un jour un enfant, qui venait de voir le docteur dans la chaire, s'écria : « J'ai vu Dieu là-bas, et j'ai eu peur. »

L'auditoire du saint homme éprouva, ce jour-là, quelque chose d'analogue, et ce ne fut qu'après la prière et la bénédiction que les notables de Newport commencèrent peu à peu à secouer l'impression, à se regarder les uns les autres et à se rassurer en se disant qu'après tout, ils n'en étaient pas moins les premières familles du pays, éminemment respectables, ne faisant que suivre la bonne vieille méthode, qui avait toujours prévalu, tandis que le docteur n'était, lui, qu'un radical et un fanatique.

Lorsque la foule commença à s'écouler, Marie descendit du banc des chanteuses, son livre de psaumes à la main, et en attendant, debout près de la porte, que sa mère et le docteur vinssent la rejoindre, elle entendit plus d'une parole dure ou amère, prononcée par des gens qui, l'avant-veille, leur avaient souri gracieusement.

Elle s'avança donc d'un air résolu vers le docteur, dont elle prit le bras, comme si elle eût été jalouse de s'associer à son impopularité, et au même moment elle rencontra le regard et le sourire du colonel Burr, qui les saluait gracieusement, non pas cependant sans une légère expression de sarcasme.

CHAPITRE XVI

Nous supposons qu'entre autres priviléges et immunités toute héroïne de roman a des droits imprescriptibles à la possession d'un boudoir; où, dit un écrivain français, « elle apparaît comme un gracieux tableau dans son cadre. »

Notre petite Marie n'était pas dépourvue de ce luxe, et nous allons ce matin vous donner un billet d'admission à ce sanctuaire privilégié. Sachez donc que le grenier du cottage est pourvu d'une fenêtre ouvrant dans un immense pommier, qui lui donne l'air d'un nid sous la feuillée, et d'où cependant on aperçoit au loin la mer.

Les greniers sont par tous pays chers aux gens doués de quelque imagination. Qui n'a dans son enfance aimé quelque grenier avec ses antiquités de toute sorte, ses vieux coffres mangés des vers, ses chaises boiteuses, ses malles pleines de chiffons et de débris? Quelles excellentes cachettes, quelles impénétrables retraites nous nous ménagions dans celui où blottis en toute sécurité nous bravions le cri vague et lointain qui nous appelait soit à l'école, soit à notre tâche journalière, plongés que nous étions dans la lecture délicieuse de quelque roman que des tantes prudentes avaient eu soin d'enfouir tout au fond de ces malles! Désirez-vous tout particulièrement faire lire quelque chose à Charles ou à Suzanne? Ayez bien soin de le serrer mystérieusement au fond d'une malle de chiffons, dans le plus sombre recoin de votre grenier, et pour peu que l'ouvrage offre le moindre attrait à un jeune esprit, soyez sûr que non-seu-

lement ils le liront, mais encore qu'ils se le rappelleront
toute leur vie.

Le grenier de mistress Scudder ne faisait point exception
à la règle générale. N'y voyait-on pas un grand fauteuil de
cuir ouvré, *minus* ses deux pieds de derrière, qui avait des
associations généalogiques par les Wilcox avec les Vernon,
et par les Vernon avec la vieille Angleterre? Ne s'y trouvait-
il pas aussi, dans un vieux cadre terni, le portrait à demi
effacé d'une femme dont on murmurait tout bas d'étranges
choses, et qui même, disait-on, avait eu une fin tragique à
l'époque où l'on envoyait brutalement les sorcières hors de
ce monde, au lieu de les aider à y faire fortune au moyen
des tables tournantes?

Oui, il y avait toutes ces choses et bien d'autres encore
dont nous ne vous parlerons pas, préférant vous introduire,
sans plus de retard, dans le boudoir que Marie s'est elle-
même construit autour de la lucarne qui ouvre dans le grand
pommier.

Les cloisons étaient faites de couvertures et de rideaux
qui, en raison de leur antiquité, avaient été admis à la paisible retraite du grenier. N'allez pas croire que ce fussent
des rideaux ou des couvertures vulgaires, achetés comme les
vôtres dans la première boutique venue, filés et tissés par des
machines, sans histoire, ni individualité. — Non. — Chacun
de ces rideaux a la sienne. Celui qui est à droite près de la
fenêtre et tout près de tomber en pièces, est une étoffe chi-
noise, sur laquelle se voient encore des Chinois à l'œil endormi, coiffés de chapeaux coniques, debout au milieu d'un
feuillage des plus singuliers, et les mains levées à perpétuité
pour agiter des sonnettes destinées à demeurer muettes
jusqu'à la fin des temps. Ce rideau, ainsi que mistress Scudder l'avait souvent répété à Marie, avait été acheté aux Indes
par son arrière-grand-père et avait orné le lit nuptial de sa
grand'mère, de cette grand'mère qui avait des yeux bleus
comme elle, et était tout juste de sa taille.

La tenture suivante avait été filée et tissée par la bien-
aimée tante Eunyce de mistress Katy, personnage mythique
dont Marie savait vaguement qu'elle avait été désappointée

en amour, que ces rideaux avaient été filés pour une noce qui devait avoir lieu au retour de quelqu'un qui n'était jamais revenu; elle avait entendu conter comment cette pauvre tante Eunyce demeurait patiemment à son rouet, mois après mois, tressaillant chaque fois qu'elle entendait ouvrir la porte, qu'elle distinguait le pas d'un cheval; chaque fois qu'elle apprenait qu'un vaisseau était en vue; ses couleurs se flétrissant de jour en jour, tandis que sa vie et son espérance s'écoulaient par une blessure intérieure, jusqu'à ce qu'enfin Dieu, prenant pitié d'elle, l'eût réunie à celui qu'elle aimait.

Venait ensuite un couvre-pieds fait de petits morceaux dont pas un n'était plus grand qu'une pièce de dix sous, et qui, au dire de mistress Katy, contenait des échantillons des robes de toutes ses grand'mères, tantes, cousines et parentes depuis un temps immémorial; le couvre-pieds était doublé d'une couverture dont s'était servi l'oncle de mistress Scudder à son bivac de Valley-Forge, alors que les soldats américains marchaient sur la neige, les pieds nus et ensanglantés, et n'avaient guère d'autre nourriture quotidienne que les messages pleins d'espoir et de patriotisme du général Washington.

Tels étaient les souvenirs que retraçaient les tapisseries de notre petit boudoir. A l'intérieur, près de la fenêtre était le grand rouet, à côté un dévidoir et un panier rempli d'écheveaux de laine, et sur la barre du rouet un livre ouvert qui charmait les intervalles du travail.

Le sombre portrait dont nous avons parlé était accroché au mur et à côté se voyait une vieille gravure de l'une des madones de Léonard de Vinci, gravure qui était pour Marie un objet de mystérieux intérêt, parce qu'elle avait été rejetée sur le sable pendant un orage furieux, et retrouvée, comme une épave, au milieu des herbes marines. Mistress Marwyn, qui était parvenue à déchiffrer la signature, avait trouvé dans une encyclopédie une biographie de cet homme étonnant dont la grandeur recule dans notre pensée les bornes de ce qui est possible à l'humanité, en sorte que Marie puisait constamment, dans la vieille gravure, une sorte de vague inspiration.

Là notre héroïne filait chaque jour pendant de longues heures, s'interrompant par instants pour lire sur la petite chaise, placée dans l'embrasure de la fenêtre, puis retournant à son ouvrage et réfléchissant à ce qu'elle avait lu au bruit monotone du rouet.

Un rouge-gorge avait, par aventure, bâti son nid si près de sa retraite, qu'elle pouvait de sa fenêtre voir ses cinq petits œufs bleus, lorsque la patiente femelle les quittait un instant. Et, quand parfois elle demeurait rêveuse, accoudée sur la fenêtre, elle croyait voir la petite couveuse lui faire des signes d'intelligence, lorsque celle-ci penchait sa petite tête tantôt à droite, tantôt à gauche, comme pour mieux voir sa gentille voisine humaine.

Il vous semble peut-être, cher lecteur, que beaucoup de temps se soit écoulé depuis le commencement de notre histoire, parce que nous vous avons conté beaucoup de choses, présenté beaucoup de personnages, et communiqué beaucoup de réflexions, mais en réalité il n'y a guère plus de huit jours que James s'est embarqué, les œufs que couvait l'oiseau, lors de son départ, ne sont pas encore éclos, et les pommiers n'ont fait que changer leurs boutons roses en pétales blancs.

Pendant cette semaine à jamais mémorable, Marie a découvert qu'elle aimait, et elle a fait son entrée dans le grand monde, et maintenant la voici qui réfléchit à tout cela dans son petit sanctuaire. Elle croit rêver en songeant qu'elle, qui est maintenant assise là, à dévider de la laine, en jupon rayé et en robe d'indienne, est la même personne qui naguère, à la lueur de mille bougies, donnait le bras au colonel Burr, au milieu de femmes magnifiquement parées. Elle se rappelle avec étonnement le brun visage de la dame étrangère, si brillant sous ses cheveux poudrés, et sa couronne de diamants, le doux et gracieux accent de sa voix, son petit éventail orné de longs glands exhalants de suaves parfums; puis elle entend encore cette voix mâle qui, en lui parlant, se faisait si douce; elle revoit ces grands yeux pleins de larmes, et s'étonne intérieurement qu'*il* ait pu lui baiser la main avec autant de respect que si elle avait été reine

Mais, soudain des pas rapides font craquer le vieil escalier de bois, et bientôt les trois nœuds roses du bonnet de
miss Prissy séparent les draperies, puis l'on aperçoit sa figure souriante et satisfaite.

« Eh bien, Marie, comment ça va-t-il? vous voilà tout
étonnée de me voir, n'est-ce pas? mais j'ai eu l'idée d'entrer une minute en allant chez mistress Marwyn; j'ai promis de lui donner au moins une demi-journée, sans trop
savoir comment j'y parviendrais : car, comme je le disais à
mistress Wilcox, je vais toujours courant, jusqu'à ce qu'il
me semble que je sois prête à tomber là, mais j'ai voulu
entrer pour vous dire que, quant à moi, j'admire plus que
jamais le docteur, et comme je le disais à votre maman,
je suis d'avis qu'il faut laisser parler les gens sans se tourmenter de ce qu'ils disent. J'ai vu le moment où mistress
Wilcox allait se mettre en colère, mais ça ne m'a tout de
même pas empêché de lui dire : « Vous savez, mistress Wilcox, que c'est un devoir de parler franchement, surtout
pour les ministres, et vous savez aussi que le docteur est
un saint homme, qu'il pratique ce qu'il prêche, et donne à
ces pauvres nègres jusqu'à son dernier dollar, qu'il les
console, les encourage et leur enseigne le catéchisme comme
si c'étaient ses propres frères; » puis j'ai ajouté : « Comme
vous savez, mistress Wilcox, je ne cache jamais ma façon
de penser, et quand ça devrait être ma dernière parole, je
n'en dirais pas moins que le docteur a raison. N'avez-vous
pas entendu tout ce qu'il a raconté de ces vaisseaux négriers
où les pauvres créatures sont serrées et entassées de façon
à ne pouvoir ni remuer, ni même respirer?

« Pour ma part, je ne peux plus m'étendre dans mon lit
sans penser à eux; je crois vraiment que le jugement de
Dieu s'appesantira sur nous, si nous ne faisons pas quelque
chose, et je soutiendrai toute ma vie le docteur. »

« Ne voilà-t-il pas qu'en me retournant j'aperçois justement le général qui m'écoutait : « Bravo! miss Prissy, s'est-
il mis à dire, voilà de l'éloquence, ou je ne m'y connais pas;
j'aime les gens qui savent soutenir leur opinion. — Après
tout, ajouta miss Prissy, ça ne peut pas me faire perdre

grand'chose, car mistress Wilcox ne viendrait jamais à bout de me remplacer.

— Croyez-vous, dit Marie, que ce sermon ait fâché beaucoup de gens ?

— Comment, si je le crois ? mais vous ne savez donc pas qu'on n'a jamais vu pareil tapage dans Newport. D'abord M. Siméon Brown s'est joint à la congrégation du docteur Styles ; et mistress Brown, je voudrais que vous l'entendissiez parler ! mais ça ne m'a pas fait peur.

« Elle me faisait toujours reproche, continua miss Prissy en baissant la voix, de ce que je ne pouvais pas me décider à dire que je consentirais à être damnée pour procurer la gloire de Dieu, et elle me répétait sans cesse qu'on peut toujours se décider à ce qu'il est de son devoir, en sorte que je lui ai retorqué son argument ; ils parlaient du docteur de façon à me faire perdre patience, et je n'ai pu m'empêcher de leur dire : « Eh bien, mistress Brown, je conviens que vous et M. Brown, vous êtes d'accord avec vos principes, car vous agissez certainement comme si vous vouliez être damnés, et ainsi font tous ces gens qui vivent du sang et des gémissements des pauvres Africains, comme dit le docteur, et je croirais volontiers qu'à la façon dont les gens de Newport gagnent leur argent, ils sont tous assez disposés à aller en enfer, bien que j'ignore si c'est ou non pour procurer la gloire de Dieu. » Mais voyez-vous, Marie, continua miss Prissy baissant de nouveau la voix : je n'ai jamais été bien convaincue de cette doctrine-là ; elle m'a toujours paru d'une élévation formidable et à laquelle il ne m'est pas donné d'atteindre ; je me disais, pour me tranquilliser, que si c'était nécessaire sans doute, cela me serait donné, car le Seigneur a toujours été si bon pour moi, que je crois du moins cela, c'est pourquoi je dis : « Le Seigneur est mon pasteur et je ne manquerai de rien. » Et miss Prissy passa rapidement son mouchoir sur ses yeux bleus.

En ce moment mistress Scudder entra dans le boudoir avec une physionomie où se lisait quelque anxiété.

« Je suppose, dit-elle, que mistress Prissy t'a dit la nouvelle concernant les Brown ; cela va diminuer de beaucoup le salaire du docteur, et je m'en afflige pour lui, parce que je sais qu'il lui paraîtra dur de renoncer à ses aumônes, surtout envers les pauvres nègres. Mais nous tâcherons d'être aussi économes que possible, pour pouvoir lui offrir quelque compensation.

— Je n'ai personne à pourvoir que moi, dit miss Prissy, je disais, il y a quelque temps, à ma sœur Élisabeth (qui est mariée et qui a quatre enfants) que je pourrais supporter un orage bien plus facilement qu'elle parce que je n'avais pas à beaucoup près autant de voiles à carguer ; ainsi donc, vous pouvez compter sur moi pour les chemises du docteur ; à partir d'aujourd'hui, elles lui arriveront toutes prêtes à mettre, quand je devrais pour cela passer les nuits.

— Enfin, dit mistress Scudder, je vois que c'est notre lot d'être en petit nombre et méprisés, mais j'espère que nous ne faiblirons pas pour cela. Dimanche dernier, en voyant tous ces gens fashionables sortir en secouant la tête d'un air dédaigneux, je priais Dieu de me faire la grâce de demeurer fidèle.

— Et que dit le docteur ? demanda miss Prissy.

— Lui ? pas un mot ; son esprit paraît être bien au-dessus de toutes ces choses.

— Oh, oui, dit miss Prissy, et c'est une consolation ; il ne se doutera seulement pas d'où viennent ses chemises ; et en outre, mistress Scudder, continua-t-elle en baissant la voix, comme vous savez, je n'ai pas d'enfants à pourvoir, bien qu'ainsi que je le disais l'autre jour à Élisabeth tout en faisant des robes pour ses enfants, je crois qu'après tout les vieilles filles, depuis le commencement jusqu'à la fin, en font plus pour les enfants que les femmes mariées, mais cependant j'arrive de temps en temps à glisser un louis dans ma petite théière d'argent (celle qui me vient de cette pauvre mistress Simpson, que j'ai soignée jusqu'à sa dernière heure), et comme je vous le disais, si jamais le docteur a besoin de quelque chose, faites-le-moi savoir.

— Merci, miss Prissy ; nous connaissons tous votre cœur.

— Maintenant, reprit miss Prissy, devinez ce qu'on dit

dans la ville? Eh bien, le bruit court partout que le colonel Burr est amoureux fou de notre Marie ; et vous savez qu'il est veuf, et qu'on dit qu'il sera nommé président aux prochaines élections. Enfin il faut que Marie prenne bien garde à son cœur, car il paraît qu'aucune femme ne peut lui résister. Cette pauvre Française, madame.... comment l'appelez-vous, qui reste chez les Vernon? Il paraît qu'elle en perd la tête.

— Mais c'est une femme mariée, dit Marie, ce n'est pas possible. »

Mistress Scudder lança un coup d'œil sévère à miss Prissy et pendant quelques instants les deux dames tinrent à voix basse un colloque qui se termina par le départ de la couturière.

Mais à peine était-elle dehors qu'elle rentra précipitamment de l'air effarouché d'une poule qui aurait aperçu un faucon.

« Marie! misstress Scudder! voici le colonel Burr qui vient vous faire visite. »

Le premier mouvement de mistress Scudder, comme c'est presque toujours celui des dames d'un certain âge, fut de porter la main à sa tête et de songer qu'elle avait encore son bonnet du matin; Marie de son côté regarda ses petites mains bleuies par la laine qu'elle venait de filer.

« C'est bien heureux que j'aie été ici, dit miss Prissy, car dès que je l'ai aperçu à la grande porte, je n'ai fait qu'un saut jusqu'au salon dont j'ai ouvert les persiennes; puis je suis allée lui ouvrir, et il m'a saluée comme si j'eusse été une reine en disant : « Comme vous voilà fraîche ce matin, miss Prissy ! » (J'étais l'autre jour à travailler chez les Vernon, voyez-vous, mais je ne croyais pas seulement qu'il m'eût aperçue.) Puis ensuite il s'est informé de vous et du docteur, en sorte que je l'ai fait entrer dans le salon et après l'avoir fait asseoir, j'ai couru chez le docteur, je lui ai ôté sa robe de chambre, enfilé son habit, mis sa perruque, tout en le réveillant vivement (vous savez que je m'entends à le faire redescendre dans ce monde); enfin, ils sont en ce moment à causer ensemble, en sorte que vous pouvez descendre et faire, si vous voulez, un petit bout de toilette. »

Pendant ce temps, le colonel Burr entretenait le simple et bon docteur, avec toute la grâce d'un jeune néophyte avide des leçons d'une sagesse supérieure. Il y a des gens doués d'une facilité de sympathie qui les dispose à adopter pour le moment, les opinions et les sentiments de ceux avec qui ils conversent, de même que le caméléon reflète, dit-on, les couleurs de ce qui l'environne. Ces sortes de gens sont souvent accusés d'hypocrisie ou de flatterie, tandis qu'en réalité, ils sont seulement si sensibles aux émanations mentales qu'exhalent les autres intelligences, qu'il leur faudrait véritablement faire effort pour ne pas se mettre jusqu'à un certain point en harmonie avec elles. Semblables à un musicien qui accompagne un virtuose, il leur est impossible de ne pas frapper d'accord. Burr commença naturellement par causer avec le docteur de la famille du président Edwards, de son vieux précepteur le docteur Bellamy; de là 'l passa aux points théologiques sur lesquels il était d'accord avec le docteur ou différait d'avec lui, s'exprimant avec une douceur et une déférence qui produisirent sur le digne homme l'effet d'un soleil de juin sur un orme en bourgeons. Le docteur s'étendit bientôt avec une fervente animation sur la doctrine de la charité désintéressée, tandis que Burr l'examinait avec le tranquille intérêt d'un naturaliste qui voit une espèce nouvelle se développer devant lui. De temps à autre, il intervenait par des questions suggestives, et élevait avec douceur quelques objections dont le docteur triomphait aisément, tandis que Burr le regardait en souriant comme un homme qui au fond n'a pas le moindre souci de la vérité sur tout sujet qui n'est pas en rapport direct avec ses plans et ses projets. Il aidait donc complaisamment le docteur à suivre le courant de ses propres idées jusqu'à ce que la barque de celui-ci vînt à glisser dans les eaux paisibles du millenium au sujet duquel il exposa au long toutes ses vues avec une parfaite simplicité.

Marie et sa mère entrèrent au milieu de cet exposé. Burr interrompit la conversation pour leur faire les compliments d'usage, s'enquérir de leur santé et exprimer l'espoir qu'elles n'avaient point souffert du froid à leur retour de l'assemblée ; puis, voyant le docteur désireux de continuer, il réussit à renouer adroitement le fil de leur conversation.

« Notre excellent ami, dit-il, m'expliquait ses vues au sujet d'un futur millenium. Je vous assure, mesdames, qu'on se trouve parfois dans une société qui, tout naturellement, vous dispose à croire à la perfectibilité de l'espèce humaine. On voit des intérieurs de famille si purs, si bien réglés, si charmants dans leur simplicité, où le travail et la pitié marchent si fraternellement de pair qu'il ne faut que supposer toutes les familles semblables à celles-là pour se représenter le millenium. »

Il était impossible de repousser un compliment qui, tout clair et tout compréhensible qu'il fût, restait cependant voilé et indirect.

Le docteur, qui se tenait prêt à recommencer où il en était resté, se tourna vers son complaisant auditeur et résuma son exposition de l'Apocalypse.

« Selon moi, dit-il, il est certain que puisqu'il y a maintenant trois cents ans que la cinquième coupe a été versée, et qu'il y a de bonnes raisons de croire que la sixième coupe a commencé à être versée au commencement du dernier siècle, en sorte qu'elle doit être presque épuisée, la septième et dernière coupe commencera à couler dès les premières années du siècle prochain.

— Vous n'entrevoyez donc aucune paix pour le monde d'ici à quelque temps ? fit Burr.

— Certainement non, dit le docteur, du moins aucune paix définitive ; il n'y aura pas de fin aux bouleversements jusqu'à la venue de celui qui gouverne tout. Le passage concernant le dessèchement de l'Euphrate sous la sixième coupe, ajouta le docteur, se rapporte, selon moi, distinctement au récit que font les historiens anciens de la prise de Babylone, et figure aussi que les ressources de la moderne Babylone, la papauté, continueront à se dessécher, comme elles ont déjà fait depuis plus d'un siècle, jusqu'à ce qu'arrive enfin la chute subite et finale de cette puissance. Ensuite viendront les premiers triomphes de la vérité et de la justice, puis le souper des noces de l'Agneau.

— Je comprends tout l'intérêt que doivent vous inspirer ces investigations, dit Burr; l'espoir comme la tradition d'un âge d'or, semble avoir été, de tout temps, une des idées les plus chères à l'humanité.

— La terre tout entière, continua le docteur, ne parlera plus alors qu'une seule langue.

— Et quelle langue croyez-vous qui soit jugée digne d'une telle prééminence? demanda l'auditeur.

— Cela sera probablement décidé dans une conférence amiable tenue entre toutes les nations, où l'on adoptera celle qui d'un commun accord aura été jugée la meilleure; puis les littératures de toutes les autres nations étant traduites en cette langue, les autres tomberont peu à peu en désuétude. Mon collègue Stiles croit que ce sera l'hébreu. Je ne suis pas tout à fait de cet avis. L'hébreu ne me semble ni assez flexible ni assez riche. Non, tout bien considéré, ajoute-t-il après un instant de réflexion, je ne crois pas que ce soit l'hébreu.

— Je suis ravi de l'apprendre, monsieur, dit gravement Burr, car je ne me suis jamais senti beaucoup d'attrait pour cette langue. Mais, ajouta-t-il soudain avec animation, je veux profiter de ce beau temps pour prier ces dames de me montrer la belle vue de la mer, qu'on doit avoir de cette petite colline située au bout de leur jardin, si toutefois ce n'est pas abuser de leur obligeance?

— Non, certainement, monsieur, dit mistress Scudder en se levant; nous sommes toutes disposées à vous accompagner. »

Et bientôt le colonel, donnant le bras aux deux dames, arriva au sommet de la petite colline, de cette même colline d'où Marie, la semaine précédente, avait assisté au départ du vaisseau que nous savons. C'est pourquoi, bien que Burr réussît, avec l'habileté d'un homme passé maître dans l'art de la galanterie, à lui adresser ses regards et ses observations aussi constamment que s'ils eussent été en tête-à-tête, bien que sa conversation fût des plus gra-

cieuses, ses flatteries des plus délicates, il ne parvint pas
cependant à l'émouvoir, car lorsque l'amour véritable a une
fois verrouillé la porte, c'est en vain que l'autre sérénade
sous la fenêtre.

Une perception instinctive du véritable caractère de
l'homme qui était près d'elle semblait avoir éclairé Marie
depuis la conversation du matin; elle avait compris la secrète et subtile ironie que déguisait son gracieux sourire,
elle avait senti son absence complète de foi et de sympathie
pour ce qu'elle et le bon docteur avaient de plus sacré; elle
recevait donc ses attentions avec une dignité tranquille qui
excitait la curiosité de Burr et le piquait au jeu. Il s'était
toujours fait fort de parvenir à séduire n'importe quelle
femme s'il pouvait la voir assez pour cela; dans sa première
conversation avec Marie, il l'avait fait rougir et pâlir tour à
tour, lui avait fait venir les larmes aux yeux d'une manière
qui avait séduit son imagination, et il n'avait pu résister au
désir d'essayer d'une seconde épreuve de ce genre. C'était
pour lui une chose nouvelle que de se sentir tranquillement
étudié et jugé par ces beaux yeux pensifs; il sentait, avec
son tact fin et délicat, que cette âme était protégée par une
enveloppe cristalline, transparente, mais impénétrable
comme le diamant, en sorte qu'il n'y pouvait atteindre.
Qu'était-ce donc que ce secret appui qui la rendait dans sa
simplicité rustique, si forte et si inattaquable?

Burr se rappela une lettre qu'il avait trouvée dans le cabinet de son grand-père, parmi de vieux papiers et dans
laquelle ce grand homme, jeune alors, décrivait sa future
épouse, qu'il ne connaissait encore que par ouï-dire. « Il
y a, dit-on, écrivait-il, une jeune fille aimée de cet Être
puissant qui a fait le monde et le gouverne, et qui remplı.
son cœur de si pures délices, que son plus grand bonheur
consiste à méditer sur lui, qu'elle espère, après cette vie,
être réunie à lui. C'est pourquoi le monde et ses plus riches
trésors lui paraissent de peu de valeur. Son esprit est d'une
étrange douceur, et ses affections d'une pureté singulière,
et rien au monde ne saurait jamais l'entraîner à commettre
le moindre péché. Souvent elle va et vient dans la maison

en chantant, et elle paraît toujours pleine de joie et de gaieté sans qu'on sache pourquoi. Elle aime à se promener seule dans les champs et dans les bois, et semble converser avec un être invisible. »

Un vague souvenir de cette description traversa plus d'une fois l'esprit de Burr, tandis qu'il regardait ces yeux calmes et candides. Était-ce donc une chose réelle que cette union intérieure de certaines âmes avec Dieu, dont sa mère et sa grand'mère avaient humblement rendu témoignage?

Mais ne s'était-il pas logiquement convaincu de la nullité des dogmes religieux sur lesquels reposait la foi de la Nouvelle-Angleterre. Cette vie intérieure n'existait pas, ce n'était qu'une absurdité, il l'avait démontré.

Qu'était-ce donc que ce charme subtil et puissant qui lui rendait cette belle enfant, son inférieur en âge, en science, en expérience, presque imposante. Il se sentit excité à mettre en jeu tous ses moyens de plaire et jura que tôt ou tard elle sentirait son pouvoir.

Auprès de mistress Scudder, son succès fut immédiat ; elle fut complétement séduite par la déférence avec laquelle il en appelait constamment à son jugement, et de retour à la maison, elle le pressa de rester à dîner.

Burr accepta l'invitation avec une bonhomie parfaite, déclarant que depuis longues années il n'avait rien vu qui lui rappelât si bien son enfance. A table il fit l'éloge de chaque chose, du pain bis tout frais, des fèves qu'on retira fumantes du four où elles avaient bouilli pendant la promenade, et du pouding indien, triomphe de mistress Scudder. Il déclara qu'aucune manière de vivre n'était comparable à l'ordre simple et digne d'un ménage de la Nouvelle-Angleterre, dont les domestiques étaient exclus, et où tout était dû à la main habile et délicate d'une maîtresse de maison. C'était réaliser les rêves de l'Arcadie.

Après le dîner, il voulut entrer dans tous les intérêts, toutes les occupations de la famille. Comme une huile onctueuse il sembla pénétrer dans tous les joints du ménage, par une subtile et séduisante sympathie.

Il s'intéressa au filage, au tissage, et enfin, sans que per-

sonne eût pu dire comment cela s'était fait, avant le coucher
du soleil, il était assis dans le fauteuil boiteux du boudoir
de Marie, donnant gravement son opinion sur divers échantillons du fil de celle-ci que mistress Scudder lui avait
montrés.

Avec cette aisance qui lui permettait de prendre à volonté le ton affectueux d'un frère aîné, il avait appris de
Marie, sans avoir l'air de la questionner, quelles étaient
ses lectures, ses études, ses connaissances.

« Vous lisez le français, je suppose? » dit-il négligemment.

Marie rougit d'abord jusqu'aux tempes, puis, comme
quelqu'un qui rentre en soi-même, répondit gravement :
« Non, monsieur Burr, je ne sais pas d'autre langue que la
mienne.

— Mais vous devriez apprendre le français, mon enfant,
dit Burr, de ce ton d'autorité qu'il assumait parfois si gracieusement.

— J'en serais ravie, dit Marie, mais je n'en ai pas la
possibilité.

— Marie a toujours eu du goût pour l'étude, dit mistress
Scudder, et profiterait volontiers de toute occasion de s'instruire.

— Excusez-moi, madame, si je prends la liberté de vous
suggérer un plan, mais il y a ici un excellent homme, un
abbé Lafont, qui ayant été obligé par les événements poli-
tiques de quitter son pays, désire trouver quelques élèves,
et je m'intéresse vivement à son succès, car c'est un très-
digne prêtre.

— C'est un catholique?

— Oui, madame; mais il ne saurait y avoir de danger avec
une personne aussi instruite que l'est miss Scudder. S'il
vous convient de le voir, je vous l'amènerai un de ces jours.

— Peut-être mistress Marwyn voudra-t-elle bien prendre
des leçons avec moi, dit Marie. Elle étudie seule le français
depuis quelque temps, pour pouvoir lire un traité d'astronomie écrit dans cette langue, qui est tombé entre ses
mains. »

Au moment où le colonel se disposait à partir, le docteur le pria d'entrer un instant dans son cabinet. Burr, qui bien des fois dans sa vie avait fait l'expérience de la liberté paternelle que s'arrogeait envers lui le clergé de son pays en vertu de son origine cléricale, fit appel à toute son habileté pour trouver le moyen d'échapper à un genre de conversation auquel il n'était rien moins que disposé. Il fut agréablement surpris, lorsque le docteur, prenant un papier sur la table, dit en le lui présentant :

« Je me sens redevable à votre famille de tant de bienfaits que je ne vois jamais un de ses membres sans chercher à lui prouver mon bon vouloir. Vous savez que les papiers de votre illustre grand-père sont tombés entre mes mains; j'ai pris la liberté de faire une copie des maximes qu'il prit pour guide d'une vie qui a été une bénédiction pour son pays et pour le monde. Oserais-je vous demander de les lire avec attention ? Et si vous y trouvez quelque chose qui vous semble contraire à la raison ou au bon sens, je serai heureux d'en causer avec vous à la première occasion.

— Je vous remercie, docteur, dit Burr, en s'inclinant. Je suis reconnaissant du motif qui vous a fait prendre cette peine à mon intention. Croyez-moi, monsieur, je vous suis réellement obligé. »

Ainsi se termina l'entrevue.

Ce même soir, le docteur, avant de se livrer au repos, adressa au ciel de ferventes prières pour le petit-fils de celui qui avait été son maître et son ami, suppliant le Dieu de son père et de sa mère de le bénir et de faire de lui une pierre vivante du temple éternel.

A la même heure, l'objet de ces prières, en robe de chambre et en pantoufles, assis devant une table, repassait en esprit les incidents de la journée. Le papier que lui avait remis le docteur, contenait les célèbres résolutions au moyen desquelles son grand-père avait mené une vie si noble et si utile. Tout à côté était un billet parfumé de Mme de Frontignac, un de ces billets féminins si tendres et si gracieux en eux-mêmes, mais si tristes pour ceux qui ont le cœur droit et qui savent où aboutissent ces sortes de choses.

Burr l'ouvrit, le parcourut, le remit sur la table, puis déplia le papier du docteur et lut lentement les premières lignes :

« J'ai résolu : de toujours faire ce qui me paraîtra le plus utile à la gloire de Dieu, et à moi-même dans toute la longueur de ma durée, sans aucune considération de temps.

« J'ai résolu : de toujours faire ce que je croirai être mon devoir, et ce qui sera plus avantageux à l'humanité en général.

« J'ai résolu : de faire ceci, quelque difficulté que j'y puisse trouver, etc. »

Burr lut jusqu'au bout avec attention, s'arrêtant plus d'une fois pour réfléchir. Il laissa échapper le papier de sa main et demeura plongé dans une de ces longues rêveries pendant lesquelles l'âme parcourt en quelques instants des espaces infinis. Deux vies possibles passèrent devant ses yeux, rapides comme un train dont nous apercevons les lueurs rouges pendant la nuit.

Une vie d'expédients mondains et une vie d'éternelle certitude ; la vie qui dure soixante et dix ans, et cette vie que la mort n'interrompt pas. Soudain il secoua sa pensée, ramassa le papier, le livra aux flammes, et en ce moment furent renoués les liens qui le faisaient, lui et toutes ses merveilleuses facultés, l'esclave de ce monde fugitif, et qui devaient le conduire, jeune encore, à une tombe sans honneur.

Il prit la plume et communiqua à un ami. sa manière d'envisager les événements du jour.

« Mon cher....

« Nous sommes toujours à Newport, conjuguant le verbe s'ennuyer, dont pour ma part, j'ai parcouru tous les temps et tous les modes. J'ai cependant pour passer le temps, outre la belle Française, ma charmante petite puritaine. J'ai été lui faire visite ce matin. Elle habite avec sa mère un petit cottage situé un peu en dehors de la ville du côté de la mer, sous la garde du grand hiérarque de la théologie moderne, le docteur Hopkins; vous voyez qu'il n'y a là aucune chance d'aventures.

« A propos du docteur, il a étonné notre monde, dimanche dernier, par une sortie déterminée contre l'esclavage et la traite. Il avait justement pour auditeurs tous les capitaines et les conseillers principaux, il les a mis en déroute et les a poursuivis jusqu'en Shur.

« C'est une de ces bonnes âmes honnêtes, sans la plus légère idée du monde où nous vivons, et qui s'imaginent que l'important c'est de démontrer aux hommes ce qui est bien et ce qui est mal; comme s'ils en avaient grand souci! Supposons qu'il ait raison, ce qui, je vous l'avouerai, me paraît fort probable, où espère-t-il en venir? Depuis que le monde existe on n'a jamais v·· d'argumentation morale prévaloir sur un bénéfice de vingt-cinq pour cent.

« Néanmoins il est le directeur spirituel de la belle puritaine, et il a résidé dans la famille de mon grand-père; je me suis donc efforcé de lui être agréable autant que la chose est possible à un Ismaélite incirconcis tel que moi. J'ai causé théologie, j'ai écouté, d'un air de docilité exemplaire, l'explication qu'il m'a faite de son système de l'univers passé, présent et futur; j'ai essuyé avec calme toutes ses dissertations au sujet du *millenium*, son interprétation des symboles prophétiques et l'exposition de sa ménagerie apocalyptique de bêtes et de dragons avec je ne sais combien de têtes et d'innombrables cornes; j'ai accordé à tout cela l'attention la plus édifiante, saisissant seulement, de temps à autre, l'occasion de faire un compliment aux dames, ce qui, comme vous savez, ne nuit jamais.

« C'est réellement un digne homme, croyant toutes ces choses du fond de son âme, attachant une importance inimaginable aux idées les plus abstraites, et mettant tout son cœur dans l'attente d'un grand *millenium* final. Je le regardais, puis, songeant à moi-même, je me disais : Est-il bien possible que deux créatures humaines soient différentes à ce point?

« Ma petite Marie était aujourd'hui dans une disposition

grave et douce qui seyait à merveille à son genre de beauté.
Quel contraste entre elle et cette belle Française! le même
qui existe entre un diamant et une fleur. J'ai découvert que
la petite personne a un esprit cultivé, enrichi par la lecture,
et plus encore par une habitude de penser tout à fait neuve
et originale. Mais assez là-dessus.

« J'ai enfin vu nos amis. Nous avons tenu conseil trois
ou quatre fois, et nous attendons des nouvelles de Philadelphie; les affaires marchent. Si messieurs T. et S. osent
répéter ce qu'ils ont dit, faites-le-moi savoir. Ils appren-
dront que je ne suis pas un homme dont on puisse se jouer
impunément. Je serai près de vous dans huit ou dix jours
au plus tard. En attendant ayez l'œil au guet.

« Tout à vous,

« BURR. »

CHAPITRE XVII.

Le lendemain matin, avant que la rosée ne fût séchée, Marie partait pour aller voir son amie, mistress Marwyn. C'était une de ces charmantes matinées que connaissent tous ceux qui ont habité Newport, alors que la mer brille et tremble au soleil, qu'au-dessus le ciel est pur et sans nuages, et que chaque brise qui souffle vers la terre semble porter sur ses ailes la santé et l'énergie.

Marie en s'approchant de la maison entendit de bruyants éclats de voix sortant par la porte entr'ouverte de la cuisine, et s'approchant elle fut témoin d'une scène des plus originales.

Candace, armée d'une longue pelle, était debout devant la porte du four, d'où elle venait de retirer une multitude de bonnes choses rangées sur le buffet. Caton, dans le négligé d'une chemise de flanelle rouge et d'un pantalon de ratine, était blotti, l'air assez satisfait, dans un coin de la cheminée, ayant à la main une tasse de tisane que Candace, l'appelant de son ouvrage, lui avait ordonné de boire sur-le-champ, alléguant qu'il l'avait tenue éveillée toute la nuit avec sa toux et qu'elle était sûre qu'il allait être malade. Comme après tout, il est pour un homme de pires malheurs que celui d'être vigoureusement soigné par sa femme, et que Caton avait de ce fait une conviction salutaire, il se résignait donc à son coin confortable et à sa tisane avec la plus édifiante sérénité.

En face de Candace, était un nègre vigoureux et bien

bâti, vêtu avec recherche et ayant l'air d'un homme en
excellents termes avec lui-même. Ce personnage n'était rien
moins que Digo, domestique et factotum du docteur Stiles, qui
se considérait comme le gardien des propriétés de son maître,
ainsi que de son titre, de son honneur, de sa réputation lit-
téraire, de sa position professionnelle et de sa foi religieuse.

Digo était prêt à affirmer au monde entier que tout ceci
était placé sous sa protection spéciale, et que quiconque se
permettait d'en attaquer tout ou partie devait s'attendre à
avoir maille à partir avec lui. Non-seulement Digo avalait
tout entières les opinions de son maître, mais il semblait
doué pour les digérer d'un estomac d'autruche. Il croyait
sans hésiter tout ce que professait le docteur. Il était convaincu que l'hébreu était la langue du ciel, que les dix
tribus juives avaient reparu dans le nord de l'Amérique,
qu'il n'existait rien de semblable à la charité désintéressée,
que les œuvres irrégénérées n'étaient pas sans quelque
valeur, que l'esclavage était d'ordonnance divine, que le
docteur H.... était un radical qui faisait plus de mal que de
bien, et finalement qu'il n'existait pas au monde de plus
grand homme que le docteur Stiles. Or, comme Candace
professait précisément la même opinion au sujet du docteur
Hopkins, elle et Digo ne pouvaient se rencontrer sans une
décharge des deux électricités opposées. Digo à la vérité
était venu ostensiblement pour apporter un message de sa
maîtresse à mistress Marwyn, mais il s'était intérieurement
promis de communiquer à Candace son opinion, c'est-à-dire
ce que la veille à dîner le docteur Stiles avait dit du dernier sermon de son confrère. Le docteur Stiles ne l'avait
pas entendu, mais Digo y avait assisté. Il avait jugé que
dans sa position il ne pouvait se dispenser d'être présent
dans une occasion si importante.

En conséquence, sa commission faite, il ouvrit les hosti-
lités en remarquant d'une façon générale qu'il avait assisté
au sermon du docteur le dimanche précédent, et que l'é-
glise était comble. Candace commença aussitôt à hérisser
mentalement ses plumes comme une poule qui voit poindre
un faucon, et répondit avec fermeté :

« Eh bien alors, vous avez entendu quelque chose de bon une fois dans votre vie.

— Je dois dire, reprit Digo avec douceur, que je ne saurais donner mon approbation à de tels sentiments.

— Ça n'en est que plus honteux pour vous, dit Candace, vous qui êtes un homme, de ne pas vous mettre du côté de votre couleur, et d'aller flatter les blancs. Si vous étiez seulement la *moitié* d'un homme, votre cœur aurait bondi comme un boulet en entendant un pareil sermon.

— Le docteur Stiles et moi nous en avons causé après le service, et le docteur était, comme moi, d'opinion que la Providence ne voulait pas....

— Voulez-vous bien vous taire avec votre Povidence! M'est avis que si les blancs nous avaient laissés tranquilles, la Providence en aurait fait autant!

— Le docteur Stiles ne doute pas que cela n'ait eu lieu pour l'accomplissement des prophéties et pour amener la plénitude des gentils.

— Plénitude des imbéciles! s'écria irrévérencieusement Candace. Y a-t-il de la raison, voyons, à parler comme ça? Allez-vous-en un peu regarder les vaisseaux qui nous amènent dans les sueurs et dans les gémissements, dans la pourriture et dans les ténèbres, pressés et étouffés, les morts enchaînés aux vivants, mendiant comme l'homme riche de l'Écriture, une goutte d'eau pour rafraîchir nos langues! Hein? Et vous osez appeler ça la plénitude des gentils! Allons donc! heugh! »

Et Candace termina par une sorte de gémissement guttural, et demeura sombre et fronçant le sourcil, appuyée sur le manche de sa longue pelle comme une noire Bellone sur son épée de combat.

Digo recula un peu, mais il se respectait trop pour céder; il changea donc de plan d'attaque.

« Enfin, pour ma part, je dois dire, reprit-il, que je n'ai jamais été porté pour les opinions de votre docteur. Le mien dit qu'il n'y a rien de plus absurde que sa doctrine de la charité désintéressée, et qu'il n'existe rien de semblable.

« — Ça ne m'étonne pas, dit Candace, se redressant avec un superbe dédain. Notre docteur, lui, *sait* que ça existe; voulez-vous que je vous dise pourquoi? C'est qu'il le sent *là*, dit-elle en frappant vigoureusement son ample poitrine.

— Candace! fit doucement Caton, tu t'échauffes trop.

— Toi, Caton, fais-moi le plaisir de te taire. Est-ce que je t'ai fait de la tisane pour que tu te mettes à t'agiter comme ça? Si tu te fatigues à parler étant si enrhumé, tu tomberas en consomption, et alors qu'est-ce que je deviendrai, moi? »

Caton, mis ainsi affectueusement hors de combat, continua d'avaler sa tisane, tandis que Candace retournait à la charge.

« Je vas vous dire ce qui en est, reprit-elle en se tournant vers Digo, parce que vous portez les vieux habits et les vieilles culottes de votre maître, vous vous croyez obligé de prendre aussi ses opinions blanches. N'êtes-vous pas honteux, vous, un noir, de n'avoir pas plus de cœur que ça, et de faire cause commune avec les Égyptiens? Moi, ça n'est pas ce que mon docteur me donne qui me fait parler; il ne m'a jamais donné seulement grand comme l'ongle de n'importe quoi; mais je regarde à ce qu'il fait pour *les miens*: quand les pauvres diables débarquent et qu'on les jette comme des ballots sur le quai, ne voient-ils pas tout de suite son chapeau à trois cornes comme un phare, et ses grands yeux qui les regardent avec pitié comme s'il était de leur sang? Rien que de le voir, ça les soulage, quoi! Et puis qu'est-ce qui avait jamais pensé à faire quelque chose pour leurs âmes, et s'était seulement inquiété s'ils avaient des âmes avant qu'il eût commencé.

— Dans tous les cas, s'écria Digo, reprenant courage, je ne crois pas à ce qu'il dit des œuvres irrégénérées, il est clair que sur ce sujet il se trompe.

— Qué que ça me fait à moi? Générées ou irrégénéées, tout ça m'est égal, mais j'ai foi dans un homme qui agit comme il fait. Celui qui défend les pauvres, qui plaide la cause des faibles, celui-là est un homme, et je suis prête à croire tout ce qu'il lui plaira. »

En cet endroit la douce figure de Marie apparaissant à la porte, mit un terme à la discussion.

« Dieu vous bénisse, miss Marie ! Vous voilà fraîche comme une rose de mai ! Ça rajeunit rien que de vous voir. Et comme ça vous voilà arrivée, bijou. J'ai empêché Caton d'aller aux champs parce qu'il est un peu malade ce matin ; son rhume me tourmente ; il va toujours ôtant son habit quand il faudrait le garder, ou bien faisant quelque imprudence, en sorte qu'il tousse continuellement. »

Pendant ce discours, Caton saluait poliment sans mot dire, car une longue habitude avait gravé dans son esprit l'idée qu'il était un pêcheur ignorant, sans la plus légère notion de la conduite qu'il devait tenir, et que sans l'affection et la capacité de sa femme, personne n'eût jamais fait la moindre attention à lui.

« Missis est là-haut qui file, dit Candace ; je vole la chercher. »

Svelte et légère comme un tonneau, Candace affectionnait néanmoins cette façon de représenter la manière dont elle montait les escaliers, mais Marie, réprimant un sourire, lui dit : « Oh! non, Candace, ne la dérangez pas, je m'en vais la trouver. » Et avant que Candace eût pu l'arrêter, Marie était déjà en haut de l'escalier. »

La chambre de mistress Marwyn était vaste et on y jouissait d'une belle vue de la mer. Un panorama mouvant de vaisseaux glissant sur les eaux se déroulait devant ses trois fenêtres, en sorte qu'en y entrant on éprouvait tout aussitôt un sentiment de fraîcheur et d'expansion. Mistress Marwyn à son grand rouet filait de la laine ; un dévidoir et un panier de bobines à côté d'elle. Un éclair de joie brilla dans ses yeux lorsque Marie entra, mais elle se contint sur-le-champ, et la reçut avec l'air placide et sincère qui lui était habituel. Tout chez cette femme témoignait d'une âme ardente comprimée par la timidité et par une certaine impuissance de manifestation extérieure, mais son regard avait parfois ce langage ardent et suppliant qui rend si pathétique le mutisme des animaux.

Marie raconta à sa cousine tout ce qu'elle avait vu d'inté-

ressant depuis leur dernière rencontre : l'assemblée, la visite de Burr au cottage, les questions de celui-ci relativement à son éducation, et enfin son projet d'étudier le français
avec elle.

« Mettons-nous y sur-le-champ, Marie, il ne faut pas
manquer une si bonne occasion. J'ai déjà commencé un peu
avec James lors de son dernier séjour.

— Avec James? répéta Marie d'un air de surprise timide.

— Oui, le cher enfant est devenu, ce que je n'espérais
guère, tout à fait studieux. Il emploie tous ses loisirs à lire
et à travailler; le contre-maître est Français, et James a si
bien profité de sa société, qu'il lit et parle cette langue. Il
apprend maintenant l'espagnol.

Depuis la dernière conversation qu'elle avait eue avec sa
mère au sujet de James, Marie éprouvait toujours une sorte
de contrainte et de reproche intérieur, lorsqu'on parlait de
lui; au lieu de répondre franchement, comme elle faisait
auparavant lorsqu'une circonstance quelconque amenait son
nom, elle tomba dans un silence grave et embarrassé.

Mistress Marwyn songeait si perpétuellement à James,
qu'il lui était difficile de parler de quoi que ce soit qui ne se
rattachât de façon ou d'autre à cette pensée toujours présente. Aucun sentiment féminin ne possède une vitalité plus
exquise que l'affection d'une femme frêle, timide, délicate,
pour un fils vigoureux, hardi et généreux. Il réalise son
idéal, il parle et il agit, comme elle tremble de penser, et
comme cependant elle brûle de parler et d'agir. C'est le
héros qui parlera pour elle, le cœur dans lequel s'est versé
le sien, et qui donnera à ses aspirations muettes et crain-
tives une forte et victorieuse expression. « J'ai engendré un
homme, » se dit-elle, et chaque explosion de la vigueur, du
courage, de l'audace de ce fils la remplit d'une joie mêlée
d'étonnement, et il n'est pas jusqu'à sa violence et son opi-
niâtreté qui ne lui inspirent une tendresse et un orgueil
secrets. « Quelle tête folle ! » dit-elle, lorsqu'il se raille des
arguments sérieux, et bat en brèche les opinions reçues par
de capricieux paradoxes. » Elle s'efforce de prendre un air
grave et réprobateur, mais elle lit son triomphe dans ses yeux

et il sait bien qu'au fond elle l'admire. Le premier amour de la femme renaît idéalisé et raffiné dans ce second amour, elle aime son mari et elle-même réunis dans ce jeune héritier de vie et d'espérance.

Tel était l'amour intense et profond de mistress Marwyn pour son fils. Pas un accent de sa voix mâle, pas un éclair de ses yeux noirs, pas une boucle de ses cheveux brillants qu'elle n'eût étudiée, qu'elle ne sût par cœur, qu'elle ne repassât dans son esprit; James était le roman de sa vie. La nature vive et hardie du jeune marin la transportait au delà de ces voies étroites et journalières qu'elle était fatiguée de parcourir sans cesse; ainsi que les voyages de James avaient apporté dans le prosaïque ménage de sa mère la poésie de parfums étrangers, de mille objets curieux parlant des pays lointains, de même sa vie et son intelligence étaient le canal au moyen duquel l'âme de celle-ci conversait avec le monde actif et agité. Mistress Marwyn avait connu l'amour de son fils, elle n'eût pu penser sans douleur à le céder à toute autre femme, mais son affection pour Marie était si profonde, qu'en songeant à l'union de James avec elle, il lui semblait acquérir une fille plutôt que perdre un fils. Jamais elle n'amenait la conversation sur ce sujet, elle connaissait les sentiments de mistress Scudder, et si le nom de James se trouvait souvent sur ses lèvres, c'était simplement parce qu'il était si constamment présent à son cœur, que la chose était inévitable.

Avant que Marie s'en allât, il fut convenu que sa cousine et elle étudieraient ensemble le français, et que les leçons auraient lieu alternativement au cottage et à la maison Blanche.

CHAPITRE XVIII.

L'été passa paisiblement sur le cottage, comme passent beaucoup de nos étés. Il y eut des nuages blancs voyageant comme des troupes d'anges au-dessus du miroir bleu de la mer, il y eut de roses matinées, égayées par le chant de milliers d'oiseaux, il y eut des après-dînées aux longs rayons dorés, aux grandes ombres projetées vers l'est. Les fleurs des pommiers tombèrent sans bruit sur l'herbe touffue du verger, et furent remplacées par de petites pommes qui grossirent et mûrirent, se teignant d'or et de carmin; aux oisillons à bec jaune sortis des petits œufs blancs poussèrent des plumes, et puis des ailes. Puis vint l'automne, avec ses riches couleurs, ses nuances variées, et ensuite l'hiver avec sa neige dure et brillante, enveloppant la nature comme un linceul. Puis revinrent les vents printaniers, les longs jours, les violettes, les primevères et ce miracle toujours renouvelé de la floraison des pommiers autour de la maisonnette. Un an s'était écoulé depuis cette après-midi où nous vous avons montré Marie debout sous l'ombre mouvante des arbres jouant avec sa colombe, et cette année n'avait apporté que peu de changements dans la situation respective des acteurs de notre récit. Marie lisait, filait, songeait tranquillement, comme nous l'avons vu faire.

Le docteur, plus que jamais heureux de sa société et de son affection, avait à peine commencé à souhaiter de se l'attacher par un lien plus étroit. S'il avait un passage à lire, une page à copier, une pensée à exprimer, n'était-elle

pas toujours là, douce, patiente et dévouée? Rarement par
une absence d'un seul jour lui laissait-elle l'occasion de
s'apercevoir que le besoin qu'il avait d'elle devenait si absolu, qu'il devait songer à acquérir sur elle des droits per-
manents.

Le salaire et les affaires temporelles du saint homme
avaient assez gravement souffert de la lutte impopulaire
qu'il avait engagée contre le péché dominant, et cette circonstance consolait mistress Scudder de la lenteur avec laquelle marchait son projet favori. Puisque James était
parti, à quoi bon presser imprudemment de nouveaux arrangements? Mieux valait laisser à ce jeune cœur le temps
d'oublier, que de parler prématurément d'un projet qui
(son instinct féminin l'en avertissait) rencontrerait peut-
être de l'opposition. Elle ne pouvait songer sans un serre-
ment de cœur, au regard et à l'accent de Marie, le soir où
elles avaient parlé de James. Elle avait le triste pressenti-
ment que ce regard et cet accent se rattachaient à des choses
immuables, et pourtant, Marie était d'une humeur si calme
et si égale, son corps délicat se développait et s'arrondissait
avec tant de charme, elle chantait si gaiement en filant et,
par dessus tout, elle gardait un silence si complet sur le
compte de James, que mistress Scudder espérait.

O ce silence! N'écoutez pas les éloges que donne une
femme pour savoir où est son cœur; ne demandez pas de qui
elle parle avec enthousiasme; mais s'il est un homme qu'elle
ait bien connu et dont le nom ne sorte jamais de ses lèvres,
si elle semble éviter instinctivement toute occasion de le
prononcer; si, quand on en parle, elle détourne soigneusement la conversation, prenez garde, il y a quelque chose
là! De même, lorsque vous traversez les hautes herbes
d'une prairie, si un oiseau fuit avec ostentation devant
vous, soyez sûr que son nid n'est pas là, qu'il l'a laissé bien
loin sous quelque fougère, et qu'il s'est sournoisement
glissé à travers l'herbe pour jouer devant vous sa naïve
comédie.

Le petit nid de la pauvre Marie était le long de la plage,
où la mer jetait ses plantes aux mille couleurs, comme des

lambeaux de la parure des Néréides. L'Océan avec sa monotonie toujours variée, lui était devenu comme un ami Souvent elle allait s'asseoir sur quelque roche où venaient se briser les flots; elle écoutait leurs mugissements, elle suivait de l'œil les colonnes d'écume que rougissaient les derniers rayons du soleil, et elle contemplait au loin, sur la plaine azurée, une voile à peine grande comme les ailes d'une mouette. Il lui semblait parfois qu'une porte s'ouvrait devant elle, par laquelle elle pénétrait dans l'éternité, dans quelque abîme si vaste et si profond que la pensée ne pouvait le sonder. Ce n'était plus alors une jeune fille dans un corps mortel, mais un pur esprit plongé dans l'ineffable adoration de la beauté et de l'amour infinis.

Ainsi qu'à une certaine heure les pêcheurs de la Galilée virent leur maître transfiguré, ses vêtements blancs comme la neige et son visage brillant comme le soleil, ainsi y a-t-il des heures où notre vie immortelle nous apparaît radieuse. Toute préoccupation s'efface de notre vie de chaque jour, toute trace de l'infirmité humaine disparaît chez ceux qui nous sont chers. Notre horizon s'élargit et chaque objet se revêt de teintes d'or et d'améthyse. Les amis absents et ceux qui sont partis pour le dernier voyage nous apparaisent réunis, brillants d'une joie immortelle et nous nous écrions, comme les disciples lorsqu'ils voyaient leur maître flotter dans les nuages : « Seigneur, il fait bon ici ! » Combien nous semblent beaux le mari, l'épouse, la mère absente, le père en cheveux blancs, la fille à l'œil brillant! Vus à la lumière du présent, tous ont des torts, des défauts, mais dans l'absence, nous ne voyons que leurs qualités permanentes.

De notre lointain foyer, nous ne nous rappelons ni un seul jour sombre, ni un seul soin servile ; rien que l'écho de ses hymnes saintes, et la sérénité de ses beaux jours; de notre père, ni une parole impatiente, ni un reproche injuste, rien que sa mâle tendresse; de notre mère, nulle humaine faiblesse, mais seulement son inépuisable amour; de notre frère, pas une taquinerie, pas une impatience, mais la fière beauté de ses meilleurs jours; de notre sœur, de notre enfant, rien qui ne soit gracieux et doux.

13

C'est là le véritable idéal de la vie, le calme miroir dans lequel nous voyons que, malgré toutes nos fautes, nous tendons vers quelque chose de plus noble que ce que nous sommes, — c'est « l'avant-goût de notre héritage futur. »

Lors de la résurrection, nous verrons pour toujours nos amis comme ils nous apparaissent dans ces heures de clair-voyance.

Ainsi allons-nous écrivant, rattachant l'image à la pensée et aux sentiments, nous attardant à chaque buisson et écoutant chaque oiseau, parce que devant nous s'étend une sombre vallée et que nous reculons à l'idée d'y entrer.

Mais puisqu'il le faut, à quoi sert de tarder?

Une après-dîner de juin, Marie, au retour d'une de ces promenades solitaires au bord de la mer, entra dans la cuisine. Elle était calme, propre, silencieuse. On n'y entendait que le tic-tac solennel de la grande horloge. A travers la porte entre ouverte de la chambre de sa mère, Marie distingua la voix de miss Prissy. Elle s'arrêta, et les paroles suivantes vinrent frapper son oreille :

« Mistress Marwyn est tombée sans connaissance; elle était demeurée immobile jusque-là ; mais alors elle a frappé ses mains l'une contre l'autre, comme si une balle venait de l'atteindre, et elle est tombée par terre de tout son long. »

Qu'était-ce donc? Les pensées de Marie tourbillonnèrent dans son esprit, puis vint un de ces moments terribles où toutes les facultés sont comme suspendues; puis il lui sembla que la terre lui manquait et qu'elle allait enfonçant jusqu'à ce que tout ne fût plus autour d'elle qu'une confusion sombre et misérable.

Mistress Scudder et miss Prissy étaient assises sur le pied du lit, causant tristement, lorsque la porte s'ouvrit sans bruit, et Marie, glissant vers elles comme un fantôme, le visage et les lèvres d'une pâleur de mort, les yeux fixes et dilatés, saisit avec une étreinte nerveuse le bras de miss Prissy et murmura d'une voix étranglée :

« Dites-moi ce que c'est. Est-ce lui? Est-il mort? »

Les deux femmes se regardèrent, et mistress Scudder ouvrit les bras.

« Ma fille !

— Oh ! maman, maman ! »

Puis vint un long silence, qu'interrompaient seuls les sanglots de miss Prissy et ceux de mistress Scudder ; Marie demeurait immobile et muette, ses grands yeux ouverts et comme étonnés.

« Oh ! sont-ils bien sûrs ? Est-ce possible ? Est-il vraiment mort ? dit-elle enfin.

— Ce n'est que trop vrai, chère enfant ; nous ne pouvons que dire : « Sois patiente et souviens-toi que je suis ton Dieu ! »

— J'essayerai, maman, fit Marie d'une voix brisée semblable au bêlement d'un agneau qu'on égorge ; mais je ne croyais pas qu'il pût mourir ! — Jamais je n'avais pensé à cela ! non jamais ! Oh ! maman, maman ! Que vais-je devenir ? »

On la coucha sur le lit de sa mère, ce premier et dernier asile des cœurs brisés, et mistress Scudder s'assit près d'elle en silence. Miss Prissy s'en alla doucement trouver le docteur, et lui raconta ce qui venait d'arriver.

« Il était pour elle comme un frère, dit-elle avec une réserve féminine.

— Quel était son état spirituel ? » dit le docteur pensif.

Miss Prissy réfléchit un instant, puis répondit tristement : « Je n'en sais rien. »

Le docteur entra dans la chambre où Marie était couchée les yeux fermés. Ces quelques moments semblaient avoir été pour elle des années, tant elle était pâle et changée ; l'agitation de ses lèvres montrait seule qu'elle vivait encore. Sur un signe de mistress Scudder, le docteur s'agenouilla près du lit et se mit à prier : « Seigneur, vous avez été notre refuge dans toutes les générations, » prière triste, profonde, semblable au soulèvement de l'Océan, montant, sous la pression d'une puissante douleur, jusqu'au cœur miséricordieux du Très-Haut.

Tous les cœurs vraiment pieux parlent le même langage dans la prière. Quels que soient les dissentiments qui les séparent dans d'autres heures, lorsqu'ils prient dans leurs extrémités, ils prient de la même manière. L'empereur Charles-Quint et Martin Luther, deux grands généraux de religions opposées, moururent en prononçant les mêmes paroles.

Les supplications sortant de ce grand cœur, si simple dans son humilité, respiraient une sagesse, une tendresse bien supérieures aux inspirations de ses heures intellectuelles ; sa prière s'élevait comme un ange puissant, au front calme et solennel, dont les ailes distillent un baume céleste

CHAPITRE XIX

Le lendemain se leva calme et beau. Les rouges-gorges chantaient sans pitié dans le vieux pommier, et toute a tribu ailée, qui se jouait parmi le feuillage, leur répondait joyeusement. Le soleil sortit glorieux de l'Orient enflammé, et la perfide mer, calme, radieuse, étincelante, souriait aux regards comme si jamais ses flots n'eussent englouti une créature humaine ni désolé un seul cœur. Oh! traître et décevante beauté des choses extérieures, qui semble si cruellement se rire de nos douleurs.

Marie se leva de bonne heure et se mit à l'ouvrage. Son éducation était celle du soldat qui doit s'oublier lui-même, et qu'aucune douleur personnelle ne saurait dispenser du plus petit devoir. Elle était donc là, à l'heure accoutumée, vêtue avec le même soin, ses cheveux bruns séparés en deux bandeaux de satin, ne différant de la Marie d'hier que par la pâleur de ses joues et de ses lèvres.

Chose étrange que cette habitude de la vie extérieure! Nous songeons à la manière de piquer une épingle et de nouer un ruban, nous nous occupons d'une robe et nous rangeons notre linge le lendemain d'un coup qui a séparé en deux notre vie intérieure, et tandis qu'à chaque pas le sang s'écoule lentement de notre cœur.

Et mieux vaut après tout qu'il en soit ainsi! Heureux ceux que d'austères principes, l'habitude ou la nécessité, arrachent promptement à ces langueurs de la douleur où se complaît le cœur blessé, et ramènent à ces vulga rités de la vie qui révoltent si fort l'âme accablée sous son fardeau.

Marie ne songea pas un instant à se laisser aller à sa peine; cette fille des puritains ne démentait pas son origine. D'une délicatesse aérienne, comme la fleur de lin dont ils ensemençaient leurs champs, elle en avait aussi la fibre vigoureuse que les coups du fléau ne sauraient briser. Marie ouvrit donc, au point du jour, les portes de la cuisine et, après avoir respiré un instant la fraîcheur matinale, elle étendit la nappe du déjeuner; pendant ce temps, mistress Scudder pétrissait le pain qui avait levé pendant la nuit, et le bois pétillait gaiement dans le four.

Mais tout en travaillant, la mère suivait d'un œil inquiet les mouvements de sa fille.

» Marie, mon enfant, lui dit-elle, les œufs donnent beaucoup dans ce moment-ci, si tu allais m'en chercher quelques-uns dans la grange? »

Les mères sont douées d'une philosophie instinctive. Aucun traité sur les lois du fluide nerveux n'eût pu enseigner à mistress Scudder rien de plus habile que sa gravité tendre et ses expédients continuels, pour rompre, par le changement d'occupation, ce profond et terrible courant de pensées qu'elle craignait de voir miner la vie de son enfant.

Marie entra dans la grange et prit une poignée de grain pour jeter à ses poules, qui avaient coutume de courir vers elle dès qu'elle apparaissait. Toutes l'entourèrent, la grise, la blanche, la jaune tachetée, et les beaux coqs fiers de leurs crêtes rouges et de leurs queues aux reflets d'acier; tandis qu'ils caquetaient et gloussaient pressés autour d'elle, becquetant jusqu'aux grains entrés dans son petit soulier, elle soupira en disant: « Pauvres bêtes, je suis bien aise qu'elles soient contentes! » Et ce seul petit acte d'amour accompli envers des créatures inintelligentes soulagea quelque peu la douleur intense qui l'oppressait. Grimpant ensuite dans le foin, elle chercha le nid et remplit son petit panier d'œufs encore tièdes, transparents et rosés. Elle éprouva un instant quelque chose de son animation habituelle en comptant son trésor, mais soudain lui apparut, comme une vision, le sou-

venir d'un jour où James et elle, encore enfants, étaient
venus dénicher des œufs en ce même endroit. Elle le re-
voyait avec son joyeux sourire, ses cheveux bouclés, ses
grands yeux vifs et animés, lui jetant du foin sur la tête,
tandis qu'ils riaient et tombaient ensemble; elle s'assit un
instant, sentant que le cœur lui manquait, puis se traîna
jusqu'à la maison.

CHAPITRE XX

Marie posa tristement ses œufs sur la table. Son cœur éprouvait le besoin d'aller trouver la famille de celui qu'elle avait perdu, de revoir sa mère. La première impulsion de la douleur c'est de tendre les bras vers ce qu'avait de plus proche et de plus cher celui que nous pleurons.

Sa colombe vint comme à l'ordinaire se percher sur sa main; Marie la caressa, puis pencha la tête sur elle et mouilla de pleurs ses plumes blanches. « Oh! cher petit oiseau, tu vis encore, toi, mais lui n'y est plus, » dit-elle. Puis soudain, renvoyant doucement la colombe, elle se rapprocha de sa mère et, lui jetant les bras autour du cou : « Maman, s'écria-t-elle, je voudrais aller voir ma cousine Hélène (c'était le nom familier qu'elle donnait à mistress Marwyn), ne pourriez-vous y venir avec moi?

— Oui, mon enfant, j'y pensais Je me suis hâtée de pétrir mon pain ce matin, et j'ai fait dire à M. Jenkins de ne pas venir pour la cheminée, parce que je voulais sortir aussitôt après le déjeuner. Ainsi dépêche-toi de faire cuire des œufs, et prépare le bœuf et les pommes de terre, car j'aperçois Salomon et Amaziah qui rentrent avec le lait. Ils vont venir déjeuner. »

Le repas des ouvriers fut bientôt disposé sur la table, et Marie s'assit pour y présider, tandis que sa mère introduisait dans le vaste four, au moyen d'une longue pelle de fer des pains bis et blancs, discourant dans les intervalles avec Salomon des différents travaux qu'il allait entreprendre ce jour-là.

Salomon était un homme grand, vigoureux, anguleux, au
visage brûlé par le soleil et sillonné de ces rides que la
Nouvelle-Angleterre creuse de si bonne heure sur le visage
de ses fils. Il passait pour un oracle en matière d'agricul-
ture et de bestiaux, et, comme tous les oracles, se montrait
généralement assez avare de paroles. Amaziah était un de
ces lourds et gauches garçons de dix-huit ans, dont le physique semble s'être développé si rapidement, que l'âme
paraît avoir affaire à plus de matière qu'elle n'en saurait
conduire, en sorte que ces malheureux individus semblent
toujours comme embarrassés de leur masse. Chez Amaziah
cet embarras augmentait sensiblement en la présence de
Marie. Il aimait à la voir dans la chambre, disait-il, mais
cependant elle était si blanche et si jolie, qu'il en avait
comme peur.

Tout naturellement, et ainsi que n'y manquent guère ces
malencontreux mortels, il tomba précisément ce matin-là
sur le sujet à éviter.

« Je suppose, dit-il à Marie, que vous avez appris la nouvelle qu'a apportée Jéduthan Pettibone, du naufrage de *la
Mousson*. C'est un terrible événement, hein? Jéduthan raconte qu'elle a craqué comme une coquille d'œuf, quoi! »
Et en disant ces mots Amaziah en écrasait une entre ses
larges mains brunes.

Marie ne répondit pas. Elle ne pouvait pas devenir plus
pâle qu'elle n'était déjà; elle se sentait prise d'une curiosité terrible, mais elle n'eut pas la force de formuler une
question.

Amaziah continua :

« Voyez-vous, le capitaine avait été tué par la chute d'un
mât dès le commencement de la tempête en sorte que Jim
Marwyn avait pris le commandement, et Jéduthan dit qu'il
semblait avoir en lui l'énergie de dix hommes. Il allait,
venait, travaillait, surveillait, enfin on eût dit qu'il était partout à la fois; il leur fit encore tenir la mer pendant trois
jours, jusqu'à ce qu'enfin ils perdirent leur gouvernail et
allèrent donner en plein contre les rochers. Il paraît que,
quand il a vu venir ça, il est monté sur le pont et : « Mes

amis, qu'il leur a dit, nous marchons droit vers l'éternité; je ne vois guère pour nous de chance de salut; mais enfin chacun de nous va s'efforcer de sauver sa vie. Mes enfants, j'ai tâché de faire mon devoir envers vous et envers le vaisseau, mais la volonté de Dieu soit faite! Tout ce que je vous demande maintenant, c'est que, si l'un de vous atteint la côte et retourne jamais au pays, il aille trouver ma mère et lui dise que je suis mort en pensant à elle, à mon père et à mes amis. » Puis Jéduthan ne l'a plus revu; quelques minutes après, le vaisseau a frappé contre le roc et l'on a crié : sauve qui peut! Lah! Jéduthan dit qu'aucun homme n'aurait pu résister à des vagues pareilles, à moins d'être comme lui de liége et de caoutchouc. Il conte que la vague enlevait les plus vigoureux et les écrasait en bouillie contre les rochers. »

Ici Marie devint livide, elle fit un mouvement pour quitter la table, et Salomon marcha sur le pied du narrateur.

« Tu as l'air d'oublier que les amis et les parents ont du sentiment, » dit-il.

Amaziah, comprenant alors qu'il avait fait une sottise, demeura un moment la bouche ouverte et l'air stupéfié, puis dit, en se levant soudain :

« Eh bien, Sal, m'est avis que je ferais bien d'aller atteler les bœufs. »

A huit heures, tous les travaux du ménage étaient terminés, la vaste cuisine était fraîche et silencieuse, et le petit wagon tout attelé devant la porte. Marie et sa mère y montèrent accompagnées du docteur : car, bien que celui-ci ne fût investi d'aucune autorité spirituelle, et que le rituel ne prescrivît rien de particulier pour ces sortes de circonstances, il est d'usage dans la Nouvelle-Angleterre que le ministre soit le premier visiteur de toute maison de deuil.

Le trajet fut triste et silencieux. Le docteur, appuyé, sur sa canne, semblait réfléchir profondément.

« Avez-vous eu quelque connaissance de l'état spirituel de votre jeune parent? » dit-il enfin.

Mistress Scudder ne répondit pas d'abord. Le souvenir de la dernière lettre de James lui revint à l'esprit, et elle sentit tressaillir la frêle enfant assise auprès d'elle. Après un instant, elle dit : « Il ne nous appartient guère de juger de l'état spirituel de qui que ce soit. L'esprit de James était agité, irrésolu à l'époque de son départ, mais qui sait quelles merveilles la grâce divine peut avoir effectuées en lui depuis lors? »

Ces paroles résonnaient dans l'âme de Marie comme feraient des pelletées de terre tombant sur le cercueil d'une personne enterrée vivante; il lui semblait qu'elles l'étouffaient. Qu'une telle question fût soulevée! Et cela au sujet de celui pour qui elle eût cent fois donné son âme! Elle ne prononça pas un seul mot, cela lui eût été impossible. L'ombre d'un doute, en pareil cas, tombe sur le cœur avec le poids écrasant de la certitude, et dans ce court trajet elle apprit quelle douleur infinie peut renfermer un cœur silencieux.

Le wagon s'arrêta devant la maison Blanche. Caton ouvrit la grille et s'avança pour les aider à descendre. Massa et missis seront contents de vous voir, dit-il. C'est un coup terrible qui les a frappés. »

Candace parut. Son visage et son attitude étaient véritablement empreints de la majesté de la douleur. Elle leur indiqua sans parler la porte du salon; mais quand Marie leva vers elle une figure pâle et désolée, son âme tout entière se souleva comme une vague puissante; elle la prit dans ses bras et éclata en sanglots, puis l'emportant comme elle eût fait d'un enfant, la déposa sur un fauteuil et resta auprès d'elle.

M. et mistress Marwyn étaient assis à côté l'un de l'autre, se tenant les mains, la grande Bible ouverte entre eux deux. Pendant quelques instants ce ne furent que larmes et sanglots, puis tous s'agenouillèrent, et le docteur pria à haute voix.

Lorsqu'ils se relevèrent, Zébédée Marwyn dit, après quelques instants de réflexion : « S'il avait plu au Seigneur de me donner un témoignage du salut éternel de mon fils, je le lui aurais sacrifié de bon cœur, mais jusqu'ici je n'en ai aucun. » Et son attitude abattue et découragée contrastait péniblement avec son expression habituelle de vigueur et de fermeté.

Mistress Marwyn tressaillit comme si une épée lui eût traversé le cœur, puis passant le bras autour de Marie et la serrant contre elle dans un embrassement nerveux bien différent de son calme accoutumé, elle s'écria d'un ton suppliant : « Reste avec moi, Marie, reste avec moi aujourd'hui !

— Marie restera aussi longtemps que vous voudrez, cousine, dit mistress Scudder ; rien ne la presse de rentrer à la maison.

— Viens avec moi, dit mistress Marwyn, ouvrant la porte de sa chambre et y entraînant Marie avec une sorte de violence contenue ; j'ai besoin de toi, je ne veux que toi !

— L'état de mistress Marwyn m'inquiète, dit Zébédée, lorsque sa femme eût refermé la porte. Elle n'a pas versé une seule larme depuis qu'elle a appris ce terrible événement. Elle est, comme vous savez, depuis plusieurs années dans un état d'esprit pénible et singulier, relativement aux choses religieuses, j'espérais qu'elle s'ouvrirait au docteur.

— Elle sera peut-être plus libre avec Marie, dit celui-ci. Le seul remède à de tels maux, c'est la soumission absolue à la sagesse et à la bonté infinies. Le Seigneur règne et il saura bien à la fin tirer du mal un plus grand bien. »

Après quelques moments de pieuse conversation, mistress Scudder et le docteur se retirèrent, laissant Marie dans la maison de deuil.

CHAPITRE XXI.

Nous l'avons déjà dit et nous le répétons ici, il est impossible de peindre la vie et les mœurs de la Nouvelle-Angleterre de façon à intéresser les esprits légers et superficiels. Ceux qui veulent comprendre pleinement les mobiles qui dirigeaient les personnages dont nous écrivons l'histoire devront descendre avec nous au fond des choses.

Il n'exista jamais de société où les racines de la vie pratique plongeassent si profondément dans les choses sublimes et éternelles. Les fondateurs de cette société étaient une réunion de confesseurs et de martyrs qui avaient tourné le dos à toute la gloire du monde visible pour fonder dans le désert une république dont le Dieu du ciel et de la terre serait le souverain effectif et réel. Cette société grandit isolée pendant plus d'un siècle, séparée du monde matériel par les profondeurs de l'Océan, et de toutes les idées régnantes dans le reste de la chrétienté, par un antagonisme non moins profond.

Dans une société ainsi gouvernée par des principes purement spirituels, avait naturellement surgi une manière de penser énergique, originale, élevée. Les guides de la pensée et du sentiment étaient les ministres, et nous ne craignons pas d'affirmer que le monde n'a jamais offert de spectacle semblable à celui qu'a donné le clergé primitif de la Nouvelle-Angleterre.

Menant une vie active, sérieuse, pratique, cultivant pour la plupart la terre de leurs propres mains, les ministres se

livraient néanmoins aux investigations religieuses les plus
profondes et les plus originales, avec une simplicité qui eût
pu paraître trop hardie, si elle n'eût été en même temps
profondément respectueuse; considérant comme abolies
toutes les anciennes règles relatives au gouvernement, à la
religion, aux cérémonies et à l'organisation de l'Église,
ils allaient droit au fond des choses et examinaient hardi-
ment le problème de l'être universel. Ils avaient quitté le
monde pour la défense des droits les plus solennels et les
plus sacrés de l'humanité. Ils s'étaient accoutumés à com-
battre toutes les prétentions et les idolâtries des siècles passés, à mettre en question le droit du roi dans l'État et des
prélats dans l'Église, ils tournaient maintenant un examen
non moins hardi vers le trône éternel et jetaient leur gant
dans l'arène, comme défenseurs autorisés des mystères du
gouvernement divin. Ils se proposaient pour tâche la conci-
liation de ces deux faits terribles, le péché et le mal présents et éternels, avec ces idées de puissance et de miséricorde infinies que leurs fortes et généreuses natures leur
faisaient si vivement concevoir. Entre l'époque des semailles
et celle de la moisson, ils s'occupaient d'ajuster les lois d'un
monde. Ils entreprenaient de longs voyages à cheval ou en
charrette pour décider l'un avec l'autre quelque point délicat
de jurisprudence céleste, et pour comparer leurs cartes de
l'infini. Leur correspondance forme une littérature absolument unique dans son genre. Hopkins envoie à Edwards un
plan de l'univers dans lequel il énonce cette proposition, que
Dieu est infiniment au-dessus de toute obligation, de quelque nature que ce soit, envers ses créatures. Edwards répond par ce commentaire : « Ceci est faux; Dieu n'a pas
plus le droit de faire tort à une créature, qu'une créature de
faire tort à Dieu; » et probablement chacun d'eux, à l
même époque, prêchait pour la défense de ses idées u'
sermon que discutaient chaque fermier dans les intervall es
de la houe et de la charrue, chaque femme et chaque jeun e
fille à son rouet ou à son métier. La Nouvelle-Angleterre
était comme une vaste mer, agitée des profondeurs jusqu'à
la surface, par l'examen et la discussion des mystères les

plus insondables. A quoi il faut ajouter que ni hommes ni
femmes n'acceptaient aucune théorie simplement comme
théorie; tout était pour eux profondément réel et vital; la
vie pratique était basée sur ces fondations avec une ardeur
et une sincérité sans égales.

Les vues de l'existence humaine qui résultaient de semblables habitudes d'esprit étaient de nature à oppresser tout
cœur qui ne s'élevait pas au-dessus d'elles par une foi triom
phante, ou ne tombait pas au-dessous par une brutale indif-
férence, car elles embrassaient tous les problèmes de la religion naturelle et révélée, dépouillés de cette poésie et de
ces draperies dont les formes, les cérémonies, les rituels,
les ont parés et enveloppés dans les autres pays et les autres
siècles de la chrétienté. La race humaine, sans exception,
naissait sujette « à la colère et à la malédiction de Dieu, »
avec une nature si fortement corrompue, que les hommes,
bien que parfaitement libres, étaient incapables d'accomplir
aucune œuvre agréable à Dieu avant d'avoir été régénérés
par le secours surnaturel de l'Esprit-Saint, secours qui n'é-
tait accordé qu'à un nombre décrété de créatures humaines;
les autres, ayant reçu assez de liberté pour être responsables, mais privées de cet indispensable secours et exposées
aux attaques de l'esprit du mal, devaient infailliblement
tomber dans la perdition. Or le modèle de ce qui constituait
cette régénération véritable, présenté dans des traités tels
que celui d'Edwards sur les affections, faisait de ce changement quelque chose de si élevé, de si désintéresse, de si
surhumain, de si éloigné des habitudes naturelles et communes de pensées et de sentiment, que les plus parfaits et
les plus dévoués, ceux dont la vie n'avait été qu'un tissu de
bonnes œuvres, qu'un perpétuel effort vers le bien, vivaient
et mouraient bien souvent sans oser espérer de l'avoir atteint.

Une crainte formidable assiégeait donc sans cesse la vie
de chaque individu; cette crainte donnait à la cloche tintant
au fond des vallées ou dans la campagne solitaire, un son
qui ébranlait l'âme et poursuivait le cœur de questions re-
doutables; c'était elle qui pesait d'un poids immense sur

l'âme de mistress Marwyn, car pour la malheureuse mère le doute seul sur un tel sujet était à peine moins cruel que la plus affreuse certitude.

Sa nature était plus intellectuelle qu'imaginative ou poétique, et ses croyances liaient invinciblement son esprit à leurs résultats logiques. Elle se plaisait dans les régions de la science mathématique, elle y marchait comme sur son terrain naturel, mais cette habitude même des certitudes abstraites exposait d'autant plus son esprit à se laisser raidir et enchaîner par des raisonnements glacés, dans des régions où l'intuition spirituelle est aussi nécessaire à l'âme, qu'aux oiseaux les ailes.

Marie, au contraire, était de celles qui jamais ne raisonnent d'une manière abstraite, dont toutes les idées prennent naissance dans le cœur, qui les renvoie au cerveau chaudement colorées des teintes de la vie.

L'esprit de l'une ressemblait à une carte, celui de l'autre à un tableau. Dans le système qu'on lui avait exposé, Marie avait été frappée de certains points qu'elle avait saisis avec une ardente sympathie et qu'elle avait étudiés, contemplés jusqu'à ce que tout le reste disparût comparativement à ses yeux. La sublimité de la charité désintéressée, l'ordre et l'harmonie d'un système tendant par ses résultats finals au bonheur infini; la bonté de Dieu, l'amour et le sacrifice du Rédempteur; c'étaient là pour elle autant de glorieux tableaux qu'elle contemplait avec amour, sans se préoccuper beaucoup de leurs relations logiques.

Dans tout le cours de leur intimité, mistress Marwyn n'avait jamais dit à Marie un seul mot de religion. Il n'était pas rare alors que des personnes d'une grande pureté et d'une grande élévation de caractère fussent connues de tous leurs amis comme vivant sous une sorte de nuage religieux, ce qui était simplement regardé comme un mystérieux exemple de ce décret infini qui leur refusait les lumières spéciales de l'Esprit-Saint.

Lorsque mistress Marwyn eut entraîné Marie dans sa chambre, elle sembla prise de frénésie; elle ferma et verrouilla la porte, attira Marie vers le pied de son lit et, lui

jetant les bras autour du cou, appuya sur elle son front
brûlant. Elle passa sur ses yeux sa main amaigrie, puis
tout à coup écartant sa cousine, elle la regarda en face
comme quelqu'un qui est décidé à révéler un secret longtemps renfermé. Ses yeux, d'ordinaire si doux, avaient des
éclairs de sauvage désespoir, comme ceux d'un cerf aux
abois qui, avant de mourir, se retourne vers la meute qui le
poursuit.

« Marie, dit-elle, je ne puis m'en empêcher, ne fais pas
attention à ce que je dis, mais il faut que je parle ou que je
meure! Marie, je ne peux pas, je ne veux pas me résigner,
cela est trop dur, trop injuste, trop cruel, je le dirai jusqu'à
mon dernier jour. Pour moi il n'y a ni bonté, ni justice, ni
quoi que ce soit, et la vie me semble la plus affreuse malédiction qu'on puisse infliger à un être sans défense. —
Qu'avons-nous donc fait pour qu'on nous l'impose? — Pourquoi nous a-t-on appris à aimer ou à espérer? — Pourquoi
nos cœurs sont-ils si pleins de tendresse, si la nature doit
nous écraser sans souci de nos tortures? — Cette vie est
remplie de si cruelles souffrances que mieux vaudrait pour
nous n'être jamais nés.

« Songe donc, Marie, que la vie n'est qu'un moment.
Réfléchis à l'effrayante durée de l'éternité. Que de nobles
esprits, que de cœurs ardents et généreux, que de belles
natures font naufrage et sont rejetés par milliers, par di-
zaines de milliers! Comme nous nous aimons les uns les
autres! Comme nos cœurs se confondent! Comme nous serions plus qu'heureux de mourir les uns pour les autres! Et
tout cela finit.... Oh! Dieu! — Comment cela finit-il? Marie,
je ne parle pas seulement de mon chagrin. — Quel droit
ai-je de me plaindre? Mon fils vaut-il plus que celui d'une
autre mère? Des milliers, que leurs mères aimaient comme
j'ai aimé le mien, ont aussi été perdus. O funeste journée
de mes noces, pourquoi se réjouissait-on autour de moi? —
Les fiancés devraient se vêtir d'habits de deuil, et les cloches
ne devraient sonner que des glas funèbres. Toute famille
nouvelle ne repose-t-elle pas sur cet abîme de douleur? »

Pâle, éperdue, terrifiée, Marie restait muette comme un

voyageur qui, au milieu des ténèbres et de la tempête, découvre, à la lueur soudaine d'un éclair, un abîme béant sous ses pas. Elle était confondue d'étonnement et d'angoisse. Les paroles de sa tante la glaçaient d'effroi ; il lui semblait qu'un coin de fer s'introduisait entre sa vie et la vie de sa vie, entre elle et Dieu ; elle appuyait instinctivement les mains sur sa poitrine comme pour y retenir une image chérie, et elle s'écriait d'une voix suppliante : Mon Dieu ! mon Dieu ! où êtes-vous ?

Mistress Marwyn allait et venait dans la chambre, les joues enflammées, les yeux pleins d'un feu étrange, se parlant à elle-même sans regarder sa cousine, et absorbée par l'ardeur de sa pensée.

« Le docteur Hopkins dit que tout est pour le mieux et ne saurait être autrement ; que Dieu l'a voulu en vue du plus grand bien final ; qu'il crée des vases de colère et que sa connaissance infinie lui permet de le faire sans porter atteinte à la liberté de ses créatures. Dieu le fait, dit-on, pour montrer dans toute l'éternité, par ces exemples terribles, la nature mauvaise du péché et de ses conséquences ! Cela n'est pas juste. Le bonheur et la misère ne sauraient être ainsi répartis. Je ne croirai jamais que cela soit juste, non, non, jamais. — On dit que la condition de notre salut c'est d'aimer Dieu plus que nous-mêmes, plus que nos plus chères affections. — Cela m'est impossible ; je ne puis aimer Dieu, je ne puis le louer ; je suis perdue, perdue, perdue, et le comble de mon malheur, c'est que je ne puis racheter mes proches. Je souffrirais volontiers, et pour toujours, si je pouvais le racheter, le sauver, *lui*. Mais, ô éternité ! malédiction inexorable, point de fin ! point de rivage ! point d'espérance ! »

Les yeux de mistress Marwyn s'ouvraient démesurément, elle parcourait la chambre à grands pas, se tordant les mains, et ses paroles, entrecoupées de cris et de gémissements, devenaient confuses et inintelligibles.

Marie l'écoutait immobile et terrifiée, le désespoir de sa cousine lui semblait toucher à la folie. Elle s'élança hors de la chambre appelant M. Marwyn.

« Oh! venez, venez vite! je crois qu'elle perd l'esprit! s'écria-t-elle.

— C'est là toute ma crainte, dit Zébédée en quittant sa grande Bible d'un air triste et abattu. Elle n'a pas encore pu verser une larme! « Le Seigneur nous a couverts d'un nuage au jour de sa colère. »

Il entra dans la chambre et voulut prendre sa femme dans ses bras. Elle le repoussa violemment, puis le regardant avec des yeux égarés, s'écria: « Laissez-moi! laissez-moi! je suis perdue! je suis damnée! »

Et elle poussa un cri qui traversa comme une flèche le cœur de Marie.

En ce moment Candace, qui depuis une heure écoutait à la porte avec anxiété, s'élança soudain dans la chambre.

« Dieu vous bénisse, squire! nous ne pouvons pourtant pas la laisser continuer ainsi. Parlez-lui donc de l'Évangile, ou, si vous ne le pouvez pas, laissez-moi faire.

« Venez avec moi, mon pauvre agneau, dit-elle en allant droit à mistress Marwyn, venez avec votre vieille Candace. » Et serrant sa maîtresse contre son sein, elle s'assit et se mit à la bercer comme elle eût fait d'un enfant.

« Il ne faut pas parler ainsi, bijou, dit-elle. Le Seigneur n'est pas ce que vous dites. Il vous aime, mon agneau! Voyez seulement comme je vous aime, moi, une pauvre vieille négresse; sans doute, je ne suis pas meilleure que celui qui m'a faite! Qui est-ce qui a porté la couronne d'é-pines, mon agneau? — Qui est-ce qui a sué la sueur de sang? Qui est-ce qui a dit : Mon Père! pardonnez-leur, hein, bijou? N'est-ce pas le même Seigneur qui vous a faite? — Là, là, voici enfin des larmes! — Pleurez, pleurez, ça soulagera votre pauvre cœur! — Et Jésus, n'est-il pas mort aussi pour massa James? Il l'a aimé, et il a donné pour lui son précieux corps sur la croix! Lah! n'ayez pas peur, lais-sez-le aux mains de Jésus! Songez donc, mon agneau, qu'il a encore aujourd'hui sur ses mains l'empreinte des clous! »

Les écluses étaient ouvertes, des larmes et des sanglots bienfaisants secouaient la frêle créature. Tous pleurèrent ensemble.

« Je sais bien, reprit Candace après une pause de quelques instants, que notre docteur est un saint homme et un savant ; par le beau temps il fait bon pour vous d'entendre toutes ces grandes choses qu'il dit à l'église. Mais tout ça ne vous vaut rien pour le moment, mon agneau ; il ne faut pas donner de viande aux malades, et dans des temps comme celui-ci, il n'y a tout juste qu'une chose à faire, c'est de penser à Jésus. Allez droit à Jésus, bijou, ne vous faut pas autre chose ! Est-ce que vous ne vous souvenez pas comment il a regardé sa pauvre mère lorsqu'elle se tenait tremblante et mourante sous la croix, tout juste comme vous voilà. Il connaît bien les cœurs des mères, allez ! Il ne brisera pas le vôtre. C'est parce qu'il savait que nous aurions tout ça à endurer qu'il a voulu passer par là lui-même. Lui, le roi de gloire ! Est-ce que c'est de lui que vous parliez ? Lui, que vous ne pouvez pas aimer ? — Regardez-le donc et voyez si on peut s'en empêcher. Ne vous faites pas comme ça tant de questions et de raisonnements ; regardez-le seulement, pendant sur la croix, si doux et si patient ! Ils ont eu beau faire, ils n'ont pas pu l'empêcher de les aimer ! Il a prié pour eux tant qu'il a eu le souffle. — Est-ce ce Dieu-là que vous ne pouvez pas aimer, mon agneau ? Candace l'aime, elle, la pauvre vieille pécheresse, et elle sait que Lui l'aime aussi. » Et là-dessus Candace éclata en sanglots et en torrent de larmes.

On posa la pauvre mère abattue et brisée sur son lit, et un sommeil réparateur vient bientôt clore ses paupières rougies et fatiguées.

« Bijou, dit tout bas Candace à Marie en l'attirant hors de la chambre ! ne vous troublez pas l'esprit avec toutes ces choses ; je suis certaine que massa James est au nombre des élus, et qu'il a plus d'élus que bien des gens ne pensent. Allons donc, Jésus n'est pas mort pour rien ; tout son amour ne va pas être perdu, bien sûr. Et si Dieu a pris massa James, soyez certaine qu'il l'avait préparé pour ça. N'allez donc pas tourmenter encore votre pauvre cœur de toutes ces frayeurs ! »

Ces scènes de douleur et d'exaltation furent suivies chez

mistress Marwyn d'une fièvre lente et persistante. Marie séjourna longtemps à la maison Blanche, car, au gré de la malade, nul pas n'était si léger que le sien, nulle voix si douce, nulle main si adroite.

Voyons-la assise auprès du lit, dans le demi-jour de cette chambre, la tête un peu penchée, comme un *snowdrop'* sur un tombeau. Un vif rayon de lumière se joue sur ses cheveux bruns et lisses; ses petites mains croisées reposent sur ses genoux; sa bouche exprime la tristesse, ses regards une profonde rêverie.

' *Snowdrop*, bel arbre américain.

CHAPITRE XXII.

Lorsque la santé de mistress Marwyn commença à s'améliorer, Marie retourna au cottage et reprit les habitudes de sa vie calme et laborieuse.

Entre elle et ses deux meilleurs amis était tombé comme un voile de silence. Elle ne pouvait leur parler du sujet qui occupait toutes ses pensées. Le docteur regardait souvent d'un air chagrin ses joues pâles et amaigries, puis poussait de gros soupirs en la voyant passer, mais il ne trouvait rien à lui dire qui pût la soulager. Lorsqu'il essayait de parler et qu'elle tournait doucement vers lui ses regards si tristes et si résignés, les paroles rentraient dans son cœur, d'où, prenant une autre direction, elles s'élevaient vers Dieu en prières.

Mistress Scudder entrant quelquefois dans la chambre de sa fille lorsqu'elle était couchée, la trouvait pleurant, et lorsqu'elle l'engageait à tâcher de s'endormir, Marie essuyait si docilement ses yeux et tournait sa tête vers le mur avec une si patiente douceur, que sa mère sentait son cœur faillir. Marie demeurait de longues heures assise dans sa chambre, la lettre de James dépliée devant elle. Avec quelle anxiété elle en étudiait toutes les phrases, en pesait tous les mots, pour voir s'ils contenaient l'espoir de la vie éternelle ! Comme elle s'attachait à ses dernières promesses ! — Un ange ne lui dirait-il pas s'il les avait tenues ? Le Dieu de miséricorde, lui qui savait tout, ne murmurerait-il pas un mot à son oreille ? *Il* avait dû lire la petite Bible. Qu'avait-il pensé, qu'avait-il senti à cette heure terrible où il se voyait poussé vers l'éternité? Peut-être s'était-il fait en lui un changement, avait-il été subitement régénéré. Qui sait? Elle avait lu des choses semblables.... peut-être!

Ah! ce peut-être renferme un monde d'angoisses! L'amour refuse de s'y résigner; il veut être certain. Qui peut fortifier l'âme contre l'incertitude? En vain rassemblons-nous contre elle toutes les forces de la prière et de la foi; si elle disparaît un moment, c'est comme une bouée qui n'enfonce dans l'eau que pour reparaître l'instant d'après. L'âme se fatigue des efforts qui s'élancent et retombent comme des vagues, et lorsqu'elle est laborieusement parvenue à disposer les choses à la lumière de l'espérance, la marée remonte et emporte tout son ouvrage. La vie s'use rapidement dans de telles luttes; une plaie intérieure ne nous entraîne pas plus sûrement au tombeau que ne fait cette cruelle blessure de l'âme. Dieu, dans sa miséricorde, nous a ainsi faits, qu'il n'existe pas de certitude, si terrible qu'elle soit, qu'avec le temps nos forces ne puissent supporter; mais il en est autrement de l'incertitude. — Où est-il? — Question formidable; question que nous écartons, que nous oublions, mais qui se présente sans cesse avec une force invincible à l'âme qui a perdu une partie d'elle-même.

Marie restait le soir assise devant sa fenêtre, regardant les longs rayons du couchant se jouer sur l'herbe du verger, et pensant que l'année d'auparavant, James était là plein de vie, de force, de santé, et maintenant où était-il? Son cœur aspirait-il vers elle, comme le sien vers lui? Regardait-il la terre et ses joies avec les angoisses d'un indicible regret, ou bien une puissance divine avait-elle allumé dans son âme la flamme d'un céleste amour qui l'enlevait bien au dessus de ce monde? Et s'il était parmi les réprouvés, comment pourrait-elle jamais être heureuse, même dans le ciel?

Mistress Marvyn avait enfin quitté son lit, pâle et amincie comme la lune après le lever du soleil.

Candace secouait tristement la tête en regardant sa maîtresse aller et venir dans la cuisine. Un jour celle-ci, se trouvant seule avec Marie, fit allusion aux paroles qu'elle avait prononcées avant sa maladie; elles étaient ensemble à filer dans cette grande chambre haute qui donnait sur la mer. Le temps était magnifique; un vaisseau entrait à pleines voiles dans le port, ses ailes blanches brillant au soleil; mistress Marwyn le suivit des yeux quelques instants, puis étouffant un gémissement, elle murmura : « Que votre volonté soit faite ! »

« Marie, dit-elle doucement, j'espère que tu as oublié tout ce que je t'ai dit dans ce terrible jour. Il me fallait en ce moment-là parler ou mourir. Je commence à croire que c'est un tort de vouloir raisonner sur des choses que nous ne connaissons que si imparfaitement. Un enfant ne peut sans irrévérence s'opposer aux lois de son père, ni une créature à celles de son créateur.

« Dans mes moments de désespoir j'ai songé à abandonner la Bible elle-même. Mais qu'y eussé-je gagné? Cette même difficulté ne se retrouve-t-elle pas dans l'ordre de la nature? N'y voyons-nous pas partout un être dont le but est évidemment bienfaisant, mais qui marche à ses fins à travers de terribles souffrances.

« Les orages, les tremblements de terre, les volcans, les épidémies, la mort, font leur œuvre sans s'inquiéter de nos plaintes. Partout et toujours j'aperçois la douleur. Le système du docteur est donc, je l'avoue, d'accord avec les lois de la nature, quant aux inductions qu'on peut tirer de celles-ci.

« Il ne nous reste qu'une chose; c'est, comme dit Candace, la croix de Jésus-Christ.

« Si Dieu nous a tant aimés, s'il est mort pour nous, l'homme ne peut donner un plus grand témoignage d'amour. Il me semble que dans ce sacrifice l'amour nous est révélé sous ses deux formes les plus hautes. Non-seulement nous voyons un être qui donne sa vie pour nous, mais encore, ce qui est plus difficile, un être qui consent aux souffrances de celui qu'il aime plus que lui-même. Marie, je sens qu'il me faudrait aimer davantage pour consentir aux souffrances d'un de mes enfants que pour accepter de souffrir moi-même. Il y a pour moi des trésors de consolation

dans ces paroles : « Celui qui n'a pas épargné son propre
« fils, mais qui l'a livré pour nous, comment nous refusera-
« t-il quelque chose ? » Elles parlent à mon cœur; je puis
les interpréter par ma propre nature, et je m'appuie sur
elles. Si l'existence du péché et de la douleur est un profond
mystère, l'amour de Dieu est un autre mystère, plus profond encore. Ainsi donc, je suis le conseil de ma pauvre
Candace, je regarde Jésus-Christ et je le prie. Puisque
« celui qui l'a vu, a aussi vu le Père, » cela me suffit. Je
me repose en lui et j'attends. Ce que je ne sais pas maintenant, je le saurai un jour. »

Marie gardait toutes ces choses dans son cœur et y réfléchissait. Elle ne pouvait s'ouvrir à personne, pas même à sa
mère ni à son guide sipirituel, car n'était-elle pas entrée
dans une région qui leur était étrangère ?

Autant vaudrait, pour ceux qui sont encore dans cette vie
mortelle, songer à instruire les âmes qui sont de l'autre côté
du voile, que pour des âmes calmes et sereines vouloir guider celles qui sont aux prises avec une grande affliction.
C'est là un puissant baptême, et il n'y a que Jésus-Christ
qui puisse descendre avec nous dans ces eaux profondes.

Mistress Scudder et le docteur remarquèrent seulement
que Marie était plus consciencieuse que jamais dans l'accomplissement de ses devoirs, et qu'elle apportait dans les
réalités de la vie quelque chose du calme et de l'indiffé-
rence d'une âme qu'une violente secousse a arrachée des
ancres qui la retenaient ici-bas. Ni craintes ni espérances
ne l'agitaient plus; rien dans la vie n'avait plus la puissance
de l'émouvoir, et elle ne parlait jamais avec quelque ardeur
que des sujets religieux.

Celui qui eût vu, vaquant aux travaux du cottage, cette
pâle jeune fille au pas ferme, à l'œil calme, aux mains la-
borieuses, aurait eu peine à imaginer que dans ce cœur silencieux s'agitaient des pensées qui mesuraient l'univers;
cependant il en était ainsi. Avec la douleur était entré dans
son âme le besoin ardent de pénétrer le mystérieux problème de l'existence humaine, et tandis qu'elle cousait et
filait en silence, elle repassait dans son cœur tous les ensei-

gnements qu'elle avait reçus, les comparait et les examinait à la lumière naissante d'une révélation intérieure.

La douleur sonde les cœurs, elle les manifeste, elle est la pierre de touche de la vérité; car, comme l'a dit Platon, la douleur ne supporte pas les sophismes. Toutes les illusions, toutes les fictions fondent comme la cire au feu de cette terrible fournaise. La douleur nous révèle en nous-mêmes des forces dont nous n'y soupçonnions pas l'existence. L'âme endormie et prisonnière l'entend frapper à la porte de sa cellule et s'éveille. — Oh! que ces murs lui semblent étroits! que ces fenêtres grillées sont obscures! Comme ses ailes si longtemps oisives battent violemment contre d'infranchissables barrières. Où sommes-nous! Quelle est cette prison? — Qu'y a-t-il au delà? — Oh! donnez-nous plus d'air, plus de lumière! Quand s'ouvrira la porte? L'âme se sent grandir, s'élargir; elle tremble au sentiment de ses propres forces; ses gémissements s'amoncellent comme des vagues en courroux, pour retomber dans l'éternel abîme.

Les natures les plus calmes, les plus fermes, sont quelquefois jetées par le choc d'une violente douleur dans un état de tumultueux étonnement. Tout pour elles est changé. La terre a cessé d'être solide; les cieux n'offrent plus de sécurité; un gouffre profond leur semble ouvert sous toutes les joies de la vie. L'âme, sous le coup de cette terrible inspiration, devient une triste Cassandre qui voit du sang au seuil de toutes les portes et frémit au milieu des fêtes et de la gaieté, sous le poids d'une sagesse terrible.

Qui osera se réjouir après avoir vu sur quelles fragiles fondations reposent la joie et l'amour? Nos heures les plus douces n'ont-elles donc servi qu'à tisser un filet d'amers ressouvenirs pour ce jour de dépouillement et de tribulation? Le cœur est torturé à la pensée de chacune de ses joies passées, des vaines espérances de sa prospérité évanouie. De même qu'en musique la gamme la plus gaie, la plus grandiose, la plus triomphante, a toujours sa relative mineure mélancolique et plaintive, où, bien que les notes demeurent les mêmes, le changement d'un demi-ton a suffi pour tout assombrir; ainsi à tout instant la mélodie de nos heures les plus sereines peut se transformer en plaintes lugubres et désolées.

Avant cette terrible initiation le monde nous apparaissait joyeux, l'univers splendide; maintenant tout est obscurci par les ténèbres de mystères insondables. Pourquoi faut-il que la vie soit sans cesse foulée sous d'inexorables lois? Si les roues doivent marcher, pourquoi faut-il que ceux qu'elles écrasent soient si vivants et si sensibles?

Et cependant la douleur est divine, la douleur est grande, elle est sage, elle est prophétique. Nos sentiments instinctifs, la sympathie intense que nous inspire la tragédie entremêlée par Dieu aux lois de la nature, nous enseignent à nous approcher de son mystère divin sans servile effroi, sans lâches terreurs.

Et que sont donc les natures qui ne peuvent souffrir? Quel cas en faisons-nous? De l'huître qui voit indifférente la marée la baigner ou la découvrir, jusqu'au héros qui quitte avec désespoir sa femme, son enfant, son foyer, pour le service de sa patrie ou de son Dieu, ce n'est qu'une échelle ascendante, dont chaque degré est marqué par une plus grande puissance de souffrir, et lorsque, levant les yeux vers le premier de tous les êtres, entouré des Principautés, des Trônes, des Puissances et de tous les ordres célestes, nous voulons savoir sous quel emblème il a plu au Souverain infini de se manifester, que voyons-nous sur le trône céleste? « un agneau comme égorgé. »

La douleur est divine; elle règne sur l'univers, et la première de toutes les couronnes a été une couronne d'épines. Beaucoup de livres ont traité du mystère de la douleur, mais il n'y en a qu'un qui nous ordonne de nous glorifier dans les tribulations, de nous réjouir quand nous tombons dans l'affliction, parce que c'est ainsi que nous sommes associés à cette grande fraternité de souffrance dont un Dieu incarné est le chef, et à l'aide de laquelle il soutient le combat rédempteur qui doit aboutir à une glorieuse défaite du péché. Si nous souffrons avec Lui, nous régnerons aussi avec Lui.

Nous trouvons jusque dans notre nature physique des suggestions d'un tel résultat : « Les larmes durent pendant la nuit, mais la joie revient avec le matin, » dit l'Écriture. Des puissances victorieuses réagissent en nous-mêmes pendant nos peines les plus cuisantes. On dit qu'aux souffrances de la roue succède un moment où la seule cessation des tortures procure un bien-être indicible; c'est la réaction de la nature affirmant les intentions bienfaisantes de son créateur. C'est ainsi que de violents combats intérieurs et de grandes douleurs sont toujours suivis d'une réaction, et que l'Esprit-Saint, agissant d'accord avec notre propre esprit, saisissant le moment favorable, communique aux lois naturelles une vitalité céleste, élève l'âme à des joies qui dépassent les bornes de celles ordinairement départies à l'humanité.

Les jardiniers, lorsqu'ils veulent obtenir d'un rosier une plus riche floraison, le privent, dit-on, pour un temps d'eau et de lumière. Perdant alors l'une après l'autre ses feuilles flétries, il semble s'acheminer patiemment vers la mort. Mais alors qu'il est complétement dépouillé, une vie nouvelle s'agite dans ses bourgeons, d'où sortiront bientôt un plus vert feuillage et une plus belle moisson de fleurs. C'est ainsi que souvent le Jardinier céleste laisse se flétrir en nous toutes les feuilles de la joie terrestre avant de faire épanouir dans l'âme une nouvelle et divine floraison.

Peu à peu, à mesure que les mois s'écoulaient, les flots se calmèrent, l'orage intérieur cessa de gronder. Ce fut d'abord chez Marie un calme délicieux, puis une céleste clarté dans laquelle son âme semblait nager comme dans un océan paisible où se réfléchit le ciel. Puis vint la plénitude de cette mystérieuse communion promise aux cœurs purs, cet avénement dans l'âme du Consolateur qui enseigne toutes choses; et Marie se mouvait dans un monde transfiguré par une splendeur céleste. Son visage, si longtemps calme et triste comme une statue de la Patience, se faisait radieux comme une lampe d'albâtre dans laquelle on a soudain placé une lumière; il lui échappait des paroles d'une étrange douceur, semblables à des fragments d'harmonie, qu'on entendrait par une porte du ciel un moment entr'ouverte. Son langage et ses regards avaient je ne sais quoi de fort et de sacré qui imposait un respect involontaire. Ce n'était plus la beauté presque enfantine de l'adolescente levant sur le péché et la douleur des yeux purs et ignorants, mais la victorieuse douceur de ceux de « la grande multitude qui, après avoir passé par la tribulation, ont lavé et blanchi leurs robes dans le sang de l'Agneau. »

« Ma chère dame, » dit un jour le docteur à mistress Scudder, je ne puis m'empêcher de penser que la grâce opère de grandes merveilles dans l'âme de votre fille, car je remarque que, tandis qu'elle est peu portée à la conversation, elle a un grand attrait pour la prière, et depuis quelque temps j'ai eu le sentiment de la présence divine en elle à un degré tout à fait extraordinaire. Vous a-t-elle ouvert son cœur?

— Marie a toujours été une fille silencieuse, dit mistress Scudder, et peu portée à parler de ses propres sentiments; avant le jour où elle vous a fait connaître son état spirituel afin de se joindre à l'Église, j'ignorais ce qu'elle ressentait intérieurement. C'est une chose singulière, mais je ne me rappelle aucun temps où elle n'ait pas paru aimer Dieu plus que toute chose au monde. C'est au point que cela m'inquiétait quelquefois, car je me demandais si cet amour n'était pas le résultat d'une sensibilité naturelle plutôt que le travail de la grâce.

— Soyez en repos, madame, dit le docteur. L'Esprit-Saint souffle quand et où il lui plaît, et on ne saurait douter que ses opérations n'aient, en de certains cas, commencé de très-bonne heure. M. Edwards cite l'exemple d'un enfant qui donna les signes non équivoques d'une conversion à l'âge de trois ans, et Jérémie fut appelé dès le ventre de sa mère.

— J'ai remarqué depuis quelque temps, dit mistress Scudder que dans nos réunions de prières Marie semblait toute hors d'elle-même, comme ayant peine à s'empêcher de parler. Je ne l'en ai pas pressée, parce qu'il m'a semblé que mieux valait attendre qu'elle se sentît pleinement libre.

« — Vous avez eu raison, madame, mais je suis convaincu que vous l'entendrez quelque jour. »

Cette prophétie se réalisa bientôt. Un jour, dans une assemblée de prières, tous tressaillirent en entendant soudain la voix argentine de Marie leur parler de Dieu avec une angélique simplicité, et célébrer en termes ineffables l'union de l'âme avec Jésus-Christ. Elle parla d'un amour surpassant toute intelligence, surpassant l'amour des époux et celui des mères, d'un amour s'épanchant toujours sans être jamais épuisé, d'un amour toujours blessé et saignant, toujours constant et triomphant ; se réjouissant de porter dans son corps les péchés et les douleurs du monde entier ; amour conquérant et victorieux, se délectant dans la souffrance, avide de se donner et s'offrant tout entier avec une joie infinie pour notre salut. Et lorsque, s'agenouillant, elle versa son âme dans la prière, ses paroles ressemblaient à des anges ailés remontant vers le ciel. Ceux qui l'écoutaient sentaient leurs âmes comme pénétrées d'une lumière et d'une chaleur divines, et quand, après s'être relevée, elle demeura debout, en silence et les yeux baissés, il y avait des larmes dans tous les yeux, et chacun se tint immobile sur son passage, comme si quelque chose de céleste s'éloignait.

Miss Prissy accourut triomphante pour raconter à mistress Scudder et au docteur ce qui venait d'avoir lieu, tandis que Marie mettait tranquillement le couvert et coupait des tartines pour le thé.

« A la voir comme elle est là, s'occupant du ménage avec tant de calme, on ne croirait jamais que c'est la même personne qui tout à l'heure faisait cette admirable prière : une prière qui semblait vous enlever tout droit au ciel, à ce point que quand j'ai rouvert les yeux je me demandais à moi-même : où ai-je été? Oh! mistress Scudder, son affliction a été vraiment sanctifiée! Quand je l'entends parler ainsi, il me prend des frayeurs que Dieu ne veuille pas nous la laisser longtemps.

— Elle nous est un précieux don, dit le docteur, et nous devons remercier Dieu des grâces qu'il lui accorde. Il est évident que « le Bien-Aimé s'est manifesté à elle et qu'elle

15

se nourrit parmi les lis, » ne nous inquiétons donc pas de
ce que le Seigneur décidera à son égard.

— Sans doute, sans doute, fit miss Prissy, il ne faut pas
s'affliger inutilement; à chaque jour suffit sa peine. Et maintenant, mistress Scudder, si vous voulez, je m'en vais examiner cette robe de soie tourterelle et voir ce qu'on peut en
faire, car je n'ai pas une minute à moi, et comme vous
savez, je perds une demi-journée chaque semaine pour l'assemblée de prières. J'ai tort de dire je *perds*, car, ainsi que
je le disais à la générale Wilcox, je ne renoncerais pas à cette
assemblée pour un plein sac d'or. Elle voulait absolument
que je vinsse chez elle un mercredi; sur quoi je lui ai dit :
Mistress Wilcox, je suis pauvre et obligée de vivre de mon
travail, mais il me faut quelques consolations, et pour rien au
monde je ne manquerais votre assemblée, parce que, voyez-
vous, ça vous remonte, et l'ouvrage n'en va que mieux après;
mais aussi en dehors de ça, toutes mes minutes sont comptées. »

Mistress Scudder et miss Prissy, traversant la cusine, entrèrent dans la chambre et furent bientôt complétement ab-
sorbées dans l'examen de sa robe tourterelle.

« Eh bien, mistress Scudder, dit miss Prissy, il y a un
large ourlet dont le bord n'est pas du tout coupé, en sorte
que nous pourrions mettre le haut en bas et lever ce qui est
usé à l'endroit des hanches; étant retournée, elle aura tout
à fait l'air d'une robe neuve. Je vais me mettre tout de
suite à la découdre. J'ai pris mes ciseaux dans ma poche
avant d'aller à la prière en me disant : Il y aura probablement quelque chose à faire ce soir chez mistress Scudder.
Mettez bien vite un fer au feu, et notre jupe sera prête à as-
sembler avant la nuit. »

Miss Prissy s'assit donc devant la fenêtre ouverte, gaie
comme l'alouette, faisant lestement mouvoir ses grands ciseaux, tout en regardant la robe qu'elle décousait d'un air
astucieux, comme si elle eût médité quelque tour de pres-
tidigitation ayant pour but de la métamorphoser sournoisement en robe neuve. Mistress Scudder, se dirigeant vers la
glace, se mit à changer son bonnet du matin pour un autre
plus élégant.

Au bout de quelques instants, miss Prissy lui dit d'un ton mystérieux :

« Mistress Scudder, je sais bien que dans ma position il ne faut avoir ni yeux ni oreilles; cependant il y a certaines choses que je ne puis m'empêcher de remarquer. Avez-vous vu la figure du docteur pendant que nous parlions de Marie? Il est devenu tout rouge et les larmes lui sont venues aux yeux. Pour moi, je crois que le digne homme l'adore et qu'il baiserait volontiers la trace de ses pas. Je ne veux pourtant pas dire qu'il l'adore positivement, parce que ce serait un péché, et qu'il est trop saint pour se faire une idole de qui que ce soit, mais enfin il est clair que personne ne lui est rien en comparaison de Marie. Je l'avais toujours pensé, si ce n'est qu'elle me paraissait encore si fillette, qu'il me semblait qu'elle ferait mieux l'affaire de.... d'un homme plus jeune enfin. Mais maintenant la voici qui dépasse tout le monde en sainteté, et qui a pris quelque chose de si grave, qu'on ne peut s'empêcher de voir la conduite de la Providence. Quelle femme de ministre elle ferait, mistress Scudder ! Toutes ces dames en parlaient aujourd'hui au sortir de la prière. Voyez-vous, elles voudraient que le docteur se mariât; on aime toujours mieux avoir affaire à un ministre marié, on se sent plus libre, plus à l'aise avec lui, et comme me le disait mistress Twitchel : « Si le Seigneur avait une femme exprès pour lui, comme pour Adam, il ne l'aurait pas faite autrement que Marie Scudder. Les plus vieilles d'entre nous suivraient volontiers son exemple, parce que si elle nous devance, c'est sans s'en douter.

— Je sens que le Seigneur m'a bénie en me donnant une telle fille, dit mistress Scudder, et je suis disposée à attendre ce que décidera la Providence.

« Précisément, fit miss Prissy, donnant une secousse à la jupe de soie; mais, comme le disait mistress Twitchel, le doigt de la Providence semble visible en cette circonstance. Je la plaignais de tout mon cœur il y a six mois, mais maintenant je comprends par quelles voies elle a été conduite et je commence à croire qu'après tout, les choses sont peut-être pour le mieux. Je ne puis m'empêcher de penser que

James Marwyn est au ciel, pauvre garçon! Son père est
diacre, et un si digne homme! et quant à James, bien qu'il
fît toujours tapage partout où il allait et qu'il rît quelquefois
là où il n'aurait pas dû le faire, c'était un brave cœur malgré
tout! Il est vrai que, comme dit le docteur, « de bons instincts
ne sont pas la sainteté; » mais enfin ça vaut toujours mieux
que d'en avoir de mauvais, comme Siméon Brown. Si cet
homme-là est un chrétien, m'est avis que ça n'en est pas un
fameux; il m'a retenu tous les centimes en réglant avec moi
mardi dernier, et si je n'avais pas craint d'offenser Dieu en
cédant à la colère, je lui aurais déclaré net que je ne remet-
trais pas les pieds chez lui; pour ma part, je suis bien aise
qu'il ait quitté notre église. James Marwyn, au contraire,
était généreux comme un prince; je me rappelle qu'une
fois, sa mère lui ayant dit de faire le compte avec moi, il
m'a donné près du double de ce qui me revenait, et n'a jamais voulu que j'allasse changer. « Au diable soit la mon-
naie, miss Prissy, disait-il, je ne voudrais pas rester là
comme vous, assise à coudre du matin au soir, pour trois
fois cette somme. » Je sais bien que nous ne pouvons pas
mériter par nous-mêmes la grâce du Seigneur, mais je ne
puis m'empêcher de penser que certaines gens doivent naturellement lui plaire plus que d'autres. David, par exemple,
qui était un homme selon le cœur de Dieu, était brave et
généreux comme James, bien que ses passions l'entraînas-
sent parfois au mal, c'est pourquoi j'espère que le Seigneur
aura reçu James au nombre des élus. Nous ne pouvons juger
des miracles de la grâce. Je crois que beaucoup de gens
sont convertis sans que nous en sachions rien, comme mistress Twitchel le disait l'autre jour à cette pauvre mistress
Tywel, qui se lamentait au sujet de son fils, un jeune fou
qui s'est tué en tombant du grand mât; entre le haut du
mât et le pont du navire, il y avait assez de temps pour que
la grâce divine fît son œuvre

—J'ai toujours eu de l'espérance pour le pauvre James,
non à cause d'aucune de ses bonnes actions ou de ses qualités aimables, car l'élection est indépendante de tout cela,
mais parce que c'est un enfant de la promesse, du côté de

son père au moins, et j'espère que le Seigneur a entendu la prière de celui-ci. Les voies de la Providence sont bien souvent obscures; tout ce que nous pouvons faire, c'est de croire que le Seigneur saura tirer un bien infini d'un mal fini, et faire tourner toutes choses mieux que si le mal n'était pas arrivé. C'est ce que notre bon docteur nous répète chaque jour, et nous devons tâcher de nous réjouir du bien général, sans considérer si nous ou nos amis y seront compris.

— J'espère que si ce sont là des sentiments nécessaires, il plaira au Seigneur de me les inspirer, car je ne me sens pas la force de m'y élever de moi-même. Mais enfin nous savons que tout est pour le mieux, quoi qu'il arrive, et c'est une consolation. »

En ce moment on entendit la voix claire de Marie annonçant que le thé était prêt.

« J'y vais dans la minute, » cria miss Prissy, en ôtant vivement ses lunettes. Puis elle courut refermer mystérieusement la porte et se tourna vers mistress Scudder, le visage gros de secrets. Miss Prissy était sujette à des accès de confidence, dans lesquels elle était d'une si extrême prudence, qu'à peine la plus épaisse porte de chêne lui paraissait-elle assez sûre, et que sa voix devenait inintelligible. Pour plus de sûreté, elle omettait entièrement les mots les plus importants et les plus critiques et y suppléait en clignant des yeux ou en frappant légèrement du pied.

S'approchant donc de mistress Scudder, elle lui chuchota dans l'oreille : « Je voulais seulement vous dire que dans le cas où Marie.... le docteur, enfin que si par hasard, il y avait un m.... il faudrait vous arranger de façon à me prévenir un mois à l'avance, afin que je puisse vous donner au moins une quinzaine pour l'habiller et la parer comme il convient à la.... d'un si digne ministre. Je sais bien que notre bon docteur est un homme tout spirituel; mais malgré ça, voyez-vous, il a des yeux. Je vous assure, mistress Scudder, que ces sortes d'hommes *sentent* ces choses-là, bien qu'ils n'y entendent rien. J'ai bien vu à la façon dont le docteur regardait Marie, le jour de la soirée, qu'il aimera à ce que sa femme soit bien mise, et qu'il trouvera là-dessus quelque texte comme il a fait ce soir-là, nous parlant de la fille du roi qui a été amenée devant lui dans des vêtements travaillés avec l'aiguille. Dans tous les cas, c'est là une pensée encourageante pour nous autres couturières.

« On a parlé ne tout cela après l'assemblée de prières, et mistress Twitchel et mistress Jones disaient qu'il fallait que si la chose se faisait, Marie eût le plus beau trousseau qu'on eût jamais vu dans Newport; et cela me semble bien juste. Il lui faudra au moins deux de ces belles robes de soie des Indes qui se tiennent tout debout, vous verrez qu'elle les aura; j'en fais mon affaire, et cette nuit, pendant que je ne dormais pas, je pensais à une nouvelle façon qui lui ira à ravir. Mistress Jones a ajouté qu'elle espérait bien qu'on ne ferait rien sans le lui dire, parce que le mari de sa sœur, qui demeure à Philadelphie, lui a envoyé une nouvelle recette pour les gâteaux, dont elle a essayé et qui a réussi à merveille, et qu'elle veut absolument en envoyer un à la mariée. »

Mistress Scudder écoutait ce flot de paroles de l'air discret et réservé d'une sage matrone qui laisse toutes choses à la Providence et qui ne veut pas anticiper sur l'avenir; pour toute réponse, elle serra cordialement la main de miss Prissy, ajoutant que personne ne savait ce que le temps pourrait amener, et autres observations générales sur l'incertitude des prévisions humaines, à l'usage des gens qui ne se soucient pas de dire exactement ce qu'ils pensent.

CHAPITRE XXIII.

Rien ne forme souvent un contraste plus frappant que la vie intérieure d'une nature élevée et silencieuse et les idées qu'ont à son sujet, les plans que forment pour elle, ceux qui l'entourent. Marie était loin de songer aux projets qui fermentaient dans la tête amicale de miss Prissy, et que mûrissait en secret sa prudente mère.

Lorsqu'une vie dans laquelle avait passé la nôtre vient à être soudainement tranchée, la blessure, encore qu'elle ait cessé de saigner, est presque toujours suivie d'une paralysie interne de certaines parties de notre nature. Ainsi en était-il de Marie. Les millions de fibres qui attachent la jeunesse et la femme à la vie et à l'amour étaient chez elle inertes et glacées, et la partie divine et spirituelle de son être demeurait seule active et vivante. Ses espérances, ses désirs, ses aspirations, étaient plutôt ceux d'un pur esprit que ceux d'une créature mortelle. Le léger enjeu qu'elle avait placé sur la vie était à jamais perdu, et désormais toute matière personnelle lui était devenue si indifférente, qu'elle avait à peine conscience d'un seul désir concernant son propre bonheur.

Elle avait été amenée par l'affliction à cet état de complète abnégation auquel parviennent les mystiques à force de jeûnes et d'austérités; état qui n'est pas complétement sain, qui ne réalise pas l'idéal d'un être fait pour exister dans les conditions de la vie humaine, mais un de ces états exceptionnels où, ainsi qu'il arrive souvent dans les heures qui précèdent la dissolution, l'âme semble douée d'une délicatesse toute particulière d'impressions spirituelles. Nous ne voudrions pas qu'il fît toujours nuit, et nous pensons naturellement que la lumière éclatante et gaie du matin, alors que l'alouette, le pinson, le rouge-gorge font chorus avec des milliers d'insectes et tous les souffles de la brise, est plus en rapport avec les besoins d'êtres qui ont à vivre une vie matérielle et à accomplir un travail manuel, mais nous révérons cependant ce clair-obscur de la nuit, où tout est silencieux et baigné de rosée, où se font entendre les rossignols, muets pendant le jour, où brillent les mystérieuses étoiles. Ainsi, lorsque toutes les voix humaines font silence dans l'âme, lorsque toutes les lumières terrestres y sont voilées, il y flotte des sons et des couleurs venus d'une autre sphère.

Jamais religieuse au front voilé, aux yeux baissés n'accomplit sa tâche quotidienne dans le cloître avec un cœur plus entièrement détaché du monde, que ne faisait Marie ses devoirs de chaque jour. Plus que jamais attentive à tous les détails du ménage, elle devançait partout sa mère et s'efforçait par mille douces prévenances de lui épargner la peine et la fatigue; on eût dit à sa tendresse inquiète, prévoyante, que la fille avait changé de rôle et de sentiments avec la mère.

Le docteur aussi, sentait le changement de sa manière envers lui, qui, de tout temps attentive et respectueuse, s'était empreinte d'une tendre sollicitude et d'un désir anxieux de lui être utile, dont il était souvent touché jusqu'aux larmes. Tous les voisins qui avaient eu coutume de la voir familièrement recevaient d'elle presque chaque jour, sous une forme ou sous une autre, quelque marque affectueuse de souvenir.

Elle semblait surtout s'attacher particulièrement à mistress Marwyn; entourant de ses soins cet être fragile et blessé, comme on voit une vigne généreuse enlacer de son tendre feuillage un arbre prêt à mourir.

Mais son cœur s'élançait encore au delà du cercle intime de sa famille et de ses amis. Elle se sentait attirée vers les pauvres et les affligés, vers les opprimés et les délaissés ; elle accompagna le docteur dans ses courses secrètes, dans ses visites aux victimes de la traite, et s'enrôla avec zèle dans l'enseignement des catéchumènes africains.

L'épuisement physique était le seul terme que connût son ardeur d'agir et de souffrir pour les autres. Le flot d'amour qui avait été refoulé en elle avait besoin d'écouler par tous ces canaux les eaux qui autrement eussent submergé son âme.

Parfois il est vrai la blessure se rouvrait, tantôt en feuilletant un livre, elle y trouvait une marque mise par James ; tantôt un des petits présents qu'il lui avait faits s'offrait inopinément à sa vue au fond d'un tiroir, la plaie saignait alors et la pauvre enfant cherchait le soulagement dans quelque acte d'amour ou de sacrifice. Ceux qui la voyaient alors calme et souriante, avec une larme dans les yeux, ignoraient de quelles douleurs jaillissait son amour pour eux, et comment son pauvre cœur cherchait à calmer ses propres angoisses en adoucissant les leurs.

Quel nom donnerons-nous à ce beau crépuscule, à cette nuit de l'âme, étoilée de célestes mystères? Nous l'appellerons un état non pas heureux, mais béni. Ceux à qui il est donné traversent ce monde « comme affligés, et néanmoins toujours dans la joie; comme pauvres, et en enrichissant plusieurs; comme n'ayant rien, et possédant tout. »

Le docteur, nous l'avons dit, avait pour les femmes ce respect inné qui accompagne toujours une nature morale, saine et élevée; mais dans la conversation constante qu'il avait maintenant avec cette belle créature, chez qui semblait s'être évanoui tout vestige de sentiment égoïste ou d'humaine faiblesse, il se laissait pour ainsi dire guider avec une humilité étonnée, comme par une miraculeuse messagère du ciel. Toutes les questions d'épreuves intérieures, toutes les nuances délicates de spiritualité que ses rapports intimes avec son troupeau lui faisaient connaître, il les soumettait à Marie avec une confiance pleine de simplicité.

« Elle est une des merveilles du Seigneur, disait-il un

jour à mistress Scudder, et il m'est difficile de me tenir à son égard dans les bornes de la fidélité chrétienne. C'est l'un des charmes des bien-aimés de Jésus, d'ignorer leur propre beauté, et Dieu me préserve d'exposer à l'orgueil une créature que la grâce divine a rendue si parfaite, ou de porter imprudemment la main, comme fit Uzah, sur l'arche du Seigneur, par mes louanges inconsidérées.

— Oh! docteur, fit miss Prissy, qui cousait près de la fenêtre; je voudrais seulement que vous entendissiez une de ces merveilleuses prières qu'elle fait dans notre assemblée. Je ne crois pas que ni vous ni personne ayez jamais entendu rien de pareil.

— Je voudrais en vérité qu'il me fût possible de jouir de ce privilége.

— Eh bien, je m'en vais vous dire : la semaine prochaine c'est ici qu'on doit se réunir; j'aurai soin de laisser la porte tout contre, et en restant dans le couloir vous pourrez tout entendre.

— Je vous remercie, madame, dit le docteur, ce serait certainement un précieux avantage, mais il ne me semble pas qu'un acte de ce genre soit compatible avec les convenances chrétiennes.

— L'entendez-vous, le digne homme? s'écria miss Prissy après que le docteur eut quitté la chambre; quand je vous dis qu'il est aussi vrai gentleman qu'excellent chrétien; pour ma part, j'ai toujours été d'avis qu'un vrai chrétien ne peut manquer d'être en même temps un parfait gentleman, mais je ne crois pas que n'importe quelle tentation entraînât jamais ce saint homme à la moindre action répréhensible. Enfin je dois dire que je n'ai de ma vie vu personne d'aussi saint; c'est le seul homme qui, à mon sens, soit digne de notre Marie. »

Un autre printemps avait ramené la verdure et les roses; les grands pommiers fleurissaient pour la troisième fois depuis le commencement de cette histoire; les rouges-gorges avaient réparé le vieux nid et commençaient à y déposer leurs œufs bleus, et Marie suivait paisiblement sa voie, prêtresse sanctifiée du grand culte de la douleur. Nombreux étaient les cœurs qui s'appuyaient sur elle, les drames spirituels dont sa douce main tenait les fils, les âmes chargées de péchés, ou oppressées par la tristesse qui trouvaient à la fois dans son sein un confessionnal et un sanctuaire.

Unie au bon docteur par une sincère affection et une constante société, elle s'était peu à peu accoutumée à l'accent chaque jour plus intime avec lequel il lui parlait, passant du simple mon enfant, à chère Marie, chère amie, et enfin à la plus chère des amies; encouragé qu'il était par la calme et confiante douceur de ces grands yeux bleus, et par cet affectueux sourire qu'elle lui adressait sans que jamais son pouls battît plus vite, ou que la plus légère rougeur vînt colorer ses joues de marbre

CHAPITRE XXIV.

Un soir, avant de se coucher, mistress Scudder entra dans la chambre de Marie; son visage respirait une gravité pleine de tendresse; ses yeux étaient humides, et bien qu'elle n'eût pas coutume de se montrer caressante, elle s'approcha de Marie, la serra dans ses bras et l'embrassa. C'était là, chez elle, un mouvement si inusité que les yeux de Marie semblèrent lui en demander la raison.

« Ma fille, dit mistress Scudder, je viens d'avoir une longue et intéressante conversation avec notre bon ami le docteur; ah! Marie, bien peu de gens savent tout ce qu'il vaut!

— C'est vrai, maman, fit Marie avec chaleur, c'est le meilleur, le plus noble, et en même temps le plus humble des hommes!

— Tu l'aimes beaucoup, n'est-ce pas? dit la mère.

— Oui, je l'aime chèrement.

— Marie, il m'a demandé ce soir si tu consentirais à devenir sa femme.

— *Sa femme*, maman? fit Marie du ton de quelqu'un que déconcerte une pensée étrange et nouvelle.

— Oui, ma fille, j'avais vu depuis longtemps qu'il se préparait à te faire cette proposition.

— Vous l'aviez vu, maman?

— Oui, ma fille; n'y as-tu jamais pensé?

— Jamais, maman! »

Il se fit un long silence; Marie restant debout telle qu'elle

avait été interrompue dans sa toilette de nuit, ses longs cheveux dénoués, et sa main tenant machinalement le peigne.
Après quelques instants elle s'assit, et, appuyant ses mains
sur ses genoux, regarda fixement le plancher; le silence
était si profond, que le tic-tac de l'horloge placée dans la
pièce voisine semblait frapper contre la porte. Mistress
Scudder contemplait avec anxiété cette figure muette et pâle
comme une statue.

« Eh bien, Marie? » dit-elle enfin.

Un profond soupir fut la seule réponse de sa fille; les
violents battements de son cœur faisaient onduler ses longs
cheveux dénoués comme la mer gémissante agite les roseaux.

« Ma fille! » dit encore mistress Scudder.

Marie releva la tête comme quelqu'un qui s'éveille d'un
rêve, et regardant sa mère, dit : « Vous croyez donc qu'il
m'aime réellement, maman?

— J'en suis certaine, Marie, il t'aime autant qu'homme
a jamais aimé une femme.

— Vraiment! fit Marie, retombant dans ses réflexions.

— Mais toi tu l'aimes aussi, n'est-ce pas?

— Oh! oui, je l'aime beaucoup.

— Tu l'aimes mieux qu'aucun autre homme en ce monde?

— Oh! maman! maman! oui! dit Marie, se jetant avec un
mouvement passionné dans les bras de sa mère et éclatant
en sanglots; il n'y a *maintenant* personne que j'aime mieux!
personne! personne!

— Ma bien-aimée! ma fille chérie! fit mistress Scudder,
la serrant contre sa poitrine.

— Oh! maman, maman! fit Marie d'une voix brisée par
ses sanglots, laissez-moi pleurer seulement un instant. Oh!
maman, maman, maman! »

Qu'étaient-ce donc que ces lamentations passionnées?
C'était la dernière corde de l'espérance et de la jeunesse se
brisant dans ce pauvre cœur.

Mistress Scudder apaisa et caressa sa fille, mais en in-
sistant sur son projet avec cette tendre obstination que font
voir les mères alors qu'elles croient conduire leur enfant au
bonheur à travers un chagrin passager.

Marie, de son côté, n'était pas fille à céder longtemps à une émotion quelconque; son austère éducation lui avait appris à regarder de telles explosions comme des faiblesses; elle s'efforça donc de recouvrer son sang-froid, et parut bientôt complétement calme.

« S'il m'aime réellement, maman, alors je lui ferais beaucoup de peine en le refusant? dit-elle pensive.

— Sans doute, et puis, Marie, tu l'as laissé agir en ami intime depuis bien longtemps; naturellement il a droit d'espérer que tu l'aimes.

— Je l'aime aussi, maman, je l'aime mieux que qui que ce soit, excepté vous. Croyez-vous que cela suffise?

— Comment suffise? Je ne te comprends pas

— Je veux dire est-ce aimer assez pour se marier? Peut-être que je l'aimerai davantage après. Le croyez-vous, maman?

— Certainement, c'est ce qui arrive toujours.

— Je voudrais qu'il n'eût pas envie de m'épouser, maman, dit Marie après une pause. J'aurais bien mieux aimé rester comme nous étions.

— Toutes les jeunes filles pensent comme cela d'abord, Marie, c'est très-naturel.

— Est-ce comme cela que vous pensiez au sujet de mon père, maman? »

Un remords traversa le cœur de mistress Scudder, lorsqu'elle songea à son propre amour, à ce grand amour qui ne faisait point de questions, qui ne connaissait ni doutes, ni craintes, ni hésitations; à cette impulsion irrésistible qui avait absorbé sa vie dans la vie d'un autre. Après un instant de silence, elle répondit : « J'étais d'un caractère tout différent du tien; ma nature était vive, opiniâtre, positive, j'aimais ou je haïssais de toute ma force; et puis en outre, Marie, il n'y a jamais eu d'homme comme ton père. »

La matrone prononça ce premier article de foi de la femme avec la plus naïve simplicité.

« Je veux faire ce qui est mon devoir, maman, j'ai besoin d'être guidée. Si je puis rendre heureux ce saint homme et l'aider à accomplir quelque bien en ce monde.... Après tout, la vie est courte, et l'essentiel est de faire quelque chose pour les autres.

— Je t'assure que si tu l'avais entendu, tu ne douterais pas de pouvoir le rendre heureux. Il n'avait osé parler plus tôt parce qu'il se sentait indigne d'un tel bonheur; il m'a dit de te dire qu'il t'aimerait et te vénérerait de même, soit que tu consentisses ou non à devenir sa femme, mais que rien de ce côté-ci de la tombe ne pourrait lui causer plus de joie, ne lui serait un don plus précieux, que cela le consolerait de toutes les épreuves qu'il pourrait avoir à subir, et comme tu sais, Marie, il en a de grandes; il n'est pas apprécié ici, ses efforts pour faire le bien sont méconnus et calomniés; il y a des gens qui le méprisent et qui parlent mal de lui, en sorte qu'il est parfois tout à fait découragé.

— C'est vrai, maman. Eh bien! je l'épouserai; oui, décidément.

— Ma fille chérie! ce mariage a été l'espoir de toute ma vie.

— Vraiment, maman? fit Marie en souriant faiblement; il vous rendra donc heureuse?

— Oui, mon enfant, et puis pense donc quelle perspective d'être utile s'ouvre ainsi devant toi. Étant sa femme, ta position te permettra de faire encore plus de bien que tu n'en fais maintenant, et tu auras le bonheur de sentir que chaque jour tu consoles et encourages les élus de Dieu.

— Maman, je devrais être contente de pouvoir le faire, dit Marie, et j'espère que je le suis. Dieu ordonne tout pour notre bien.

— Bonsoir, mon enfant, dors cette nuit, nous causerons demain de tout cela. »

CHAPITRE XXV.

Mistress Scudder embrassa sa fille et la quitta.

Après être restée un moment pensive, Marie rassembla les ondes éparses de ses cheveux et les noua pour la nuit. Puis, s'appuyant sur sa table de toilette, elle joignit les mains et se regarda longuement dans le miroir.

Rien ne saurait produire sur l'âme un effet plus lugubre que la silencieuse contemplation de cette mystérieuse image de nous-même qui semble nous examiner d'une profondeur infinie, comme si notre âme, devenue visible, nous appelait vers des régions inconnues.

Ces yeux regardent dans les nôtres avec une vague expression de tristesse et d'inquiétude ; sur ce visage tremblent d'une façon étrange les ombres et les lumières ; il nous adresse des questions mystérieuses et nous tourmente de la pensée de nos relations avec je ne sais quel obscur inconnu. Les grands yeux bleus qui regardaient dans ceux de Marie avaient cette expression de calme initiation, de compréhension mélancolique particulière aux yeux qu'a rendus clairvoyants une grande et amère douleur. Ils semblaient lui dire : « Accomplis ta mission ; la vie est faite pour le sacrifice, il faut que la fleur tombe pour que le fruit mûrisse. » Une sorte de vague terreur augmentait l'intensité de sa rêverie. Les profondeurs du miroir lui apparaissaient comme un autre monde ; elle entendait le brisement lointain des vagues verdâtres et courroucées, elle se sentait invinciblement attirée vers cette chère âme partie des rives inconnues.

La promesse qu'elle venait de faire était à ses yeux aussi sacrée que l'eût été le vœu le plus solennel, et il lui semblait que cette promesse fermait pour ainsi dire une porte restée ouverte entre elle et *lui*. Elle avait comme le vague sentiment d'un cœur qui l'appelait en gémissant, d'un cœur s'insurgeant contre sa promesse avec une force impérative qui ébranlait son âme jusque dans ses profondeurs.

Peut-être en est-il ainsi ; peut-être les âmes qui se sont aimées possèdent-elles à jamais ce pouvoir étrange d'agir l'une sur l'autre, sans que l'absence ni la mort puissent le détruire. Comment expliquer autrement ces heures mystérieuses que les morts aimés semblent couvrir de leur ombre, faisant vibrer dans notre âme de tels désirs, de telles ardeurs, de si indicibles regrets, qu'elle semble prête à briser son enveloppe mortelle ? N'est-ce pas l'appel de l'âme en liberté à sa compagne encore captive, qui se frappe aux barreaux de sa cage ?

Marie crut même un moment entendre une voix qui prononçait son nom ; elle se leva en frissonnant. Puis bientôt les habitudes de son éducation positive et raisonnable reprirent le dessus, et sortant de sa méditation comme on secoue un rêve, elle souleva toutes ces tristes pensées avec un profond soupir, et ouvrant la Bible elle y lut : « Ceux qui se confient dans le Seigneur seront inébranlables comme la montagne de Sion. Comme les montagnes qui environnent Jérusalem, ainsi le Seigneur environne son peuple, à présent et toujours jusqu'à la fin. »

Puis elle s'agenouilla près de son lit et offrit sa vie tout entière en sacrifice au Dieu d'amour qui lui-même avait versé son sang pour elle. Elle implora la grâce d'être fidèle à sa promesse, fidèle au lien nouveau qu'elle venait d'accepter. Elle pria pour que tout vain regret du passé s'évanouît dans son cœur, pour que son âme vibrât en complet unisson avec la volonté divine. Puis elle se releva calme, et avec cette liberté d'esprit qui suit toujours le sacrifice entier de soi-même, elle se coucha tranquillement, les mains croisées sur sa poitrine, la tête légèrement inclinée sur l'oreiller, ses longs cils bruns abaissés sur ses joues d'albâtre, avec une douce et suave expression, comme si sous ce voile mystique du sommeil son âme entrevoyait des choses interdites à l'œil éveillé. Le léger soulèvement de la poitrine indiquait seul que l'hôte céleste de ce corps charmant n'avait pas encore pris son vol vers cette demeure à laquelle il aspirait sans cesse.

Mistress Scudder, en quittant la chambre de Marie, était entrée, sa lumière à la main, dans le cabinet du docteur. Le saint homme était assis dans l'obscurité, la tête appuyée sur sa grande Bible. Lorsque mistress Scudder entra, il se leva et la regarda fixement, mais sans rien dire. Les paroles lui manquaient pour exprimer ce qu'il avait dans le cœur, il se borna donc à regarder son hôtesse comme un homme qui espère et qui craint à la fois de connaître la réponse à une question décisive.

Mistress Scudder éprouvait quelque chose de la réserve naturelle à une mère qui vient octroyer le don de ce qu'elle a au monde de plus précieux, et qui ne s'en départ qu'avec une sorte de jalousie.

Elle examina donc l'homme avec un œil de femme et de mère, et dit avec un peu de hauteur :

« Mon cher monsieur, je viens vous communiquer le résultat de ma conversation avec Marie. »

Elle s'arrêta un instant, et le docteur se tint debout devant elle, d'un air aussi humble que s'il n'eût jamais pesé et mesuré l'univers, parce qu'il savait qu'eût-il eu le pouvoir de peser les montagnes et les collines dans une balance, un pouvoir bien plus subtil était nécessaire pour lui assurer la possession d'un cœur de femme. En réalité il se sentait intérieurement comme un grand et lourd bloc terrestre priant un ange aux ailes blanches de l'aider à gravir une échelle de nuages. Il se croyait en ce moment parfaitement sûr d'être refusé, et il s'efforçait de se montrer humblement ferme, de supporter cette douleur en homme. Ses grands yeux bleus, au regard habituellement calme et un peu vague, brillaient d'une clarté résolue, plutôt triste qu'autrement.

« Eh bien, madame? » fit-il d'une voix étranglée.

La dignité de mistress Scudder fut aussitôt apaisée ; elle tendit cordialement la main en disant : « Elle a accepté. »

Le docteur, retirant subitement sa main, se retourna vivement et marcha vers la fenêtre, bien qu'il fût dix heures, qu'il fît tout à fait noir et que, par conséquent, il n'y eût rien à voir au dehors. Il y demeura quelque temps en silence portant plusieurs fois son mouchoir à ses yeux. Ce qui se passait en ce moment sous son habit noir était de nature à faire figure dans un roman, si seulement il l'avait exprimé, mais il appartenait à une classe d'hommes qui *vivaient* le roman, mais ne le *parlaient* jamais.

Se rapprochant enfin de mistress Scudder, il lui dit :

« J'espère, madame, que cette chère enfant n'aura jamais de raison de me croire ingrat pour sa merveilleuse bonté, et quelles que soient les fautes auxquelles pourra m'entraîner un cœur corrompu, *j'espère* ne jamais tomber si bas que d'oublier le bienfait, le bonheur immérité de ce moment. Si jamais je reculais devant le devoir, ou si je murmurais dans les épreuves, tandis qu'une si douce amie serait à moi, il faudrait en vérité que je fusse un misérable. »

Le docteur en général se voyait du mauvais côté et s'était toute sa vie gourmandé et censuré comme un être vicieux et enclin à la scélératesse, ayant besoin d'une étroite surveillance, et capable de tomber à tout instant dans l'iniquité la plus flagrante, et c'est pourquoi il recevait l'annonce de sa bonne fortune dans un esprit si différent de celui qui, en pareille circonstance, anime la plupart des seigneurs de la création

« Je sens, ajouta-t-il, qu'un pauvre ministre dépourvu d'éloquence, chargé par le Seigneur de prêcher des vérités impopulaires, et dont, en conséquence, la situation ne sera probablement jamais très-prospère, avait à peine le droit de s'offrir pour partenaire à une si belle personne, qui devait naturellement s'attendre à des offres beaucoup plus avantageuses au point de vue temporel, et c'est pourquoi je suis d'autant plus reconnaissant de cette bienheureuse réponse. »

La voix du docteur s'altéra, et il ne prononça ces derniers mots qu'avec difficulté

« Quant à *son* bonheur, reprit-il avec une nuance de
crainte fervente, je n'aurais pas eu la présomption d'en devenir le gardien, si je n'eusse été persuadé qu'il est assuré
par une puissance plus grande que la mienne, car « lorsqu'il donne la paix, qui peut causer du trouble? » Mais
j'ose dire qu'aucun effort, qu'aucun sacrifice ne me coûtera
jamais pour y contribuer. »

Mistress Scudder était mère, et arrivée à ce moment où
les mères sentent toujours des larmes cachées derrière leurs
sourires; elle serra donc en silence la main du docteur e
ils se séparèrent, non pas toutefois sans que le digne homme
se fût grandement excusé de l'avoir fait veiller pour ses affaires personnelles jusqu'à une heure aussi indue.

CHAPITRE XXVI

Le lendemain matin, entre trois et quatre heures, le rouge-gorge qui avait un nid au-dessus de la chambre de Marie étira son aile gauche, ouvrit un œil et poussa son petit cri encore engourdi, qui l'éveilla tout à fait et lui rendit pleinement la conscience qu'il était un oiseau avec des plumes et des ailes, avec un grand pommier pour demeure, et le ciel tout entier pour domaine; et sur ces heureuses prémisses il lança dans l'air de joyeuses fanfares que Marie entendit sans pour cela s'éveiller.

Elle était dans cet état indécis où le demi-sommeil des sens laisse à l'âme une délicieuse clairvoyance. Cet état de parfait repos et de fraîcheur des facultés, qui ne saurait être comparé qu'à ce que nous imaginons de l'état purement spirituel; moment de souverain enchantement pendant lequel nous déposons le poids « de ce monde intelligible, » et notre âme ravie se réfugie comme un oiseau battu par la tempête dans le sein protecteur de son Père céleste. L'œil intérieur contemple alors des visions pour lesquelles le vocabulaire humain n'a souvent pas de paroles. C'est dans de telles heures que le poëte, l'artiste et le prophète entrent en possession de *certitudes* divines, qu'au moyen du pinceau, de l'harmonie ou de paroles enflammées, ils s'efforcent pendant leur vie entière de rendre évidentes pour leurs semblables. Le monde autour d'eux s'émerveille, mais eux sont mécontents, parce qu'ils ont *vu* la gloire et sentent combien est pâle leur copie. Mais ce ne sont pas seulement les esprits d'élite qui connaissent la joie de ces heures; elle est aussi donnée à ces humbles poëtes, privés du don de l'expression, qui vivent parmi les hommes comme des fontaines scellées, dont le poëme intérieur ne se manifeste que dans l'harmonie de leurs actes, la touchante mélodie d'une tendre résignation, ou l'hymne héroïque d'un travail sans relâche. La pauvre négresse séparée la veille de son fils unique et lasse de ramasser le coton; le captif qui languit dans sa prison; la patiente épouse du buveur, attristée par la pensée de la dégradation croissante d'un être qui lui fut si cher; l'âme délicate entourée d'êtres grossiers et vulgaires; tous ressentent alors les consolations d'une harmonie céleste, la tendresse d'un amour plus fort que celui d'une mère. C'est souvent par de telles heures, bien plus que par des raisonnements et des discussions, que sont résolus nos doutes religieux. Notre Père céleste nous traite comme fait une mère « son enfant, criant dans les ténèbres; » il ne raisonne pas avec nos craintes ni ne s'arrête pas à nous en démontrer la fausseté, mais il nous attire silencieusement sur son sein, et nous y trouvons la paix.

C'était dans de semblables heures que les craintes de Marie pour l'âme de son bien-aimé s'étaient dissipées, comme si une main bienfaisante eût doucement ôté de son cœur toute peine et toute terreur, pour l'échauffer du souffle d'un éternel printemps. Tandis donc que les ombres bleues étendaient sur le ciel leurs voiles de gaze mêlés de flammes, que la mer sombre s'éclairait çà et là de nuées lumineuses, et que des milliers d'oiseaux se répondaient les uns aux autres des vieux pommiers de la prairie, du sommet des rochers, ou rassemblés dans la plaine en bandes nombreuses, Marie restait couchée; les premiers rayons du jour coloraient de teintes rosées son pâle visage et les blancs rideaux de son lit.

Mistress Scudder entra, et la croyant encore endormie, la contempla un moment en silence, comme si le sacrifice d'un bien si précieux lui en eût révélé soudain toute la valeur; elle se demandait intérieurement s'il existait un mortel, digne d'un nom si parfait, et le souvenir de la profonde humilité du docteur la réconciliait seul avec l'idée du sacrifice qu'elle faisait.

« Marie, mon enfant, dit-elle d'une voix émue en se penchant sur sa fille, mon enfant chérie. »

Marie, avant même d'ouvrir les yeux, tendit instinctivement les bras, attira sa mère vers elle et la serra tendrement sur sa poitrine.

L'amour, dans les familles puritaines, était souvent comme un calorique latent, une force pénétrante que ne constatait aucun thermomètre visible, qui se manifestait généralement par une noble et silencieuse confiance, une prompte obligeance, mais bien rarement s'épanchait en caresses, et cependant les natures comme celle de Marie avaient soif de ces témoignages extérieurs et s'élançaient au-devant d'eux comme une vigne au-devant du soutien le plus proche. Il lui semblait délicieux de *sentir* une fois combien sa mère l'aimait, aussi bien que de le savoir.

« Chère bonne mère, vous m'aimez donc bien ?

— Je vis et je respire en toi, » Marie, dit mistress Scudder, se résumant dans une de ces phrases énergiques qu'affectionnent les natures positives. Marie, le visage rayonnant de tendresse, continuait de tenir sa mère silencieusement embrassée.

« Es-tu contente, ce matin ? dit mistress Scudder.

— Très, très-contente, maman.

— Je suis bien heureuse de te l'entendre dire, » fit mistress Scudder, qui, au fond, n'avait pas été sans concevoir quelque doute à cet égard.

Marie se mit à s'habiller dans un état de calme exaltation. Chaque rayon de soleil lui apparaissait comme un sourire de Dieu, chaque souffle printanier *comme* une voix pleine d'encouragement et d'espoir.

« Maman, avez-vous répété au docteur ce que je vous ai dit hier soir ?

— Oui, mon enfant !

— Eh bien alors, maman, je voudrais le voir seul un instant.

— Il est dans son cabinet, occupé à ses dévotions du matin.

— C'est juste le moment ; je vais aller le trouver. »

Le docteur était assis près de sa fenêtre, et les lilas, qui fleurissaient tout auprès pour la troisième fois depuis le début de notre histoire, embaumaient l'air de leurs parfums. Soudain la porte s'ouvrit et Marie entra, dans sa simple robe blanche, avec des regards d'un calme radieux, et je ne sais quoi de grave et de céleste dans toute sa personne. Elle alla droit à lui, tendant ses deux petites mains avec un sourire moitié enfantin, moitié angélique, et le docteur pencha la tête et cacha son visage dans ses mains.

« Cher ami, dit Marie en s'agenouillant et lui prenant les mains, si vous me désirez, me voici. Cette vie n'est qu'un moment ; un bonheur éternel nous attend, et pendant le peu de temps qui nous en sépare, je serai pour vous tout ce que je pourrai, si seulement vous voulez me montrer la voie. »

Et le docteur ? — Non, jeune homme, la porte du cabinet se ferma juste en cet instant, et personne n'entendit les paroles tirées d'un vieux livre oriental qui montraient la poésie s'épanouissant dans cette âme grande et simple, semblable à l'aloès qui fleurit une fois par siècle ; peut-être les effusions de ce grand cœur s'épanchèrent-elles involontairement dans des phrases empruntées à ce poëme d'amour de la Bible que ces hommes lisaient si purement et si pieusement, et qui réchauffait la froide clarté de leurs intelligences avec la myrrhe et les épices de ces pays du soleil où l'amour terrestre et l'amour céleste se rejoignent et se fondent, séparés à l'horizon par une ligne imperceptible, comme le ciel et la mer.

« Ma colombe est parfaite, elle est unique à sa mère. Elle s'avance comme l'aurore qui se lève ; elle est belle comme la lune, éclatante comme le soleil. — Vous êtes toute belle, ma bien-aimée et il n'y a point de tache en vous. »

Le docteur aurait pu dire tout cela ; nous ignorons s'il le fit ou non ; tout ce que nous savons, c'est que lorsqu'on

annonça le déjeuner, tous deux sortirent émus et souriants.
Le docteur radieux tenait Marie par la main, la regardant
comme il eût fait une apparition miraculeuse, prête à s'é-
anouir sous ses yeux, s'il ne prenait soin de la retenir.

Mistress Scudder fut frappée de l'expression calme, sereine, élevée du visage de Marie, mais elle songea aussi
que ce n'était point là la joie d'un amour terrestre, qu'il
n'y avait ni rougeur, ni tressaillements, ni craintes, rien que
le calme divin d'une âme qui s'oublie tout entière, et elle
soupira involontairement.

Elle regarda le docteur et parut étudier attentivement un
visage que la joie rendait ce jour-là aussi sympathique et
aussi attrayant, qu'il était habituellement noble et ferme.

On parla peu au déjeuner, mais le chant des oiseaux,
l'éclat du soleil, la vie et l'animation environnantes semblaient compenser le silence de ceux qui étaient trop aises
pour songer à parler

CHAPITRE XXVII.

Le couvre-pieds de la mariée.

La nouvelle de l'engagement définitif de deux étoiles aussi brillantes au firmament de la petite paroisse du docteur ne pouvait manquer d'exciter parmi les ouailles de celui-ci le plus vif intérêt.

Ce fut un bruissement, une agitation générale, comme lorsqu'on effarouche une volée de pigeons sauvages, et les on dit.... je sais.... dites-moi.... savez-vous.... volèrent bientôt de tous côtés dans l'air consacré de la paroisse.

Matrones et fillettes racontaient, commentaient, discutaient le grand événement, tout en filant leur laine, ou savonnant leur linge. Plus d'une rustique Vénus, entourée d'écume, décidait en enfonçant ses bras blancs dans la mousse argentée, de ce qu'il conviendrait de faire lors de la future solennité, se demandait quelle robe aurait Marie pour le grand jour; si elle (la Vénus) serait invitée à la noce, et si Jonathan s'y trouverait ou non, quoique cela lui fût, bien entendu, tout à fait indifférent.

De graves douairières s'entretenaient de la « prospérité de Sion, » qu'elles imaginaient intimement liée au mariage de leur ministre; puis descendant de ces hauteurs pour causer nappes et couvre-pieds, choisissaient dans leurs armoires parfumées de lavande, qui une paire de draps, qui une douzaine de serviettes pour monter le ménage du bon docteur.

On décida qu'une solennelle assemblée de couture aurait lieu.

Miss Prissy déclara que, bien que la préoccupation des robes de noces l'empêchât complétement de dormir, elle sacrifierait cependant un jour à organiser cette réunion. Le grand monde se mit aussi de la partie. La générale Wilcox vint dans sa voiture, apportant un châle de cachemire pour la mariée, avec les compliments du général, et en même temps un patron de feuille de chêne, qu'elle avait reçu d'Angleterre et qui était authentiquement connu pour avoir servi à orner l'un des jupons de la princesse royale; mistress major Seaforth vint aussi, apportant une écharpe de mousseline de l'Inde brodée, et mistress Vernon envoya un magnifique bol en porcelaine de Chine. A dire la vérité, les notables de Newport, que le docteur avait si peu cérémonieusement accusés de bâtir leurs maisons dans le sang et d'établir leur cité sur l'iniquité, considérant que personne n'avait pris la chose au sérieux, et qu'ils continuaient de s'enrichir aussi vite que jadis Tyr et Sidon, le prirent sur un ton magnanime, et saisirent cette occasion de montrer au docteur, qu'après tout ils étaient bonnes gens et sans rancune, bien qu'ils gagnassent leur argent à raison de trente vies humaines pour cent.

Siméon Brown seul se tint à l'écart, dédaigneux et satirique. Il répondit à quelques bonnes dames qui vinrent lui demander s'il voulait joindre son obole à l'équipement du docteur, en offrant de donner à celui-ci un nègre vigoureux et bien découplé, dont le docteur pourrait, dit-il, tirer un bon prix, s'il était trop scrupuleux pour le garder; aimable facétie qu'il se plaisait encore à raconter, bien des années après.

La réunion du couvre-pieds de la mariée était alors considéré comme la proclamation la plus solennelle des fiançailles, mais il nous paraît à propos d'entrer ici dans quelques explications préliminaires, pour l'instruction de ceux qui ignorent les us et coutumes de la Nouvelle-Angleterre.

Les ménagères de ce pays, imbues du principe d'ortho-

doxie économique qui défend de laisser perdre quoi que ce
soit, avaient coutume de conserver jusqu'aux plus petites
rognures des vêtements faits à la maison ; elles les décou-
paient ensuite sur des patrons variés, et en assemblaient
les couleurs avec un soin et un goût qui en faisaient de véritables œuvres d'art. Plus d'une jeune fille, en disposant
ces petits chiffons bleus, verts, rouges et jaunes, sentait
surgir en elle une passion pour quelque chose de vague et
d'inconnu qui se traduisait généralement par l'invention
d'un dessin nouveau ; on avait toujours sous la main des
collections de ces rognures pour employer une heure, lorsqu'il ne se trouvait rien autre chose à faire, et tout en babillant avec ses admirateurs, la jeune fille assemblait quelques-uns de ces morceaux qui, petits par eux-mêmes,
devaient, par des agrégations subséquentes, devenir à la
fois des objets d'ornement et de confort, fidèles images de
cette vie du foyer domestique, redevable de sa beauté et de
sa stabilité à une stricte économie dans le maniement, et à
un tact délicat dans l'arrangement des détails utiles et agréables de l'existence quotidienne.

Lorsqu'un mariage se préparait, on faisait une revue solennelle des travaux ainsi amassés, et l'on choisissait pour
l'ouater le dessin qui paraissait le plus digne d'une telle
distinction.

Les amies intimes de la mariée, dûment convoquées, ac-
couraient en foule, et le couvre-pieds étant étendu sur un
métier et doublé de coton, toutes rivalisaient d'adresse, de
promptitude et d'habileté ; car piquer était aussi un art
ayant ses délicatesses et ses points compliqués, sur lesquels
de graves matrones se livraient aux plus judicieuses discussions. La réunion, commencée d'ordinaire après le dîner, se
terminait à la chute du jour par un grand souper et un ju-
bilé général, auquel ce sexe incapable, qui ignorait l'art de
piquer, avait la permission de se montrer et d'établir ses
droits à la considération par des talents d'un autre genre.
Il est aisé de deviner que plus d'une allusion à ce futur
renfort était faite par les jeunes filles, dont la mise
coquette indiquait ce désir de trouver l'occasion de dire

« non » dont les mauvaises langues accusent les fillettes
malicieuses.

En présence de l'effroyable responsabilité qu'entraînait
la façon d'un tel couvre-pieds, le lecteur ne sera pas étonné
d'apprendre que la veille de la réunion, miss Prissy, armée
d'un dé, d'une paire de ciseaux et d'une pelote, accourut
au cottage afin de se soulager l'esprit par une conférence
préliminaire.

« Me voici n'en pouvant plus, mistress Scudder, dit-elle,
mais j'ai voulu courir jusque chez mistress Seaforth pour
voir le dessin de son couvre-pieds, parce que je voulais en
avoir vu le plus possible afin de me décider Le sien est en
coquilles; tout bonnement des coquilles ordinaires ; il n'est
pas comparable à la feuille de chêne de mistress Wilcox, et
d'ailleurs, il n'y a pas, selon moi, le moindre doute que la
sœur de mistress Wilcox n'ait obtenu ce dessin d'une dame
dont la cousine était gouvernante dans la famille royale ; je
l'ai essayé aujourd'hui sur un morceau de taffetas, et il m'a
paru d'un effet charmant, en sorte que j'ai voulu venir vous
demander si vous n'étiez pas d'avis de nous décider pour la
feuille de chêne.

— Certainement, si c'est votre opinion, miss Prissy, »
dit mistress Scudder, qui se montrait complétement docile
aux opinions de cette habile personne, comme le sont généralement les matrones de la Nouvelle-Angleterre envers la
couturière régnante

Miss Prissy avait conscience que dans toute maison son
arrivée matinale était considérée comme une faveur spéciale, ce fut donc d'un ton légèrement protecteur qu'elle
annonça son intention de rester et de passer la nuit au
cottage.

« C'est une bonne idée, miss Prissy, dit Marie, et vous
serez la bienvenue à partager mon lit.

— Je savais d'avance que vous me répondriez ainsi, Marie, car je ne vous ai jamais rien vu dont vous ne fussiez
prête à donner la moitié, depuis le temps où vous étiez
haute comme ça. » Et miss Prissy tenait sa main à deux
pieds au-dessus du plancher

Le rouge-gorge du vieux pommier fut vaincu en vigilance le lendemain matin, car miss Prissy, levée bien avant lui, allait et venait dans la chambre sur la pointe du pied, faisant tomber une foule de petits objets dans ses efforts pour ne pas faire de bruit afin de ne pas réveiller Marie, et en effet ce ne fut que lorsqu'elle eut renversé la table de nuit avec le flambeau, les mouchettes et la Bible qui étaient dessus que Marie ouvrit les yeux.

« Miss Prissy! s'écria-t-elle, mais que faites-vous donc?

— Je tâchais d'aller tout doucement, afin de ne pas vous réveiller, et il semble justement que tout ait juré de tomber par terre. Mais il n'est encore que trois heures et demie, ainsi tâchez de vous rendormir.

— Mais, miss Prissy, dit Marie se mettant sur son séant, vous voilà tout habillée, où allez-vous donc?

— S'il faut vous dire la vérité, Marie, je suis de celles qui ne peuvent dormir lorsqu'une grande responsabilité pèse sur elles, et il y a plus d'une heure que j'étais éveillée, songeant à ce couvre-pieds. Je veux essayer d'une nouvelle manière de le tendre, parce que vous devez vous rappeler que quand nous avons piqué celui de Cérinthie Stebbins, nous avons eu beaucoup de peine à le rouler, en sorte que je voudrais faire l'expérience de ce nouveau moyen avant déjeuner. J'espérais pouvoir sortir de la chambre sans être entendue de personne, et maintenant je ne sais comment faire; je ne voudrais pas réveiller votre mère, qui travaille dur et qui a besoin de repos. Mais la porte de cette chambre crie comme un chat qu'on écrase, il y aurait de quoi réveiller un mort!

« Marie, ajouta-t-elle avec une soudaine énergie, si j'avais seulement une goutte d'huile dans une soucoupe, j'empêcherais cette porte de faire du bruit. Et les yeux de miss Prissy brillaient de résolution.

— Je ne vois pas trop où vous pourriez en trouver à cette heure-ci, dit Marie.

— Enfin, n'importe, je m'en vais ouvrir la porte aussi doucement que possible, » dit miss Prissy en sortant de la chambre.

17

Le résultat de ses précautions fut presque aussitôt annoncé à Marie par un son prolongé, semblable au miaulement d'un chat enrhumé, accompagné d'un sourd grognement de miss Prissy et suivi d'un grand éclat final, occasionné par la chute de toutes les pièces du métier, qu'on avait déposées dans un coin de la chambre et qu'elle venait de renverser.

« Qu'est-ce? Qu'y a-t-il? » cria de sa chambre mistress Scudder effrayée. Deux longs éclats de rire lui répondirent seuls. L'un de Marie, assise sur son lit, l'autre de miss Prissy, assise sur le plancher sablé, et se tenant les côtes.

CHAPITRE XXVIII.

A six heures, miss Prissy sortit du salon, pour venir déjeuner, de l'air d'un général qui a achevé son plan de campagne, la figure rayonnante de satisfaction. Vers la fin du
repas on entendit un bruit de roues et l'on aperçut Candace,
juchée en haut du wagon, avec son accompagnement habituel de sacs et de paniers.

« Bonté divine ! si ça n'est pas Candace ! s'écria miss
Prissy. Mistress Marwyn envoie sans doute quelque chose
pour l'assemblée. » Elle s'élança au dehors, légère comme
un oiseau-mouche, et on l'entendit bientôt pousser une suite
d'exclamations admiratives, tandis que Candace tirait majestueusement du wagon, panier après panier, et soulevait
devant l'œil ravi de miss Prissy un coin de la serviette blanche qui les recouvrait. Prenant enfin un grand panier sous
chaque bras, elle s'avança majestueusement vers la maison,
comme un puissant navire rentrant dans le port après un
fructueux voyage.

« Bonjour, mistress Scudder, bonjour, docteur, dit-elle
en faisant la révérence ; bonjour, miss Marie. On s'est levé
matin chez nous aujourd'hui, comme vous voyez, et mistress Marwyn m'a envoyée vous porter quelques petites choses. » Posant donc ses paniers par terre et s'asseyant entre
les deux, elle commença à en sortir le contenu d'un air de
triomphe mal déguisé. L'un des paniers était rempli de gâteaux de toute espèce, depuis le grand mont Blanc avec ses
pics glacés jusqu'aux macarons et aux meringues.

Dans l'autre panier était du beurre doré posé sur un lit de feuilles vertes et entouré de groseilles roses et blanches, puis de cerises et de framboises, complétant la décoration. D'un autre panier, emporté par miss Prissy, on sortit une volaille froide et une langue, délicatement préparées et ornées de persil. Candace, dont chaque mouvement trahissait la délectation dans les bonnes choses de ce monde, assise comme elle était là, avec son brillant turban, eût pu suggérer à un peintre l'idée d'un génie africain de l'Abondance.

« Mais vraiment, Candace, vous nous comblez! dit mistress Scudder.

— Ha! ha! ha! fit Candace. Comme je le disais à mistress Marwyn, les gens ne se marient qu'une fois dans leur vie, généralement parlant, c'est-à-dire, et il est bon qu'ils aient le quoi se régaler dans cette occasion.

— Oh! pour le coup, dit miss Prissy, tirant le grand gâteau du panier, voici qui enfonce tout le reste!

— Je l'espère bien, dit Candace, relevant la tête avec fierté, sinon ça ne serait pas faute que la vieille Candace ait mis tout ce qu'il faut. Hier je n'ai pas fait autre chose de la journée. Caton en se levant a voulu me parler des boutons de sa chemise, mais je l'ai bien vite rembarré. Mon ami, que je lui ai dit, quand j'ai un gâteau à faire pour une grande circonstance, j'ai besoin d'avoir l'esprit aussi tranquille et aussi libre que si j'allais à l'église. Maintenant, Caton, le vieux docteur va se marier, et ceci est son gâteau de noces; tout Newport va se trouver à cette assemblée de mistress Scudder, et si le gâteau n'était pas bon, ce serait vraiment mettre une lumière sous le boisseau; ainsi donc, Caton, mon ami, nous remettrons tes boutons à un autre jour. Et Caton a tout de suite compris la chose, car bien qu'il ne sache pas faire les gâteaux comme moi, c'est étonnant comme il en est bon juge, et il est enchanté quand je mets de côté de quoi lui en faire un petit pour son souper.

— Comment va mistress Marwyn? dit mistress Scudder.

— Bien doucement; toujours maigre et pâle, mais malgré ça ayant l'œil à tout. C'est à peine si elle touche les choses du bout du doigt, mais ça suffit pour faire tout marcher.

Elle viendra ce soir à l'assemblée, mais elle m'a dit de partir en avant avec les provisions et de rester ici, car missis et moi nous savons combien de tours et de détours on fait dans ces occasions-là, et nous voudrions tâcher de vous aider.

— Voilà ce que j'appelle des amis, à la bonne heure! s'écria miss Prissy en levant les mains; c'était justement à quoi je pensais cette nuit, parce que, comme vous savez, les gens ont coutume, dans ces occasions, de se fatiguer à mourir pour les préparatifs, puis quand vient le moment, ils n'en peuvent plus et n'ont pas seulement la force de dire un mot à leurs amis. Mais mistress Scudder et Marie n'ont qu'à se tenir tranquilles et s'en rapporter à nous, n'est-ce pas, Candace?

— Ah, pour ça, oui! fit Candace. Montrez-moi seulement ce qu'il y a à faire et je réponds de tout. »

Candace et miss Prissy s'en furent ensemble à l'office, emportant les paniers, dont elles eurent bientôt rangé le contenu. Candace, après avoir fermé la porte, commença ses confidences.

« Voyez-vous, dit-elle, au fond ça me fait quelque chose pour missis, parce que, comme vous savez, elle pensait que si jamais Marie se mariait, ce serait avec un autre, vous comprenez? »

Miss Prissy répondit par un gémissement sympathique.

« Enfin, dit Candace, si ç'avait été tout autre que le docteur, quant à moi, je n'aurais pas pu me résigner. Mais après tout ce qu'il a fait pour ma couleur, je n'aurais jamais le cœur de trouver qu'il y a quelque chose de trop bien pour lui. Malgré tout, je disais l'autre jour à mon mari : « Caton, « je ne sais pas ce qu'en pensent les autres, mais pour moi, « je n'ai jamais été persuadée jusqu'au fin fond que massa « James soit vraiment mort pour certain. » Je sais bien qu'à la façon de penser des blancs, il n'y a plus d'espoir, parce que le squire a fait venir ce Jéduthan à la maison et l'a questionné par tous les bouts pendant plus de trois heures, et au fait ça n'est pas que je voie de l'espérance, si ce n'est que comme je le disais à Caton, je ne le sens pas jusqu'au fin fond, là. »

Candace était trop peu versée dans la sagesse de ce monde pour savoir qu'elle partageait avec une vaste et respectable école philosophique, cette façon particulière de décider de l'évidence qui, après tout, comme le verra le lecteur, n'est pas entièrement dénuée de fondement.

« Et puis encore une chose, dit Candace, il m'est arrivé plus de douze fois cette année, en nettoyant mes couteaux, de faire tomber une fourchette qui s'est fichée droit en terre, et la dernière fois je l'ai même fait remarquer à mistress Marwyn, mais elle m'a seulement répondu : « Eh bien, « après, Candace? »

— Pour moi, dit miss Prissy, je ne suis pas superstitieuse, mais enfin il faut avouer qu'il arrive d'étranges choses, comme par exemple pour les chiens qui hurlent sous les fenêtres, je n'y crois pas le moins du monde, mais j'ai toujours vu en pareil cas une mort arriver dans la maison.

— Moi, je vous le dis, reprit Candace d'un air mystérieux, que les chiens en savent plus long qu'ils ne veulent dire.

— Précisément; je me rappelle qu'une nuit, tandis que je gardais la colonelle Andrews, après la naissance de Marthe, nous entendîmes des hurlements lugubres, et mistress Adrews me dit : « Pour l'amour de Dieu, miss Prissy, allez « un peu voir en bas ce que c'est que ce bruit-là. » Je descendis, et qu'est-ce que je trouvai dans le jardin? leur terreneuve qui avait creusé une fosse et qui restait là à gémir à côté. »

Candace, d'un air de profond intérêt, se rapprochait de miss Prissy à mesure que celle-ci baissait la voix.

« Eh bien! dit Candace après une courte pause de miss Prissy.

— Eh bien, je ne voulus pas effrayer mistress Andrews et je lui dis que ça ne voulait rien dire. Mais, ajouta miss Prissy d'un air significatif, elle perdit un de ses frères six mois après, et je l'ensevelis de mes propres mains, oui, je l'ensevelis dans de la flanelle blanche!

— Il y a aussi des gens qui disent que rêver de chevaux noirs est un signe immanquable. Jenny Stiles est très-habile sur toutes ces choses-là.

— Je vous assure, dit miss Prissy, qu'il y a beaucoup plus de choses dans ce monde que n'imaginent bien des gens.

— Ça, c'est vrai, et jusqu'ici je ne m'en suis pas encore ouverte à personne, mais voici trois matins de suite que je rêve la même chose; je vois James Marwyn enfonçant dans l'eau et levant ses mains en l'air. Et puis alors le Seigneur Jésus marchant sur les eaux, qui vient lui prendre la main en disant : « O homme de peu de foi, pourquoi as-tu douté? » et alors il le tire de l'eau. Je n'ai confié la chose à personne, à cause du docteur; vous savez qu'il a coutume de dire qu'il ne faut pas faire attention à tout cela, parce que les songes appartiennent à l'ancienne dispensation.

— Je ne sais vraiment que penser, fit miss Prissy. Et quelle heure était-il quand vous rêviez ces choses-là?

— Dame! fit Candace, c'est tout à fait au petit jour, je m'éveille habituellement à cette heure là, puis je me retourne un peu dans mon lit, et alors mes rêves sont plus clairs que dans la nuit.

— Je ne sais que penser, répéta miss Prissy, cela peut avoir rapport à l'état de son âme, voyez-vous.

— Je sais cela, dit Candace, mais autant que j'ai pu en juger dans mon rêve, ajouta-t-elle en baissant la voix, *l'âme du pauvre garçon était dans son corps!*

— Mais comment pouvez-vous le savoir? fit miss Prissy étonnée de la parfaite confiance avec laquelle Candace exprimait son opinion.

— Voyez-vous, le docteur n'aime pas que nous parlions de ces choses-là, parce qu'il dit que c'est des idées de païens, mais les gens qui ont coutume de voir ça connaissent un esprit hors du corps d'avec un esprit dans le corps, tout aussi aisément que vous connaissez Marie d'avec le docteur. »

Mistress Scudder, en ouvrant la porte de l'office, mit fin à cette mystérieuse conversation, qui avait déjà si gravement affecté miss Prissy, que dans l'ardeur de son intérêt celle-ci avait repoussé son bonnet en arrière, et que sur ses nœuds de rubans en désarroi semblait avoir soufflé une bise venue du pays des esprits; elle se mit à tourner autour de l'office dans un état d'agitation nerveuse, renversant les plats, cognant les assiettes et entassant une foule de suggestions contradictoires sur ce qu'il venait de faire en premier, en sorte que mistress Scudder demeura immobile de surprise à la vue de ces façons extravagantes.

Le vague sentiment de quelque chose d'étrange en elle-même sembla frapper miss Prissy, car elle fit un vigoureux effort pour paraitre calme, et se retournant vers mistress Scudder d'un air de suave dignité, lui demanda s'il ne serait pas à propos de mettre James Marwyn au four, tandis que Candace préparait les pâtés, entendant naturellement parler d'un énorme dindon qui devait être le premier d'une série indéfinie de volailles destinées à être rôties ce jour là; puis s'apercevant, à l'air stupéfait de mistress Scudder, qu'elle n'avait pas réussi à améliorer les choses, elle frotta ses lunettes, les planta en diagonale sur son nez et demeura à regarder au travers, d'un air hébété, qui, chez une moins judicieuse personne, aurait pu suggérer l'idée d'un état de légère ivresse.

Mais les exigences immédiates d'une dispensation temporelle vinrent mettre un terme aux fantaisies inaccoutumées de miss Prissy, et on la vit bientôt, rapide comme un météore, époussetant les meubles, secouant les rideaux, comptant les serviettes, essuyant et triant les porcelaines, le tout avec une vélocité telle, qu'on était tenté de croire à son ubiquité.

Candace, que les proportions de son individu restreignaient à un mode de locomotion tout différent, la suivait des yeux et exprimait en phrases sentencieuses son opinion sur cette façon de procéder.

« Savez vous pourquoi celle-là ne s'est jamais mariée? dit-elle à Marie dans un moment où miss Prissy venait d'exécuter une de ses rapides évolutions à travers la cuisine.

— Non, répondit innocemment Marie, pourquoi donc?

— Parce qu'aucun homme n'a jamais pu courir assez vite pour l'attraper, » dit Candace, et toute sa massive personne se secoua sous l'impulsion de la gaieté que lui suggérait cette saillie.

Vers deux heures une société choisie commença à se rassembler. Mistress Twitchel arriva, aussi douce, aussi potelée, aussi plaintive que par le passé, accompagnée de Cérinthie-Anne, belle, grande et vigoureuse fille, aux yeux noirs et brillants, aux mouvements brusques, à l'air intelligent et décidé.

La bonne mistress Jones, toujours large, solide, expansive, ayant tranquillement végété dans le potager des vertus depuis la réunion que nous l'avons vue embellir il y a trois ans, était aussi bien conservée que possible, et apportait du beurre frais, de la crème et un gâteau fait d'après une recette toute nouvelle, importée de Philadelphie. La figure maigre et anguleuse de mistress Siméon Brown manquait seule à l'appel, mais elle avait renoncé à protéger mistress Scudder, et secouait dédaigneusement la tête lorsque par hasard elle entendait prononcer son nom.

La feuille de chêne fut donc définitivement adoptée pour le dessin du couvre-pieds et bientôt, vieilles et jeunes se mirent activement en devoir de l'exécuter. La conversation prit un tour général, en rapport avec le motif de la réunion, et si parfois elle venait à languir, quelque allusion à un mariage projeté, ou quelque malicieuse insinuation au sujet de la future jeune *Madame* de la paroisse suffisait à ranimer l'entretien de la compagnie.

Cérinthie-Anne réussit à produire une commotion électrique en déclarant que, pour sa part, elle ne comprenait pas comment on pouvait épouser un ministre; que cette idée ne lui viendrait pas plus que celle de faire la cuisine dans une église.

« O Cérinthie-Anne! s'écria douloureusement mistress Twitchel, comment peux-tu parler ainsi?

— C'est positif, répliqua l'aventureuse demoiselle, avec les autres hommes on a au moins quelques moments de tranquillité, mais un ministre, ça ne bouge jamais de la maison.

— Vous pensez donc que moins on voit un mari, mieux vaut? dit une de ces dames.

— Précisément, fit Cérinthie, coupant son fil d'un air résolu. J'aime la coutume des Nantuckiens, qui s'en vont faire des voyages de quatre ans et laissent le champ libre à leurs femmes. Si jamais je me marie, ce sera avec l'un d'eux. »

Nous devons faire observer en passant que miss Cérin-thie-Anne recevait en ce moment les visites subreptices d'un jeune et sentimental théologien, qui venait parfois prêcher dans le voisinage et descendait chez son père, le diacre. Violemment attaqué sur la doctrine de l'élection par miss Cérinthie, ce bon jeune homme était parvenu à la lui expliquer d'une façon tout à fait pratique, et c'était jus-tement la conscience de l'état chancelant de la garnison in-térieure qui rendait si énergiques les protestations de la jeune personne. Comme Marie avait été la confidente de toute l'affaire, elle se divertissait intérieurement de cette discussion.

« Prends garde à toi, Cérinthie-Anne, dit mistress Twit-chel, il ne faut jamais dire : fontaine je ne boirai pas de ton eau. Les jeunes filles parlent du mariage, continua-t-elle en retombant dans son ton habituel de mélancolie didac-tique, les jeunes filles parlent du mariage sans songer à la terrible responsabilité qu'il entraîne.

— Oh! quant à ça, s'écria Cérinthie, il y a plus de six ans que j'étudie mon pouding, je le jetterais par la chemi-née sans craindre qui que ce soit. » Ces paroles avaient trait à la tradition ayant cours à cette époque, qu'une jeune fille n'était bonne à marier que lorsqu'elle savait faire un pou-ding bouilli assez solide pour être jeté par la cheminée et retomber dehors sans se briser. Les paroles de Cérinthie-Anne furent donc suivies d'un rire général.

« Les jeunes filles ne sont plus ce qu'elles étaient de mon temps, dit gravement une vieille dame ; je me rappelle avoir entendu dire à ma mère qu'à treize ans elle tricotait un bas tout entier en un jour.

— Je n'ai jamais eu beaucoup de foi dans ces histoires de l'ancien temps; et vous? dit Cérinthie, faisant appel aux plus jeunes membres de la société.

— Dans tous les cas, dit mistress Twitchel, la femme de

notre ministre sera un modèle, je ne connais personne qui file ou qui couse comme elle. »

Marie était là, placide et dégagée comme la lune nouvelle, écoutant babiller les autres avec la tranquillité d'un jeune cœur qui a de bonne heure survécu à la vie, et regarde toutes les choses de ce monde du haut d'une éminence paisible, située à mi-chemin d'un monde meilleur. Aimable envers tous, elle était attentive aux besoins de chacun, et tenait un dé, des ciseaux et du fil tout prêts pour ceux qui en avaient besoin; mais dans un temps d'arrêt de la conversation on s'aperçut qu'elle et mistress Marwyn avaient disparu. Elles étaient dans la petite chambre de Marie, assises sur le lit, enlacées dans les bras l'une de l'autre, causant affectueusement à voix basse.

« Marie, mon enfant, disait mistress Marwyn, je dois m'estimer heureuse de cet événement, car il te fixe à Newport, j'avais toujours peur que ce joli visage ne fût cause qu'on t'emmenât loin de moi, toi qui es en quelque sorte ma meilleure amie.

— Ah! vous pouviez être sûre, dit Marie, que je n'aurais jamais songé à me marier, si le bonheur de ma mère et celui d'un si digne ami n'eussent semblé l'exiger. Lorsque nous nous renonçons en quelque chose, nous avons le droit d'espérer la bénédiction de Dieu, c'est pourquoi je me sens assurée d'une vie paisible. Vous serez toujours pour moi comme une mère, ajouta-t-elle en appuyant sa tête sur l'épaule de son amie.

— Oui, dit mistress Marwyn, et je ne veux pas penser à la joie que j'eusse éprouvée de t'avoir réellement pour fille, si tu te sens réellement heureuse, si tu peux entrer dans cette vie sans appréhensions....

— Je le puis! » dit Marie avec fermeté.

Un hasard étrange voulut qu'en ce moment le cordon passé dans les coquilles qui encadraient la petite glace, depuis longtemps rongé des vers, vînt à se rompre; les coquilles tombèrent bruyamment à terre.

Les deux femmes tressaillirent, car les coquillages avaient été placés là par James, et bien que ni l'une ni l'autre ne fût superstitieuse, c'était une de ces coïncidences bizarres qui font battre le cœur.

« Cher James, dit Marie en ramassant soigneusement les coquilles; n'importe où il soit, je ne cesserai jamais de l'aimer; je suis triste de voir ceci se briser, mais ce n'est là qu'un accident; rien de ce qui le touche ne sera jamais brisé dans mon cœur. »

Mistress Marwyn, les larmes aux yeux, serra Marie sur son sein.

« Je m'en vais vous dire, Marie, ce sont les vers qui en sont cause, dit miss Prissy, qui était debout à l'entrée de la chambre depuis quelques instants; les vers n'en font pas d'autre. La semaine dernière, il est tombé chez mistress Vernon un grand portrait de famille, parce que la corde était mangée des vers. On devrait toujours se servir de fil de fer ou de cordons de coton. Mais je venais vous dire que le souper est prêt, que le docteur est là et que tout le monde se demande où vous êtes. »

Marie et mistress Marwyn jetèrent toutes deux un coup d'œil sur la glace pour s'assurer que leur toilette n'était pas dérangée, puis se rendirent à la cuisine, où sur une longue table était exposée cette plénitude de provisions que l'immortelle description de Washington-Irving nous dispense d'énumérer en détail.

Les maris, les frères, les amoureux étaient arrivés, et la scène était des plus animées. Lorsque Marie entra il se fit un moment de silence; elle fut conduite près du docteur, puis celui-ci, levant la main, appela la bénédiction divine sur la table pesamment chargée. Une franche et cordiale gaieté se répandit parmi les convives. Des groupes de jeunes gens et de jeunes filles babillaient joyeusement, faisant assaut d'amabilité et de galanterie. De sérieuses matrones se livraient à d'intelligents commentaires sur les différents gâteaux, et se révélaient les unes aux autres des secrets tout particuliers d'art culinaire, tirés de leurs archives de famille. On eût pu apprendre à la fois, dans cette instructive assemblée, à empêcher les vers de se mettre aux couvertures et à faire des fritures de pâtes imitant les huîtres à s'y méprendre.

à élever les enfants au biberon et à raccommoder la porcelaine, à détacher la soie et à concilier la prescience de Dieu
avec le libre arbitre, à faire avec cinq aunes de drap ce qui
en exigeait absolument six, et à s'opposer efficacement au
progrès des passions démocratiques. Tous étaient affairés,
ardents, convaincus, tranchants, exactement comme le serait
une assemblée d'hommes et de femmes, vieux et jeunes,
en 1859.

Missy Prissy triomphait sur toute la ligne, les nœuds
roses de son plus beau bonnet s'agitaient incessamment, et
elle présentait à la bourgeoisie de Newport étonnée un
livre de recettes *vivant*. Quelques-unes de ses communications avaient même une telle gravité, qu'elle n'en disait
qu'à voix basse et du ton le plus confidentiel les parties im-
portantes. Au milieu de la foule l'admirateur théologique de
Cérinthie-Anne se distinguait par son attitude méditative,
et cette jeune personne vint bientôt augmenter la conviction
où il était de la dépravation totale de notre espèce, en le
vexant et le taquinant de ces mille et une façons dont une
jeune fille espiègle et mal élevée sait tourmenter et décon-
certer un jeune homme sérieux et timide, s'excusant sans
doute intérieurement par la pensée qu'un certain jour elle
rachèterait toutes ses fautes en bloc.

Vanité des splendeurs! Cette soirée si glorieuse et si gaie,
si fertile en instructions comme en divertissements, devait
cependant finir. Peu à peu la compagnie se dispersa; les
matrones remontèrent paisiblement à cheval derrière leurs
époux, et Cérinthie consola son amant clérical en lui donnant l'occasion de la sermoner le long du chemin, s'il en
avait le courage.

M. et mistress Marwyn, accompagnés de Candace, s'en
retournèrent silencieusement à la maison Blanche. Le docteur rentra dans son cabinet pour se livrer à ses dévotions
du soir, et bientôt tous les habitants du cottage furent livrés
au sommeil.

« Eh bien, malgré tout ça, Caton, dit Candace à son mari
avant de s'endormir, je ne peux pourtant pas sentir dans la
moelle de mes os que ce mariage-là doive se faire. »

CHAPITRE XXIX.

A partir de ce jour les préparatifs du mariage furent menés au cottage avec cette suite et cette vigueur qu'apportent les Yankee dans toute opération dont ils aperçoivent nettement le but. La cérémonie fut fixée au 1ᵉʳ août, et chaque jour des deux semaines qui devaient s'écouler d'ici là, eut son emploi particulier tracé d'avance par mistress Katy Scudder. Il fut convenu que le nouveau ménage continuerait, pendant quelque temps du moins, de résider au cottage. On pourrait donc croire qu'aucune innovation considérable n'était nécessaire, mais c'est chose surprenante que la quantité de graves discussions, de consultations, d'allées et venues auxquelles peut donner lieu un changement en apparence léger dans la position relative de deux personnes de la même maison.

Le docteur Hopkins ouvrait des yeux étonnés; l'excellent homme était trop modeste pour s'être jamais imaginé qu'il pût devenir le héros de si grands préparatifs. Il entendait son nom constamment prononcé dans les conciliabules que tenaient miss Prissy, mistress Twitchel, mistress Scudder et mistress Jones, et se demandait innocemment ce que ces dames pouvaient avoir, de plus qu'à l'ordinaire, à dire de lui. Pendant quelque temps il lui sembla que la maison tout entière allait être mise sens dessus dessous. Lui-même fut un jour prié de sortir de son cabinet, dans lequel entrèrent immédiatement deux des plus vigoureuses femmes de la paroisse, qui procédèrent aux mesures les plus radicales,

commençant par tout mettre en bloc, en sorte que le docteur, qui revint après quelques instants pour chercher un
livre, considéra son système de théologie et lui-même
comme entièrement perdus, jusqu'à ce qu'une des coupables
ui eût assuré, d'un ton de condescendance, qu'il n'entendait rien du tout à la chose, et que s'il voulait revenir dans
une couple d'heures, il retrouverait tout à sa place; il s'efforça d'ajouter à cette déclaration une foi aveugle, ce en
quoi il éprouva l'avantage d'un esprit accoutumé à croire
aux mystères. La vérité nous oblige d'ajouter qu'effective-
ment à son retour il trouva sa table dans l'ordre le plus parfait, et sans qu'il y manquât un seul papier. La pièce parut
à son œil ignorant exactement la même qu'auparavant, mais
lorsque miss Prissy lui eut éloquemment démontré qu'il n'y
avait pas un pouce de peinture qui n'eût été gratté et net-
toyé, que les fenêtres avaient été démontées et les carreaux
lavés au dedans comme au dehors, que les rideaux avaient
été savonnés, mis au bleu, empesés et repassés, il se demanda avec simplicité en quoi toutes ces cérémonies étaient
nécessaires au mariage d'un homme. Mais le docteur était
prudent et savait se taire dans les cas difficiles, c'est pourquoi il se borna à informer ces énergiques praticiennes
« qu'il leur était extrêmement obligé, » acceptant les choses
de confiance, exemple que nous recommandons à tous les
hommes en pareille circonstance.

La maison tout entière fut soumise à des rénovations ana-
logues. Tout ce que renfermaient les commodes, les malles,
les boîtes, fut vigoureusement secoué et mis à l'air dans la
cour, car lorsque l'esprit d'entreprise s'est une fois emparé
d'un groupe de femmes, il prend le caractère d'une « fureur
prophétique » et les transporte hors d'elles-mêmes. Qu'un
ignorant mortel du genre masculin ne vienne pas, dans de
tels moments, contester témérairement les inspirations du
génie qui les possède. En dépit de tous les traités récem-
ment publiés pour établir qu'il n'existe aucune diversité inhérente entre les hommes et les femmes, nous soutenons
qu'une saison de nettoyage à fond est suffisante pour démontrer l'existence de profondes et mystérieuses différences

entre les sexes, et celle, chez la partie féminine, de forces
subtiles et cachées, devant lesquelles les seigneurs de la
création ne peuvent que se voiler respectueusement la face,
ainsi que fit notre bon docteur.

Sa conduite entière, à cette occasion, fut empreinte d'une
humilité si édifiante, qu'elle toucha profondément tout le
synode de matrones; miss Prissy, pour le récompenser,
déclara qu'il était, selon elle, digne d'être consulté sur le
choix de la robe de noces, et fondant impitoyablement sur
lui, au moment le plus critique d'une distinction entre les
facultés naturelles et les facultés morales, elle le transporta
(car pour les fées ce n'est qu'un jeu de transporter les plus
pesants des mortels), elle le transporta, disons-nous, dans
le salon, où trois pièces de brocart, étendues sur la table,
étaient l'objet de l'attention générale.

Marie, debout près de la table, sa jolie tête un peu penchée en avant, sa joue appuyée sur le bout de ses doigts,
semblait regarder à travers les brocarts quelque chose de
profond caché en dessous; lorsqu'on demanda au docteur
son avis sur le dessin des étoffes, les matrones remarquèrent
que ses grands yeux bleus étaient fixés sur Marie avec une
expression qui semblait illuminer son visage; et ce ne fut
qu'après que miss Prissy lui eut touché plusieurs fois le coude
qu'il porta enfin son attention sur les brocarts comme on
l'y conviait. C'était l'une des théories favorites de miss Prissy,
que « ce cher saint homme ne manquerait pas de goût si
seulement il voulait faire attention aux choses, » et le docteur justifia en partie cette remarque dans la présente occasion, car il examina consciencieusement les étoffes, les
toucha même avec précaution et respect, et écouta d'un air
de profonde attention tout ce que lui dit miss Prissy de leurs
propriétés et de leurs prix respectifs, puis posant le doigt
sur celle dont le dessin représentait des lis de la vallée se
détachant sur un bouquet de feuilles vertes, il dit d'un ton
décidé : « C'est celle-ci qu'il faut prendre, » et il regarda
Marie en souriant, tandis qu'un murmure d'approbation
universelle accueillait ses paroles. Un chorus d'acclamations
bruyantes, dans lesquelles dominait la voix de miss Prissy,

18

suggéra au docteur l'idée qu'il s'était distingué de quelque façon mystérieuse, aux yeux de ses amies féminines, sur quoi il rentra dans son cabinet, légèrement étonné, mais fort satisfait, comme le sont généralement les hommes lorsqu'ils ont mieux fait qu'ils ne s'y attendaient : miss Prissy, renvoyant alors tous les profanes hors du salon, tint avec Marie et mistress Scudder une consultation solennelle au sujet de la façon qu'il convenait d'adopter définitivement pour la robe désignée.

Dans l'après-midi du même jour, à cette heure de calme et de fraîcheur où le tic-tac de l'horloge résonne si tranquille dans une cuisine de la Nouvelle-Angleterre et où tout y est si propre, si brillant, si rangé, qu'il semble qu'il n'y ait rien à faire dans la maison, Marie était tranquillement assise dans sa chambre, occupée à ourler une manchette. Tous les autres commensaux du cottage étaient dehors. Le docteur, s'abandonnant avec une foi implicite à mistress Scudder et miss Prissy, avait été emmené à Newport pour diverses emplettes relatives à l'homme extérieur qu'on lui avait représentées comme indispensables pour la prochaine solennité.

Marie, satisfaite du calme qui régnait dans la maison, chantonnait tout en cousant, lorsque soudain le bruit d'un pas ferme et rapide se fit entendre dans la cuisine, et l'on vit paraître à la porte miss Cérinthie-Anne Twitchel avec ses yeux brillants, son air résolu et ses belles couleurs, qu'avait encore ravivées une course de trois milles, entreprise par une chaude journée de juillet.

« Bonjour Cérinthie, fit Marie, oh! que je suis contente de te voir!

— Je serais venue dès le commencement de la semaine, dit Cérinthie, si on n'avait pas tant de choses à faire dans le temps des foins, mais aujourd'hui j'ai déclaré à maman, que, foin ou non, j'entendais venir. Je t'ai apporté ceci, dit-elle en remettant à Marie une douzaine de serviettes blanches comme la neige ; je les ai filées moi-même, et comme je pensais à toi presque tout le temps, je suppose qu'elles ne sont pas tout à fait aussi mauvaises qu'on pourrait le croire. »

Nous remarquerons en passant que Cérinthie-Anne, qui, douée d'une grande vivacité et d'une grande vigueur physique, n'avait pas d'inclination pour les choses invisibles et spirituelles, éprouvait néanmoins un certain ressentiment d'être classée comme pécheresse au-dessous de plusieurs autres, qui, comme membres de l'Église, professaient de grands principes, mais sans être pour cela, comme elle disait, « un iota meilleures qu'elle. »

Ayant néanmoins toujours eu une vive et profonde affection pour Marie, elle avait coutume de la prendre pour confidente de ses plus importants secrets, et il devint bientôt évident qu'elle en avait un à lui révéler.

« Allons donc nous asseoir dans le verger, » dit-elle après être restée un moment à rouler les rubans de son chapeau de l'air d'une personne qui a quelque chose à dire et ne sait par où commencer.

Marie rassembla son fil, ses ciseaux et ses manchettes, et toutes deux, passant par-dessus la fenêtre, se trouvèrent bientôt commodément installées sous un grand pommier dont les branches, retombant presque jusque sur les hautes herbes, formaient une sorte de réduit aussi solitaire qu'on pouvait le désirer.

Elles s'assirent à côté l'une de l'autre, puis Cérinthie, ôtant son chapeau, le jeta dans l'herbe et laissa voir ses beaux cheveux noirs, toujours soigneusement partagés en nattes lisses et brillantes. Elle semblait à la fois embarrassée et préoccupée, et un œil expérimenté eût démêlé chez elle des signes avant-coureurs d'une confidence aussi infaillibles que ceux qui, l'été, annoncent l'approche d'une ondée.

Cérinthie commença par arracher l'herbe autour d'elle, tout en remarquant qu'elle ne comprenait pas, pour sa part, comment Marie pouvait rester si calme tandis que les choses étaient si proches; et comme Marie ne répondait que par un paisible sourire, elle reprit : « Je n'ai jamais compris qu'une jeune fille épousât un ministre, cependant, toi au moins, tu parais faite exprès pour ça. Mais que dirait-on si moi, je faisais jamais une chose semblable?

— Je ne sais pas, fit innocemment Marie.

— Je suppose que tout le monde lèverait les mains et les yeux au ciel; et cependant, je ne crains pas de le dire, ajouta-t-elle en rougissant, il n'y en a pas beaucoup qui pourraient faire une meilleure femme de ministre que moi, si je voulais une fois m'en mêler.

— Oh! pour ça, j'en suis sûre, dit Marie avec chaleur.

— Je parie bien que tu es la seule qui dirait cela, dit Cérinthie haussant les épaules avec impatience; papa se lamente toute la journée à mon sujet, maman fait chorus, et pourtant il me semble que c'est sur moi que retombe à peu près toute la besogne de la maison. Ils avouent bien que je leur suis d'une grande consolation au point de vue temporel, mais malgré ça, si tu savais avec quels soupirs et quels gémissements ils parlent de moi! Je trouve qu'il n'est guère agréable de savoir que vos parents pensent si mal de vous, tandis que vous vous éreintez à travailler pour eux nuit et jour; naturellement ça vous décourage, mais je ne sais que faire à cela. » Et pendant quelque temps Cérinthie s'amusa à cueillir des boutons d'or et à les jeter en l'air, jusqu'à ce que ses cheveux noirs fussent couverts de pétales jaunes, tandis que ses joues devenaient plus rouges encore, sous l'impression de ce qu'elle allait dire.

« Maintenant, Marie, cet individu que tu sais, eh bien! il ne veut pas se contenter d'un « non » pour réponse.

— Si tu essayais d'un oui? dit Marie avec malice.

— Oh! Marie. Tu me connais trop bien. J'ai bien l'air de ça, n'est-ce pas?

— Mais oui, dit Marie regardant Cérinthie en face, je trouve justement que tu en as l'air.

— Je dois dire une chose, reprit Cérinthie, c'est que je ne puis comprendre ce qu'il me trouve d'aimable. Il est cent fois trop bon pour moi. Tu n'as pas d'idée, Marie, à quel point je l'ai taquiné.

« Je crois que cet homme est un vrai chrétien, ajouta-t-elle, tandis qu'une larme pénitente brillait dans ses yeux noirs; en outre, je leur ai dit tout ce que je croyais propre à le décourager. Je lui ai dit que j'avais un mauvais carac-

tère, que je ne croyais pas aux doctrines et que je ne
pouvais pas promettre d'y croire jamais. Et malgré tout,
il s'obstine toujours dans son idée et je ne sais plus que
lui dire.

— Crois-tu que tu l'aimes réellement? dit Marie avec douceur.

— Moi, l'aimer, s'écria Cérinthie, certainement non ; ah
bien oui! qu'on m'y prenne à jamais aimer un homme! Je
lui ai encore dit le contraire hier au soir, mais cela n'a servi
de rien ; je le croyais d'abord timide, mais j'ai bien changé
d'avis, je t'en réponds. Il parle, parle, parle, jusqu'à ce que
je ne sache plus que penser ni que faire, et il faut avouer
qu'il parle quelquefois admirablement. » Ici Cérinthie détourna la tête et recommença à arracher le foin avec fureur.
Au bout de quelques instants elle reprit : « Le fait est,
Marie, que cet homme aurait besoin de quelqu'un qui le
soignât, car il ne songe jamais à lui. Malgré tout ce qu'on
a dit, il n'était pas plus poitrinaire que moi, vois-tu ; ça tient
tout bonnement à la vie qu'il mène ; il va toujours prêchant,
parlant, visitant, et personne pour l'obliger à se vêtir chaudement et pour le soigner lorsqu'il commence un rhume ou
qu'il s'est trop fatigué. Enfin, tout irrégénérée que je sois,
je m'entends à tenir les choses en ordre, et si je conservais
l'âme d'un tel homme dans son corps, je suppose que je
ferais ainsi quelque bien dans le monde, car il est clair que
si un ministre meurt, il ne convertira plus personne T'i-
magines-tu, cet homme venant me dire que je pourrais être
pour lui une consolation? Je lui ai répondu que c'était tout
à fait ridicule, et puis, ai-je ajouté, que penserait tout le
monde? J'espérais l'avoir fait changer d'idée hier soir, mais
pas du tout, il est revenu à la charge ce matin, me disant
que mes paroles de la veille lui avaient donné beaucoup
d'espoir! Il est certain que le pauvre homme est bien isolé :
sa mère est morte et il n'a jamais eu de sœurs. Je lui ai demandé pourquoi il ne s'adressait pas à miss Olladine Ho-
cum. Tout le monde est d'accord qu'elle ferait une excellente
femme de ministre.

— Eh bien, qu'a-t-il répondu à cela? dit Marie.

— Je ne sais quelle sottise, au sujet de ma figure, » dit Cérinthie baissant les yeux.

Marie regarda ces beaux cheveux noirs, ces longs cils bruns ombrageant des joues brillantes de fraîcheur où se dessinaient deux malicieuses fossettes, et dit tranquillement : « C'est sans doute un homme de goût, Cérinthie, je te conseille de t'en rapporter à son jugement.

— Quoi, vraiment, Marie! ne trouves-tu donc pas qu'en consentant à ce qu'il désire, je lui ferais tort, à lui?

— Pas le moins du monde, dit Marie.

— Les hommes vont bientôt rentrer du travail, dit Cérinthie en se levant, et il faut que j'aille préparer leur souper, car maman a la migraine aujourd'hui, et personne de la maison ne sait rien trouver quand je ne suis pas là. Je disais l'autre jour à maman que les irrégénérés étaient bons à quelque chose en ce monde, dans tous les cas.

— Ta maman en sait-elle quelque chose?

Oh! quant à maman, je crois qu'elle n'a cessé de prier Dieu pour cela depuis trois mois. Elle me regarde comme un sujet si désespéré, qu'elle y voit ma seule chance de salut. C'est ce qui m'avait tout à abord montée contre lui; mais lorsqu'une pauvre fille permet une fois à un homme d'argumenter avec elle, elle est sûre d'avoir le dessous. Je suis furieuse quand j'y pense; mais, bon Dieu! il est si doux, que ça ne sert à rien du tout d'être furieuse contre lui. Enfin je m'en retourne à la maison, et je réfléchirai à tout ça. »

En cet instant elle était réellement jolie; ses longs cils étaient humides et brillants comme l'herbe après la pluie, et une expression de douceur, presque tendre, avait remplacé la gaieté insouciante habituelle à sa physionomie.

Marie passa son bras autour d'elle avec un mouvement caressant auquel elle répondit par un cordial embrassement. Elles demeurèrent un instant enlacées; la brillante et vigoureuse fille tenant cette pâle et frêle créature appuyée sur sa poitrine, semblable au matin allègre et radieux, lorsqu'il enveloppe de ses rayons la lune argentée et diaphane.

« Tout ton monde est dehors, Marie, dit Cérinthie, tu devrais bien me reconduire un bout de chemin, il ne fait plus si chaud maintenant.

— Volontiers, dit Marie, attends-moi un moment, je vais mettre mon chapeau. •

Et bientôt toutes deux marchaient dans l'un de ces petits sentiers qui courent à travers les buissons de saviniers et de genévriers, tandis que Cérinthie poursuivait avec animation le sujet auquel elle revenait sans cesse.

Elles marchèrent longtemps, causant toujours, car lorsqu'une jeune fille a une fois entrepris de raconter à une autre tout ce qu'*il* a dit et tout ce qu'*il* a fait depuis trois mois, les promenades sont sujettes à se prolonger beaucoup.

Marie était en outre une des plus séduisantes petites confidentes qu'on puisse imaginer. Elle était si pure de tout égoïsme; elle s'intéressait si complétement à ce qu'on lui contait, que lorsqu'on causait avec elle, l'intérêt du sujet semblait aller toujours croissant; bien que si on eût voulu ensuite se rappeler la part qu'elle avait prise en paroles à la conversation, on eût été surpris de la trouver si petite.

Avant donc que Cérinthie-Anne eût achevé sa confession, elles se trouvèrent à plus d'un mille du cottage, et Marie commença à songer au retour, disant que sa mère, en rentrant, s'étonnerait de ne pas la voir.

CHAPITRE XXX.

Le soleil se couchait; l'air et la mer étaient inondés de ses rayons d'or. Les roches de la côte se teignaient de nuances roses et lilas; et jusqu'aux saviniers et aux genévriers étaient baignés de ces mêmes reflets. A travers ces lueurs chaudes et brillantes apparaissait la lune argentée, comme une puissance calme et supérieure qui n'attend que l'apaisement d'une émotion passagère pour faire sentir sa sereine influence.

Marie, en s'en retournant, marchait d'un pas plus lent que lorsque entraînée par le bras vigoureux et le mouvement résolu de sa jeune amie.

On dit qu'un accord nettement frappé sur un instrument de musique fait toujours vibrer la corde correspondante d'un autre, et Marie, en quittant Cérinthie, sentit en elle-même comme la plaintive vibration d'un sentiment qui n'avait rien de commun avec la tranquille affection que lui inspirait son futur époux. Elle tomba dans une de ces rêveries qu'elle croyait avoir chassées pour toujours, et le tableau d'une cérémonie de mariage se dressa devant elle; mais les yeux du fiancé étaient noirs; les boucles de ses cheveux de la même couleur, et la main de Marie tremblait dans la sienne comme elle n'avait jamais tremblé dans celle d'aucun autre.

Elle sortait d'un petit bouquet de cèdres situé sur une hauteur d'où l'on apercevait la mer, l'âme remplie d'une vague souffrance par le rêve qui l'obsédait. Soudain elle

entendit marcher derrière elle, et une voix dit : « Marie ! »
avec un accent d'étrange émotion ; elle se retourna et vit
ces mêmes yeux noirs, ces mêmes cheveux bouclés, et sa
petite main glacée trembla dans cette même main vivante,
forte, puissante. S'il était dans son corps ou s'il était hors de
son corps, elle n'en savait rien ; elle se sentit soulevée dans
ses bras, et des paroles qui allèrent jusqu'à son cœur, des
paroles que nous profanerions en les répétant, furent murmurées à son oreille.

   « Oh ! est-ce un rêve ! est-ce un rêve ! James, sommes-
nous donc au ciel ? Oh ! j'ai tant souffert ; j'étais si lasse, si
découragée ! Je croyais que tu ne reviendrais jamais ! » Puis
ses yeux se fermèrent, et le ciel et la terre disparurent dans
une extase de délicieux repos.

   Mais ce n'était pas un rêve, car une heure plus tard vous
eussiez pu voir un mâle jeune homme assis à cette même
place, tenant dans ses bras une pâle jeune fille, qu'il regardait avec la tendresse d'une mère pour son nouveau-né. Ils
causaient ensemble, ils causaient à voix basse, et dans tout
ce vaste univers, ni l'un ni l'autre ne voyait, ne sentait
autre chose que cette grande joie de se trouver ainsi réunis.
Ils parlèrent de cet amour plus puissant que la mort et que
les eaux ne sauraient éteindre. Ils parlèrent de la douleur
passée, de prières ardentes, d'espérances différées, et puis
toujours de cette grande joie, car *elle* était à peine revenue
au monde visible. Sortant d'un profond évanouissement,
elle n'était pas encore complétement rentrée dans la région
de la vie, mais seulement dans celle de l'amour ; et c'est
pourquoi, sans même savoir qu'elle parlait, elle avait tout
dit, et révélé en quelques instants l'histoire de ces trois
années.

   Mais enfin, soigneux de sa santé et effrayé de sa faiblesse,
James se leva et passa son bras autour d'elle pour la rame-
ner à la maison. Et en le faisant, il prononça un mot qui
soudain rompit le charme.

   « Il faut que tu m'accordes le droit, en qualité de futur
mari, de veiller sur ta vie et sur ta santé. »

   Alors revinrent le sentiment du monde visible, le souve-

nir, la conscience, la grande bataille du devoir; Marie se
recula un peu et dit :

« O James! tu es venu trop tard. Cela est maintenant
impossible. »

Il recula à son tour.

Es-tu donc mariée ?

— Je le suis devant Dieu, dit-elle. J'ai donné ma parole;
je ne puis me rétracter. J'ai permis à un honnête homme de
mettre en moi sa confiance, et cet homme m'aime de toute
son âme.

— Mais toi, Marie, tu ne l'aimes pas. C'est impossible!
dit James, la regardant avec une douloureuse tendresse;
après ce que tu viens de dire, c'est impossible!

— O James! je ne sais pas moi-même ce que j'ai dit.
Ç'a été si subit que je ne savais où j'étais, mais je ne dois
plus jamais parler ainsi. Le jour est fixé pour la semaine
prochaine. C'est la même chose que si tu m'avais retrouvée
sa femme!

— Pas tout à fait, dit James d'un ton mâle et résolu.

— O James! tu ne voudrais pas être égoïste? tu ne voudrais pas me tenter, m'entraîner à mal faire, à trahir une
promesse librement faite ?

— Mais, Marie, cette promesse, tu ne l'aurais jamais faite
si tu avais su que je fusse vivant!

— C'est vrai, James, mais enfin je l'ai faite et j'ai souffert
qu'il basât dessus tout l'espoir de sa vie. Ne me tente pas,
James, je t'en supplie; aide-moi plutôt à faire mon devoir.

— Mais tu n'as donc pas reçu ma lettre, Marie?

— Ta lettre?

— Oui, cette longue lettre que je t'ai écrite.

— Je n'ai reçu aucune lettre, James.

— C'est étrange! Je ne m'étonne plus que cela t'ait paru
si soudain.

— As-tu vu ta mère! dit Marie, qu'un vague instinct
portait à éloigner la conversation du point où elle se sentait
trop faible pour la soutenir.

— Non! Crois-tu que j'eusse voulu voir quelqu'un avant
toi ?

— Oh! alors, il faut aller tout de suite la trouver. Ah! James, tu ne sais pas ce qu'elle a souffert! »

Ils approchaient de la porte du cottage.

— « Va vite, je t'en prie, dit Marie; va vite voir ta mère; cependant prends garde de trop la surprendre, car elle est bien faible; elle est usée par le chagrin. Va, cher frère. »

Et James la quitta. Toute la maison était encore silencieuse. La porte ouverte de la cuisine laissait un carré de lumière se dessiner sur la dalle; on distinguait jusqu'au bruit des feuilles dans les arbres. Marie alla dans sa chambre et se jeta sur son lit, faible, épuisée, mais heureuse cependant, car au-dessus de tout autre sentiment dominait la joie de le savoir vivant. Au bout de quelque temps, elle entendit le bruit du wagon, puis les petits pas rapides de miss Prissy, ceux de sa mère, puis enfin la voix grave du docteur; et elle s'aperçut, à son grand étonnement, qu'elle éprouvait une répulsion involontaire à l'idée de le revoir.

« Que c'est mal! que c'est ingrat! » pensa-t-elle, et elle pria Dieu de lui donner la force d'étouffer aussitôt de tels sentiments.

Et puis sa mère, ignorant tout, qui s'occupait tranquillement de ranger les paniers pleins des provisions qu'elle venait de faire pour le jour du mariage! Il semblait à Marie qu'elle cachait un secret coupable. Mais en repassant le souvenir de ces deux dernières heures, elle ne sentit aucun désir de les effacer de sa vie. Ç'avait été deux courtes heures de repos et de joie, si pures, si parfaites, qu'elle pensait que Dieu les lui avait sans doute données comme un memento, pour lui rappeler son amour et pour la fortifier dans la voie du devoir.

Quelques-uns de mes lecteurs trouveront peut-être peu naturel que Marie considérât comme si absolument irrévocable la promesse qui la liait au docteur; mais qu'ils se rappellent quelle avait été la rigidité de son éducation : le renoncement et le sacrifice avaient été le pain quotidien de sa vie. Chaque hymne, chaque prière apprise dans son enfance, chaque sermon qu'elle avait entendu, était un avertissement de se méfier de ses penchants et de regarder ses sentiments comme des piéges. Et en particulier, elle avait été élevée dans des idées de ténacité presque superstitieuses sur la sainteté d'une promesse; et en cette circonstance, la promesse impliquait si profondément le bonheur d'un ami qu'elle avait aimé et révéré toute sa vie, qu'elle ne songea même pas à la possibilité d'y échapper. On lui avait appris qu'il n'existait point de sentiments dont la force ne dût céder à la loi du devoir, et si l'idée de ce grand amour pour un autre s'élevait un instant devant elle comme un obstacle insurmontable, elle se disait aussitôt : « Comment eussé-je fait si j'avais été mariée? De même que je l'eusse vaincu alors, ainsi le puis-je maintenant! »

Mistress Scudder entra dans la chambre de sa fille, une chandelle à la main, et Marie, accoutumée à lire sur la physionomie de sa mère, s'aperçut aussitôt qu'elle était émue et troublée.

Mistress Scudder approcha la lumière du visage de Marie. « Dors-tu? fit-elle.

— Non, maman.

— Est-ce que tu es malade?

— Non, maman, je suis seulement un peu fatiguée. »

Mistress Scudder posa la chandelle et alla fermer la porte, puis après un moment d'hésitation : « Ma fille, dit-elle, j'ai à t'apprendre une nouvelle à laquelle je voudrais te préparer. Tâche de ne pas t'agiter.

— Oh! maman, dit Marie en tendant les mains vers sa mère, je le sais, James est de retour.

— Qu'est-ce qui te l'a dit? fit mistress Scudder, étonnée.

— Je l'ai vu, maman! »

La mère changea de visage.

« Où?

— J'avais reconduit jusqu'à mi-chemin Cérinthie-Anne, qui était venue me voir; comme je m'en retournais, il est venu derrière moi, juste au rocher de Savin. »

Mistress Scudder s'assit sur le lit et prit la main de sa fille.

« J'espère, mon enfant.... dit-elle; puis elle s'arrêta.

— Je crois que je sais ce que vous voulez dire, maman. C'est une grande joie et un grand soulagement; mais bien entendu, je tiendrai la parole que j'ai donnée au docteur. »

Le visage de mistress Scudder s'éclaircit.

« Je reconnais là ma fille, dit-elle. J'aurais dû penser que tu agirais ainsi. Tu ne voudrais pas désappointer si cruellement un noble cœur, qui a mis en toi toute sa confiance.

— Non, maman, je ne le désappointerai pas. J'ai dit à James que je tiendrais ma parole.

— Il comprendra sans doute la justice de cette conduite, dit mistress Scudder du ton facile dont les personnes de cet âge sont sujettes à disposer des sentiments des jeunes gens. Peut-être sera-ce d'abord une petite épreuve? »

Marie leva sur sa mère des yeux incrédules.

L'idée que des sentiments qui arrêtaient sa respiration lorsqu'elle y pensait pussent être traités si légèrement la frappait presque comme une absurdité. Elle tourna tristement son visage du côté du mur, en poussant un profond soupir, et dit :

« Après tout, maman, c'est déjà un assez grand bonheur de penser qu'il est vivant. Pauvre cousine Ellen, quel soulagement pour elle! C'est absolument une résurrection. Oh! je suis assez heureuse comme cela, n'ayez pas peur.

— Et tu sais, dit mistress Scudder, qu'il n'a jamais existé aucune sorte d'engagement entre James et toi. Tu ne lui as jamais rien dit qui lui donnât le droit de concevoir des espérances.

— Cela est vrai, maman, car je n'avais jamais pensé au mariage à propos de James.

— Bien entendu, poursuivit mistress Scudder, il sera toujours pour toi un ami très-proche. »

Marie fit un signe d'assentiment.

« Il n'y a plus qu'une semaine d'ici à ton mariage, reprit mistress Scudder, et je suppose que James, s'il est raisonnable, comprendra qu'il convient de te laisser aussi tranquille que possible. C'est le capitaine Staunton qui m'a appris la nouvelle en ville cet après-midi, et par une singulière coïncidence, il m'a remis en même temps une lettre de James qui arrivait de New-York par la poste. Le brick qui l'a apportée a sans doute été retardé à son entrée dans le port.

— Oh ! s'il vous plaît, maman, donnez-la moi, dit Marie se soulevant avec animation; il m'a dit qu'il m'avait écrit.

— Peut-être que mieux vaudrait attendre à demain matin, dit mistress Scudder, tu es fatiguée et agitée.

— Oh! maman, je crois que je serai plus calme quand je saurai ce qu'elle contient, dit Marie, tendant toujours la main.

— Tu en es le meilleur juge, ma fille, » dit mistress Scudder, et posant la chandelle sur la table, elle laissa Marie seule. C'était une grosse lettre de plusieurs feuilles, datée de Canton, s'exprimant ainsi qu'il suit.

CHAPITRE XXXI.

« Ma bien chère Marie, j'ai mené une vie si aventureuse depuis que je ne t'ai vue, qu'à peine si je me reconnais moi-même quand j'y pense. Ce n'est pourtant pas de cela que je veux te parler ; j'ai tout conté à ma mère, et elle te montrera ma lettre, mais depuis mon départ une autre histoire s'est passée dans l'intérieur de mon âme, et c'est celle-là que je voudrais essayer de te faire comprendre.

« Il me semble qu'à partir de l'après-midi où nous avons causé ensemble près de ta fenêtre, je me suis senti un autre homme. Je n'ai jamais oublié l'expression de ton visage ce jour-là, ni une seule des paroles que tu m'a dites ; rien dans ma vie n'a jamais produit tant d'effet sur moi. Auparavant j'avais cru t'aimer, mais je m'en allai comprenant que l'amour était quelque chose de si élevé, de si profond, de si sacré, que je n'étais pas digne de prononcer ce mot devant toi. Il me semble qu'il n'existe pas d'homme en ce monde digne de ce que tu m'as dit ce jour-là. A partir de ce moment, mon âme eut un but nouveau, un but qu' m'a toujours depuis attiré en haut. Je me dis : « Cette vie « intérieure découle nécessairement de quelque source se- « crète. » Et je savais que de façon ou d'autre elle se ratta- chait à la Bible que tu m'as donnée, en sorte que je résolu. de la lire attentivement pour voir ce que je pourrais en tirer. Je commençai par le commencement, qui me parut quel- que chose d'étrange et d'un peu fragmentaire, et cependant j'y trouvais maint endroit allant droit au cœur d'un homme

19

comme moi, qui avais affaire à la vie et aux choses de ce
monde.

« Comme je te l'ai dit, les prédications du docteur ne
m'avaient jamais beaucoup touché. Je ne trouvais aucun
rapport entre elle et les hommes que j'avais à diriger, ou
mes occupations de chaque jour. Il n'en était pas de même
de la Bible; un passage surtout me frappa, c'était celui où
Jacob, quittant sa famille pour aller chercher fortune dans
une terre étrangère, s'endormait dans un champ solitaire
avec une pierre pour oreiller. Ceci me sembla une fidèle
image de ce qui arrive à tout jeune homme quittant la
maison paternelle pour se tirer seul d'affaires, dans ce
monde si rude. Je puis t'assurer, Marie, qu'un homme
isolé sur le grand océan de la vie se sent quelque chose de
bien faible et de bien fragile; nous sommes soutenus les
uns par les autres plus que nous ne savons, jusqu'au moment où, nous trouvant seuls, nous en faisons l'expérience.
Eh bien donc, Jacob était là, tout aussi isolé que moi sur le
pont de mon vaisseau, et dormant sur cet oreiller de pierre;
il vit dans son sommeil une échelle entre le ciel et lui, avec
des anges qui y montaient et en descendaient. Il comprit
donc qu'un chemin existait entre lui et Dieu, et que des
êtres supérieurs s'intéressaient à lui et pourraient lui venir
en aide.

« Le lendemain donc il se leva, et, marquant l'endroit avec
la pierre, il fit ce vœu : « Si Dieu demeure avec moi, s'il
« me protége dans le chemin et me donne du pain pour me
« nourrir et des vêtements pour me vêtir, en sorte que je
« revienne heureusement dans la maison de mon père, le
« Seigneur sera mon Dieu. »

« C'était donc quelque chose qui m'apparaissait comme
une fondation tangible pour commencer.

« Si je comprends bien le docteur Hopkins, je crois qu'il
aurait appelé cela de l'égoïsme. Il est vrai qu'à première vue
cela y ressemble ; mais voici ce que je me disais : Jacob
était seul ; Dieu était complétement invisible pour lui; comment donc eût-il pu savoir qu'il existait, sans entrer en quelque sorte de communication avec lui? Il ne lui suffisait pas

de savoir s'il y avait un Dieu qui avait fait le monde, il voulait encore savoir si ce Dieu s'intéressait aux hommes et leur venait en aide. Il se disait donc : « S'il y a un Dieu et qui se montre mon ami et mon protecteur, je lui obéirai, et du moins autant que sa volonté me sera connue. ».

« Je me dis intérieurement : C'est là la grande épreuve, et je veux en essayer. Je pris dans mon cœur exactement la même résolution que Jacob, et je me promis d'agir pendant quelque temps comme si j'étais certain que ce Dieu existât; d'implorer sincèrement son secours lorsque je me trouverais dans une situation difficile, et de voir ce qui en arriverait.

« A mesure que j'avançais dans la lecture de l'Ancien Testament, je me convainquais de plus en plus que les hommes de ces temps avaient tenté cette épreuve, et qu'elle leur avait réussi. De fait, je remarquais moi-même plusieurs choses arrivant d'une façon si remarquable, que je ne pouvais m'empêcher de penser que quelqu'un écoutait réellement mes prières ; je commençai à sentir un espoir tremblant que quelqu'un me guidait et que les événements de ma vie n'étaient pas de purs accidents, mais qu'ils étaient ordonnés par sa sagesse.

« Des pensées plus élevées surgirent bientôt dans mon esprit. Je souhaitais d'être meilleur ; j'avais le sentiment d'une vie plus pure et plus noble que celle que j'avais menée jusqu'ici, et j'aurais souhaité de la réaliser. Mais je savais que dans le monde des hommes, de telles idées sont ridiculisées comme romantiques et impraticables. Sur ces entrefaites, je commençai la lecture du Nouveau Testament, et l'idée me vint que la même puissance qui m'avait secouru dans ma vie extérieure m'aiderait à accomplir ce que me suggéraient ces aspirations plus hautes. Peut-être les Évangiles ne m'eussent-ils pas tant intéressé si j'avais commencé par les lire d'abord, mais ma vie de l'Ancien Testament semblait m'y avoir pour ainsi dire préparé, et m'avoir amené à un point où je sentais le besoin de quelque chose de plus élevé, et je commençai à remarquer que dans mes prières j'implorais la grâce d'être patient, courageux, désintéressé et fidèle à mon devoir, bien plus souvent que tout autre espèce de secours. Et alors ce que j'avais lu dans le premier chapitre de saint Mathieu : « Il sera appelé Jésus, c'est-à-dire « Sauveur, car il sauvera son peuple en le délivrant de ses « iniquités. » Je commençai à vivre d'une nouvelle vie, d'une vie dans laquelle je me sentais en sympathie avec toi : car Marie, en lisant les Évangiles, je te reconnus et je compris que tu avais été avec Jésus.

« La crise décisive de ma vie fut cette affreuse nuit du naufrage ; elle fut terrible comme le jour du jugement dernier. Aucune parole ne pourrait te dire ce que je sentis lorsque, apprenant que notre gouvernail était brisé, je ne vis plus devant nous que ces terribles et inévitables rochers, et l'angoisse que j'éprouvai en regardant nos pauvres matelots ; mais au milieu de tout cet effroi, de toute cette douleur, ces mots me revinrent à l'esprit : « Jésus était couché « dans le vaisseau et il dormait; » et aussitôt je sentis qu'il était là ; et quand le vaisseau se brisa, je n'eus plus conscience que de l'ardeur avec laquelle mon âme s'élançait vers lui, comme Pierre, lorsqu'il se jeta dans l'eau pour aller le rejoindre.

« Je ne reviendrai pas sur ce que j'ai déjà écrit ; sur la façon miraculeuse, dont je fus sauvé et dont je retrouvai du secours, des amis, le succès et la prospérité, après avoir cru perdre tout, jusqu'à la vie ; mais me voici prêt à retourner dans mon pays, et j'éprouve ce qu'éprouvait Jacob, lorsqu'il disait : « J'ai passé le Jourdain avec mon bâton, et voici « maintenant que je ramène deux bandes. » Je n'ai plus besoin d'arguments pour me convaincre que la Bible est divine. Il y a dedans beaucoup de choses que je ne puis comprendre, beaucoup de choses qui me paraissent inexplicables, mais tout ce que je puis dire, c'est que j'ai essayé de suivre ses conseils et que je les ai trouvés vrais et efficaces, c'est que c'est un livre selon lequel je puis vivre et cela me suffit.

« Et maintenant, Marie, je reviens à Newport un autre homme que lorsque je l'ai quitté, avec un monde nouveau de pensées et de sentiments dans le cœur, et aussi avec une règle nouvelle, à laquelle Dieu aidant, j'espère conformer ma vie.

« Tout ceci, après Dieu, c'est à toi que je le dois, et si tu veux me permettre de te consacrer ma vie entière, ce ne sera qu'un léger retour de ce que tu as fait pour moi.

« Je t'ai laissée entièrement libre ; d'autres que moi doivent avoir vu ta beauté et compris ce que tu vaux, et peut-être aimes-tu maintenant quelque homme meilleur que moi ; mais je ne sais quel espoir me dit qu'il n'en est rien et que je trouverai vrai ce que la Bible dit de l'amour, que « de grandes eaux ne peuvent l'éteindre, ni un déluge le « noyer. » Quoi qu'il en soit, je serai toujours à toi du fond du cœur, et uniquement à toi jusqu'à la mort.

« JAMES MARWYN. »

Après avoir lu cette lettre, Marie se leva, plongée dans un état de divine exaltation ; elle ressentait dans toute sa pureté la joie du bonheur infini d'un autre. Il était donc ce qu'elle avait toujours espéré le voir devenir ! Elle serrait triomphalement cette pensée contre son cœur. Il était cet homme sincère et victorieux, ce chrétien capable de dominer la vie et de réfléchir dans une mâle et puissante nature l'image de l'excellence surhumaine. Les prières de Marie, ce soir-là, ne furent que louanges et actions de grâce, et elle sentit combien il est possible de s'approprier le bien, la joie, la grandeur d'un autre, de manière à y trouver une éternelle satisfaction. Puis en même temps vint la pensée si délicieuse que, dans sa faiblesse et dans sa solitude, il lui avait été permis de mettre la main à un si noble ouvrage. La conscience du bien fait à une âme immortelle est un trésor que ni la vie ni la mort ne sauraient jamais nous ravir. Et ainsi, après avoir longtemps prié, elle s'endormit de ce sommeil que Dieu donne à ses bien-aimés.

CHAPITRE XXXII.

C'est une dure condition de notre existence ici-bas, que toute exaltation doive être suivie d'une réaction. Dieu ne veut pas nous donner le ciel en ce monde, il ne nous en laisse entrevoir que des lueurs, ainsi que parfois les parents font miroiter aux yeux des enfants les joyaux et les pierreries qu'ils leur réservent pour un âge plus avancé. Il arrive donc bien souvent que l'homme qui, transporté de quelque saint enthousiasme, s'est couché un ange, croyant avoir à jamais vaincu le péché, et s'être immuablement établi dans l'amour, s'éveille le lendemain avec la migraine, et s'il n'y prend garde, s'impatientera peut-être au sujet de son déjeuner comme un misérable pécheur.

Nous ne disons pas que notre petite Marie se leva dans cette disposition, car, bien qu'elle eût mal à la tête, sa nature était de celles où les éléments de combativité semblent avoir été complétement omis, en sorte que personne ne l'avait jamais entendue parler avec humeur. Cependant, comme nous venons de le dire, elle avait mal à la tête, elle était abattue, puis, peu à peu elle sentit s'éveiller dans son cœur mille et mille pensées qui ne pouvaient être dites qu'à une seule personne, et à cette personne il eût été dangereux de les dire; y songer même était une tentation qu'il fallait repousser.

Elle sortit de sa chambre avec un visage calme et résolu, mais où se lisaient la langueur et la fatigue produites par une lutte intérieure.

Après le déjeuner, miss Prissy eût bien voulu causer un peu avec elle, mais mistress Scudder était toujours là, l'air inquiet et menaçant comme une poule couveuse qui surveille son nid. Elle avait résolu d'empêcher toute conférence de nature à agiter Marie, et fit en sorte de la tenir si constamment occupée aux soins du ménage, puis à la confection des robes de noces, que toute conversation fut hors de question.

James Marwyn vint dans l'après-midi, et fut reçu avec de grandes démonstrations de joie par tous, excepté par Marie, qui, après le premier échange de salutations, demeura silencieuse et embarrassée.

Le docteur se montra innocemment paternel, mais il n'y eut, nous le craignons, de la part du jeune homme, que peu de réciprocité pour les sentiments affectueux qu'il exprima.

Miss Prissy était très-émue, comme le sont généralement les cœurs sensibles à la vue d'un amour véritable ; elle avait même essayé d'insinuer quelque chose de sa façon de penser à mistress Scudder, dont la sévère réponse l'avait si fort déconcertée, qu'elle s'était humblement réfugiée sous sa première déclaration que « certainement il ne pouvait y avoir au monde d'homme plus digne de Marie que le docteur, » tandis qu'au fond du cœur elle ne pouvait se défendre de cette injuste prédilection pour les indignes qui met obstacle à tant d'excellentes choses. Mais elle continuait à coudre vigoureusement les robes de noces, pinçant les lèvres avec une expression d'abstention déterminée, bien que, ainsi qu'elle le dit plus tard, « ça lui fendît le cœur de voir l'air triste de ce pauvre jeune homme qui était là assis, aussi noble et aussi beau qu'une peinture. » Elle ne comprenait pas, pour sa part, comment on pouvait avoir le courage d'y résister. A la vérité, comme le disait mistress Scudder, il fallait aussi songer au pauvre docteur. Le cher saint homme ! Quel malheur que les choses eussent tourné ainsi ! Non pas que ce fût un malheur que James fût revenu, au contraire, c'était un grand bienfait de la Providence. Mais c'était dommage qu'on ne l'eût pas su plus tôt. Enfin, pour sa part, elle ne prétendait pas donner de conseils ; le chemin du devoir était quelquefois bien difficile à discerner, etc

James prolongeait l'entrevue, espérant toujours obtenir un moment de conversation particulière avec Marie; mistress Scudder continuait de lui sourire et de causer gracieusement avec lui, mais elle ne bougeait de sa chaise à côté de Marie.

A la fin miss Prissy, perdant toute patience, résolut d'essayer de changer cet état de choses. Elle alla dans sa chambre et se décida, en désespoir de cause, à renverser et à briser un grand pot rempli d'eau, puis se mit à crier à la vue du déluge qui inonda le plancher sablé de la petite chambre et le tapis placé devant le lit.

Quels instincts de ménagère furent jamais à l'épreuve d'un bruit de porcelaines brisées? Mistress Scudder s'élança hors de la chambre, tandis que Marie demeurait immobile, la tête penchée sur son ouvrage, et que James, comprenant qu'il fallait parler maintenant ou jamais, venait, prompt comme l'éclair, occuper la place restée vide à côté d'elle, approchant sa moustache noire tout près de cette brune tête penchée.

« Marie, dit-il, il faut que je te voie encore une fois. Tout n'est pas dit. Consens seulement à m'écouter, laisse-moi te parler seul un moment!

— O James! je suis trop faible! je n'ose pas! j'ai peur de moi-même!

— Tu te crois obligée de prendre ce parti parce que c'est ton devoir; mais est-ce bien ton devoir? Est-ce donc vraiment bien d'épouser un homme quand tu en aimes un autre? Je n'en appelle pas à tes sentiments, Marie, je sais que ce serait inutile, mais j'en appelle à ta conscience.

— Oh! jamais je n'ai été dans une pareille perplexité! dit Marie. Je ne sais moi-même ce que je pense. Il faut que je prenne le temps de réfléchir. Et toi, James, il faut me laisser faire mon devoir. Il n'y aura jamais de bonheur pour moi si je fais mal, ni pour toi non plus. »

Pendant tout ce temps, le bruit des allées et venues dans la chambre de miss Prissy n'avait pas cessé, et la couturière, tenant mistress Scudder par sa robe, lui détaillait les avantages d'une recette infaillible pour raccommoder la porce-

laine, dont elle lui traçait l'historique dans toutes les maisons où elle avait travaillé, variant les détails par de petites
histoires de famille et des antécédents relatifs à la naissance,
au mariage et à la mort des différentes personnes qui en
avaient fait usage, sans négliger de particulariser où, comment et quand elles s'en étaient servies, si bien que le temps
laissé à James pour la conversation se prolongea considéra-
blement.

« Voyons, disait-il à Marie, laisse-moi te proposer une
chose; permets que j'aille trouver le docteur et que je lui
dise la vérité.

— James, cela ne me semble pas bien. Un ami qui s'es
montré si bon, si dévoué, si désintéressé, et à qui j'ai permis
si longtemps de reposer en moi une foi implicite. Oh! James, ne penserais-tu donc qu'à toi?

— Je ne crois pas ne penser qu'à moi. J'espère être assez
calme et avoir assez de cœur pour ne pas oublier les autres.
Mais, je te le demande, est-ce se bien conduire envers lui
que de le laisser t'épouser dans l'ignorance où il est de tes
véritables sentiments? est-ce bien agir envers un homme
bon et digne, que de paraître te donner à lui lorsque la
meilleure part de tes affections n'est plus à toi. Cela, j'en
suis sûr, Marie; je sais que tu l'aimes, que tu seras pour
lui une épouse sincère, affectueuse, constante; mais je sais
aussi que ce que tu sens pour moi est quelque chose qu'il
est complétement hors de ton pouvoir de lui donner, n'est-
ce pas vrai?

— Oui, je le crois, dit Marie d'un air grave et pensif.
Cependant James, si tout ceci était arrivé huit jours plus
tard, mes sentiments auraient été les mêmes, car ce sont
des sentiments complétement indépendants de ma volonté,
je ne puis qu'en dominer l'impression. Mais en ce cas tu
n'aurais pas songé à me demander de manquer aux promesses de mon mariage, et pourquoi manquerais-je aujour-
d'hui à une promesse solennelle volontairement faite devant
Dieu? Si ce que je puis lui donner lui suffit, s'il ignore à
jamais ce qui l'affligerait, en quoi lui fais-je tort? en quoi
souffrira-t-il?

— Pour moi je regarderais comme le plus grand tort qu'on pût me faire, de me laisser épouser une femme dont le cœur appartiendrait à un autre. Si, lorsque toi ou moi, ou, comme ce serait plus convenable, si lorsque ta mère lui aura dit ce qui en est, il exige que tu tiennes ta promesse, alors, Marie, je n'aurai plus rien à dire. Je mettrai de nouveau à la voile dans quelques jours, emportant ton image dans mon cœur (personne ne peut me la ravir), et cette chère ombre sera la seule épouse que je connaîtrai jamais. »

En ce moment on entendit miss Prissy qui s'approchait de la porte, parlant vite et très-haut. Marie répondit à la hâte :

« Laisse-moi réfléchir, James; c'est demain le jour du sabbat, mais lundi je t'écrirai ou je te verrai. »

Et lorsque miss Prissy entra dans le salon, Marie était assise devant une fenêtre et James devant l'autre, se livrant à des remarques de la plus admirable banalité sur un exemplaire du *Paradis perdu* qu'il avait saisi à la hâte, et qu'au moment où entra mistress Scudder, il déclarait être un excellent livre, un ouvrage véritablement recommandable.

Mistress Scudder porta de l'un à l'autre un regard perçant; elle vit que les joues de Marie étaient aussi vivement colorées que le cœur d'un coquillage rose, tandis que sous tout autre rapport elle était aussi froide et aussi calme. Elle en conclut qu'il ne s'était rien passé qui dût l'inquiéter.

Nos lecteurs, nous l'espérons, rendent justice à mistress Scudder. A la vérité elle portait encore au doigt l'anneau du mariage d'un marin, et la mémoire de celui-ci était toujours vivante dans son cœur; mais les mères mêmes qui se sont mariées par amour en arrivent à si bien confondre l'existence de leur fille avec la leur, qu'il leur semble que celle-ci doit épouser l'objet de leur amour et non l'objet du sien.

En outre, mistress Scudder était une femme de l'Ancien Testament, élevée dans cette scrupuleuse exactitude à la parole donnée, que devait naturellement fortifier la lecture familière d'un livre où la fidélité dans les promesses est représentée comme un des plus hauts attributs de la Divinité, et la déloyauté comme l'un des péchés les plus vils de l'homme. Manquer à la parole librement donnée, c'était à ses yeux perdre sa propre estime aussi bien que tout droit à celle des autres, et pécher contre l'éternelle rectitude.

Ainsi que nous l'avons déjà dit, il est difficile de faire comprendre aux hommes de notre temps le sérieux de la vie d'alors. Aucune ambition vulgaire ou mercenaire n'avait poussé mistress Scudder à désirer que le docteur épousât sa fille. Il était pauvre, et Marie lui avait été demandée par des hommes riches. Il était impopulaire, mais c'était l'homme du monde qu'elle respectait le plus, qui réalisait le mieux son idée du bien et de la vertu, et c'est pourquoi elle était désireuse de lui confier sa fille.

Quant à James, elle avait véritablement sympathisé avec sa mère et avec Marie dans cette heure terrible où on l'avait cru mort, et si ce n'eût été de la grande perplexité qu'occasionnait son retour, elle l'eût reçu à bras ouverts. Mais en ce moment elle croyait de son devoir de se tenir avec lui sur la défensive, attitude généralement peu favorable au développement des sentiments affectueux. Elle avait lu la lettre où il rendait compte de ses luttes intérieures et de ses progrès spirituels avec un plaisir sincère, ainsi qu'il convenait à une pieuse parente, mais non pas cependant sans se rendre compte du péril extrême où cette confidence mettait ses plans favoris. Néanmoins lorsque Marie lui eut réitéré avec calme sa résolution, elle fut complétement rassurée; car lorsqu'une fois Marie avait dit une chose, y avait-elle jamais manqué?

L'inquiétude qu'elle éprouvait en ce moment ne venait donc pas de ses doutes quant à la fermeté de sa fille, mais de la crainte que celle-ci n'eût été fatiguée d'inutiles et inconvenantes obsessions.

CHAPITRE XXXIII.

Le lendemain se leva radieux. C'était le jour du sabbat, ce devait être pour Marie le dernier sabbat de sa vie de jeune fille, si ses plans et ses promesses s'accomplissaient.

Marie s'habilla de blanc, ses mains étaient tremblantes d'agitation; sa nature timorée oscillait entre deux devoirs contraires, deux affections opposées. Son amour filial et dévoué pour le docteur la rendait vivement sensible à l'idée de l'affliger, et d'autre part les questions que James lui avait posées avaient fait naître dans son esprit des doutes sérieux sur la légitimité du silence qu'elle avait d'abord résolu de garder.

Lors donc qu'elle fut prête, elle ferma la porte de sa chambre au verrou et, prenant sa Bible elle lut : « Si quelqu'un de vous manque de sagesse, qu'il la demande à Dieu, qui donne à tous libéralement, sans reprocher ses dons, et la sagesse lui sera donnée. » S'agenouillant ensuite au pied de son lit, elle supplia Dieu de l'éclairer d'une lumière spéciale dans sa perplexité présente. Son esprit se calma dans la prière, et elle se releva plus ferme au son de la cloche indiquant que le service allait commencer.

Lorsqu'elle entra dans l'église, tous remarquèrent combien Marie Scudder était belle ce jour-là. Ce n'était plus la froide beauté de la statue, la pâle vierge d'albâtre, mais une lumière chaude, brillante, vivante, révélait qu'un souffle d'été avait passé sur son âme.

Lorsqu'elle prit place au banc des chanteuses, elle sentit

sans tourner la tête que James était à son ancienne place,
non loin d'elle, et ceux dont les yeux la suivirent jusqu'à la
galerie s'émerveillèrent de ce visage où

Le sang pur et éloquent parlait sur ses joues un si divin langage, qu'on eût été tenté de dire que son corps pensait.

Car mille fibres délicates y reprenaient la vie et le mouvement depuis qu'elle avait revu James.

Lorsqu'on se leva pour chanter, le hasard voulut que l'air
choisi fût un de ceux que James et Marie avaient souvent
chantés ensemble et suivis dans le même livre à l'école de
chant. C'était un de ces airs naïfs et suppliants si chers à la
Nouvelle-Angleterre, nés, s'il faut en croire la tradition,
dans les cavernes rocailleuses de ses montagnes, et dont les
notes expriment une sorte de triomphe grandiose et triste.
Les différentes parties de l'harmonie, disposées contrairement
à toutes les règles du pharisaïsme musical, étaient cependant
d'un effet romantique et original qui eût frappé tout véritable
génie musical. Les quatre parties : le ténor, le dessus, la basse
et la haute-contre, comme on les appelait alors, s'élevaient,
s'enflaient, se mêlaient avec la bizarrerie capricieuse d'une
harpe éolienne, du vent dans le creux des montagnes, ou des
vagues gémissantes sur les côtes solitaires et abandonnées.

Et Marie, tandis qu'elle chantait les notes pathétiques du
dessus, sentait vibrer jusqu'au fond de son cœur le profond accord de cette voix qui se joignait à la sienne avec un si étrange
accent de mélancolie, qu'il semblait que l'âme renfermée
dans cette mâle poitrine s'élançât au-devant de son âme dans
la vérité immatérielle de l'éternité. Jamais ce grand vieux
air que nos ancêtres appelaient *China*, avec sa mélodie funèbre
et solennelle, n'attira deux âmes aussi complétement hors
d'elles-mêmes pour les enlacer plus étroitement ensemble

Le dernier verset de l'hymne parlait de la résurrection
des saints avec Jésus-Christ :

> Assis sur un trône de gloire
> Il dit : « Venez, ô mes élus !
> Comme moi vous avez remporté la victoire ;
> Recevez de mes mains le prix de vos vertus.

Marie, en chantant ces paroles, sentit son âme en'evée par la pensée que cette vie ne dure qu'un moment et que l'amour est immortel, et il lui sembla, en un instant, être avec lui, bien loin au delà de cette peine passagère, sur les rivages de cette autre vie, montant vers le ciel à la suite de Jésus glorifié, toutes ses larmes essuyées, et avec une pleine permission d'aimer et d'être aimée à jamais. En entendant sa voix, le docteur leva la tête et fut émerveillé de la joie qui brillait dans ses yeux et des vives couleurs qui animaient ses joues, car un rayon de soleil dardant sur elle à travers les vitres poudreuses, entourait sa tête comme d'une auréole, et la pensée qu'il conçut alors vint rendre plus fervente encore l'adoration de sa prière.

CHAPITRE XXXIV.

Nos pères croyaient aux réponses spéciales de Dieu à leur prière. Ils n'étaient point arrêtés par l'objection qu'on prétend tirer de l'inflexibilité des lois de la nature, parce qu'ils avaient l'idée que lorsque le Créateur du monde avait promis d'exaucer les prières humaines, il comprenait probablement les lois de la nature tout aussi bien qu'eux, et que dans tous les cas, ces lois étaient son affaire et non pas la leur. C'étaient des hommes accoutumés, comme disait le duc de Wellington, à consulter leur ordre de marche ; et comme ils y lisaient : « Ne vous inquiétez de rien, mais en toute chose présentez à Dieu vos demandes par des supplications et des prières, » ils obéissaient à cette injonction de l'Apôtre. On lit dans les mémoires du docteur Hopkins comment Newport Gradner, un de ses catéchumènes africains, nègre d'une haute intelligence et d'une capacité singulière, désirant obtenir sa liberté pour retourner en Afrique comme missionnaire, et ayant longtemps travaillé sans parvenir à amasser la somme nécessaire pour se racheter, reçut du docteur le conseil d'implorer Dieu par un jour de prière et un jeûne solennel. Or, il est historique que le soir même du jour ainsi employé par Newport, son maître, rentrant par l'église, le fit appeler et lui donna sa liberté. N'est-il pas possible que celui qui a fait le monde ait établi, concernant la prière, des lois tout aussi invariables que celles qui régissent la semence et la récolte du blé? Et ne serait-il pas bien légitime, lorsque des pétitions n'obtiennent

20

potnt de réponse, de rechercher laquelle de ces lois a été négligée?

Quoi qu'il en soit, il est du moins certain qu'une suite d'événements eurent lieu ce jour-là, de nature à servir de réponse à la prière qu'avait faite Marie le matin.

Candace qui, à l'église, s'était arrangée pour se placer dans un banc d'où elle pût voir Marie et James à la tribune des chanteurs, fit certaines réflexions, qu'au sortir de l'office elle communiqua à miss Prissy dans une conversation solennelle tenue sous un hangar proche de l'église, dans l'intervalle entre le service du matin et celui de l'après-midi.

Candace s'assit sur une grosse pierre qui se trouvait à , sa face noire se détachant sur un buisson de molènes alors dans toute leur gloire; un mouchoir contenant des tartines de fromage et une provision de ses brioches favorites, était étalé sur ses genoux.

« Voyons, miss Prissy, disait-elle, ne faut-il pas en tout de la raison, et n'y a-t-il pas plus de raison à voir deux enfants du même âge, beaux comme des anges tous les deux, se marier ensemble, qu'il n'y en a dans.... »

Et Candace termina sa phrase en brandissant énergiquement sa brioche.

« Tant qu'on croyait que massa James était mort, il n'y avait rien de mieux à faire pour miss Marie que d'épouser le docteur. Mais maintenant, bonté divine! hier au soir j'entendais le pauvre enfant causer avec sa mère, et ça me fendait le cœur, quoi! Voilà ces deux pauvres jeunes créatures, toutes les deux aussi malheureuses que possible. Marie a tant de sentiment pour le docteur, qu'elle aimerait mieux mourir que de dire un mot, mais moi je déclare qu'on devrait l'avertir. Voilà mon opinion! Ft Candace mordant avec décision dans sa brioche.

— C'est aussi la mienne, fit miss Prissy; je n'ai de ma vie tant souffert qu'hier pendant la visite de ce pauvre jeune homme! Il était blanc comme un linge. J'ai voulu dire un mot à mistress Scudder, mais si vous saviez comme j'ai été reçue! C'est une femme terriblement résolue quand elle a une fois décidé quelque chose. Ce matin, comme je contais à Cérinthie-Anne la peine que tout ça me faisait, la voilà qui me répond : « Miss Prissy, à votre place je sais bien « ce que je ferais, j'irais tout droit dire la chose au doc- « teur. Personne ne se fâche jamais de ce que vous faites, « vous, miss Prissy. » Il est vrai, continua la couturière, qu'il m'est arrivé plus d'une fois de parler aux gens de choses qui ne me regardaient guère, parce que, voyez-vous, c'est plus fort que moi, je ne puis pas laisser aller les choses quand il y a du remède. J'ai toujours dit que je gâterais n'importe quel roman avant qu'il fût seulement arrivé à la moitié, en disant à l'étourdie quelqu'une de ces choses qu'on fait traîner jusqu'à ce que tous les person- nages soient si intrigués, qu'ils ne savent plus ce qu'ils font.

— Eh bien, là, vrai, bijou, dit Candace d'un ton d'auto- rité, c'est le Seigneur qui vous a envoyé une pareille idée, vous pouvez en être sûre, et je vous conseille de la suivre sans barguigner. Allez-vous-en dire tout juste au docteur ce que vous savez, et puis nous verrons ce qui s'ensuivra. Vous n'aurez de votre vie fait une meilleure journée d'ouvrage, c'est moi qui vous en réponds.

— Eh bien, dit miss Prissy, ce soir, avant d'aller coucher, je lui parlerai si j'en ai le courage. Lorsqu'une fois une chose est dite, elle est dite, il n'y a plus à y revenir, que les gens soient ou non contents, et c'est une consolation. Mais vraiment, ça me donne des remords rien que d'y penser, le docteur est un si saint homme !

— Ça, c'est vrai ! fit Candace avec conviction; mais le plus saint homme du monde doit tout de même savoir la vérité, voilà ce que je pense.

— Sans doute; eh bien, décidément, je la lui ferai con- naître d'une façon ou d'une autre. »

Et miss Prissy tint parole, car le même soir, lorsque le docteur se fut retiré dans son cabinet, elle prit une lumière et, légère comme un chat, elle alla frapper timidement à sa porte. Le docteur vint ouvrir et dit avec bienveillance:

« Ah! c'est vous, miss Prissy.

— S'il vous plaît, monsieur, dit la couturière, j'aurais
besoin d'un instant de conversation. »

Le docteur était accoutumé, de la part des membres féminins de son église, à de pareilles requêtes, qui servaient
généralement de prélude à la confidence de difficultés intérieures ou d'épreuves spirituelles. Il fit donc signe à miss
Prissy de s'asseoir.

« J'ai pensé que je devais venir, balbutia celle-ci en tor-
tillant énergiquement la bride de son bonnet, j'ai pensé....
que peut-être.... devrais-je vous dire.... que peut-être vous
devriez savoir.... »

La physionomie du docteur exprima une affectueuse inquiétude. Il se demandait intérieurement si miss Prissy n'a-
vait pas perdu l'esprit. Il répliqua néanmoins avec la gravité
polie qui lui était habituelle :

« J'espère, chère madame, que vous ne sauriez éprouver
de crainte à me confier vos difficultés intérieures, quelles
qu'elles soient.

— Il ne s'agit pas de moi, monsieur, dit miss Prissy....
C'est à propos de vous.... et de Marie. »

Le docteur, de plus en plus étonné, la regarda avidement,
comme pour l'engager à s'expliquer.

« C'est que.... je ne sais pas comment vous envisagerez la
chose, mais toujours est-il que Marie et James Marwyn se
sont aimés depuis l'enfance.

— Je serais bien loin, répondit simplement le docteur,
de vouloir m'opposer à un sentiment si naturel et si innocent.

— Mais, fit miss Prissy, vous ne comprenez pas ce que
je veux dire. J'entends que James Marwyn voulait épouser
Marie, et qu'elle était.... Non, elle n'était pas fiancée avec
lui.... mais....

— Madame!!! fit le docteur d'une voix qui terrifia miss
Prissy, tandis que ses yeux lançaient des éclairs et que son
visage devenait pourpre.

— Miséricorde ! docteur, j'espère que vous m'excuserez,
mais enfin voilà la chose dite! Le fait est qu'il n'y avait pas
entre eux d'engagement formel; mais que Marie l'aimait

depuis l'enfance, comme elle n'a jamais aimé ni ne pourra jamais aimer aucun autre homme en ce monde; cela, j'en suis aussi sûre que je le suis d'être assise là, et il m'a semblé que vous deviez le savoir, parce que je suis certaine que s'il eût été en vie, elle n'aurait jamais fait la promesse qu'elle a faite et qu'elle est prête à tenir, quand elle devrait en mourir et lui aussi. Personne ne voulait vous instruire, mais moi j'ai pensé que mieux valait tout vous dire, parce qu'après vous jugeriez de ce qu'il conviendrait de faire. »

Pendant ce dernier discours le docteur, tournant le dos à miss Prissy, était debout près de la fenêtre, tout juste de la même manière que le jour où, quelque temps auparavant, mistress Scudder était venue lui apprendre le consentement de Marie. Sans se retourner, il fit signe de la main à miss Prissy de quitter la chambre, et celle-ci se retira, se sentant aussi coupable que si elle venait de plonger un couteau dans le cœur de son pasteur. Traversant rapidement le petit passage, elle s'élança dans la chambre de Marie, en ferma la porte au verrou, et se jeta sur le lit en sanglotant.

« Enfin c'est fini! se dit-elle. Heureusement il est fort et courageux, j'espère donc qu'il n'en mourra pas. Cependant on a vu des hommes périr de consomption dans de pareilles circonstances. C'est arrivé à Albert Seaforth, mais il avait la poitrine étroite, et puis une maladie de foie ou quelque chose comme ça. Qu'est-ce que mistress Scudder va dire? bon Dieu! Mais enfin la chose est faite! Pauvre homme! Un si digne homme encore! Je me fais l'effet d'Hérode coupant la tête à saint Jean-Baptiste. Enfin c'est dit, il n'y a plus de remède! »

En ce moment on frappa légèrement, et miss Prissy tressaillit comme à l'apparition d'un fantôme, ne pouvant se défaire de l'impression qu'elle avait commis un grand crime dont le châtiment frappait à la porte.

C'était Marie, qui dit de son ton le plus doux et le plus naturel :

« Miss Prissy, le docteur désirerait vous voir. »

Marie fut très-étonnée de l'agitation et de l'effroi que laissa voir miss Prissy en recevant cet appel, et dit :

« Je crains d'avoir interrompu votre sommeil : je ne pense pas, du reste, qu'il y ait rien de pressé. »

Miss Prissy ne le pensait pas non plus; mais elle se dit que mieux valait en finir sur-le-champ, et rajustant son bonnet, elle se dirigea vers le cabinet du docteur. Celui-ci était maintenant parfaitement calme; il la reçut avec une gravité triste, et l'invita à s'asseoir.

« Je vous prie, madame, lui dit-il, d'excuser la brusquerie de mes manières dans notre récent entretien. J'étais si peu préparé à la communication que vous m'avez faite, qu'elle m'a peut-être agité d'une manière inconvenante. Permettez-moi de vous demander si vous aviez été chargée de me faire connaître ce dont vous m'avez parlé?

— Non, monsieur, fit miss Prissy.

— Avez-vous conversé sur ce sujet avec quelqu'une des personnes intéressées?

— Non, monsieur.

— Cela suffit; je ne veux pas vous retenir davantage. Je vous suis très-obligé, madame. »

Le docteur se leva et alla ouvrir la porte à miss Prissy, qui, intimidée par la grave dignité de ses manières, sortit en silence.

CHAPITRE XXXV.

Lorsque miss Prissy eut quitté la chambre, le docteur s'assit devant sa table et cacha sa figure dans ses mains. Sa nature était puissante, passionnée, énergique, et il était arrivé à l'une de ces crises formidables dans lesquelles il nous semble que toutes les forces de notre être, tout ce que nous pouvons espérer, souhaiter ou sentir ne s'est réuni en un flot immense que pour venir se briser sur le roc d'un inévitable destin, et retomber en gémissant dans le vide.

Dans de telles heures, on a vu des hommes et des femmes maudire Dieu et la vie, briser avec violence et fouler aux pieds, dans l'amertume de leur désespoir, les biens qui leur étaient laissés. Tout ou rien ! c'est le cri de l'âme humaine dans sa frénésie.

On a vu des hommes se plonger dans l'intempérance et dans tous les excès; on les a vus chercher la mort dans les batailles, on les a vus briser la vie, la jeter loin d'eux comme un verre vide, et s'élancer, fantômes désolés, vers les terreurs du monde inconnu.

Toutes ces possibilités existaient dans le cœur qui venait de recevoir ce coup écrasant. En dépit de tant d'années de sacrifices, d'austérités, de vigilance constante, une effroyable tempête mugissait dans ce grand cœur, et pendant quelque temps les cris qu'il poussa étaient aussi vides, aussi sauvages que ceux de l'oiseau battu par la tourmente.

Cette volonté qu'il avait crue complétement domptée, semblait se dresser en lui comme un géant rebelle. Quelques heures auparavant il se croyait invinciblement établi dans une soumission absolue à la volonté de Dieu, et maintenant il sentait la révolte bouillonner en lui, et au milieu des cris passionnés de sa nature inférieure il avait peine à demeurer, suivant l'expression d'un saint, « attaché à Dieu par la force nue de sa volonté. » Mais cette volonté était ferme et résolue; elle demeurait stable au milieu des vagues déchaînées et furieuses de la passion, attendant l'heure de reprendre le sceptre. Il arpenta longtemps la chambre, puis vint s'asseoir devant sa Bible; mais deux ou trois fois il se trouva la tête appuyée sur les pages du divin volume et l'esprit perdu dans des pensées dont il s'éveillait avec une amère angoisse. Puis, enfin, il résolut de se mettre au travail, et prenant sa Concordance, il y chercha tous les textes à l'appui d'un des chapitres de son système théologique, jusqu'à ce qu'enfin il se trouvât assez calme pour pouvoir prier, et alors il se reprit et se gourmanda dans un langage analogue à celui qu'un auteur moderne adresse à l'humanité souffrante. « Pourquoi est-ce que tu te désoles et te tourmentes? Est-ce parce que tu n'es pas heureux? Et qui t'a dit que tu dusses être heureux? Y a-t-il dans l'univers une loi qui règle que tu seras heureux? N'es-tu donc qu'un vautour criant après sa proie? Ne peux-tu donc te passer de bonheur? Oui, tu peux t'en passer et trouver en place la bénédiction. »

Et le docteur finit par arriver à cette conclusion, que la « bénédiction, » qui avait été le partage de son Maître en ce monde, devait lui suffire à lui aussi. Il baisa donc et bénit cette blanche colombe du bonheur qu'il voyait lasse de naviguer dans son arche, et la laissa s'envoler sans verser une larme.

Il dormit peu cette nuit-là, mais lorsqu'il vint déjeuner, tous furent frappés de l'extrême douceur, de la bénignité de sa manière, et Marie remarqua avec étonnement que ses yeux se remplissaient de larmes tandis qu'il la regardait.

Le repas terminé, il pria mistress Scudder de vouloir bien passer avec lui dans son cabinet, et miss Prissy trembla de tout son corps en y voyant entrer la sévère matrone. La porte demeura longtemps fermée, et l'on put entendre deux voix en conversation sérieuse et animée.

Presque aussitôt arriva James, empressé de rappeler à Marie sa promesse de causer avec lui.

A peine avaient-ils échangé quelques mots auprès de la fenêtre ombragée de rosiers du salon, que mistress Scudder parut à la porte avec un visage portant des traces de larmes.

« Bonjour, James, dit-elle, le docteur désire vous voir, Marie et toi, un moment ensemble. »

Tous deux demeurèrent stupéfaits, comprenant à l'air de mistress Scudder que quelque événement grave se préparait. Ils la suivirent sentant à peine la terre sous leurs pas.

Le docteur était assis à sa table, sa grande Bible favorite ouverte devant lui. Il se leva et les accueillit avec une douce gravité. Il y eut une pause de quelques minutes, pendant laquelle il demeura assis la tête appuyée sur ses mains.

« Vous savez tous, dit-il enfin, se tournant vers Marie qui était assise très-proche de lui, le lien étroit et cher que j'ai songé à contracter avec cette amie. Je n'aurais pas été digne de serrer ces nœuds, si je n'avais senti dans mon cœur le véritable amour d'un époux tel que nous le montre le Nouveau Testament, d'un époux « qui aime sa femme « comme Jésus-Christ a aimé son Église, jusqu'à donner « sa vie pour elle. » En cas de danger pour cette chère âme, je me savais prêt à me sacrifier pour elle, autrement je n'aurais jamais été digne de l'honneur qu'elle m'a fait. Je tiens que quand il y a une croix ou un fardeau à porter par l'un des époux, l'homme, qui est fait à l'image de Dieu quant à la force et au pouvoir de souffrir, doit le placer sur ses épaules et non sur les épaules de celle qui est plus faible que lui : car s'il est fort, ce n'est pas pour tyranniser celle qui est faible, mais au contraire pour porter son fardeau, comme a fait le Christ pour son Église. J'ai découvert, ajouta-t-il en regardant Marie avec bonté, qu'il y a une croix et un fardeau douloureux qui doivent peser sur cette chère enfant ou sur moi, sans qu'il y ait eu faute de notre part; mais par la sainte volonté de Dieu, que le fardeau retombe sur moi! Marie, ma chère enfant, je serai pour toi comme un père, mais je ne contraindrai pas ton cœur. »

En ce moment Marie, cédant à une impulsion soudaine et irrésistible, lui jeta les bras autour du cou, l'embrassa, et s'appuyant en sanglotant sur son épaule.

« Non, non, dit-elle, je veux vous épouser comme je l'ai promis.

— Non pas malgré moi, chère enfant, dit-il, avec un sourire plein de bonté. Approchez, jeune homme, dit-il à James d'un ton d'autorité : « Je vous donne cette jeune fille pour femme. » Et soulevant Marie de dessus son épaule, il la poussa doucement dans les bras de James, qui, saisi de respect et vivement ému, la serra silencieusement contre son cœur.

« Allez, mes enfants, reprit le docteur, voilà qui est fait. Que Dieu vous bénisse! Emmenez-la, dit-il à James, elle sera plus calme tout à l'heure. »

Avant de sortir, James saisit la main du docteur, et dit :

« Voilà qui parle plus haut à mon cœur que tous les sermons; je ne l'oublierai jamais. Que Dieu vous bénisse, monsieur! »

Le docteur les regarda quitter lentement la chambre, puis il alla refermer la porte sur eux, et ainsi finirent :

Les fiançailles du ministre.

FIN

TABLE DES CHAPITRES

Chapitre I. 1
Chapitre II 11
Chapitre III 21
Chapitre IV. — Un thé théologique. 31
Chapitre V. 49
Chapitre VI. — Le docteur. 61
Chapitre VII. — La famille de James Marwyn. 71
Chapitre VIII. — Qui traite du romanesque. 83
Chapitre IX. — Qui traite des choses visibles. 95
Chapitre X. — L'épreuve théologique. 105
Chapitre XI. — L'épreuve pratique. 117
Chapitre XII. — Miss Prissy. 127
Chapitre XIII. — L'assemblée. 143
Chapitre XIV. 149
Chapitre XV. 159
Chapitre XVI. 165
Chapitre XVII. 183
Chapitre XVIII. 191
Chapitre XIX. 197
Chapitre XX. 201
Chapitre XXI. 207
Chapitre XXII. 217
Chapitre XXIII. 231
Chapitre XXIV. 237
Chapitre XXV. 241

Chapitre XXVI. 247
Chapitre XXVII. — Le couvre-pieds de la mariée. 253
Chapitre XXVIII. 259
Chapitre XXIX. 271
Chapitre XXX.. 281
Chapitre XXXI. 289
Chapitre XXXII. 295
Chapitre XXXIII.. 301
Chapitre XXXIV.. 305
Chapitre XXXV. 311

FIN DE LA TABLE DES CHAPITRES.

Coulommiers. — Imp. PAUL BRODARD. — 428-95.

Original en couleur

NF Z 43-120-8